U0903131

我们阅读
WOMENYUEDU
魅丽文化
花火
花火工作室

水果店的瓶子
著

图书在版编目（CIP）数据

你是我的光芒 / 水果店的瓶子著 . -- 南京 : 江苏凤凰文艺出版社，2021.7
ISBN 978-7-5594-6143-8

Ⅰ . ①你… Ⅱ . ①水… Ⅲ . ①言情小说 – 中国 – 当代
Ⅳ . ① I247.5

中国版本图书馆 CIP 数据核字 (2021) 第 141598 号

你是我的光芒

水果店的瓶子 著

责任编辑 张 倩
特约编辑 朵 爷 肖云梦
封面设计 ABOOK STUDIO 殷舍 Design QQ 812784044
出版发行 江苏凤凰文艺出版社
南京市中央路 165 号，邮编：210009
网 址 http://www.jswenyi.com
印 刷 长沙金鹰印务有限公司
开 本 880mm × 1230mm 1/32
印 张 10.5
字 数 400 千字
版 次 2021 年 7 月第 1 版
印 次 2021 年 7 月第 1 次印刷
书 号 ISBN 978-7-5594-6143-8
定 价 46.80 元

目录

目录

第一章

少年之魂，当宁折不弯

长宁市，九月。

秋老虎肆意逞凶，空气燥热翻滚，蝉鸣声响彻，伴随着院落里嘈杂的声响，撞碎了一室宁静。

别墅二楼的卧室里，睡梦中的白术翻了一个身，被喧闹的动静吵得眉头紧皱。

手机“嗡嗡嗡”地振动。白术将脸埋进枕头，半晌后将手伸出被子，在床头摸索着找到了手机，接听电话。

“小仙女，在学校吗？哥哥临时有点事，下午帮我上个课，晚上请你吃饭。”牧云河嗓音清朗干净，语调温润低缓，话语间隐含笑意。

“不在。”

“在纪家？”

“嗯。”

“你爸都失踪两年了，你在纪家又不受待见，总回去做什么？”

“看狗。”

停顿一秒，牧云河好整以暇地开口：“帮哥哥上课，哥哥的游戏账号给你玩。”

白术倏然睁开眼，露出一双清亮的眸子：“在哪儿上课？”

牧云河失笑。

说了时间和地点，牧云河又叮嘱道：“上课的是一个读博的学长，最近帮教授代课，叫顾野，才二十三四岁。我上周的课就没去，不知道他脾气怎么样，反正这一类天才都挺傲的。你收敛一点，别跟他杠。”

白术轻哼：“我也傲。”

牧云河叹息：“行吧，小天才，你最傲了。”

挂断电话，白术皱着眉起床，简单洗漱一番后，在衣柜里翻出T恤和长裤换上。

白术将落地窗的窗帘拉开，微风裹挟着热浪袭来，吞噬满室的凉气。她抄起挂在衣帽架上的鸭舌帽往头上一扣，旋即踩了下横放在地上的滑板，滑板瞬间弹起被她捞住。

下一刻，她一个箭步冲出阳台，起身一跃，从二楼跳下。

外面是松软的草地，她掠过柔软的清风和灿烂的阳光，稳稳落在地面。

“啊——”

“大小姐！”

“又来！”

……

正在庭院里忙活的用人们被此情此景吓得两腿发软。

“汪汪汪——”这时，体型硕大的狼狗扑上来，白术一只手抵着滑板，微弯下腰，另一只手逗弄它。

狼狗摇着尾巴蹲下来享受她的抚摸。

“白术！”程珊珊阴着脸走过来，不满地苛责，“满院子都是依凡的画，你要是碰坏了，耽误她参加学校画展，你担得起责吗？”

“哦？”

白术闻声挑眉，视线环顾庭院一圈。

庭院里摆满了各种画，油画居多。

用人们正在搬运。

难怪那么吵。

“一个学校画展而已，搞得还挺声势浩大的，”腰杆挺直，白术一只手抄兜，用淡淡的口吻评价道，“不知道的还以为你们要在大会堂开呢。”

程珊珊被噎了下，深吸口气：“白术！就算你爸不在，我也是你长辈！你不觉得对长辈这个态度很过分吗？”

“长辈？”语调轻扬，白术微微抬头，帽檐下露出一双猫眼，透着几分桀骜和恣意，“鸠占鹊巢，我没把你赶走，算仁义的。”

程珊珊的脸当场就绿了。

白术的父亲叫纪远，一脉单传，跟原配白青梧伉俪情深，甚至主动放弃冠姓权，让白术随母姓。七年前，自白青梧死后，纪远一直没再娶。

两年前，纪远离奇失踪。程珊珊带着一纸亲子鉴定书，拉着私生女纪依凡进了门。经得纪爷爷首肯，程珊珊和私生女光明正大地搬进来，但多少有点“名不正、言不顺”的意思。

“你年纪小，我不跟你计较。”程珊珊眉目压着火，话里藏刀，“我知道你嫉妒依凡。毕竟你以前也是个画家，如今你一事无成，依凡却在绘画和漫画上都有成就，你心理不平衡，可以理解。”

听闻白术自幼绘画天分绝佳，从小就被当成画家培养，七岁开画展，荣获奖项无数。可后来忽然江郎才尽，交不出任何作品，落得个“伤仲永”的下场。

而纪爷爷作为画家兼漫画家，在这两个领域都有不小的成就，可以给选择这两条路的后辈提供好的资源。

现在这些资源都给了纪依凡。

“那祝她早日跟我一个下场哦。”白术弯了弯眼睛。

程珊珊憋屈得很。但是，白术却无意跟她纠缠，将滑板往地上一扔，左脚踩上，跟狼狗告别。

"走了。"

话音落地，白术右脚一蹬，踩着滑板滑出很远。

狼狗似是察觉到她要走，"汪汪"两声跟上，但在出前院的铁门前自觉停下，蹲下后肢盯着少女潇洒离去的身影。

清风荡起白术的衣摆，露出一小截腰肢，软而韧，似窄刀，在阳光下白得发光。

宁川大学。

白术按照牧云河给的地址找到上课的教室。

还没到上课时间，教室里没几个人，她站在教室后门往里探，想找人确认一下，就听到身后响起个散漫又清朗的声音："不进去？"

嗓音清冽好听，就是没精打采的。

白术侧首，瞧见来人，微怔。

青年二十出头，剑眉斜飞，眸如泼墨，五官轮廓英挺。没系领带，因天气燥热，他解开衬衫的第一粒扣子，衣领敞开，脖颈和锁骨线条流畅、分明，清俊疏离里透着几分慵懒、野性。

长身玉立，丰神俊逸。

白术目光顿了一秒便收回，没见到青年看清她正脸时，眼里一闪而过的讶然和趣味。

"同学，"白术下颌往门里一指，"这间教室待会儿上的是电机分析吗？"

"嗯。"

"代课的学长好相处吗？"

青年倚在门边，单手抄兜，另一只手肘微微屈起抵着门，他轻轻一磨牙，懒懒地答："还凑合吧。"

"傲不傲？"

嘴角蓦地上扬，青年垂眸，琢磨了下，才回："挺傲的。"

白术轻"啧"一声，抬脚往里走。

下一瞬，听得头顶传来懒洋洋的一声"哎"，随后两根修长手指夹起她的帽檐，顺势拎起掀走。

眼前豁然明朗，白术拧眉回头，赫然对上一双狭长漆黑的狐狸眼。那眼里笑意尽显，瞳色微浅，漂亮极了，但其主人的声音却吊儿郎当的："没良心的，亏得哥哥惦记了你两个月。我说——"

微顿，他话锋倏然一转："小恩人，真把我忘了？"

白术眨眨眼。

一只手伸到白术跟前来，手掌摊开，一根红色的手绳顺着青年的指缝落下，上面悬挂着一颗青翠欲滴的转运珠，在空中摇晃。

白术想了两秒，才把人想起来，哂笑："是你啊。"

她伸手去拿转运珠。

青年钩着绳子往回收，避开她的动作，堂而皇之地将转运珠握在手心，揣进兜里。

他眉梢挑起，闲散道："上节课没来吧？"

"……"

"下课给你。"

懒懒扔下话，青年把棒球帽扣回白术脑袋上，转身就沿着走廊往前走。

白术扶正歪斜的棒球帽，眼一抬，就见他从前门走进教室，步上讲台，学生们的注意力顿时被他吸引。

"顾学长，你来了。"

"顾学长，今天考虑交个女朋友吗？"

学生们很自然地跟他问好。

第一排有个男生嬉皮笑脸道："顾学长来个奖励机制吧，比如期末考个第一或拿满分，奖励跟你玩一局游戏。再不济，我们给钱也行啊。"

天太热，顾野随手解开衬衫的第二粒衣扣，活动了下脖子："想跟我玩游戏？"

"是啊！"

"求你了！"

"大神带带我们吧！"

轻嗤一声，顾野嘴角挂着淡笑，口吻嚣张："开个价，我倒赔多少能打消你们这想法？"

宁愿赔钱都不愿跟他们玩，学生们被打击得自闭了。

顾野勾着嘴角，跟学委要来花名册，低眸浏览时朝白术看了眼，眼神意味深长，像只狐狸。

顾野的课很受欢迎，教室里人头攒动，学生一个比一个乖巧热情，氛围极好。

既来之，则安之。

挑了最后一排的位置，白术落座，捏着帽檐往下压遮掩住眉目，降低存在感。

结果，这厮竟然让学委点名。

"牧云河。"

教室里沉默三秒，然后，后排的白术忽然往后一靠，倚在椅背上，毫不遮掩地喊："到。"

那理直气壮的架势，就像所有人都不认识"牧云河"这个人似的。

正在看 PPT 的顾野，站直身子，抬眸一扫就猜到什么。他目光落到角落某处，跟白术坦然镇定的视线对上。

小姑娘能耐啊，敢替人签到。

收回视线，顾野当无事发生，示意学委继续，学委便继续点名。

天太热了，白术听课听得昏昏欲睡，好不容易熬到下课铃声响起，想趴下来睡觉，忽地有一道阴影落下。未抬眼，她就感觉到有凉爽的风刮来。

顾野将学生送的手持风扇放到白术身侧，斜倚在桌板上，长腿一屈一伸闲散放着。他瞧着睡眼惺忪的白术，问："给男朋友签到？"

白术愣了下。

没等她反驳，顾野就自顾自地接话："那你得一直来。"

顾野倾下身，屈着手指在桌面敲了下，一字一顿道："我这门课，你要是缺一节，就算他挂科。"

距离拉近，周身多了侵略和压迫气息，白术恢复了点神志，慢腾腾地说："让他挂吧。"

顾野扬眉。

白术坐直身子，单手支颐，满不在乎的样子："我跟他的情谊不足以让我付出那么多。"

哑了几秒，顾野低低笑开，狐狸眼甚是勾人："行，够无情。"

白术没再说话，将手伸过去，放在桌上，手心向上摊开。皮肤细嫩，玉指纤纤，骨节分明。

顾野状似不明所以，问："要糖吃？"

白术眼皮都没动一下，忽略他的语气和问话，直言道："转运珠。"

"我后悔了。"清了清嗓子，顾野挑眉，"两个月前，你伤我自尊、坏我声誉……"

"那就送你当补偿吧。"

没等他控诉完，白术就打断了，随后戴好棒球帽站起身，活动着酸痛的手臂，说："我走了。"

顾野下颌轻抬，"哎"了一声。

白术步伐一顿。

顾野站直身，手插在兜里，闲闲地往前走了两步，来到她跟前："手。"

他良心发现了？

停顿须臾，白术朝他伸出手，掌心向上摊开。

很快，顾野的拳头放上来，指节擦着她的手心松开，带着温热的触感，有什么悄然落入她手心。眉眼舒展开，顾野嘴角轻轻一翘："下次记得来上课。"

白术低下头，一颗水果糖出现在掌心，是荔枝味的。

白术走后，顾野本想返回讲台，结果兜里手机一直振动。他抬步出门，掏出手机在走廊接了电话。

“顾野！我跟White誓不两立！”电话里传来个女声，情绪非常暴躁。

顾野倚着墙：“谁？”

“White！人称白大！漫画圈里一喷子！这一届‘轻一杯’漫画大赛的评委！今天轻一杯第二轮晋级作品刚公布出来，他就一口气把所有新人全都得罪了！”

女生喘了口气，继续道：“他还把我喷得一无是处！说我作品烂就算了，还人身攻击！说我粗心、毛躁、没天分，连个线条都画不顺，让我趁早改行，别占用漫画圈资源……啊啊啊，我现在特想捶爆他的狗头！”

“不是……”懒懒搭腔，顾野余光瞥着走廊尽头拐弯的纤细身影，嘴角勾着笑，几分坏、几分邪，惹得往来小姑娘面红耳赤。

他十分真诚地说：“我觉得他说得挺有道理的。”

静默三秒后，女生愤怒地骂了句“顾野，我就不该期待你能说句人话”，然后掐断电话。

轻一杯漫画大赛，作为漫画圈含金量最高的新人出道赛，每年获得关注无数。

但，只有七个出道名额。

比赛机制分为三轮——

第一轮是网友海选，从报名的千万漫画家里选出前一百名；第二轮先由评委进行评价和投票，然后再由网友根据各自喜好投票，选出前三十名晋级第三轮。

为防止刷票，投票采取实名制，一人一票。一旦被发现钻漏洞刷票，则取消此人的投票资格。

这天中午十二点，第二轮的百位新人作品上线，同时公开十个评委对每部作品的评价，以供线上读者参考。

上线不到半个小时，“White滚出漫画圈”“白大毒舌”“漫画圈第一毒舌”的话题就荣登各大热搜，刷遍手机新闻推送。

【吃瓜群众】：怎么了？白大是谁，干吗这么网络暴力他？

【漫画圈读者】：白大，笔名White，国内恐怖漫画鼻祖，擅长暴力美学。在圈里神隐两年，如今以“轻一杯评委”身份再次亮相，却将百位新人骂了个遍。你们去官网看看吧，这人嘴太毒了，名副其实的“漫画圈第一喷子”。

吃瓜群众好奇地戳进链接，心想能“毒”到什么程度，结果只看了两眼就惊掉了下巴，心叹此乃何方神圣，搁娱乐圈这战斗力怕是能以一敌万啊。

【评委·White】评价【第一轮·第一名·青衣颜（纪依凡）】：天才小画家？我看到的只有“平庸”。

【评委·White】评价【第一轮·第七名·SL】：辣眼睛，建议去写小说。

【评委·White】评价【第一轮·第十名·恨长山】：故事俗套，太烂，全篇毫无亮点。作者毛躁粗心，线条都画不顺，建议趁早转行，省得浪费漫画圈的资源。

一字一句皆戳人心肺，往死里戳，戳死为止。

正义感爆棚的网友怒了。

“White是哪里冒出来的疯子，这玩意儿说话太硌硬人了吧？我也是服气，竟然花了两三个小时看完他对一百部作品、一百个新人的恶意攻击！”

“这评委怕是没搞清楚自己在哪儿。新人漫画大赛，新人！是新人就会有不足，他挨个骂完很有成就感？”

“哗众取宠，不择手段。”

“爽了爽了，我看到新人漫画作者陆续发微博反击了……就是功力有点弱，跟他的评价比起来就是喷子界的小菜鸟。”

“朕的万人喷子大军呢？！快给我上！喷死他为止！”

粉丝弱弱辩解：“他有天分加成，自打出道起，没有过新人期，出道时的漫画和故事就能吊打一众漫画家。”

在White人神共愤的行为下，粉丝是不存在人权的，压根没人搭理，网友该怎么喷还是怎么喷。

夜幕降临，牧云河刚进烧烤店，就见白术趴在前台睡觉，侧歪着头，棒球帽盖在脑袋上，将小脸遮得严实。

前台服务生路过，小声告诉牧云河：“老板，她是下午来的。”

“嗯。”

又瞧了白术一眼，牧云河招猫逗狗的劲儿犯了，凑过去，悄悄伸出手指，一寸寸靠近去捏帽檐，结果在碰到的那一瞬，手腕被两根手指扼住。

棒球帽一歪，滑落，露出一双琥珀色的猫眼，困意未褪，白术没好气地咕哝道：“你真烦人。”

将被捏疼的手腕挣脱出来，牧云河“嗞”了一声，手肘抵着桌面，倚在前台往里探，拎起棒球帽在手里转悠。

“昨晚干吗去了，跑我这儿来睡？”

“唔。”

白术昨晚凭借仅剩不多的职业道德，忍着眼睛被刺瞎的痛苦，熬夜看完轻一杯第二轮的漫画作品，还特别耐心且真诚地写完评价。

附近一桌学生在聊天，话题是漫画什么的，牧云河听了两耳朵，又跑来白术面前找存在感。

“我记得你以前有画漫画？”

“嗯。”白术喝了口水，降降火。

牧云河饶有兴致地八卦：“那你知道一个叫白大的喷子吗？”

略微一顿，白术犹豫着要不要将这口水喷他脸上。

牧云河未曾察觉，继续道：“现在漫画可真火啊，全民热议。我在学校溜达一圈，听到一群人在喷他。他做了什么天怒人怨的事？”

“她啊……”拖长尾音，白术慢条斯理道，“认真敬业。”

正在刷热搜的前台差点摔了手机。

“耐心宽容。”

言语毒打作者的话映入眼帘，前台的心情有点一言难尽。

“心胸宽广。”

前台只觉得胃疼，忍不住扭过头，盯着这漂亮的小姑娘：“妹妹，你是白大的‘女儿粉’吧？”

看了前台一眼，白术又喝了口水，没有言语。

——扯淡的“女儿粉”。

她能忍着砸电脑的冲动看完百部垃圾漫画，还写下真挚的评价，“认真敬业”“耐心宽容”“心胸宽广”这几点都占尽了。

——不会有比她更敬业的评委。

牧云河只是随口八卦一下，没深入了解，说了两句后就将话题绕开了。

“晚上想吃什么？”牧云河问。

将被他当玩具把玩的棒球帽夺回来，白术站起身：“烧烤。”

牧云河似乎没听到她的话：“火锅吧，我发现一家好店。”

白术翻了个白眼。

牧云河说的是学校附近一家新开的火锅店，装修好、服务好，桌子之间用木板隔开。加上开店前一个月有优惠，很多学生都往这边跑。

被牧云河强行带来的白术，随便选了一张四人座的桌子，挑了个位置落座。她刚将棒球帽摘下，就听到隔壁传来崩溃的控诉——

“如果White就在我面前，我非得揍得他哭爹喊娘不可！他伤了我的自尊你知道吗？顾野，他伤了我自尊！我要是稍微脆弱一点，现在已经崩溃了！”

顿了顿，白术侧耳去听。

“倒也不必。”顾野那熟悉又欠揍的声音响起，“他说句实话，还要承担一条人命，冤不冤？”

女生因为顾野的无情震惊到失声。好半晌后，她终于爆发：“你有心吗？你还有心吗？！我就问你，你还有没有心！”一口气发出三次灵魂拷问，女生连口气都没喘，怒骂道，“你是没有心的！你连一句人话都不会说！”

顾野不恼不怒，话语中带着玩味的笑：“我不是请你吃火锅了？”

“吃火锅？”女生倒吸一口冷气，难以置信，“你的原话明明是‘要不要吃火锅，给我个机会，看看你哭成什么熊样’！”

“你就为骗我一顿火锅，装得要死要活？”

顾野将不做人发挥到极限，轻描淡写地捅了一刀后，还拖腔拉调地补充：“没必要，哥不缺这点钱。”

女生崩溃道：“顾野，你说句好听的会死吗？”

这一桌。

牧云河拿了两碟蘸料过来，问老神在在的白术：“我怎么听到个耳熟的名字？”

“听岔了。”白术随口回答，拿起手机扫码，准备选火锅食材。

牧云河不疑有他，走到对面刚准备落座，就跟一同学遇上。同学爽朗地跟他打招呼：“牧哥，你怎么又逃课，还让一个小姑娘来代课？话说，这小姑娘长得可真水灵——”

声音戛然而止。

同学的视线落到牧云河身后，神情僵了僵，讪讪地喊：“顾学长。”

闻声，牧云河和白术抬眼看去。

暖黄灯光罩着一抹颀长挺拔的身影，白衬衫黑长裤，衣领敞开，露出喉结和锁骨，性感不羁，他斜斜地倚在隔板旁，只手插兜，站姿松松散散的。狭长的狐狸眼尾端轻勾，似荡漾着笑意，却隔着点疏离清冷，在店内暧昧朦胧的光影衬托下，有种冷傲矜贵的气质。

顾野的视线从牧云河身上扫过，眼睑微垂，看到白术时笑意倏然浓了。他笑着开口：“小恩人，让我跟我的学弟拼个桌？”

白术本想拒绝，瞥见牧云河恍然后满脸不情愿的模样，眼珠微动，又改口：“行啊。”

牧云河：“……”好样的，不愧是他一手带大的干妹妹。

“拼什么桌？”隔壁女生循声赶到。

那是极好看的一个女生，柳眉凤眼，鹅蛋脸，古典风韵，浅褐色的鬈发扎在脑后，露出光洁饱满的额头，清爽又漂亮。光看外表，很难想象她崩溃号叫爆粗口的模样。

顾野长腿往桌椅空隙一放，霸占白术身边的座位，又乜斜女生一眼，下巴朝对面指了指：“坐那边。”

“哦。”女生不跟他争，乖乖应了。

先前来打招呼的同学，感觉到修罗场的氛围，识趣地找借口遁了。

女生叫江南枝，性格活泼开朗，自称顾野的隔壁邻居兼青梅竹马，不过挨了顾野一记白眼，所以不知是真是假。

江南枝主动道：“你们都是宁川大学的学生吗？我是学漫画的，读大三。”

将服务员送来的食材端上桌，牧云河接过话：“我俩大三，我学计算机的，她嘛……”顿了下才道，“法学院的。”

“啊！”江南枝惊讶，“妹妹你多大啊，看起来像没成年欸。”

白术捧着一罐啤酒喝了两口，闻声一顿：“嗯，才十二岁，长得显老。”

空气凝滞三秒。

牧云河在心里叹息，想到先前顾野对白术的称呼，状似无意地岔开话题：“顾学长，你跟我们小仙女是不是认识？”

“小仙女？”重复这个称呼，顾野一笑，往后倒去，手肘搭在椅背上，盯着白术精致的侧脸几秒后，嘴角轻勾。

他说：“我债主。”

白术淡定地附和：“嗯，一欠债的。”

临时搭伙的四人火锅，就在半尬不尬的氛围里展开了。

牧云河看着满桌食材，自觉照顾白术：“小仙女，想吃什么，哥哥给你放？”

白术抬眼瞧他，不满道：“不要在我面前自称哥哥。”

“怎么？”牧云河不明所以。

将啤酒罐放在手边，白术轻轻皱眉，思忖了下说：“显得我幼稚。”

“扑哧”一笑，牧云河将一整盘肥牛全倒锅里：“这可赖不着我。毕竟你爸把你托付给我的时候，是让我好好当‘哥哥’的……”

这时，一只手伸过来，越过大半桌面，抽出一张纸巾，然后将溅到白术跟前的汤汁一一擦拭干净，慢条斯理、有条不紊。擦拭完，顾野将纸团扔垃圾桶里，又拎起一瓶橙汁，拧开，伸到牧云河的茶杯上，倾斜瓶身。

橙汁跟茶水混合在一起，鲜明颜色互相冲击、融合。

顷刻间，混合液体溢出水杯，转眼湿了桌面，直往牧云河的衣服袭击而去。

“顾学长，谢谢，够了。”牧云河伸手抵住瓶口往上一抬，皮笑肉不笑地阻止，而后抽出纸巾擦拭桌面流淌的橙汁。

“不用谢。另外——”将橙汁一放，顾野一顿，身子往后倾，觑了眼白术。

“我债主说的话……”懒懒地拖长音调，顾野理了理衣袖，绅士又礼貌，可闲散语气里却裹挟着警告，“麻烦你听一下。”

气氛顿时僵硬。

偏偏白术并未察觉异常，她从锅里捞出两块烫好的肥牛，闻声看了顾野、牧云河一眼，盯着牧云河附和地说：“麻烦听一下。”

牧云河瞪了她一眼。

小仙女，你现在特像你们家那条仗势欺人的蠢狼狗！

饭局竟是很神奇地继续着。

兴许是牧云河和江南枝都习惯另外二人不当人的状态，心理素质之强堪称金刚，事情一过就翻了篇，只是牧云河说话有所收敛。

“吃饭老看什么手机？”吃到中途，顾野抽空看了眼江南枝，提醒了句。

“有点事想关注一下嘛……”视线从手机上移开，江南枝抬头，撇撇嘴，兀自解释道，“轻一杯的第二轮比赛今晚零点开始投票，届时会公开评委的投票结果。哦，每个评委除了对百部作品进行评价，还掌控增减一万票的生杀大权——”

牧云河搭话：“投票还可以增减？”

“对，评委可以凭借喜好，给作品增票或减票，算是拥有两万票的话语权。不过减票很鸡肋啦，轻一杯都举办二十届了，至今没一个评委投过。增票投多投少无所谓，减票就很得罪人了。”

顾野“啧”了声，评价：“还挺浪费。”

江南枝余光幽幽瞄向他，不想发火，继续说：“不过，我们新人作者群在猜，白大既然能靠喷百名新人吸引眼球，会不会成为‘有史以来第一个投减票’的人。反正他这种人是没有下限的。”

提到白大，牧云河望向在埋头吃火锅的白术，好奇地问：“小仙女，你不是白大的‘女儿粉’吗，他是这样的人？”

“嗝。”江南枝被一口橙汁呛到了。

“白妹妹，你这么想不开吗？”江南枝只当白术年轻不懂事，语重心长地劝慰，“他人品可差了，记仇、小气、凶巴巴，简直没人性。粉他还不如粉 Zero，虽然 Zero 的脾气也不怎样，但她长得美、身材好，作为漫画圈的顶流，却不作妖……”

现在赏你一千减票还来得及吗？

拿起啤酒抿了口，白术冷静了下，问：“你的笔名是？”

“我叫恨长山，上一轮的第十名。”江南枝自我介绍着，有点小骄傲。

哦，作品惨不忍睹的那个。

那没事了。

吃完火锅，四人互相留了微信，在火锅店门口告别。

长街霓虹灯光蔓延成河，星星点点在城市夜里闪烁。风过，微凉，一片枯黄树叶被卷落，初秋终于舍得展露端倪。

牧云河闲散地走在白术身侧，问：“回宿舍，还是回租房，我送你？”

“纪家。”

“又回去？”牧云河皱眉，“你看着纪家那对母女不嫌烦啊？”

帽檐微抬，她那双猫眼里折射着细碎的灯光，像撞碎的星河在她瞳仁里缓缓流淌。

白术慢条斯理地说：“明天纪家有一场戏，想看。”

牧云河略微颔首，只道：“那行吧，先跟我回一趟烧烤店，我开车送你回家。”

白术斜了他一眼，没说话。

走到红绿灯前，牧云河看了眼腕表，余光瞥见白术剥开一颗水果糖放嘴里，然后折起糖纸塞到他裤兜里，挺理所当然的样子。

牧云河心道：这不是带妹妹，而是带女儿。

绿灯亮了。

一阵风袭来，裹着沙尘迷了眼，卷起牧云河的声音：“顾学长欠你什么了？”

一只手放在兜里，白术闻声很轻地“啊”了一声，她眼眸微抬扫他一眼又收回，跨步走向人行道时，懒洋洋地扔下三个字——

“一条命。”

“一条命？”

江南枝满脸震惊，瞧着面前的顾野。

顾野站在路边等车，站姿松松垮垮的，眼睑微垂，手指把玩着一颗系红绳的珠子，翠绿欲滴，红绳一圈圈缠上手指。

不知在想什么，他眼神晦暗不明。

好半晌后，江南枝萌生出一个念头，瞪大眼睛道：“你让人家堕胎了？！”

顾野抬起眼皮。

越想越觉得合理，江南枝痛心疾首地指责：“顾野，人家成年了吗，你就忍心对她下手，你还是不是人——”

网约车停在路边。

顾野拉开车门，按着喋喋不休的江南枝，把人塞进车里：“你的智商到此为止了。”

“你——”

江南枝想发飙，却见顾野将车门一关，没有上车的意思。

她趴在车窗上，探出头：“你不一起吗？学校离你租房挺近的。”

闲闲站着，顾野懒声道：“我怕被传染。”

江南枝莫名其妙道：“传染什么？”

顾野一字一顿，神情还蛮认真：“智障。”

车子发动。

“姓顾的，你给我去死——”

江南枝愤怒的喊声被吹散在夜风里，越来越远。

顾野摸出手机，站在原地没动，点开微信后忽略所有未读消息，看到列表里刚加的好友，唇畔漾起抹浅笑。

昵称叫“WOW”，头像是滑板素描，黑白的，朋友圈里一片空白。

顾野点进备注，改成：小债主。

车上，白术坐在副驾驶座，有点困，侧身靠在车窗上，眼睛半眯着，盯着窗外的夜景看，眼帘却一点点合上。

“叮咚——”

手机振动了下。

白术挣扎着睁开眼，将手机调成静音、关闭振动后，才打开微信。

【欠债的】：白小术，下周记得来上哥哥的课。

牧云河瞥向白术：“怎么？”

没回消息，白术收了手机，说：“顾野让我转告你，下周去上课，否则让你挂科。”

“他怎么不直接通知我？”

“可能觉得你不配吧。”

牧云河语塞。

当晚零点，轻一杯第二轮投票准时开放，线上读者怀抱新鲜出炉的票，准备奉献给他们喜爱的漫画作品。

结果，刷新后就集体傻眼。

按照票数排行原本应该排在第一的青衣颜的作品，竟然排在了倒数第一的位置。

【系统】：

【评委·×××】给青衣颜作品《一只眼》投100票。

【评委·×××】给青衣颜作品《一只眼》投666票。

……

【评委·White】给青衣颜作品《一只眼》投-10000票。

《一只眼》合计票数：-7900票。

……

【评委·White】投“-10000票”的评语：在巨人的肩膀上站得稳吗？

White这操作，看得所有读者、评委、漫画家目瞪口呆。

十分钟后，有人在网上开帖：White又不做人，给天才画家纪依凡（笔名青衣颜）投 -10000 票，创造“轻一杯有史以来第一次投负票”的先例。

一经发布，跟帖者无数：

【1L】：给青衣颜减了一万票？White 精神失常了吧！这是没有作品只能靠花样炒作？！

【2L】：白大这一招也太狠了，是不是跟青衣颜有仇！直接扣掉一万票，让人青衣颜直接输在了起跑线上。按照往常最高票来算，青衣颜这一轮要跟第一失之交臂了吧？

【3L】：大晚上的把我气死了。White 滚出漫画圈！漫画圈不需要你这种渣！

【4L】：好家伙！他把一万的减票全用了，增票一票没用！这是没有作品值得他投出肯定赞扬的一票吗？

……

【101L】：白大投减票的理由是“在巨人的肩膀上站得稳吗”，我怎么觉得白大在暗示什么。

【102L】：暗示抄袭？呵，醒醒吧，含混不清的言论只是障眼法。轻一杯上被发现抄袭的作者无不落得个身败名裂的下场，纪依凡还是天才画家，她干吗要做这种蠢事？何况真是抄袭的话，评委发现内部就解决了，怎么可能允许她的作品公布。

【103L】：白喷子这次做得确实过分。换一个人气差点的新人，能被他这一招直接玩出局。

……

【211L】：昔日同行一个比一个火，白大消失两年是江郎才尽画不出作品了吧。现在重回漫画圈，想来一招出其不意赚一波热度。不过热度是有了，但造成了反效果。

……

轻一杯举办到第二十一届，每一年的关注度都很高。历届评委都为维护新人漫画作者自尊，不约而同地忽略“可使用减票”的选项。

谁承想，这一届的评委 White 头铁，冒死做了第一人。而他注定不会收获赞扬和掌声，只会被谩骂和质疑。

众人不禁匪夷所思：他图什么？

第二天，本该在学校的纪依凡，天刚亮就赶回了纪家。

随后抵达的，是纪爷爷纪常军。

书房里，纪常军、纪依凡，以及程珊珊聚在一起。当事人纪依凡浓眉紧锁，纪常军神情严峻，都还算冷静，倒是局外人程珊珊显得焦虑慌张。

程珊珊跟纪常军求助：“爸，现在网上都在猜依凡抄袭，怎么办啊？”

纪常军没理会程珊珊，只紧盯着纪依凡，沉声问："我只是给了你一个分镜稿，让你好好改，你怎么抄了九成？"

纪常军浸淫漫画圈多年，自然知道"在轻一杯上出道"这个头衔的分量。

为了让纪依凡进漫画圈后一帆风顺，他上一轮帮着纪依凡修改漫画稿，这一轮直接给纪依凡分镜稿，让纪依凡参考。

分镜稿包括故事文案和画面分镜，是漫画的精华。

有自己风格的作者，个人特色都很突出，无论是画风、分镜还是脚本文案，经验丰富的评委辨别出来并非不可能。

纪依凡眉眼低垂，细声细气地说："我觉得爷爷的分镜稿太好，没法改。"

如此吹捧，让纪常军怒火散了些。

"这是原创画稿，只要我不承认，就没人能扒出来。"纪常军道，"你现在被投一万减票，White又拿不出证据，所以你在读者眼里就是受害者。先让这事维持热度，等时机成熟，你再承认是我孙女，自幼看我漫画长大的，各方面都在学我。"

"好。"

纪依凡颔首，非常乖顺。

书房的阳台和茶水间是连接的。

阳光正好，万里无云。

白术坐在藤椅上，单手支颐，听着书房里的对话，懒洋洋地打了个哈欠，同时点了手机录音的暂停键，将其保存。

"汪汪——"

蹲坐在一侧的狼狗百无聊赖，冲着白术叫了两声。

"谁在那里？！"

书房里传来程珊珊的厉声质问。

白术抬手摸摸狼狗脑袋，站起身，收了手机，在三人循声赶到时，先步入书房，坦然自若地撞入他们视野。

三人表情各异——

程珊珊拉着脸，眼神警惕。

纪老爷子冷眼盯着白术，净是不待见，跟看垃圾一般。

纪依凡神情有一瞬僵硬，而后弯了弯嘴角，乖巧地喊："姐姐。"

"呵。"

哂笑一声，白术没有搭理，带着狼狗往门口走。

纪常军被她的态度弄得怒不可遏，深吸口气后，他一字一顿地威胁："白术，不管你刚才听到什么，最好全都忘了！"

白术一顿。

“爷爷，”白术声线微凉，琥珀色瞳仁里波光流转，迎上纪常军的视线，“我总想着，下次见你该是在一些不得不去的特殊场合，没想到意外还挺多的。”

“你个不肖子孙——”

被诅咒早死，纪常军哪里能忍，抓起茶杯就朝白术扔去。

白术眼睛都没眨一下，微微侧过身，轻易避开。

茶杯砸在墙上，顷刻粉碎，伴着茶水溅落一地。

“没砸到。”

白术出言挑衅，神色轻佻，不遗余力地火上浇油。然后，在纪常军气得捂胸口时，她耸耸肩，没心没肺地走出书房。

身后是一长串的咒骂声。

从纪家回学校，白术先去了趟宿舍。

她虽在外租房，但在宿舍留了床位，只是平时很少去。她住的是混合宿舍，室友经常换，经常出现她遇到室友叫不出名的情况。

这是她这学期第一次来宿舍。

白术用钥匙开门。

“你说白大虽然毒舌自大、人品不行，但他眼光好啊，竟然给纪依凡来了这么一招……白妹妹？”

正在宿舍里唾沫横飞打电话的江南枝，扭头就见到站在宿舍门口神情漠然地盯着自己的白术，不由得打了个寒噤。

“你……”江南枝说话有些磕绊，“你找我啊？”

拔出钥匙，白术看了眼新室友，淡淡道：“我住这里。”说完，她就走向自己的组合床。

怔了半刻，江南枝匆匆挂断电话，盯了白术几秒后，凑到白术身边，一边打量，一边询问：“白妹妹，你就是我们宿舍的神秘第四人？”

“啊。”

“好巧啊！”江南枝感慨，“你以后都住宿舍吗？”

“看情况。”

“你是在外面租房吧？”江南枝喋喋不休，“我以前也是。不过，今年想享受一下宿舍生活，所以就申请住校。”

白术撕开一根棒棒糖，本想自己吃的，但瞧了眼说话滔滔不绝的江南枝，手一抬，将棒棒糖塞到她嘴里。

“这是？”江南枝僵着没动，眼眸向下，去瞥棒棒糖的棍儿。

“请你的。”

“哇，谢谢哦。”

白术补充道：“请你闭嘴。”

江南枝笑容僵住。

她打心底觉得白术不热情，但一想到顾野对白术的亏欠，又觉得白术待她冷淡都是仁慈的。

于是，她闭上嘴，默默地挪开了。

白术整理了下桌面，坐在椅子上，掏出手机看信息。

第二专业的班级群里一堆消息。

白术选了两个专业，第一专业是法律。不过，她一年修完了全部课程，但不急着毕业，所以又选了个漫画专业。

对于漫画专业，白术就不大上心了，三天两头逃课，考试敷衍，在班里存在感不强。

她点开班级群。

【班长－乔渡】：@所有人，同学们帮帮忙，在轻一杯的官网上给青衣颜投个票。她是咱们漫画专业的学生，长得好看，才华横溢，给她投上去也能给咱们学校长脸！另外，不会让你们白白投票，一张票一百块，截图转账，谢谢了！

如此豪爽之举，同学们纷纷响应。

“必须支持啊，系花呢！博美女一笑。”

“我知道她，被白大针对了吧？没想到她是我们学校的。”

“票投起来，乔少真的转账了！真金白银不骗人！”

……

浏览着记录，白术挑了下眉。

买票？

愚蠢。

半个小时后，白术将群里对话截图，又保存转账截图，汇总了所有资料，然后打包发给轻一杯的举报中心。

因早年买票、刷票的情况层出不穷，轻一杯这两年建立了完善的举报机构。比赛期间禁止一切形式的买票、刷票。买票会视情节严重扣票，刷票则取消比赛资格。

乔渡此举明显是在买票。

第二轮比赛刚开始，轻一杯需要杀鸡儆猴，所以处理速度极快，不到三个小时，官网就对匿名举报进行核实，然后迅速在官网发出通知。

【通知】：经核实，青衣颜的作品《一只眼》存在违规买票现象，扣除

2000 票予以处罚。

自得知青衣颜被 White 投一万减票后，很多读者都把同情票投给了她，眼看着票数一点点上涨，这一处罚下来，一朝回到解放前，一天辛苦全白瞎了。

纪依凡第一时间发博，号召读者理性投票，不要采取投机行为，同时委婉地撇清了跟乔渡的关系。此举顿时博得大批好感。

但是，乔渡下场就惨了。

读者很快就扒出乔渡的愚蠢行径，迅速围攻乔渡。这一天，乔渡都没有再在群里发声，估计被自己蠢到自闭了。

因为江南枝过于聒噪，白术放弃住宿舍的想法，傍晚时分，她回到租房。

走到门口，白术挂着两只耳机接电话，准备掏钥匙开门。

“账号什么时候要？”牧云河在电话里问。

白术一顿：“今晚吧。”

“那行。”牧云河笑了笑，然后叮嘱，“你收敛一点，别太招摇了，省得他们总举报我开外挂。”

“哦。”

掐断电话，白术将钥匙摸出来。

这时，隔壁传来开门声响，有人走出来。

白术下意识侧头，看了一眼。

“哟。”刚出门的顾野见到白术，略有意外，他走近几步，顿住，垂眸看她时眼里藏笑，“这是，跟踪哥哥啊？”

盯着他看了两秒，白术将耳机摘下，手指轻抬，捏捏嗓子，神情正经。

她喊：“哥哥。”

平时是个酷妹妹，冷着嗓音说话时给人一种疏离感，但她的声音其实柔软好听。

这一声“哥哥”喊出来，虽说生硬又无情，但裹挟着的轻软稚嫩，听得顾野背脊一颤，酥麻感直蹿头顶，险些给她跪下。

顾野有种不祥预感。

果不其然，下一秒白术就进入主题，问：“你会整理房间吗？”

眼皮耷拉下来，顾野倚在墙边，瞧着她，失笑：“小朋友，能屈能伸，可以啊。”

“嗯？”将钥匙插入锁孔里，白术侧着头，走廊的昏黄灯光洒在她侧脸上，朦胧了眉目，她依旧酷酷的，淡声说，“宁折不弯的都是傻大个。”

门推开，她拎着滑板往里走。

落幕余晖洒落客厅，她迎着光，笔直纤细的身影成了一道剪影，莫名锋利。

这一刻，顾野真以为她是个能屈能伸的聪明人，当以此为刃、无往不利。谁料，他后来见到她劈波斩浪，见她风骨峭峻，见她迎战世界。

少年之魂，当宁折不弯。

白术大一就住在校外，这套两居室的房子，她一次性租了四年。

暑假俩月不在，牧云河趁开学前帮她打扫了下，又给她网购了一堆东西，乱七八糟地全扔在客厅，堆成小山。

顾野得到一声“哥哥”的代价，就是帮白术拆开快递，再将垃圾都扔下楼。

舌尖轻抵腮帮，顾野获悉任务，问：“你呢？”

“玩游戏。”

顾野觉得牙疼。

似乎看出顾野的不情愿，白术慢条斯理地提醒：“救命之恩——”

顾野截断她：“让我以身相许吧。”

为了证明自己的决心，顾野抬手解开一粒衬衫扣子，懒懒地张开手，风骚浪荡得不行。偏偏他生得一副好皮囊，站在晚霞余晖里，如同一幅名贵绚丽的彩画，每一根线条都勾着矜贵和高雅。

白术兴致寡淡道：“我不好你这口。”

挑眉轻笑，顾野手掌搭在后颈上，活动着脖子，随意问：“那你好哪口？”

沉思两秒，白术说：“大叔。”

呃。

这就是你粉白大的理由？

在把任务跟顾野交代清楚后，自称是大叔控的白术真就窝在卧室里玩游戏了，对顾野不管不顾的，把他晾在客厅当苦力。

顾野拆着快递山，不时朝卧室门看一眼，听到键盘被噼啪敲响的声音，“唑”了一声，心想玩起来还挺有气势的。

啧。

拆完最后一个快递，顾野看着漆黑的桌布，又瞧了眼光秃秃的餐桌，叹息，起身将桌布铺上。

乌漆墨黑的桌布一铺，扑面而来的暗黑画面感，令人一言难尽。

这小朋友是什么直男审美。

摸出一根烟，顾野刚叼上，瞥见卧室门后又一顿。这时，兜里的手机振动个没停，顾野拿出来接听。

“大魔王，十万火急，”白少爷的情绪临近崩溃边缘，“我们游戏圈需要你的拯救，有个挂 ×——”

“忙。”

顾野将电话掐了。

在阳台抽了根烟，顾野回到客厅时，看到满地的包装垃圾，以及坐垫、抱枕、卫生纸、洗漱用品等一系列东西，抬手轻捏眉心，最终耐不住强迫症发作，衣袖一挽，开始整理。

全部整理完花了半个小时，垃圾都倒了两趟。

丢完最后一趟垃圾往回走时，顾野被手机来电狂轰滥炸，皱眉接听，不耐烦道：“遇到开挂就举报，需要我教你操作？”

“可他又不是真的开挂。”白阳叹息。

在电梯里按了数字，顾野嗓音懒懒散散的：“谁啊？”

“我半个月前才跟你说了他的事迹。”

“没听。”顾野理直气壮道。

白阳哑了片刻，再三劝自己不要跟大魔王置气，然后耐着性子跟顾野解释。

“他叫River，是《BUG》（译为漏洞，此处为游戏名）的业余玩家，一直在国服榜前一百。他跟人格分裂似的，鬼话连篇时实力一般，但当哑巴不开麦的时候，实力就会突飞猛进。最高战绩是在高端局里23杀，一口气干掉4个职业选手，实力令人震惊。”

电梯停了，顾野饶有兴致地问：“他还在线？”

“刚下。”白阳说，“他玩了三局，三把吃鸡。第一局被我撞上了，我撞人家枪口，还被他抢光装备。后面两局匹配到的玩家里，正好有人直播，我观看了下，战况非常惨烈。”

顾野走出电梯。

“顾野，虽然你在三款游戏里得过世界冠军，但你真不打算在《BUG》的舞台一展身手？我记得你两年前还有来玩《BUG》的意向，结果一扭头，就去了隔壁游戏——”

没等他说完，顾野就掐断电话，进了白术家。

经过“田螺男孩”顾野的整理，整个客厅干净整洁、焕然一新，就是装饰物里透着直男的审美，营造的氛围怪怪的。

卧室里敲键盘的动静消失了。

顾野踱步走过去，想告知白术收拾妥当了，结果敲门那一瞬，他视线往里探，见到电脑屏幕时，不由得一顿。

经久不衰的游戏：消消乐。

嗯？

一个巨大的问号，悬挂在顾野头顶。

这位小朋友刚刚是把一款全民休闲益智游戏玩得斗志激昂？

这一关踩在最后一步惊险结束，白术眉头轻扬，将耳机摘下。她起身，扭头，见到门口的顾野，有点意外：“好了？”

“嗯。”

白术将挽起的衣袖抻平，微顿，抬起琥珀色的猫眼看过来，眸中碎光闪烁。

“请你吃饭，去吗？”

“那要看吃什么了。”顾野轻笑一声，倚着门，只手抄兜，还拿乔了，“我这种身份，吃路边的苍蝇小馆，不合适吧？”

白术确实没请顾野吃苍蝇小馆。

她请的是路边摊。

宁川大学东门有一条街，白日萧瑟，入夜繁华，沿街摊贩卖着各色小吃，将天南地北的特色食物汇聚在一起，形成当代校园外的独特风景。

初秋的夜里裹挟着夏日余味，在鼎沸声响和沿街火炉的包裹下，空气又闷又热。

将白衬衣袖子折了两折，顾野未落座，垂手往桌面轻轻一叩，表情一言难尽：“我就不配在十米外的酸辣粉店里有个座儿？”

白术掏出一包纸巾，丢过去：“贵一块钱。”

顾野从未想过，有朝一日，竟会被“一块钱”侮辱。

抽出纸巾擦拭桌椅，顾野在白术“正确认识自己身份”的注视下，于她对面落座：“你很缺钱？”

“还行吧，”白术挺随意地说，“两年前，我爸离家出走的时候，卷走了我所有私房钱。”

顾野一怔，语调意味深长：“你确定那是你爸，而不是你儿子？”

思考片刻，白术一本正经地否定：“按照年龄来算，他只能是我爸。”

顾野无言以对。

过后，顾野问：“你妈呢？”

拿筷子的动作一顿，白术眼睫微垂，夹起一筷子酸辣粉，淡声说：“没了。”

顾野惊怔。

几秒后，顾野拿起廉价的一次性木筷，将其掰开，不疾不徐地说：“没事，我妈也没了。”

将酸辣粉咽下，白术瞅着他，问：“比惨吗？”

顾野嘴角微抽：“安慰你。”

“没被安慰到。”白术并不在意，抬起下颌指了指他手边的剁辣椒，“拿一下。”

顾野把剁辣椒推过去。

然后，顾野就见到白术拿起勺子，往酸辣粉里加了三大勺剁辣椒，一碗粉肉眼可见地变得鲜红。顾野觉得胃疼。

加完辣椒，白术就进入战斗模式，把鸭舌帽一摘，衣袖一撸，长腿搭在空凳的横杆上，然后就拿起筷子大快朵颐。

不消片刻，她的鼻尖就沁出细细的汗，脸颊微微泛着粉红。

她吃得太香，原本不太饿的顾野都被勾起了食欲，他笑了笑，慢条斯理地吃了起来。

吃了两口，顾野蓦地问："平江街上的林记酸辣粉店还在吗？"

"在。"白术下意识应了声，继而奇怪地皱眉，睇了他一眼，"你怎么知道？"

"以前……"顾野微顿，"去过那家店。"

"你怎么知道我知道？"

"你是本地人，我随口问问。"

白术理了下他的逻辑："你怎么知道我是本地人？"

没完没了了！

顾野"嗞"了一声："刨根追底的，你是要进化成好奇宝宝吗？"

白术目不转睛地盯着他。

"打听过你，"顾野叹气，"长宁市人，保送生，第一专业法律，第二专业漫画。你要问我从哪里问到的吗？"

似乎听不懂他的讽刺，白术颔首："你说。"

"吃你的吧！"

顾野无语地将剁辣椒往她手边推了推。

白术抿了下唇，低头看着酸辣粉，终于不再说话了。

第二专业的排课基本在晚上和周末。

这天晚上，白术提前两分钟进教室，两手空空。跟往常一样，她选择了后排位置。

教室里已经来了不少人。

"苏老师上周布置的漫画作业，你们谁开始了吗？"

"正在研究白大作品呢。苏老师是个'白大吹'，想拿高分，得多研究一下白大的漫画了。"

"别提了，White是真变态，我把他的《求生游戏》看了一半，连续做了三天的噩梦。网上说他是国内恐怖漫画的鼻祖，我还以为读者瞎封的呢，没想到他真有点东西。"

前面一撮人在讨论作业，话题跑偏转到White身上，评价褒贬不一。

白术没吭声，往桌上一趴，鸭舌帽罩着脑袋，准备闭眼补觉。

这时，教室里接连响起惊呼声，白术皱皱眉，仰起头，眯眼看去，见到苏老师走进教室，而他身后跟着一个女生——纪依凡。

"同学们，安静一下。"

苏老师走上讲台，先维护教室秩序后，才介绍："这是你们的学妹，纪依凡。

想必很多人都知道，她是今年轻一杯漫画大赛第一轮的第一名。她想在比赛期间学习漫画分镜，所以向学校申请提前上这一门课，今后这段时间她将会跟你们一起学习。”

“哇！女神！”

“欢迎！欢迎！”

“哇哦，乔班长心里乐开了花。”

……

教室里顿时躁动起来，闹哄哄的，焦点集中在纪依凡身上。

纪依凡低眉垂眼，似是羞涩。她模样娇俏，穿着一袭白色长裙，款式简约，气质淡雅干净，光是静静站着，便是一幅岁月静好的唯美画卷。

“你找个座儿吧。”苏老师说。

纪依凡弯起嘴角，柔声说“好”，嗓音轻软，听得人耳根都酥了。

同学们积极地给纪依凡让位，不过，纪依凡选了靠近白术的区域。

落座时，纪依凡特地看了白术一眼，眼神别有深意。

白术轻嗤一声，装模作样。

纪依凡看似不争不抢的，可她自两年前来纪家后，明里暗里都在跟白术比较。

去年刚得知白术第二专业选了漫画，她就向纪常军表示想画漫画，于是筹备大半年后，决定于轻一杯出道。

上课铃声响起，苏老师开始讲课。

苏老师是个名不虚传的“白大吹”，讲课案例都是以White作品为主。而且这厮脑补能力堪称神级，寥寥几笔在他的讲解下，都是精巧设计过后的“神来之笔”。

白术听得犯困。

“最后排那个女生，”苏老师火眼金睛，视线直勾勾地射过来，他推了推眼镜，面容严肃，沉声问道，“你叫什么名字？”

“白术。”

“你来回答一下，White这一分镜处理有何妙处？”苏老师指着投影幕布上的漫画分镜。

白术眨眼，觉得牙疼。

停顿须臾后，白术站起身，眼皮一抬，开口：“有能让读者吹嘘又可以偷懒的妙处。”

霎时，教室里的目光，全都集中在白术身上。

这位同学你侮辱了苏老师最崇拜的偶像，这是要挂科的你知不知道！

其实白术说的是实话，苏老师放出来的分镜构图就是她偷懒画的，但蒙太奇的表现方式自带高大上格调，所以被一再吹嘘，最终成了经典。

“老师，我有点想法。”

在苏老师黑脸的瞬间，纪依凡忽然举起手。

苏老师看了她一眼：“你讲。”

纪依凡起身，先是看了白术一眼，然后才细声细气地说：“White 留白的处理方式可以给读者无限遐想……”

先是给予肯定。

而后，她话锋一转：“不过，White 擅长画面和氛围。论漫画分镜，还得数分镜鬼才 Zero，她的漫画分镜是教科书级别的……”

她借着 Zero 将 White 狂踩一通。

谁都知道 White 给她投了一万减票的事，她狂踩 White 难保没有私心。可是，她客观举证点明 White 的不足，有理有据，让人难以反驳。

白术听得烦，“啧”了一声。

纪依凡话音一止，她回过身，眨着澄澈无辜的眼睛，似是不明所以地问：“学姐有不同的看法吗？”

“分析浅薄，搬运观点。”白术哂笑，“‘白大黑’都拿这一套来说，听腻了。”

纪依凡表情一僵。

她说的确实都是网上观点的总结。不过，大众都认可这一套说辞，她不觉得有什么不对。

苏老师适时开口：“纪同学的说法确实比较常见，没什么新奇的，漫画初学者很容易被这些观点带跑。其实漫画圈很多资深作者都觉得，White 的实力被大众低估了。他跟 Zero 没什么好比的，都是天花板的实力，各有各的特色。”

“在漫画圈，实力高低有统一的标准吗？”纪依凡抿唇，用柔和的语调反驳，“漫画的受众是读者，读者评价、作品销量才是真正检验作者实力的标准，不是吗？《求生游戏》是一部在小众范围内流行的作品，并没有出圈，销量远不如 Zero 的《死亡传说》，这难道还不足以说明他们的差距吗？”

“作者的实力和作品的销量，不能混为一谈。”苏老师说，“事实上，漫画圈对作者实力高低确实有标准。有一个叫‘漫画 NO.1’的网站就是专门为漫画家练习基本功准备的，这个网站在国外很火，已经成为各国漫画专业培养学生的必备实践网站。国内用的漫画家较少，不过今年漫协决定尽快推进漫画 NO.1 的普及。你们这一批应该能赶上。”

“好了，这个话题以后再讲。”苏老师看了二人一眼，“你们都坐下吧，我们继续上课。”

纪依凡轻皱眉头，却没有再争论。她觑了眼白术，发现白术已经落座，便也坐下了。

关于“作者实力”和“作品销量”的讨论，似乎就这么翻篇了。

只是，刚一下课，同学们就向纪依凡靠拢。

“依凡，你别在意，苏老师就是个白大吹。Zero 是圈内圈外公认的分镜鬼才，White 这个恐漫鼻祖没有轻一杯的炒作，我都不知道呢。”

“光凭白大给你投一万减票，就足以证明他不是个好东西。”

“还业界封的称号呢，估计是互相吹嘘、奉承罢了，真好意思拿来吹嘘。”

……

纪依凡作为一朵柔弱娇嫩、心地善良的白莲花，见他们义愤填膺便又换了立场，开始假惺惺地为 White 说好话，然后被他们一致称赞心太软、脾气好。

“喂。”

后座倏然响起懒洋洋的声音，打断他们的盲目称赞。

“让让。”

坐在后面的白术起了身，眼睑掀起，看向挡道的两位同学。

两位同学自觉让开。

将鸭舌帽戴在脑袋上，白术单手插兜，缓步往外走，同时，还酷酷地说：“听了一堆垃圾话，去洗洗耳朵。”

同学们暴躁的小火苗“噌噌”往上冒。

“我怎么不知道班里还有个这么跩的同学！”

“她叫白术，成绩一般。以前看她挺安静的，没想到这么傲。”

“吃不到葡萄说葡萄酸呗。”

……

纪依凡望着白术走远的背影，眉心轻轻皱起，略有一些不爽。

学习漫画一年，却没有一点成绩，她真拿自己当根葱了？

对于白术来说，苏老师的课很无聊，她听得昏昏欲睡。好不容易熬到下课，她立即戴好鸭舌帽，坠在人群后出了教室。

兜里的手机振动了下，是微信消息。

【欠债的】：小朋友，下课了吗，哥哥送你回家。

扫了一眼，白术没当回事，想将手机收起来，这时手机又振动了下，有新的消息跳出来。

顾野发来一张照片，是她的转运珠。

白术指尖一顿。

第二章

前三名，我全要

美术楼外有一片小树林，从北门出去需途经此地。如若赶时间，还能走横穿小树林的捷径。

顾野站在一棵槐树下，不再是白衬衫、黑长裤的搭配，而是连帽T恤搭休闲裤，脚踩一双运动鞋，清爽干净。

凉风习习，树影婆娑。

他低垂着眉眼，一手提着盒饭，一手把玩着一颗转运珠，神情心不在焉。

月悬高空，柔光似水，为他颀长的身姿笼了一层朦胧轻纱。

“转运珠。”

白术踩着滑板滑过去，在顾野跟前停下，伸出手。

顾野抬头，眸中映着她的身影，瞥见她脚下的滑板，眸光晦暗不明，随后低笑，语气玩味又痞气：“不是送我了吗？”

“不是还我吗？”白术反问。

如果他只是用照片吸引她过来，她可以考虑给他一滑板。

顾野盯着白术看了须臾，轻轻“嗯”了一声，说：“还你。”说着将打包的盒饭袋放到白术手上。

下一瞬，顾野拿起她的左手，挑开系着转运珠的长绳，将其绕在白术那一截纤瘦的手腕处，绑好。

手指拨弄了下转运珠，顾野松开她，勾起嘴角：“保管好，下次别弄丢了。”

“哦。”

白术淡淡应声，想将盒饭还给他。

“送你的夜宵。”顾野瞧了她一眼，别有深意道，“哥哥比较有钱。”

白术嘴角微抽。

真是一个小气记仇的教授。

因为顺路，二人一起回去。

白术提着夜宵，踩着滑板，跟在顾野身边。

“那颗转运珠……”

顾野的声音在寂静的小树林乍然响起。

白术疑惑地看过来。

“对你重要吗？”顾野唇畔带笑，似是随意一问。

沉吟两秒，白术说：“重要。”

顾野微怔：“既然重要，为何不找我要？如果我不还给你，那你就这么把它给我了？”

“因为我已经接受了它丢失的事实。另外，”白术一顿，歪头打量顾野两眼，酷酷地说，“我想你应该不好意思收下。”

顾野沉默了下，又笑，低哑的嗓音挺暧昧的：“怎么能收小恩人的东西。”

两个月前，顾野在一个村庄办事，运气不好，遇上一场小型地震。

他为救人受了伤，后又因余震被困。

当时，一支民间救援队坐直升机抵达村庄上空，采取伞降的方式落到地面。白术就在救援队之中，并且第一个将顾野救出送去了医院。

顾野在医院处理好伤势后，就向护士打探白术的身份。正巧那护士被前男友缠上，顾野就顺手帮了护士一个忙。

结果，那一幕正好被来医院的白术遇见，顾野被误会成“受伤都要勾三搭四”的花心大少，白术遂当面奚落嘲讽了他几句。

顾野哭笑不得。

当时白术还问了顾野转运珠的事，但顾野对此一无所知，自然没有转运珠给她。

直至告别了白术，他回到病房，才看到落在病床上的转运珠。

为时已晚。

心思一收，顾野目光转向一侧的白术：“别人送的？”

“嗯。”

顾野眯眼问：“谁？”

“谁啊……”

前方是个斜坡，滑板开始加速，白术从顾野身边滑过时，回眸看了他一眼。

“忘了。”

懒懒的两个字飘来。

滑板下滑速度越来越快，转眼拉开二人的距离。

晚风掀起白术的衣摆，在夜里荡出好看的弧度。

顾野笑了下。

这个没良心的小东西。

轻一杯的读者是神通广大的。

White给青衣颜投一万减票的事，让理智的读者都百思不得其解，于是他们顺着线索往下扒，结果很快就扒出青衣颜的《一只眼》画风和构思都像极了纪常军的风格。

但是，仅仅相像而已，并未找到原作。

因为这事关注度高，很快就传开，漫画圈对这事展开讨论，各抒己见，最后导致热度飙升，“青衣颜和纪常军”的话题竟上了热搜。

同一时间，纪依凡在微博发声。

【青衣颜－纪依凡】：感谢大家的关注和质疑。在这里澄清一下，我是@漫画家纪常军的孙女，从小看爷爷的作品长大的，创作漫画时会潜意识向爷爷靠拢，大概是被影响了。今后我会注意的，谢谢！

微博发出后，纪常军立即转发，以示澄清。

爷孙俩做出解释后，“画风相似”的猜测不攻自破，原本对“抄袭”的关注度转向青衣颜的作品，青衣颜迅速得到路人和读者的支持。

“原来是一家人，爷爷教孙女，画风能不一样吗？”

“青衣颜实冤。选择低调靠自己，结果被白大误会，投了一万减票。白大在装死吗？赶紧出来道歉。”

……

如纪常军、纪依凡所料，在公开二人身份后，White投一万减票的事，不仅没给青衣颜造成不利影响，还借舆论为青衣颜进行了推广。

原本《一只眼》的票数排在第30名左右，连入围第三轮都困难，经此一事，其票数和排名跟坐火箭似的上升。

天气变化不定，这日又升了温，傍晚时分，空气依旧燥热。

云河烧烤还没开门，店内却奢侈地开着空调，牧云河独占一张餐桌，戴着耳机敲打着键盘，在《BUG》这款游戏里大杀四方。

这时，电脑屏幕闪了两下，黑了。

一个对话框跳出来。

【陌生人】：牧哥，你能黑进轻一杯这个网站吗？

【牧云河】：小仙女？

【陌生人】：嗯。

牧云河吸了口气，抓起手机给白术打电话。

“你在干吗？”牧云河拎了拎领口，情绪有点暴躁。

“在学怎么当黑客。”

“学几天了？”

“三天。”

好样的，不愧是降维打击小天才，学了三天就能入侵他电脑了。

冷静片刻，牧云河问：“你想黑了轻一杯？”

“嗯。”

“这种连投票作假都禁止的网站，难度系数远远超出我的能力。”

“哦。”

简简单单一个字，处处透着“你好没用”的意思。

牧云河咬牙：“或许你可以找顾学长试试。”

“嗯？”

“毕竟是个被称之为天才的人物，说不准有点过人之处。”

“哦。”

白术温暾地应声，把电话掐了。

放下手机，牧云河打算继续玩游戏，结果电脑屏幕一闪，蹦出一个恶搞视频，满屏闪过“你好没用”四个字。

牧云河心如死灰。

窗帘拉开，夕阳余晖透射进来，洒落一地。

白术坐在电脑前，支着下巴思考片刻，视线一转，落到通往隔壁的墙面。

她开始敲键盘。

隔壁，顾野玩了一局游戏，站在窗前抽了一根烟。

回来时，他瞥了眼电脑屏幕，一顿。

他嘴角勾了勾，笑得轻慢。

小样儿，胆儿真肥。

卧室里，只有键盘敲打的声响，噼里啪啦。

夕阳橘黄的光线洒在白术身上，割出一道明暗交界线，一半光，一半影，精致的小脸被光影隔开，眉目藏在阴影里。

窗外的晚霞红得热烈。

屏幕上跳出一行字：小朋友，这是什么勾搭哥哥的新途径？

白术手指顿住，敲击键盘的声音骤停。

下一秒，一张图片出现在白术屏幕上，是她坐在电脑前的截图。

白术下意识看了眼电脑摄像头。

又一行字跳出：下次记得把摄像头封住。

白术抿了抿唇，眸光微闪，又开始敲键盘。

【白术】：哥哥。

【顾野】：？

【白术】：我能请你吃顿饭吗？

【顾野】：……

隔壁，顾野盯着屏幕半晌，轻笑一声，抬手揉了揉腮帮子。

"啧——"

小朋友不知在打什么鬼主意。

良久，顾野拿起放在一旁的手机，点开微信，给白术拨了一通语音电话。

"又请哥哥吃路边摊啊？"

顾野调笑的声音通过话筒传递，电话那边静默了一下。

而后，白术回答："不是。"

往椅背上一靠，顾野手肘往后搭在靠背上，装腔作势地开口："低于十块钱的，不去。"

"好。"

白术爽快地答应了。

沉默好半天后，顾野轻叹一声，直言道："说点什么吧，让哥哥心里有个底。"

白术一字一顿地说："单纯想请你吃个饭。"

斟酌片刻，顾野说了句"在家等我"，然后挂断电话。

他站起身，视线往某面墙一瞥，心想：我真是信了你的邪。

鲜红如血的晚霞渐渐散开，天幕成了一片青灰色，只剩西边几抹红霞残余。

顾野换了一套休闲装，来到隔壁房间门前，屈起手指在门上敲了敲。

"笃笃笃"。

门很快被拉开，穿着拖鞋的白术现身，她看了顾野一眼，说："等一下。"

说着，她就趿拉着拖鞋回了卧室。

门敞开着，顾野没傻乎乎地杵在门口，迈进客厅。

客厅布置还是记忆中的暗黑画风，透着阴森森的气息。餐桌上有一个玻璃杯，盛着半杯水，此外还有一本书。

顾野看了一眼，视线顿住，赫然见到那本书的名字——《黑客攻防实战·从入门到精通》。

顾野无言。

这时，白术走出卧室。

她换了套衣服，白色长T恤，衣摆能遮住短裤，裤边隐约可见，两条笔直纤细的长腿清晰展现，脚上穿着一双白色帆布鞋。

斜了她一眼，顾野哂笑，舌尖一抵腮帮，手指在那本崭新的书上敲了敲："你的黑客教材？"

"嗯。"

"看了这个就来入侵我的电脑，"顾野的表情一言难尽，"你是来羞辱我的？"

"其实……"

白术拖腔拉调地出声。

顾野眉一挑，等着她的解释。

顿了顿，白术安抚他："我羞辱过的人挺多的，你不是头一个，不用太介怀。"

顾野心想，我真的是看在你年龄小又是女生的分儿上才没有动手的。

气温升高了好几度，夜风里裹着热气，隔着衣服布料拍打在身上，灼出了一身的汗。

这是一家兰州拉面店，店面逼仄，桌椅油腻，左右墙面各安着两把风扇，左右摇晃着，争取对店内客人雨露均沾。

窄小的餐桌限制了顾野长腿的舒展，他忍辱负重地将腿一收，手肘搭在桌面，指了指跟前那一碗冒着热气的兰州拉面。

他"嗞"了一声，惊奇地问："就这？"

"十二块。"

顾野不吭声。

"不是路边摊。"

顾野不接茬。

"你们这些有钱的哥哥都这么娇生惯养的吗？"

白术三连杀。

顾野深吸口气，忍了，嘴角扯出一抹笑，从竹筒里取出一双筷子，掰开，开吃。

嘴上说着嫌弃，真吃起来时，他倒是挺爽快的。

"吃也吃了，"吃到一半，顾野抬眼，看着正在慢条斯理扒拉面条的白术，用筷子敲了敲碗沿吸引她注意，"是有什么事想求哥哥的？"

白术咽了口面条："你能黑进轻一杯吗？"

将她淡定自若的神态尽收眼底，顾野又看了眼店内嘈杂的环境，磨了磨牙，有些哭笑不得。

在这种场合，跟一个法学生光明正大讨论这事，简直诡异又违和。

顾野问："江南枝参加的那个？"

"嗯。"

顾野低头看着那碗十二块钱的拉面，第一次感觉自己的技术是如此的廉价。

他笑："这么大一个事，就值一碗拉面啊？"

"吃都吃了。"

言外之意：没得商量。

"行吧。"将拉面碗往旁一推，顾野倾身凑过去，"附耳，细说。"

白术静默片刻，最终还是决定配合他，凑到他耳边，轻声说了几句。

温软的气息喷洒在他耳侧，女生嗓音轻轻的，声音入耳时划过耳郭，像是小猫的爪子，一挠一挠的，勾得人心尖发痒。

“就这样。”

说完，白术就退了回去。

顾野往后一倒，靠着椅背，慵懒的模样像只餍足的猫。他眉眼带笑，手指有意无意地摸着耳朵，眼神越发勾人了。

“为什么非得黑网站，直接公开效果不一样吗？”

“不一样。”白术一本正经，顿了顿，蹙眉道，“这脸……打得不爽。”

行，是合他胃口的小朋友。

顾野抬起眼皮，乐了：“成。”

轻一杯第二轮投票为期两周。

纪依凡因公开跟纪常军的关系，让读者以为White是误会她才投的一万减票，导致读者集体在网上讨伐White，同时团结一心为她投票。

最后三天，青衣颜一跃成了榜首。

成功摘取桂冠！

投票结束的第二天，轻一杯在网站上公开前三十的名单，并且附上每一个作者的感谢语音。

读者们兴致勃勃地点开第一名青衣颜的语音。

然后，他们裂开了。

原本青衣颜的感谢语音，被换成了一段对话录音。

老人：“我只是给了你一个分镜稿，让你好好改，你怎么抄了九成？”

女生：“我觉得爷爷的分镜稿太好，没法改。”

老人：“这是原创画稿，只要我不承认，就没人能扒出来。”

老人：“你现在被投一万减票，White又拿不出证据，所以你在读者眼里就是受害者。先让这事维持热度，等时机成熟，你再承认是我孙女，自幼看我漫画长大的，各方面都在学我。”

……

录音时长不到两分钟，但这场投票背后的阴谋，一望而知。

实打实的证据摆在这里，读者再傻都知道他们被耍了，而且是智商被按在地上摩擦的那种。他们顿时愤然倒戈，开始大规模讨伐纪常军和纪依凡。

前几日这一对爷孙受到怎样的追捧，现在他们就将承受数倍的诋毁。

至于轻一杯这边，在得知录音被换掉后，立即采取行动。

他们排查换录音的人，无果。

随后，在愤怒的读者围攻下，他们选择撤销青衣颜的成绩排名，先安抚住读者，然后联系纪常军和纪依凡另想办法。

读者和轻一杯不知道是谁爆的录音，但纪常军、程珊珊、纪依凡三人心知肚明。

在纪常军、纪依凡被读者攻击时，白术的手机也被信息和电话狂轰滥炸。不过，她视而不见，关机睡了个午觉后，在傍晚时分出了门。

她刚走到小区门口，一辆轿车就开过来，在她跟前停下。

拉开车门，她坐上副驾驶。

一个小时后，牧云河将车开到纪家别墅外面。

左手搭在方向盘上，牧云河侧首看着白术，笑了笑："要我陪你吗？"

"不用。"白术解开安全带。

"出了事让白猊出来报信，哥哥第一时间去救你……"

回应牧云河的，是白术关门的声音。

纪常军、纪依凡、程珊珊都在家。

得知白术回来的消息，程珊珊第一个冲到客厅，见到白术后直接一巴掌甩过去。

"汪汪——"

狼狗白猊第一时间冲上来，挡在白术跟前，吓得程珊珊后退两步。

程珊珊怒瞪着白术："白术，你是不是没有心！依凡可是你亲妹妹，你怎么忍心让她身败名裂！坏了纪家的名声，对你有什么好处？！"

白术摸了摸白猊的脑袋，白猊老实蹲在她身边，但眼神凶狠、防备地盯着程珊珊。

歪了歪头，白术嗤笑："是不是亲妹妹，你心里没点数？"

程珊珊脸色一白。

"白术，你什么意思！"纪常军神情阴鸷地走过来，眼里燃着怒火，怒声道，"你爸在外做了龌龊事不敢认，我跟依凡在三家医院做过亲子鉴定，确定有血缘关系！依凡不是你爸的女儿，还能是谁的？！"

神情淡漠地扫视一圈，白术不咸不淡地反击："那可说不准，万一你在外还有私生子呢。"

纪常军脸色突变，勃然大怒，举起拐杖的手在颤抖。

他怒目圆睁地骂："你！这种话也说得出来！"

白术面无表情地看着纪常军，跟看猴戏似的。

"滚！"纪常军用拐杖敲着地面，几乎是咆哮道，"你给我滚出纪家，永远不要再回来了！纪家庙小，容不下你这种大义灭亲的畜生！"

"我会回来的。"

白术无意停留，懒懒扔下一句话，潇洒转身。

走之前，她看了白猊一眼。

白猊立即站起来，乖乖跟在她身后。

一人一狗走到门前，突然停步。白术忽然回身，往灯火通明的客厅看了眼，视线扫过纪常军、纪依凡、程珊珊三人。

她勾起嘴角，声线清冷，裹挟着几分狠戾：“你们最好日日求神拜佛，祈祷我爸死在外面。”

三人身形一震。

一人一狗远去。

客厅里。

程珊珊被白术最后那一记眼神震住，她下意识回头跟纪常军道：“爸，她是不是……”

“是什么是！她知道什么！”

纪常军瞪了她一眼，截断她的话。

程珊珊赶紧闭嘴。

又给了她一个警告的眼神，纪常军才回过身，看着眼圈微红、身形纤弱的纪依凡，语气缓和了些：“依凡，这事你按照我说的做，尽量将这事的影响降到最低。”

“是。”

纪依凡乖顺地点头。

纪常军交代她好好休息，然后将程珊珊叫去了书房。

家里的阿姨心疼纪依凡，温了一杯牛奶，走过来递给她。

“谢谢，我没胃口。”纪依凡抿着唇，垂眼，模样楚楚可怜，像是一朵惹人怜惜的娇花，“阿姨，你可以把姐隔壁那间房的钥匙给我吗？”

“哦。”

阿姨不假思索地点头。

几分钟后。

二楼某间房的门被推开，阿姨走进去，将灯打开。

室内顿时亮堂。

纪依凡眯了眯眼，然后睁开。

映入眼帘的是满室的奖牌、奖杯、奖状、证书……琳琅满目的物件，代表着一项又一项的荣耀，令人叹为观止。

用一间房来盛放曾经的荣耀。

这些奖项涉及项目很广，美术、摄影和极限运动占多数，此外涉猎奥赛、钢琴、击剑……多种多样，可以想象获奖主人生活的精彩。

但是，距离现在最短的时间，是在七年前。

那一年，白术十二岁。

被誉为天才少女的白术，在一场大病后归于平庸。从那之后，一切辉煌已成过去，她的生活跟同龄人一般无二。

两年前，纪依凡刚搬进来，无意间闯入这间房，震撼良久。

此后，这便成了她的心结。

“把这些都扔了吧。”纪依凡轻描淡写地说。

望着这满室荣耀的眸子看似平静，实则暗潮汹涌，艳羡嫉妒的情绪唯有本人才知道。

阿姨迟疑：“这……”

多可惜啊！

“反正留着也没用，”纪依凡语气轻柔，“我喜欢这个房间，想用它做画室。”

“是。”

阿姨没有反驳的理由。

牧云河将白术送到小区楼下。

“在小区里养白猊的证件都办好了，”牧云河交代道，“它这庞然大物的，闲不住，你得每天遛遛它。还有，出门记得牵狗绳。”

后面没人回应。

牧云河觉得纳闷，回过头，赫然发现白术竟抱着白猊睡着了。白猊还醒着，安分地给白术当抱枕，毛茸茸的身体像极了枕头。

犹豫了下，牧云河喊：“小仙女。”

“汪——”

白猊冲着牧云河吼。

白术没被牧云河喊醒，却被白猊的一声叫唤吵醒了。她困倦地睁开眼，鸭舌帽滑落到车座下，头发散乱着，整个人睡眼惺忪的，挺无害的样子。

牧云河轻叹口气，又无奈地嘱咐了白术一遍。

白术彻底睁开眼，将鸭舌帽捡起来戴上，漫不经心地说：“知道。”

“要是纪家来学校找你的碴，你就给哥哥打电话。”牧云河叮嘱。

“哦。”

“还有——”

“走了。”

白术不想听牧云河唠叨，打断他，将车门推开，带着白猊下车。

没想到白猊一下车，就跟脱缰野马似的，径直往大楼里奔。

白术愣了一下，看着白猊撒欢狂奔跟见了亲人似的迫切样儿，抬步跟上。

她一直跟到电梯附近，见到对除她之外谁都不理的白猊扑在一个人身上，“汪汪”地叫个没停，热情又欢喜。

狼狗扑过来时，顾野没躲，结结实实承担了大部分重量，而后看狼狗蹭来蹭去，他觉得挺有意思的，摸了两把狼狗的毛，嘴角轻轻弯了弯。

察觉到来人，他抬头一看，微怔，眼里笑意尚未散去，神情柔软：“你的狗？”

“嗯。”

顾野恍然：“难怪这么热情。”

白术冷漠道：“要点脸吧。”

顾野乐了。

“叮——”

电梯门开了。

白术屈指递到唇边，吹了声哨子，前一秒还对顾野热情洋溢的白猊，后一秒扭头奔向白术，后腿一弯，规规矩矩地蹲在她跟前。

顾野瞧着有趣，随口一问：“训练过的？”

“嗯。”

白术带着白猊走进电梯。

顾野跟上。

他朝白猊伸出手，白猊立即将前爪伸过来，跟他握手。

顾野问：“它对谁都这样吗？”

白术皱眉：“不。”

“那——”

“不过，它发情的时候，会对个别——”

“小朋友。”

顾野忽然喊她，在白术话头止住后，伸出手指捏住她的帽檐，然后猛然往下一拉，遮住她大半张脸。

他轻咬着后槽牙，说：“闭嘴吧。”

余光扫了他一眼，白术默不作声地将帽檐扶上去。

录音被公开后，纪依凡和纪常军面对读者的雷霆怒火，并没有坦白承认，而是统一口径发了微博，对录音抵死不认，话里话外指控录音是伪造的。

同时，纪依凡表示在跟轻一杯主办方商量后，决定退出比赛。

纪依凡这一拨节奏带得很好，加上先前积攒的风评，导致一批读者真信了她的说辞。本该是毁灭性的打击事件，在这一对爷孙俩齐心协力的挽回下，竟没有彻底社会性死亡。

而在这之后，纪依凡和纪常军都识趣地保持沉默，静静等待着这一风波过去。

事实上，纪依凡和纪常军的决定非常明智。毕竟，网上对任何事件的关注度都只有三分钟。

在纪依凡退出比赛后，轻一杯第三轮比赛进入筹备阶段，读者立即将注意力转向第三轮的比赛，讨论纪依凡和纪常军的声音日渐式微。

第三轮的赛制比较特殊，三十名新人，平均分配到十名评委老师手下。在这一轮，新人将会在评委老师的指导下进行创作，四周之后交上他们的漫画作品，再在线上公开，由网友投票决定最后的名次。

前七名出道。

在这一轮比赛里，新人是否能被分配到一个靠谱的评委老师，对之后的成绩起决定性的作用。

这天上午，白术收到轻一杯工作人员的消息。

【打工人 101】：White 老师，第三轮比赛于三天后开始。鉴于青衣颜被取消参赛资格，缺一个名额，分配给您的学生只有两个，分别是恨长山和墨川。

【打工人 101】：稍后我会将您在轻一杯上的账号发给他们，方便他们联系您。

【White】：我要三个名额。

轻一杯工作人员沉默了半个小时后才回消息。

【打工人 101】：抱歉，名额已经分配好了，不能更改呢。

【White】：从规则上说，倘若学生有意见，可以申请调换导师。

五分钟后。

【打工人 101】：是的。

【打工人 101】：如果有学生愿意跟您的话，他可以向我们申请，但我们是不能主动插手的。

【White】：知道了。

十分钟后，White 发了一条微博。

【White】：@SL，我要第三轮前三名，你跟我，第一归你。

白术的新微博发出后三分钟，评论区立即被读者和黑粉占领，认可支持的一条都找不到，全都是阴阳怪气的。

“他是忘了上一轮怎么贬低学生引起众怒的吗？分配给他的两个学生能否留住都不一定，竟然还有勇气抢简以楠的学生？”

“我笑疯了，他竟然想在简以楠手里抢人？”

“轻一杯官方先前在这一届新人里弄过一个‘最受欢迎评委老师’的投票，简以楠以接近半数的投票夺下第一，是当之无愧的热门评委老师。SL 能被分配到简以楠名下，算祖上烧高香了，抱大腿还来不及呢。”

“简以楠，高智商天才，从少年班直升进东川大学的，年仅二十岁，就已经在读博了。漫画造诣更是青年漫画家中的佼佼者，代表作《天煞》的销量连续三年维持在全国前五，她可是被漫画圈誉为‘第二个 Zero’的人。白大拿什么来碰瓷她？”

“往届评委的目标都是带一个学生出道。毕竟十个评委，三十个学生，七个出道名额，总有评委带的学生一个都无法出道。白大倒好，一张口就要前三，这要没个十年脑血栓，说不出这种话。”

“特地扒了下名单，分配给白大的学生，一个第九名（墨川），一个十八名（恨长山），他要收的 SL 是二十三名。这三个出道都困难，他还想靠这三个人拿下前三？疯了吧。”

……

白术发完微博后，重新点开轻一杯官方 App。

轻一杯有网站，亦有 App，并且有社交功能。注册的账号，只要互加好友，就可以进行私聊。

有的作者和评委会选择微信交流，但白术申请了资料保密，所以她和其他评委、官方、作者的交流，全都在轻一杯 App 里进行。

好友申请：墨川。

好友申请：SL。

白术一一同意，加了好友。

一分钟后，墨川率先发来消息。

【墨川】：白大，您好。我是中曲山。实不相瞒，我参加轻一杯，就是冲着您来的。我找您有一事相求。

中曲山，国内知名漫画家，擅长治愈系题材的漫画。他出道七年，仅有的两部作品皆被改编成动画、影视、舞台剧，并成功出圈，成绩斐然。

他找自己有什么事？

眯了眯眼，白术回复消息。

【White】：不急的话，比赛结束后再说吧。

【墨川】：好的。我会拿第一。

【White】：拿第二吧。

【墨川】：？

【White】：第一要给 SL。

【墨川】：可以。

【White】：需要指导吗？

【墨川】：您放心，控制在第二有些难度，但只要您尽心教导 SL，我这边应该没问题。我会在交稿之前给您看一遍。

白术回了一个“好”，然后结束了跟墨川的对话。

退出对话框后，白术收到SL发来的消息。

【SL】：我想跟你面谈。否则，免谈。

面谈？

众所周知，White从不公开露面，身份信息一概保密，连行内都基本无人知晓White的身份。

SL在提出这种要求时，就应该知道，得到肯定回复的可能性为零。

托着腮，白术将手机在手中旋转两圈，沉吟了下，回复。

【White】：可以。

这里地处市中心，一栋栋高楼拔地而起。窗外是广阔的江景，沿江霓虹闪烁，漫开两条永不交汇的平行线，色彩绚烂，江面波光粼粼，映着斑驳碎光。

卧室里亮着灯。

少年坐在椅子上，长腿一伸，踩在书桌的横杠上，同时身子往后仰，椅背倾斜，椅子两条前腿脱离地面。

手机振动了下，他捞起来看回复。

然后，愣住。

几秒后，少年震惊地爆发出一个脏字。

这时，少年长腿往回一收，椅子失去平衡直接往后倒，而还陷在情绪里的少年没反应过来，连同椅子一起栽倒。

连带地，打翻了旁边的围棋棋罐，白色棋子洒落一地。

半晌后，少年“嘶”了一声，揉着后脑勺爬起来，弯腰，在一堆棋子里捡起手机。

他回复。

【SL】：我在长宁市，你在哪儿？

【White】：长宁市。

抬腿将倒地的椅子勾起来，少年重新坐下，盯着手机屏幕好半天，最后眉眼溢出些许不羁和桀骜，他活动着手指继续回复。

【SL】：周日下午四点，地点我再跟你约。

手机振动了下，一条新消息弹出来。

【White】：好。

盯着“好”这个字看了半天，少年咬咬牙，暗骂一声。

见鬼了。

这种嚣张跋扈跟全网为敌，所以特别注重信息保密的喷子，怎么会同意跟人私下见面？

就不怕被人约出来打死吗？

晚上有课。

在跟墨川和SL沟通完后，白术去了学校。但是，在去教室之前，她先绕道去了宿舍。

她一进宿舍，就见江南枝一个人蹲坐在椅子上，愁眉苦脸地盯着电脑屏幕。而屏幕上，则是对White的好友申请，只是迟迟没点击确定。

“白妹妹，你今天住宿舍？”扭头见到白术，江南枝登时喜笑颜开。

“我来看看，”白术瞧了眼她的电脑屏幕，淡淡道，“宿舍是不是断网了？”

“没呢，网络好得很。怎么了吗？”

白术一时无言。

“白妹妹，你来得正好。”陷入难题的江南枝在看了白术两眼后，倏地来了精神，跳下椅子走到白术身边，“你给我出出主意吧。”

“怎么？”

“我进轻一杯第三轮了，但分配到的老师是白大。你知道的，白大是个毒舌，我不想跟他——”

白术打断她：“第十八名。”

“啊？”

“你要换老师的话，不如直接放弃出道。”白术直截了当地说。

江南枝沉默了好半天，随后小心翼翼地开口：“白妹妹，你是不是生气啦？我知道你是白大‘女儿粉’，一心一意支持他，但我真的很怕他……”

“没生气。”白术说，“如果你不想出道，可以不选择他。”

江南枝僵了一瞬：“他真能帮我出道吗？”

“嗯。”

“那……”不知怎的，看着白术肯定的神情，江南枝竟是动摇了，“那我不换老师了。”

“嗯。”

见到白术点头，江南枝松了口气，她眉眼又染上笑意：“说起来，我还挺佩服白大的，说什么拿前三，还抢简以楠的学生。他不知道简以楠有多受欢迎吗？”

白术剥开一根棒棒糖含到嘴里，不感兴趣地回答：“不知道。”

江南枝沮丧地眨眼：白妹妹，话题都被你聊死了。

在亲眼见到江南枝给White发送好友申请后，白术就没再待下去。她在书桌上找到一本分镜本和几支画笔，然后去了教室。

结果，她刚进教室，就听到同学讨论White和简以楠的声音。

“我感觉White在蹭简以楠的热度。不然的话，他要一个排名二十三的学生做什么？拿前三什么的，都是说说吧。”

“别啊，万一他说的是倒数三名呢？”

“老艺术家了，别晚年不保哦。”

“我听人说，简以楠知道他的豪言壮志后，根本就没当回事，还说了一句‘哦，他很厉害吗’。”

……

将这些话听在耳里，白术揉了揉鼻子，在后排挑了一个位置坐下。

这时，班长乔渡走过来，臭着脸催她交作业：“苏老师布置的短篇漫画，今天是最后期限。”

“哦。”白术将分镜本摊开，漫不经心地回，“下课给你。”

见她如此气定神闲，乔渡瞥了一眼她的分镜本，结果傻了眼。

一片空白，还没开始。

一言难尽地看了白术一眼，乔渡摇了摇头，走了。

白术摘下棒球帽，左手拿起笔，可在落笔时，倏地抬眸，看了眼教室里的学生，略微一想，便换成了右手。

她开始做作业。

两节课结束，乔渡准时来收作业。

“漫画。”手指敲了敲桌面，乔渡看着刚合上分镜稿的白术，有些不耐烦地催促。

“喏。”

白术把分镜稿扔给乔渡，然后拿起棒球帽，起身离开。

画完了吗？

乔渡心里嘀咕着，随手翻开分镜本，结果看了两眼后，就将分镜本合上了。

这都画的什么玩意儿。

月光似薄纱，与昏黄路灯洒落一地，拉扯着变幻不定的人影，或长或短。路边绿植里响着虫鸣，辨认不清声源方向。

小区里有行人，不多，三三两两，间或听到低语。

白术悠闲地散步。

后面响起脚步声，不急不缓地跟着。

倏地，脚步声近了，随后一只手伸过来，将白术的棒球帽摘走。与此同时，手贱之人出声调侃：“利用完哥哥就视而不见了？”

来人的靠近掀起一阵风，白术侧首，有头发被吹到前方，迷了眼，丝丝缕缕的，琥珀色的瞳仁在光影里被分割。

顾野看得愣了一瞬。

“交易。”

白术正儿八经地纠正他。

顾野“嗯”了一声，强调道：“一笔十二块的交易。”

白术瞧着他。

“好歹是同流合污过的伙伴，”顾野举起手中的夜宵，朝她发出邀请，“要不要一起吃个夜宵？”

烧烤的香味从包装袋里溢出，白术鼻翼翕动，爽快地答应：“好。”

顾野勾了下唇。

又是那个直男黑暗风的客厅。

顾野打开餐厅吊灯，视野登时被五颜六色的光线充斥，一瞬间仿若置身于八十年代某乡村的大型演播现场。

“你平时在家蹦迪啊？”顾野惊奇地瞥向在玄关换鞋的白术。

“灯坏了，牧云河装的。”

白术趿拉着拖鞋走过来，把顾野手中的棒球帽夺走，抬眸看了眼这充满乡土时尚气息的吊灯，神情淡淡的，没觉得有什么。

她评价道：“他品位有点奇怪。”

顾野思绪复杂地将夜宵放到桌上。

他买了烧烤，以及几罐啤酒。

一一拿出来后，他想招呼白术过来吃，结果发现人没了，厨房的白炽灯亮起，有人影在动。

看了两眼，顾野收回视线，无意间瞥到茶几上一沓漫画杂志，有些眼熟，便饶有兴致地走过去，拿起来翻看着。

不多时，白术拿了个装满狗粮的碗走出来，将狗粮放到固定位置，然后打开书房门。

白猊顿时扑了出来。

她弯腰摸了它两把，又拍了拍它的脑袋，让它去吃狗粮，结果它离开后围着站在茶几旁的顾野转了两圈，然后才去吃。

白术颇有些不解。

白猊对顾野过分热情了。

侧首看去，白术视线一顿，见到顾野手中的杂志。

她刚想开口，就被顾野抢了先：“很喜欢漫画？”

顿了下，白术答：“还好。”

“这本杂志不是早停刊了吗？”顾野轻轻挑眉，手指在陈旧的杂志上敲了敲，眼里笑意不减，“你这些还是十年前的。”

“你知道这本杂志？”白术神情颇为奇怪。

“嗯。”

“哦。”白术收回视线，走到餐桌旁，拿起一罐啤酒，随口道，“有个喜欢的作者，画到一半断更了，就一直收着。”

说着，白术将啤酒打开，仰头喝了两口，顿了顿，又没有情绪地补充了一句：“他可能是死了吧。”

不知道为什么，顾野觉得心口一凉。

顾野斟酌了下，问：“谁？”

“Ego。”

顾野没说话，顿了片刻，他伸手摸了摸胸口。

几分钟后，白术蹲坐在椅子上，一手拿着烤串，一手拿着啤酒，一口烤肉一口啤酒，吃得很有节奏。

她喝酒时喜欢灌一口，腮帮子微微鼓起来，像一只进食的仓鼠。

顾野抬眸时无意撞见这一幕，静静地看了会儿，而后低下头，漫不经心地咬了口烤肉，但余光却偶尔飞起，落到白术身上。

可爱到有点犯规。

吃到一半，顾野往后一倒，想掏烟，但在瞥见对面坐着的白术后，又止住了。他手一抬，拿起桌上最后一罐啤酒，手指拉开易拉环。

“以后想当漫画家？”他喝了口啤酒，靠在椅背上，懒懒地跟白术闲聊。

“嗯？”

白术忽然抬头。

顾野道：“你第二专业不是选的漫画吗？”

“嗯。”白术将手中空空的竹签放下，小口地抿了口啤酒，回答他上一句话，“不是。”

“单纯喜欢看？”顾野眉头一扬。

白术拧着眉头想了想：“没什么好看的。”

“我愿称你为结束话题小能手。”顾野真心实意地评价。

“谢谢。”白术礼貌地回答。

顾野彻底闭了嘴。

吃完夜宵，顾野顺便将垃圾带走，走之前，他抬手揉了揉白术的脑袋：“下次请哥哥吃夜宵。”

“不——”

白术想拒绝。

然而这人溜得贼快，没等她说完，人就已经离开了。

看着被关上的门，白术静静站着，好半晌后，抬手拨弄了下被拨乱的头发，转身回到客厅。

周日，下午四点。

咖啡厅里开着空调，温度偏低，有的客人低声细语，有的客人埋头工作。

白术在指定位置坐好，棒球帽和滑板放在旁边椅子上，她单手支颐，捏着吸管的一端，喝了一口冰柠檬茶，透心凉。

这时，有人走过来，定在一侧，有阴影洒落。

瘦削细长的手在桌面敲了敲，少年干净慵懒的声音落下来。

“喂，你坐错位置了。”

白术闻声，抬眼看去，见到一个脸熟的少年，目光微顿。

少年垂着眼，右侧有一颗小小妖痣，很吸睛的点缀。眼睫细密且长，瞳仁漆黑，却清澈透亮。

他穿着长衣长裤，上身一件白色打底衫，外面一件黑色连帽外套，帽子罩在脑袋上，下身穿着休闲裤和运动鞋。

年龄不过十六七岁，身板透着点单薄消瘦感。

又喝了口冰柠檬茶，白术一字一顿地说：“没有。”

手掌一翻，五指虚虚地按在桌面，少年微微倾下身，居高临下，说：“我让你换个位置。”

白术眼皮都没抬一下：“不换。”

“你——”少年颇有些不耐烦。

朝对面轻抬下颌，白术打断他：“你去对面。”

少年盯了她半晌，没有赶人，而是走到对面坐下，长腿大剌剌地向前伸展，入侵感爆棚。

落座后，少年视线不时落到白术身上。片刻后，他似乎忍不住了，主动开了口：“我是不是在哪儿见过你？”

“没有。”白术言简意赅地说，一掀眼皮，提醒他，“不要套近乎。”

少年卡了一下。

谁跟你套近乎了！

扫兴地收回视线，少年掏出手机，低头开始发消息。

这边，白术兜里的手机振动，她拿出来一看。

【SL】：我到指定位置了。但对面坐了个小姑娘。

顿了顿，白术抬眼看向对面，正好跟少年疑惑的目光撞上。

少年眼里掠过一抹惊恐。

白术平淡地给了少年一个暴击："我就是那个小姑娘。"

于是，对面的少年，表情以肉眼可见的速度裂开了。

少年在难以言明的震撼中沉默着，心理防线崩塌又重组，好半晌后，他仍是难以接受这个事实，满怀质疑地问："White 让你来的？"

静静地跟他对视两秒，白术说："我想吃蓝莓芝士蛋糕。"

屏息以待的少年等来这么一句话，险些没当场掀桌。

"行。"

强行挤出一抹笑，少年咬牙，起身走向咖啡厅前台。

不一会儿，他端着一份蓝莓芝士蛋糕过来，往桌上一放，朝白术推了推："可以了？"

"嗯。"拿起小叉子，白术不咸不淡地说，"我就是 White。"

少年感觉头皮都要炸了。

吃了口蛋糕，白术又喝了口柠檬茶，扫了眼僵在原地的少年，说："你慢慢崩溃，崩溃完了再跟我说话。"

这欠抽的德行，还真有点 White 的风范。

手指蹭了蹭鼻尖，少年缓了片刻，怀着复杂的心情重新在对面坐下，然后跟入定似的，一言不发地盯着白术。

白术吃东西时很安静，小口小口地咀嚼，不紧不慢，偶尔喝柠檬茶时腮帮子会鼓一下，甚至有几分乖巧。

良久，少年倏然起身，找前台要了一杯冰咖啡。咖啡到手时，他直接挑开盖子，仰头喝了两大口，干掉半杯。

之后，他拎着咖啡回来，重新坐下，坐姿明显放松许多。

"你多大啊？"他问。

"十九。"

少年哑巴了。

"十二岁就出道，你骗鬼呢。"少年哂笑，然后兀自猜测道，"你是白大女儿吧？"

"不是。"

少年没说话，舌尖轻抵后槽牙，然后又灌了一口冰咖啡。

"你拿什么说服我选择你？"不再废话，少年强行逼迫自己接受这个离奇事件，把话题扯上正轨。

"第一。"

"你说拿第一，就能拿第一？"

"嗯。"

白术淡淡应声。

这股子自信，真是无人能及。

少年笑了一下：“我要是对第一不感兴趣呢？”

“你要真不感兴趣，就不会找我了。”

被她完全看穿，少年在心里暗骂一声，将杯里最后的咖啡一饮而尽。

在少年的沉默里，白术吃完最后一口蛋糕。

放下小叉子，白术问：“你叫什么名字？”

“即墨诏。”

“下围棋的？”

即墨诏心里“咯噔”一下：“你知道？”

白术慢悠悠地说：“听楼下大爷说过。”

即墨诏嘴角微抽。

“即墨诏，”白术瞧着他，语气平静，“一周内，交一份草稿给我。”

怔了怔，即墨诏回味过来，蹙眉：“我答应了吗？”

拿起棒球帽往头上一戴，白术斜了他一眼，很随意地说：“你想答应，我领悟到了。”

即墨诏瞠目结舌。

还带这么耍无赖的？！

跟即墨诏告别后，白术坐公交车回到学校。为了抄捷径，她从学校东门进去，中间路过美术楼时，注意力被楼前的画展横幅吸引。

是美术院举办的画展，展品都是在校生的作品，主要以简以楠和纪依凡的作品为主。

纪依凡自幼学习美术，但一直没什么成就。这两年在纪常军的营销下，纪依凡积攒了些名气，被冠以“超现实派小才女”之称。

简以楠不一样，从小就展露绘画天分，实打实靠努力和作品出的名。而且，她三手兼抓，将学业、画画、漫画都协调得很好，不过跟纪依凡一起举行画展，实在是自降身价了。

“白小术，你也来看画展啊？”

正当白术想走时，顾野溜达着出现，手里还提着一份臭豆腐。

白术的注意力被臭豆腐吸引。

顾野却说：“一起吧。”

顿了下，白术跟上顾野的步伐，问：“你是去熏场子的吗？”

“买了才决定来看画展的。”顾野晃了下手中的臭豆腐，“看完出来再吃。”

“分我吗？”

“给。”顾野笑了笑，干脆将臭豆腐塞到白术手里，“全给你。”

臭豆腐其实用塑料袋封口了，味儿不大。白术并不想看画展，但跟着顾野进了美术楼的大门，抬头瞥见简以楠的油画后，忽地改了主意，决定留下来了。

简以楠拿来展览的作品就五幅，都是新创作的，这是第一次展示。不可否认，相较于她以前的作品，进步很大。

白术饶有兴致地看了会儿。

但是，沿着走廊往里走了一段，见到别的作品后，白术欣赏的兴致就荡然无存，只觉得索然无味。

晃荡着来到纪依凡的作品展示区，白术撇撇嘴，扭过头，见到顾野盯着其中一幅作品看，便走过去，问："好看吗？"

"差点感觉。"顾野评价。

"怎么说？"白术歪头瞅他。

"创意和意境不在一个层次，"顾野淡淡道，"有点实力配不上灵感的意思。"

听到这点评，白术有些惊奇。

顾野看她一眼，疑惑："怎么？"

左手插到裤兜里，白术不紧不慢地说："你眼光挺毒的。"

"夸我？"顾野扬眉。

"嗯。"

"那你再夸一句。"顾野弯了下唇，视线扫过纪依凡的所有作品，"鉴于她有过先例，我大胆猜一下，她的创意属于别人的。"

然后，他的视线从白术脸上寸寸扫过，眼微眯，一字一顿地说出自己的猜测："是你吗？"

白术眼皮跳了一下。

面对顾野的猜测，白术没有给予回应。她视线一转，落到前方走来的人身上。

纪依凡一袭白裙，淡妆点缀，气质温婉优雅，似静静绽放的栀子花，引人注目。她面带浅笑地走过来，跟白术打招呼："学姐来看画展？"

"啊。"

"你要早跟我说一声，我就能空出时间招呼你了。"纪依凡往后看了一眼，跟几个精英装扮的青年点点头，继而跟白术说，"现在有点忙。"

她尽量克制着得意与炫耀，可是，这情绪满得溢出来，怎么藏都藏不住。

白术眉头一抽。

"她是被我临时拽进来的，"顾野悠然接过话茬，"乘兴而来，败兴而归。没想到学校举办的画展这么不入流。"

纪依凡的笑容瞬间垮了。

与此同时，外面响起争论声。

一个青年匆匆走过来，面色微沉，低声跟纪依凡说："纪小姐，这边出了点事。"

"怎么了？"

“简以楠……”青年张口，看了眼白术和顾野，然后抬手掩着嘴，凑到纪依凡耳边说了两句。

纪依凡神情一下就变了，没有方才的得意扬扬和骄傲自信，在局促地扫了眼白术和顾野后，就赶紧转过身。

白术似乎看到好戏开场，来了兴致，问顾野：“去看看吗？”

“走。”

顾野不假思索地应了。

画展的骚动起因是简以楠。

在筹备画展阶段，简以楠将新作送到美术院后，就没再管过事。直至今天，她才过来看一看，结果逛了一圈后，执意要将她的作品撤了。

白术和顾野过去围观时，见到一个张扬明艳、气质突出的女生站在人群里，正跟愁眉苦脸的画展负责人单方面沟通。

“要么撤掉抄袭作品，要么撤掉我的作品。”简以楠冷着眉眼，口吻不容置疑，“没有协商的可能。”

负责人抹汗：“我们需要时间调查，如果真有作品抄袭，我们肯定会处理……”

简以楠皱眉：“那就撤掉我的作品。”

负责人苦着脸。

画展主打的就是你的作品，你将作品撤掉了，这画展岂不成了笑话。

“简学姐，”纪依凡姿态优雅地凑过去，浅笑嫣然，“空口鉴抄袭不好吧，没有证据的话，岂不是毁人清白。”

简以楠打量了她一眼，冷声问：“你就是纪依凡？”

“是我。”纪依凡颔首，笑容清浅，一派坦然地询问，“不知道我的作品出了什么问题，让简学姐产生这样的误会？”

静默片刻，简以楠忽地道：“我是没有证据，刚刚的话就当我没说过。”

纪依凡微怔，不明白她态度转换是何原因。

“不过，”简以楠停顿了下，转而看向负责人，声音铿锵有力，“我的作品必须撤了。原因是，她的作品不配跟我的放在一起。”

“简学姐……”纪依凡面色煞白。

“我傲，我狂，这是我的资本。”简以楠斜眼看纪依凡，一点颜面都不给她留，“等你达到我的高度，再来跟我说话。”

纪依凡被羞辱得定在原地，一个字都说不出来。

她接触的都是体面人，哪怕表达不满和敌意都是委婉迂回的，何曾见过简以楠这般直截了当、不留情面的，此刻当真是被剥光了凌迟一样，她窘迫得紧，恨不得找个地缝钻进去，永世不再见人。

画展里还有不少参观者，听到骚动后都围了过来，见到这一幕窃窃私语。

出奇地，鲜有人质疑简以楠的不是，反而集中讨论纪依凡作品是否真的抄袭一事。

至于简以楠，在勒令负责人必须将作品撤下后，转身想走。结果一抬眼，见到同一个青年走出大门的女生背影，眸色一凝，她立即跟了上去。

“白术！”

简以楠略带急切的声音从后方传来。

白术和顾野不约而同地止住步伐，对视一眼，一左一右转过身，看向来人。

“你是来看我的画，还是看纪依凡的？”风风火火地走过来，简以楠站定，眼里只有白术，问话的姿态有些居高临下。

白术提起臭豆腐，指了指身侧的顾野：“他说看画展请吃臭豆腐。”

听到这令人匪夷所思的理由，简以楠有点后悔跟上来自取其辱。

稳了稳情绪，简以楠不跟白术计较，继续问：“纪依凡好几幅作品都是抄袭你七年前的作品，你为什么不吭声？”

“被烧了，没证据。”白术耸肩。

“你说不画就不画了，还烧自己作品？！”简以楠话语裹挟着怒意。

白术觉得自己脑子里断了一根弦。

又不是动辄玩火的小孩，她怎会随意烧自己的画。画作被烧，是因为两年前纪依凡进了一趟她的画室，之后画室无端起火，所有作品被烧得一干二净。

纪依凡说是不小心。

但真实原因，她们心知肚明。

白术当时已经放弃画画了，作品被烧对她而言不痛不痒。不过她没有想到，纪依凡竟然会玩抄袭这一出。

“她这么明目张胆地抄袭，你不想重新拿起画笔吗？”简以楠又问。

“不想。”

白术流畅地回答。

“你这人，”简以楠黑眸里有怒火翻涌，怒斥道，“简直无可救药！”

她抬腿就走。

“喂，万年老二。”

下颔微扬，白术倏然叫住她。

简以楠步伐一顿。

她回身时，眉目覆上一层薄薄的寒霜，一时若风雨欲来。

“轻一杯前七的名额，”白术缓缓开口，在简以楠颇为讶然的注视下，不疾不徐道，“你怎么也得拿下两个吧？”

怒意退散几许，简以楠拧眉问："你在关注轻一杯？"

"啊。"

"你想画漫画吗？"

白术勾唇，不答。

简以楠以漫画家身份出道三年，是新生代漫画家中的佼佼者。

白术以漫画家身份出道七年，是上一代漫画家中的奠基者，恐怖题材领域的鼻祖。

面对简以楠这样的询问，白术还真不知如何回应。

等了片刻，简以楠吐出一口气，重新走到白术跟前，神色傲然地说："不就两个出道名额吗，你好好看着。"

"加油哦。"

不知为何，白术的鼓励，更让简以楠憋了口气。

简以楠气呼呼地走了。

"简以楠似乎对你挺'恨铁不成钢'的，"顾野瞧着简以楠离开的背影，笑问白术，"你对她做什么了？"

"无法理解，"白术沿着林荫道往前走，"我给她让路了，她却不高兴。"

"嗯？"

"一个万年老二。在少年班时，她永远是第二名。美术比赛，她总拿不到第一。"白术说，"后来我退出少年班，不再画画，她还纠缠不休，隔三岔五就来跟我发脾气。"

顾野了然。

视为竞争对手的人走了，自己又一直没赢过对方，怎会甘心？

"唉——"白术皱起眉心，非常感慨地说，"我脾气真好。"

顾野差点被呛到，一言难尽地看她两眼，然后抬手拍了拍她的后脑勺，附和地叹了口气："唉。"

"是吧？"白术仰头问。

"是啊。"顾野觉得自己良心喂狗了。

林荫道两侧种着枫树，秋意正浓，枫叶染了鲜红，晚风一吹，树叶簌簌落下，在地面铺了薄薄一层。

路灯昏黄，行人三两。

顾野兜里的手机振动着，掏出来一看，便跟白术说："我接个电话。"

"哦。"

白术点头。

背过身，顾野走开几步，接通电话："爸。"

"儿子，你去看了纪依凡的画展吗，感觉怎么样？"顾天驰满怀期待地询问，

“有没有跟才女喜结良缘的冲动？”

“没有。”

“你眼光是不是太高了？”顾天驰劝道，“你白姨可是风华绝代的才女，想当年，偌大的封城，半数世家子弟都拜倒在她的石榴裙下。她的女儿，定然不会比她差。”

顾野玩味道：“不见得。”

“你不要抵触。”

“很抵触。”

任谁在一个小时前，忽然得知家里曾给自己订过一桩婚约，都不可能坦然地接受。

顾家和白家都是封城的世家，根基稳、家底足、枝叶广，两家算是门当户对。

不过顾野这婚约，并非家主定下的。

顾野的母亲林氏和白家的小女儿白青梧曾是闺密，二人约定以后若生了孩子，就要结为亲家。

但是，白青梧尚未结婚，就跟白家决裂、离家出走，多年来下落不明。

直至半年前，白家忽然想起白青梧这一号人，便打探起白青梧的下落，然后于两个月前得知白青梧嫁到了长宁市，育有一女，但已去世七年了。

据说，白青梧的女儿叫纪依凡。

现在白青梧不在了，她丈夫两年前又离奇失踪，所以白家想接回纪依凡，让她认祖归宗。

原本顾野这一桩婚约早被遗忘，但随着白家这一拨操作，又被提了起来。两家的意思是，婚约还在，但是否履行，看双方意愿，如若能成自是最好。

顾天驰叹息，劝了顾野几句，又说：“总之，你们先接触吧。过些时日，白缺会来一趟长宁市，你忍着他一些，别跟他计较。”

顾野没应，只说：“挂了。”

“你……算了，挂吧。有空回来待几天。”

“嗯。”

掐断电话，顾野回过身，去寻觅白术的身影。

原本白术站的地方空荡荡的，他扫视一圈，赫然见到白术坐在路边长椅上。盛着臭豆腐的塑料碗放在大腿上，她拿着一根牙签，戳着一块黑乎乎的臭豆腐，一口塞到嘴里。

似有所感般，白术偏头看过来。

路灯光线掠过一块牌子，斜斜地拉出一道阴影，光与影罩在她脸上，分割出一半阴影一半柔光，她眉眼隐在暗处，影影绰绰。

但他能看清那一双眼睛，浅浅的琥珀色瞳仁，透着平静、自信、张扬，如同一团火焰，孤傲地立在暗夜长河里，肆意燃烧。

只需一眼，便灼得人心口发烫。

第二天上午，即墨诏就向轻一杯发出“换老师”的申请，并且转发 White 的微博，回应了一个“好”字。

此举狠狠打了断言他不会选择 White 的那群人的脸。

网上因此掀起热议。然而，当事人 SL、White 以及简以楠都没有对此事再发声，而是专心于第三轮比赛。

窗外阳光烂漫，教学楼外的梧桐在日渐浓郁的秋味里染了金黄，在清风中摇曳，一片蓦地被卷到窗沿，在边缘处停留一秒，轻悠悠地落在办公桌上。

一只手伸过去，不解风情地将梧桐叶拾起，扔出窗外。

“苏老师。”

办公室门口响起白术的声音。

苏老师轻推眼镜，往门口看了一眼：“进来。”

“哦。”

白术眼皮动了动，没精打采地往里走。

她刚结束上午的课，盘算着中午吃什么，就接到乔渡的通知，说苏老师叫她去一趟办公室。她极不情愿地过来了。

她走到办公桌前。

苏老师从一摞分镜稿里拿起最上面那一本，摊开，推到白术面前，说：“这是你这次的作业。”

“嗯。”

“为什么只交草稿？”苏老师严肃地问。

“赶时间。”

素来沉稳镇定的苏老师，此刻有点想暴走。

稳定了下情绪，苏老师将一个笔筒往白术跟前一放：“把线稿画出来。”

“不画。”

面对白术油盐不进的态度，苏老师深吸了口气，拿出高校教师最后一点威严，咬牙道：“要么挂科，要么画。”

两秒后，白术跟他讨价还价：“就两页。”

“行。”

苏老师卑微地选择了妥协。

大中午的，白术被叫到办公室画线稿，心情实在算不得美妙。她磨蹭了半天，把苏老师气得直灌水后，才慢吞吞地坐下来，拿起画笔。

苏老师见到她拿笔的手，怔住：“左撇子？”

“嗯。”

低头，白术落笔，眼皮都没抬一下。

走过去，苏老师看着白术画出的流畅线条，略微一惊，而后从办公桌上翻出一个本子，找到白术的另一份作业，说：“这是你的字。”

“嗯。”瞥了眼整洁漂亮自成风范的字，白术慢悠悠地接过话，“你不用单独拎出来夸。”

哑了一下，苏老师问：“左手写的？”

用左手确实能写出好字，但是汉字是从左到右来写的，适用于右撇子。左撇子想要练出一手好字，非常困难。

然而，白术的字极其漂亮，像是练过书法的。

“右手写字，左手画画，”白术抬起眼，调子闲散又随意，“第一次见啊？”

苏老师被她怼得只能干瞪眼。

虽然用的是左手，但那是白术的惯用手，画图的速度很快，午休还没有结束，她就把两页纸画完了。停了笔，她用笔头敲了敲桌面，把苏老师吸引过来。

“画得不错。”苏老师拿起她的成果仔细端详，眉眼里净是欣赏和认可，“你很有灵气，也有天赋。以你的实力，参加轻一杯出道都有可能。”

白术眼神一凉。

有被侮辱到，谢谢。

“是这样的。”苏老师将分镜本放下，偏头看着白术，道，“我布置这次作业，是为了挑选一个人参加《画·妙手丹青》这个综艺。这个综艺最新一期的主题是漫画，如果在里面表现突出的话，可以借此出道。”

苏老师问：“虽然你的作业敷衍，但质量最优秀。你有参加综艺的意愿吗？”

“没有。”

白术答得非常果决。

“你不想出道？”苏老师讶然。

“不需要。”

白术站起身，戴上鸭舌帽。

苏老师皱眉，还想劝她：“你——”

“没别的事的话，我就先走了。”白术将椅子往后一拖，跟苏老师告别，“老师再见。”

苏老师噎住。

白术离开。

定在原地良久，苏老师收回目光，重新翻开白术的分镜本，神情若有所思。

在白术的草稿里，他看出了点 White 的风范，可自白术画出线稿后，那种熟悉感荡然无存。虽然同样很优秀，但跟 White 的风格大相径庭。

是他的错觉吗？

第三章

天才的世界

下午没课，白术在校外吃了顿饭后，就回家陪白猊玩了一阵。小憩片刻，她起身研究围棋棋谱，忽地收到即墨诏发来的漫画草稿。

白术浏览了一遍，然后给出回复。

【White】：太烂。草稿先放一边，接下来半个月专心练。

发完消息，白术想继续看棋谱，结果即墨诏打来一通语音电话。

“你是不是在做梦？”即墨诏张口就问，语气烦闷。

“不是。”

白术好整以暇地翻着棋谱。

“我不练，”即墨诏吐出口气，尽量心平气和地说，“时间来不及。”

“不听？”

“不听。”

“好。”白术报了个地址，“你抽空来一下这个地方。”

“哪儿？”即墨诏不明所以。

“我家。”

下午五点左右，顾野拿着一袋宠物零食来串门，进门后，刚跟白术打声招呼，他就被热情的白猊扑倒，一人一狗在沙发上滚成一团。

白术像个局外人一样看着这一幕，感觉白养了白猊这么多年。

“儿子乖！”顾野拍着白猊的头。

白术无法容忍他这个称呼：“它是我弟。”

“是吗？”顾野看向她，顿了一秒后，戏谑地笑了笑。

白术捏着手中棋谱，想砸向顾野的脑袋。但是，手一抬起来，她想到还有更重要的事，又将棋谱放了下来。

白术说：“你们玩吧，别打扰我。”

视线扫过白术手中的棋谱，顾野挑了挑眉：“你要研究什么？”

“围棋。”

白术扔下两个字，回了书房。

顾野挑眉，心道：小姑娘的兴趣爱好还挺广泛。

白猊才两岁，正值精力旺盛的时候，有人陪玩时蹦跶一天都不带累的。

顾野虽然没它那么活泼，但脑子比较活跃，用一个盘逗得它满屋跑，自己则坐在沙发上喝饮料，优哉游哉的。

一个小时后，门铃响了。

顾野看了眼书房，将半根香肠扔给白猊，然后起身去开门。

门一拉开，顾野眼帘一掀，见到一个少年站在门口。

少年穿着件黑色长袖，衣服前面印着一个骷髅头，手指勾着外套衣领，将外套搭在肩上，另一只手放在裤兜里。

像极了不良少年。

见到顾野后，少年明显有些惊讶。

“找谁？”顾野问。

即墨诏张了张口，刚想说“白大”，结果刚一发声，就听到里面传来一道声音：“我。”

二人抬目看去。

白术看了眼门口，说了句“进来吧”，然后没有一点招呼客人的迹象，径自去了厨房。少顷，白术拿着两罐可乐走出来。

即墨诏已经换好拖鞋，站在客厅里，微微弯着腰，跟白猊大眼瞪小眼。

顾野坐在沙发上，支着腿，看着这一人一狗警惕地对视。

“喏。”

白术将一罐可乐扔给即墨诏。

即墨诏抬手接过，扭头看她。

“你跟我来。”白术吩咐一句，就又进了书房。

即墨诏糊里糊涂的，只能白术说什么就是什么。捏了捏手里的冰可乐，他斜了眼沙发上的青年，心道怪脸熟的，但是没多想，跟着白术走进书房。

“你坐那儿。”白术指了指飘窗。

“骂人还需要那么多步骤吗？”即墨诏问。

他来之前做了心理准备，猜想白术说服他的方式，就是对他进行心理上的摧残，手段是诋毁、侮辱、谩骂，把他自尊心踩碎了，然后就开始操控他。

白术说：“不骂你。”

即墨诏轻嗤一声：“鬼才信。”

白术瞟向他：“坐。”

停顿须臾，即墨诏用“既来之，则安之”安慰自己，然后乖乖走向飘窗，坐下。

白术走向角落，用刀片划开一个纸箱，蹲下身一通翻找。等她直起身时，手里抱着一个棋盘，上面是两盒棋子。

她转身走向飘窗。

见到围棋，即墨诏满怀警惕地问：“你想干吗？”

“下围棋。”把围棋放到飘窗上，白术在即墨诏对面坐下，慢条斯理道，“你要是输了，漫画的事，全听我的。”

即墨诏刚打开易拉罐，闻声手一抖，可乐洒到他裤腿上。他没管，抬头，匪夷所思地问白术：“你没睡醒吧？”

“我没睡。”

“那就是在做白日梦！”即墨诏斩钉截铁道。

白术云淡风轻地说：“即墨诏，十岁定段，成为职业棋手，七年来，少有败绩。半年前刚夺下天元杯冠军，成为最年轻的围棋九段。”

即墨诏觉得她疯了，无语道：“你知道还敢跟我比？”

“因为我想起来，我以前也玩过围棋。”白术说，“不过，对手太没劲，就没玩了。”

“职业的？”

“业余的。”

“几岁？”

“八九岁吧，记不清了。”

即墨诏心道：自己有一句脏话不知当讲不当讲。

“对了，”白术动了动手腕，从身后摸出一沓打印纸来，“你让我五子。”

“行。”

听到这个要求，即墨诏才觉得画风正常一些。

可下一刻，他就见白术将打印纸摊开，第一页赫然印着“即墨诏棋谱研究”几个字。

即墨诏差点没吐出一口血来。

有病啊！

这还能临时抱佛脚的？！

时间流逝。

晚霞不知何时将城市染了抹红，绚烂多姿，一抹斜阳从落地窗漏进来，洒在地板上，留下一个个长形的光框。

即墨诏和白术坐在夕阳余晖里，中间隔着一个围棋棋盘，二人的身影轮廓镀上一层绚烂光边，斜斜地拉出两道剪影。

即墨诏盯着棋盘，皱眉，微微低着头。

晚风挟来一抹清凉。

白术挑了下眉，说：“原来围棋这么简单啊。”

自信且嚣张。

即墨诏心有不甘，但抬头时，眼里多了些笃定：“我跟你对弈过。十年前，在东国少儿围棋比赛上。”

在第一次跟白术见面时，即墨诏就觉得白术眼熟。他以为是错觉，但在刚刚的对弈里，熟悉到令他战栗的肮脏套路，让他回想起了被白术支配的恐惧。

“你在场啊？”

“我是亚军。”

“啊。”白术应得极其敷衍，显然不记得了。

即墨诏抿唇，憋屈得很。

当时他被白术完虐，领完奖后，想私下约白术再比一局。结果找到白术时，他发现白术把奖杯扔到垃圾桶，拍拍手跟她爸说“太无聊，没一个能打的，以后不玩了”。

这对幼小的即墨诏来说，堪称灵魂暴击。往后三年，白术就是即墨诏的噩梦来源。

“喂。”

白术将打印纸卷成筒，抵在棋盘之上。她身体向前倾，眸里流光溢彩，目光锁定在即墨诏身上。

她轻悠悠地说：“围棋没什么好玩的，来跟我学漫画吧。”

被白术注视着，即墨诏张了张口，发现自己无法拒绝。

书房门口。

顾野不知何时站在那里。他捏着可乐瓶，仰头喝了两口，瓶身有水珠汇聚成股往下滑，落到他下颌，淌过线条清晰的喉结、锁骨，最终没入衣襟。

他拧紧瓶盖，看了眼微湿的掌心，旋即抬起眼皮，神情淡淡地扫向飘窗。

他想：小姑娘不去搞销售真是可惜了。

不过，她自信的姿态，可真耀眼。

顾野抿了下唇，转身离开。

堂堂职业围棋九段，竟然输在一个业余棋手的手里，说出去都没脸见人。即墨诏花了好些时间，才让自己心情平复下来。

终于，他主动问白术：“怎么练？”

白术正在用棋盘摆五子棋，闻声斜睨着他，问：“知道漫画 NO.1 吗？”

“不知道。”即墨诏摇头。

“哦。”白术随意道，“那你上网搜一下。”

她这甩手掌柜当得可真是悠闲。

不过，围棋和漫画都被她碾压，即墨诏在白术面前毫无底气，好好一个骄傲恣意的少年，此刻精神恹恹地拿起手机搜索。

出乎意料，漫画 NO.1 的科普，让即墨诏精神一振。

漫画 NO.1，被誉为全世界漫画家的集中营，是一个专门为漫画家提供服务的网站。据数据统计，国外八成以上的漫画家都活跃于此网站，但在国内普及程度很低。

网站设有论坛、漫画连载、创作直播等功能，不过，最特殊的是——评级机制。

评级分为四个板块，分别是：故事、分镜、画面、以及速度。每一个板块，都设有 D、C、B、A、S 五个级别，以此衡量漫画家的能力。

此外，网站会根据漫画家在这四个板块的能力，做一个综合性的评级。

漫画家可以根据这四个板块，进行针对性的提升。一般来说，积累经验阶段，可以选择单机训练，想要晋级的话，则需找其他漫画家线上 PK，系统会根据 PK 成绩做出判定。

漫画竟然被玩出竞技的感觉，即墨诏看得来了兴致，做了大致了解后，问：“我该怎么做？”

“注册一个账号，专注画面技能的训练，等你升上 B 级就可以动笔了。”

“难吗？”

“试试呗。”白术说得轻描淡写。

对于白术而言，不难。

至于其他人嘛，白术没有了解过，不知道。

跟白术确定好计划，即墨诏兴致盎然，连输棋的阴影都没影响到他，很快他就迫不及待地回家玩“漫画竞技”去了。

白术送走即墨诏，回到客厅后，一眼就瞧见阳台上的白猊和顾野。

外面只剩一抹残阳，光很微弱，顾野躺在藤椅上，白猊蜷缩在他脚边打瞌睡，一人一狗皆是慵懒得不像话，画面却无比和谐。

某一刻，顾野偏了下头，视线扫过来：“请你吃饭，去吗？”

微顿，白术说：“好。”

顾野的黝黑瞳仁里映着白术的身影，像是把她的轮廓烙印在眼里。

那天晚上，顾野做了一个梦。

梦里的白术还是小小一只，抱着一块快有她人高的滑板，亦步亦趋地跟在他身后。那是一条长长的街道陡坡，两侧是在秋风里肆意舒展的金色梧桐。

那天的光有些刺眼。

白术声音软软的，喊他：

“陆野。”

“陆野。”

“陆野。”

……

“陆野。”

小姑娘总是这样叫他。

没大没小的。

他总喜欢逗她："叫哥哥。"

每到这个时候，小姑娘总是不接话，眨着一双琥珀色的猫眼，忽闪忽闪的，那是软萌可爱的无辜眼神，但在她这里却有几分冷清，有点酷。

被她盯久了，心都会化似的。

这时，他会掏出几颗糖，继续逗："给你糖，叫哥哥。"

她接过糖，还是不喊"哥哥"，一口一个"陆野"，冷酷得很。

南方的秋天来得晚，那时已是十一月底了，街道的梧桐树叶金灿灿的，阳光还是很灿烂，刺得人眼睛有点疼。

"陆野。"

"陆野。"

"陆野。"

长长的陡坡，小姑娘抱着滑板叫了一路，顾野一直没有回头。

走到坡顶时，顾野停下脚步，小姑娘走得有点累，没注意，一不留神撞上他后背。他回过身，将小姑娘的鸭舌帽摘下来。

一阵风吹过，荡起她的短发。

那双猫眼抬起来，瞳仁颜色在阳光里更深了些，眸子清澈澄净，细长浓密的睫毛如同羽扇，轻轻眨动时仿佛能拂过心尖，让一颗心软得不行。

他看似站在阳光下，却藏身于泥潭。

压抑沉重的情绪，再热烈的阳光都无法驱散，可在那双眼睛的静静注视下，倏然消散了。

他将手掌搭在小姑娘头上，头发柔软蓬松，以前她总是不准他碰，但那一天，小小年纪的她，却仿佛看懂了他的情绪。

她安安静静的，没反抗。

"叫哥哥。"顾野说。他的嗓音微哑，像以往般在笑，慵懒闲散，却又有点不一样的味道。

少年的手掌薄却宽，瘦削的手指贴着头皮，传来他的体温。

小姑娘冷着张脸，不情不愿地喊："哥哥。"

小姑娘的声音好听极了。

顾野愣了下。

"真乖。"他揉了把她的头发，低声说，"哥哥要走了。"

小姑娘问："去哪儿？"

"回家。"

"哦。"

那一刻，他似乎在这个没心没肺的小姑娘眼里看到一丝不舍，只是转瞬即逝，很快就捕捉不到了。

顾野说：“把手伸出来。”

犹豫了下，小姑娘用右手扶着滑板，将左手伸向他。

顾野笑了下，从兜里掏出一样东西。

那是被一根红绳系着的转运珠，翠绿欲滴，折射着刺眼光芒，有些晃眼。

他微微倾身，细长的手指挑着红绳的两端，将转运珠系在小姑娘纤细白嫩的手腕上，叮嘱：“很重要的东西，别弄丢了。”

蓦地掀起一阵风。

他抬眼，见到长坡两侧的梧桐摇晃，金黄的树叶被席卷，飘向远处的天空。

……

然后，梦就变了。

小姑娘长成了大姑娘。

她背着降落伞从天而降，落在满目疮痍的废墟里有条不紊地指挥着救援；踩着滑板从他身前滑过，留下一抹纤细的背影，清风荡起她的衣摆；坐在夕阳余晖里，张扬自信，那股子不可一世的姿态莫名惹眼……

再后来，小姑娘不再是冷酷淡漠的模样，而是缠着他黏糊糊地喊：“哥哥……”

声音又软又好听。

外面夜色静谧，顾野从梦中醒来，翻身坐起。

良久，他暗骂一声，掀开被子下床，去了浴室。

顾野洗了个澡出来。

他只穿了条裤子，没有穿上衣，赤裸着上身，短发湿漉漉的。

夜晚的风有点凉，他抓了件短袖套上，拿了床头柜的香烟和打火机走到阳台。

挑出一根烟来叼上，顾野摁了一下打火机，抬手虚虚一拢，火舌舔燃了香烟，随后火苗灭去，只留下一点点橘色的光，在暗沉的夜里闪烁。

他望向只有一墙之隔的隔壁。

白术做了个冗长的梦，醒来后，却记不得什么了。

恍惚间，她只记得那条长长的坡道，太长了，仿佛走不到尽头。

前面有个挺拔的身影，是个少年，背影有些单薄，她一声声喊着他的名字，却没有回应。

那条街道有一眼望不到头的梧桐树，风一吹，卷着梧桐树叶漫天飞舞，像是秋末独有的蝴蝶在翩翩飞舞，时间久了，在地面落下厚厚一层松软的金黄落叶。

那个场景，似乎是转运珠的来处。

“发什么呆呢？”

烧烤店里，牧云河的声音将白术的思绪拉扯回来。

这个点店里刚开张，白术过来蹭吃蹭喝，她坐在角落的那一桌，打了个哈欠，有点犯困。

“我忘了点事，”抬头看了牧云河一眼，白术轻轻拧眉，“记不清了。”

“还有你能忘的事？”牧云河有点惊讶，“什么时候的事，要帮你回忆一下吗？”

“十年前吧。”

“爱莫能助，十年前我还不认识你。”牧云河挑眉，将一杯冰可乐递到白术面前，“那么久以前的事，忘了就忘了。”

“嗯。”

白术将冰可乐拿过来，含糊地回应了一声。

两秒后，她冲着牧云河转身的背影喊：“喂。”

“没礼貌。”牧云河回过身，狐疑地问，“怎么了？”

抬眸盯着他，白术用手指敲了敲冰可乐的瓶盖，一字一顿地说：“没吸管。”

这妹妹养得实在是骄纵。

牧云河轻叹一声，认命地去给她拿了吸管。

咬着吸管喝了一口冰可乐，白术倏然伸出左手，看着手腕处那颗转运珠，细细打量着，神情若有所思。

良久，她蓦地出声：“陆野。”

极轻的声音，只有她自己听得清，可说出来的那一瞬，连她都愣了一下。

陆野。

谁啊？

晚上又是苏老师的课，白术在云河烧烤店里蹭了一顿员工餐，跟往常一样，什么都没有拿，踩着点抵达教室。

今天的教室异常地安静。

自退出轻一杯后就不再来上课的纪依凡，竟也出现在教室。

白术视线巡睃一圈，听到有关“综艺名额”的窃窃私语，眸光微闪，心里有了数。挑眉，她在后排挑了个空位。

纪依凡坐在她斜前方。

有同学经过时，跟纪依凡低声说：“依凡，唯一的名额是不是你啊？听说，有人看到你下午进苏老师的办公室了。”

“等老师公布吧。”纪依凡弯唇轻笑。

那位同学是个人精，领悟到纪依凡的言外之意，道：“恭喜啊。”

上课铃声响起。

苏老师刚踏进教室，就接受诸多目光洗礼。他怔了怔，拿着厚厚一沓漫画稿，走到讲台上。

“看来你们都听到风声了。”面对热切的眼神，苏老师也不打哑谜，习惯性地推了推眼镜，进入主题。

“综艺推荐名额的事，是真的吗？”有人问。

“是的。”苏老师看着露出惋惜懊悔神情的学生们，“现在知道后悔了吧。”

“早知道就不敷衍了。”

“大意了！错过个综艺出道的机会。”

“不后悔，反正结果没差。”

……

教室里闹哄哄的。

苏老师被他们逗乐，做了个安静的手势。待到教室渐渐归于宁静时，他才重新开口：“先念一下你们的作品和成绩，做一下简要点评。另外，今天会讲一篇学生的优秀范文。”

众人登时精神抖擞。

众所周知，苏老师要求严格，同专业已经出道的漫画家，都能被他骂得狗血喷头。能被他当作优秀范文的，肯定有不一样的惊喜。

后排，纪依凡闻声有些意外，继而窃喜。苏老师只跟她说综艺的事，却没提及优秀范文的事。

“第一个是纪依凡的作品，叫《黑天鹅》，93分。”苏老师拿起纪依凡的漫画稿，“以近期的黑天鹅事件为切入点，结合社会现实，却有着别出心裁的奇幻展开，看得出很用心了。高分在故事，画面和分镜差了些，不过出道水平是有的。”

听到这点评，纪依凡抿着唇，轻拧眉，稍有不爽。

不过，苏老师接下来说的作品，分数一个比一个低，点评起来不留情面，相较之下，对《黑天鹅》是很客气了。

纪依凡心口郁结的怨气渐渐消散。

“最后一个，白术的《秩序》……”翻看了两页漫画稿，苏老师将其放下，然后抬眼望向坐在后面昏昏欲睡的白术，一字一顿，“100分。这就是今天要讲的优秀范文。”

同学：“啊？”

白术：“啊？”

单手支颐打瞌睡的白术，下颌直接滑落手掌，脑袋往下一跌后又抬起来，她茫然地眨眨眼，有些搞不清状况。

斜前方的纪依凡，倏地回头看向她，脸绿油油的，像极了新鲜的莜麦菜。

“苏老师！”

乔渡站起身，愤懑地喊。

“班长有意见？”苏老师问。

“白术的漫画稿是我收的，我当时看了两眼。”乔渡回首看了看白术，然后义愤填膺地说，“她用两个小时画了个草稿，凭什么得满分？”

苏老师镇定以对：“她拿一份草稿都能得到满分，这还不足以证明她的优秀吗？”

“我不认可那样的作品！”乔渡愤愤不平，“如果您是想把综艺名额内定给她，直说就是，何必安排作业这一出？”

听到乔渡的话，教室里渐渐热闹起来，同学们亦是颇有微词。

白术在班里一向没存在感，到点上课，坐最后一排，混完时间就走，各科成绩不上不下，就是一个混学分的。

现在她的作业能得到苏老师的满分认可，实在是难以让他们信服。

“综艺名额的事，我确实找白术谈过。”面对乔渡的指控，苏老师回得云淡风轻，“不过，白术明确地拒绝了。现在这个名额给了排名第二的纪依凡。班长，你还有什么意见吗？”

集体噤声。

纪依凡难以置信地吸了口冷气，手指紧紧蜷缩成拳，可仍是抑制不住地颤抖。

她本以为自己是被钦点的，谁料，这名额竟是白术不要的！她捡了白术弃如敝屣的东西，竟然沾沾自喜，此刻的羞愧窘迫，无异于画展时被简以楠打脸。

“我有意见。”

懒洋洋的声音从后排传来，睡眼惺忪的白术，高高地举起了手。

“你有什么意见？”苏老师对她的意见不感兴趣，但这时候还是接了一句。

“我觉得以班里同学的水平，还不够格瞻仰我的作品。”白术眉头轻扬，欠欠地说，“算了吧，省得浪费时间。”

同学们纷纷回头，睁大眼睛瞪着她。

白术同学，若这不是法治社会，你已经被打死了，知道吗？

苏老师被她这挑衅、嚣张的姿态气得胸口发闷，他一推眼镜，不容置疑道：“这是我的课堂，我想请你闭上嘴。”

“行。”

白术无所谓地耸肩。

她不再说话，苏老师开始讲课，可是，教室的氛围变得很古怪。每个同学都恨不得打死白术，但同时又被苏老师进行完善的漫画稿吸引，不自觉感慨白术确实有点本事。

以往上课，白术听苏老师吹白大，现在这一堂课，得听苏老师吹自己。她实在没兴趣，睡眼蒙眬地开小差，结果收到江南枝发来的修改后的参赛草稿。

为打发时间，她浏览了一遍，结果看完后，睡意全无。

她给江南枝发消息：谁给你改的？

等了一节课，白术也没等到江南枝的回复，待到下课后，白术干脆去了趟宿舍。

宿舍亮着灯，只有江南枝坐在椅子上愁眉苦脸的，其他人都不在。

"白妹妹，你又来了？"江南枝见到白术，又惊又喜。

"嗯。"

"今晚睡宿舍吗？"

"嗯。"

"太好了！"

江南枝登时欢喜起来，方才的愁云一扫而空。

白术扫视一圈，见到她书桌上屏幕碎裂的手机，微顿，问："你手机怎么了？"

"哦，"江南枝看了眼手机，打了个寒噤，"被白大吓了一跳，摔了。"

白术眯眼："怎么？"

"我前几天给白大交了比赛草稿，但被白大贬得一无是处。我这不没办法嘛，就去找顾野哭，然后顾野给我改了几处。"江南枝解释说，"我按照他改的调整了第二稿，刚刚又发给白大了，结果被白大一眼就看出来了。"

江南枝想起这事就头皮发麻："白大眼睛太毒了。他是不是在哪儿监视着我们呢？"

"她没这时间。"白术回了一句，继而问，"顾野给你改的？"

"对啊！"

"他会画漫画？"白术歪头。

"怎么可能？"江南枝摆摆手，笃定道，"他不看漫画，连轻一杯是什么都不知道。有可能是遗传天分吧，他爷爷是很牛的漫画家。"

白术对顾爷爷没兴趣，继续问："顾野给你改的漫画稿还在吗？"

"在啊。"江南枝点点头，非常积极，"我找给你看。"

很快，江南枝找到一本被翻旧的漫画稿，正是她的第一份草稿。

江南枝翻开漫画稿，说："红线就是他修改的部分。"

"嗯。"

白术浏览着。

江南枝的画工很扎实，故事在及格水平，但在分镜和人设上有欠缺。

顾野的修改都是点睛之笔，寥寥几笔将画面衔接，同时又刻画出角色鲜明的个性，绝对有能当导师的功底。

而且，还让白术从中看出“似曾相识”之感。

“这字是他的？”白术的视线顿在有台词修改的一页，手指点了点一行批注。

“嗯。”

江南枝点头如捣蒜。

停顿须臾，白术翻完草稿，将其合起来，递给江南枝。她问：“你知道《漫画基地》这本杂志吗？”

“知道啊，我从小就看！”江南枝眼睛一亮，兴奋地介绍道，“二十年前的老漫画杂志了，一直很火，出了不少知名漫画家。不过十年前线上漫画兴起，它没赶上那拨热潮，销量一落千丈，六七年前就停刊了吧。”

“顾野接触过《漫画基地》吗？”

“这个，”江南枝犯难了，“我不知道啊。”

“你不是他的青梅吗？”

“是哦，但是……”江南枝轻抿着唇，迟疑半晌后，解释说，“怎么说呢，我算是一朵四舍五入的青梅吧。顾野小时候一直在外面，差不多十年前，他才被顾家找回来。反正自我认识他后，就没见他碰过漫画，他还嘲笑我成天捧着漫画书看呢。”

“白妹妹，你打听这个做什么啊？”说完一大串，江南枝才后知后觉地问。

“随便问问。”白术敷衍道。

“这样哦。”

江南枝不疑有他。

没心没肺的江南枝，很快就将这事抛在脑后，继续先前的烦恼：“你说我该怎么回白大啊？”

白术睇了她一眼，说：“坦白从宽。”

“能行吗？”将头发抓乱了些，江南枝有些崩溃。

“能啊。”

白术从她身前踱步走过，慢悠悠地回答。

第二天下午，白术回到租房里，在书房找到一摞《漫画基地》杂志，将每一本里一篇叫《犬牙》的漫画翻出来。

《犬牙》作者Ego，是那两年漫画圈当之无愧的黑马。

《犬牙》自连载初期，热度就常登每期之首，在圈里掀起一阵狂潮，甚至被多家媒体报道。当年，整个圈子都期待《犬牙》的成就，以及作者Ego的未来。

然而，《犬牙》连载两年，热度正空前绝后之际，Ego忽然宣布停更，付给《漫画基地》大笔解约费后，自此销声匿迹。

从此，《犬牙》烂尾，被誉为“东国漫画未来”的 Ego 再无音讯。

当时翘首期盼《犬牙》更新的读者，在看到停更通知后，差点炸了杂志社。据说《漫画基地》杂志社电话被打爆，论坛天天有人在刷《犬牙》。那一段时间，跟漫画相关的纸媒、电视节目纷纷报道此事，对 Ego 的决定表示惋惜。

十年过去，《犬牙》依旧经久不衰，哪怕知道它没有结局，跳坑的读者依旧不计其数。每年《犬牙》的停更日都有读者进行线下聚会，并且规模逐年增加。

同时，作为一部现象级作品《犬牙》，也影响着新一批的漫画家，现在当红的漫画家，很多都能看出《犬牙》的痕迹。

白术是《犬牙》的粉丝。

现在她有一个猜测，虽然有些不切实际，但她还是想弄个明白。

白术从某一期的杂志里翻出 Ego 的专访，找到里面贴着的一张图——是 Ego 手写的几句寄语。

那字迹跟白术昨晚看到的台词修改痕迹，一模一样。

天色渐黑。

书房里，白术花了几个小时，撕了所有杂志，将《犬牙》每一期的漫画内容都撕下来，然后重新粘合，最终订成了一整本。

做完这一切，白术拿起手机点开微信，给顾野拨了一通语音电话。

“白小术？”顾野很快接了。

“顾野。”

白术声音不冷不热的。

顾野嗓音带笑，调侃：“叫哥哥。”

停顿一秒，白术真的改口了，喊：“哥哥。”

脑袋里一根神经猛地绷紧，顾野忽然警觉，心里生出一股不祥的预感。

白术一字一顿地发问：“你想吃夜宵吗？”

顾野噤声。

老实说，不太想。

云河烧烤。

晚上生意正值最火爆之际，客人络绎不绝，人声鼎沸，烧烤味儿弥漫在每个角落。牧云河不在店里，白术要了一个包间，清净一些。

顾野抵达时，白术正在包间看菜单。

“这次请几块的啊？”顾野踱步过来，拉开白术旁边的椅子，落座。

将菜单递给他，白术难得大气一回：“随便点。”

伸手接菜单的动作一顿，顾野瞧了白术一眼，又故意将手往回收。

他懒洋洋地往椅背上一倒，嘴角勾笑：“不敢吃。”

白术表情木然：“免费的。”

“那行。”

顾野挑眉一笑，麻利地接过菜单。

他一边挑三拣四，一边点了一堆。

白术静静地看着他。

点好后，服务员拿着菜单离开。

理了一下袖口，顾野好整以暇地问：“这次想让哥哥做什么？”

“问你个事。”

“问。”

下一刻，白术将整合成厚厚一本的《犬牙》拿出来，放到桌上。

瞥了一眼，顾野顿住。

白术很少打哑谜，这次也不例外，直截了当地问：“《犬牙》是你画的吗？”

顾野沉默。僵了片刻，他才缓缓掀起眼帘，对上白术笃定的眼神，倏地释然一笑，继而姿态轻松地往后倾倒。

他问：“怎么发现的？”

“你给江南枝改了稿。还有字迹。”

“就这？”顾野挑眉。

“就这。”白术点头。

“眼睛挺毒。”顾野勾唇轻笑，手指在桌面轻点着，“恭喜你，没猜错。想要哥哥签名吗？”

“我想看结局。”白术盯着他，认真地说。

“想点别的吧。”

“我想看结局。”

“这顿我请你。”顾野顾左右而言他。

“我想看结局。”白术又一次重复。

顾野“啧”了声，不耐烦道：“你是复读机吗？”

白术继续：“我想看……”

“打住！”顾野手一抬，截住她的话，在她闭上嘴后，他揉揉耳朵，觑着她，“你属驴的啊？”

白术不痛不痒地说：“属什么都行，我要看结局。”

顾野指了指她，无语：“你就这点出息！”

“你说的都对。”白术眨了下眼，强调道，“结局。”

“没有。”顾野没好气道。

“烂尾的作者不得好死。”

“催更的读者天打雷劈。”

白术顿了一秒，然后将《犬牙》往顾野面前推了推，又说：“我想看结局。”

顾野深吸口气：“还有完没完了？”

“没完。”

“倔驴。”

“是我。”

顾野险些没被她噎死：“你不是走张狂自信、不可一世那一挂的吗？”

白术怔了下，问：“你给我的定位？”

“啊。”顾野颔首。

“我干吗听你的？”白术莫名其妙。

顾野咬牙。

这顿饭没法吃了。

“不过，”白术倏尔又开口，慢吞吞地说，“你要是重新连载《犬牙》，我走哪一挂都可以。”

舌尖抵了抵腮帮，顾野被她气笑了：“咱能有点底线吗？”

白术稀罕地瞅他：“不存在的。”

二人跟小学生一样争论一阵，服务员端来了烧烤和啤酒后，他们俩总算歇息了会儿，各自拿了一罐啤酒，拉开易拉罐。

顾野仰头喝了一半，手指捏着易拉罐，总算冷静一点了，他问：“你干吗非得看结局？”

“故事没结束，想看到最后，不是很正常吗？”

“是正常。可世事哪能处处如你所愿？”

“正因为不如我愿，所以才争取的。”白术小口小口地喝着啤酒，“你是铁了心不画结局吗？”

顾野一想，笑了：“还真不是。”

“你要是有问题，我们可以一起解决。”白术说，“画不下去，我帮你顺情节；时间不够，我可以当你助手。《犬牙》重新连载，我能保证你名利双收。”

“我不需要名利双收。”顾野挑挑眉，目光落在她订装的《犬牙》上，实话实说，“这不在我计划之中，短期的，长期的，都没安排上。”

《犬牙》曾是他赚钱的途径。停止连载，是因他不需要钱了。

时间过去十年，他从未怀念过《犬牙》，也没想过恢复连载。

白术这突如其来的要求，将他弄得措手不及，第一反应就是打消白术不切实际的想法。但按照白术的思路理一遍，他的抵触情绪似乎没那么严重。

“那你考虑一下。”白术理解地点头。说完，意识到自己语气颇为冷淡，于是犹豫了下，她眼神无害地看着他，问，“可以吗？”

“可以……吧。”

被白术看得心尖发软，顾野鬼使神差地点了头。

他没救了。

对于“恢复《犬牙》连载”的问题，顾野暂时没有想法，就将这事搁下了。谁料，白术却上了心，成天在他面前刷存在感。

一连几日，白术早上敲门送早餐，约着他一起去学校，有空时，还会跑他这里蹭课。

此外，白术还能帮他挡桃花。

顾野作为电竞大魔王，微博粉丝千万，本来就受欢迎，加上他长得帅，有学历加成，刚入学就是校园里首屈一指的男神。

小姑娘们排着队追他。

这一天，顾野从实验室里出来，一抬头，就见到白术站在走廊上，跟一个女生交流。

“他现在没时间交女朋友。”白术左手拿着一个本子，右手拿着一支笔，像个称职的秘书，一板一眼地跟人协商，“你留一下联系方式，等他有时间约会了，我再通知你。另外说一声，你现在排在第11位，可能等的时间有些长。”

女生目瞪口呆。

打量女生两眼，白术挺真诚地问：“要不，你换个目标？”

“谢谢。”女生要哭了。

“不用。”白术说，“顾野配不上你。”

“啊……”

女生呆呆的，视线掠过白术，落到走来的青年身上。

“抱歉，家里妹妹不懂事。”顾野跟女生点点头，把白术手里的本子拿过来，扫了眼后合上，又跟女生说，“我以学业为重，暂时没有找对象的想法。”

“啊。没、没关系的。”女生嗫嚅地说完，然后红着脸跑了。

女生一走，顾野侧首瞧着白术，屈指在她额头弹了下。

“还排上号了？”顾野无语凝噎。

白术觑着他：“我只是帮你记录一下。”

“不需要。”

“行吧。”白术无所谓地说，“反正她们都不适合你。”

“你连这都知道？”顾野惊奇地瞥她一眼，语气古怪。

“我看人很准的。”白术将本子夺回来，撕下记录电话的两页纸，塞到顾野手里，“你配不上她们，她们不适合你。”

略微一顿，顾野轻笑调侃：“我配不上她们，那谁配得上？”

“他，”白术看向走出实验室的学长，又看向从楼梯下来的男生，“他，”然后，她偏头望向楼下篮球场上的人，缓缓道，“以及，他们。”

眉眼里的笑意淡去，顾野倚着栏杆，状似随意地问：“谁又适合我？”

沉默了两秒，白术忽然说：“我。”

顾野微微一怔。

不待顾野多想，白术又说：“像我一样的。”

顾野不语，垂着眼皮，若有所思地看着她。

“你不问为什么吗？”白术问。

“问什么？”顾野淡淡反问，继而将纸张折叠，撕碎，慢条斯理地说，“你说的没错。”

白术耸肩。

将碎纸揉成一团扔到垃圾桶，顾野下颌一抬，问：“今晚请我吃什么？”

白术摇头：“今晚我有点事，你自己去吃吧。”

顾野怔了下：“那你等在这儿干吗？”

“提醒你别忘了连载的事。”白术理所当然地说。

她摆摆手，抬步走了，留下一个酷酷的背影。

顾野站在原地，品味着白术的话，眸光闪了闪，旋即勾起嘴角，释然地看向天空。那里晚霞满天，绚丽多姿。

从学校出来后，白术径直去了云河烧烤。她轻车熟路地来到二楼包间，一眼就见到坐在里面喝茶的牧云河。

“我打暑假工的酬劳到账了吗？”白术开门见山。

牧云河愣怔：“录滑板视频的酬劳？”

“嗯。”

“应该到账了吧。”牧云河将手机掏出来，“你要多少？”

“全部。”

白术在他对面坐下，倒了一杯茶。

牧云河警惕地盯着她：“你要买什么？”

“数位屏。”

“你不是刚买了一个吗？”

“送人。”

牧云河要窒息了，拍了下桌，愠怒道：“你养小白脸呢？你买个数位屏的钱接近六位数了！”

“我送顾野。”

“顾野就是小白脸！”牧云河气急败坏道。

白术睨了他一眼，然后收回视线，举杯喝茶。

见状，牧云河皱眉："你怎么不争辩？"

"你骂的是他，跟我有什么关系？"白术反问。

说的也是。

牧云河难以反驳，可转念一想，他又要拍桌了："顾野是搞网络安全的，你给他买数位屏做什么？"

"他要学着用。"

"他可有钱了，不会自己买？"

"我想送。"白术淡淡地说。

牧云河彻底被她打败，一边气得心绞痛，一边给她转账。

"说起来，你拍的那个应战视频，滑板协会公开了吗？"

将茶杯放下，白术不感兴趣道："不知道。"

暑假期间，长宁市滑板协会托牧云河找到白术，说是国外某知名滑板运动员跟他们有些摩擦，于是录了个视频，公开向他们发出挑战。但是，长宁市滑板协会找不到一个可以应战的，所以就请了从未公开露面的非职业运动员白术帮忙。

他们给的酬劳很可观，白术答应了。

拍摄前，白术跟他们签下保密协议，拿了钱就当这事没发生过，拍摄的视频也不露脸。所以，拍摄结束后，白术就把这事忘了。

"我看看拍得怎么样。"

牧云河拿着手机，饶有兴致地搜索着。

过了片刻，他紧紧皱着眉，将手机递到白术面前，手指轻点屏幕，问："这是你吧？"

白术斜睨一眼："是我。"

"那网友怎么说是一个叫程鸢的女生？"牧云河点开评论，满脸质疑。

白术正在倒茶，闻声动作一顿。

二人对视一眼，恍然明白什么，随后在网上一搜，把线索联系起来，总算将前因后果弄明白了。

一个月前，长宁市滑板协会将白术拍的应战视频放到网上，成功让国外那位滑板运动员折服，对方选择公开道歉。

这事忽然就出了圈，视频中的女生也出了名。

但是，女生没露正脸，谁都不知本人是谁。网上热议一阵后，长宁市滑板协会忽然表示，拍视频的是他们协会一个叫程鸢的女生。

于是，程鸢火了。

半个月前，程鸢凭借这个视频，成功被国家队看中，走向了无数运动员梦寐以求的殿堂。

“好家伙，你为他人做嫁衣了？”总结了下，牧云河拧紧眉头，略有些恼火。

“好像是。”白术颔首，随后冷静地问，“钱没少我的吧？”

牧云河哑了下：“没有。”

“哦。那没事了。”

瞟着白术淡定的神情，牧云河难以理解：“你不管了？”

白术轻描淡写道：“没空。”

“也是。”

想到白术手上一堆破事，牧云河点点头，用眼神对白术表示同情。

白术视而不见，低头喝茶。

小区里有一小片竹林，长在道路两侧，枝叶茂密舒展，竹叶泛着一点点黄。落日时分，晚风掠过，竹影婆娑。

顾野拎着晚餐走在小道上。

身后传来轱辘滚地的动静，然后便是白术清冷的声音：“顾野。”

顿住，顾野回过身，见到白术踩着滑板滑过来，一手抱着个宽大的长形快递盒，一手拎着个用红绳捆好的西瓜。

靠近后，白术将快递盒递给他。

以为她是拿自己当苦力呢，顾野抬手接过快递盒，顺口问：“买的什么？”

白术将西瓜换到另一只手提着，侧首看他：“数位屏，送你的。”

顾野有点意外：“如果我一直不同意，你会缠到什么时候？”

想了想，白术直白地说：“确定你不会同意的时候吧。”

顾野眸光一闪。

“你吃吗？”白术抬起手中西瓜，换了个话题，“冰过的。”

顾野顿了一秒，挑眉回：“吃。”

“行。”

白术抱着西瓜，跟顾野去了他家。

顾野是个斯文人，进了屋后，先去厨房选了一把刀，想用来切西瓜。

不过，他一出来，就瞧见白术坐在客厅坐垫上，将西瓜放在身前，然后——手握成拳，迅速落下。

“咔”。

西瓜碎了。

顾野看了眼那个被暴力破开的西瓜，又看了眼手中的水果刀，再三确定自己是个斯文人。

白术掰开一小块，咬了一口，才看到顾野手里的刀，她眨了眨眼："你要切吗？"

"没，拿出来走个形式。"顾野把水果刀放下了。

"哦。"

白术将碎开的西瓜放到茶几上，任他挑选。

揉了揉腮帮子，顾野哂笑一声，抬步走过去。

拿起一块不规则的西瓜，顾野在白术旁边坐下，问："最近有空吗？"

白术懒懒地抬了下眼皮："你需要漫画助理就有空，不然没有。"

"这么现实？"顾野笑问。

"嗯。"

顾野很快接话："那帮哥哥把时间空出来。"

白术刚咬了一口西瓜，还没来得及咽下去，塞在嘴里，愣怔地看着顾野。

倏地，一根手指伸过来，温热的指腹点了点她的眉心，轻轻触碰后弹开。她见到顾野坐在夕阳余晖里笑，笑容散漫，邪性却养眼。

顾野挑眉问："太激动了？"

白术咽了西瓜："你答应了？"

"嗯。"

白术扭头，看着还未拆开的快递盒，问："现在开始吗？"

顾野脸上的笑容瞬间僵住。

"前几年，东国漫协弄了一个'漫画资料库计划'，保存了部分漫画的电子版，并且找人义务重修，确保画质清晰。我看过名单，《犬牙》就在其中。"白术说，"你要是点头的话，我现在可以托漫协的熟人要一份电子稿。"

顾野沉吟了下："不用，我能拿到。"

"快吗？"

"一个电话就行。"

"好。"白术满意了，"那你现在就可以重温《犬牙》，整理构思，然后着手后面的分镜稿了。我可以负责线稿和上色。还是说，你要先学会如何使用数位屏？"

哑言半晌，顾野无奈："白小术，你是周扒皮吗？"

"我可以是。"

"求你别是。"

"好吧。"白术点点头，体贴地问，"你还要代课吧。我能帮你，你要吗？"

"不了，我替我导师谢谢你。"顾野嘴角强行挤出一抹僵硬的笑。

"不客气。"白术规规矩矩的。

顾野吸了口气，被她气得肝疼。

当天晚上，顾野在跟白扒皮确定好《犬牙》连载的准备事宜后，立即上演了一出翻脸不认人的戏码，把这位扒皮精请出了他家。

在阳台抽了一根烟，顾野才掏出手机，拨通顾诠的电话。

“爷爷。”

“稀客啊。”顾诠的声音中气十足，显然精神头儿好得很，“你还记得给我这个糟老头子打电话。”

“知道。”夜幕漆黑，外面灯光零星，顾野捏着一根烟在指腹摩挲，倚着阳台栏杆没话找话，“吃饭了吗？”

电话里静默了会儿。

顾诠叹息，摊牌了：“无事不登三宝殿，说吧，有什么事要帮忙？”

“我想要一份漫画电子稿。”

“什么漫画？”

“Ego 的《犬牙》。”

“你要这个做什么？”

“欣赏。”

“扯淡。”顾诠咕哝着，话锋一转，“什么时候要？”

“今晚。”

“我让裴启升发给你。”

顾诠，东国漫协的会长。找别人调一份电子稿，需要走烦琐的程序，找他，就一句话的事。

顾野说：“谢谢。”

“你就打算窝在长宁市了？”

“没有。”

“赶紧回来吧，不是玩游戏就是读书，家产都要被抢走了。”

“您知道我不在乎那个。”

“你都回来十年了，跟谁都不亲，心里只有你那个姓陆的爹。”顾诠有了些恼意。

“我挂了，”顾野语调淡淡的，不掺杂任何情绪，“改天再跟您聊。”

又点了一根烟，顾野吹着清凉的晚风，垂眸沉思良久，直至手指被灼了一下，他才回过神。将思绪收敛，他摁灭了烟，走进客厅。

自从顾野答应重新连载《犬牙》后，白术就时常往顾野家里跑，而且还附赠训练有素的狼狗一只。

顾野不时会在家见到白术坐在阳台看书、待在客厅翻漫画、叼着根冰棍打电话，而那只叫白猊的狼狗则满屋乱跑，神出鬼没。

这天，顾野午睡醒来，听到客厅有动静，出门一看，正巧见到白术趿拉着拖鞋从跟前走过，手里端着半碗水果捞。

顾野一瞬间有些恍惚，不知是在做梦还是现实。

“你醒了？”白术往后退了两步，站在顾野跟前，“正好，我有点事找你。”

“什么——”

没等顾野把话说完，白术就扑进他的怀里，如藕的细臂搂住他的腰，隔着薄薄一层衬衫布料，她的温度和触感清晰明了。

可能真是在做梦吧。

然而，怀里温热的身躯，清晰的触感，让顾野混沌的意识渐渐清明。

白术仰头，说：“我亲你要踮起脚。”

“哈？”

顾野喉结滚动，脑海里一根紧绷的神经，似乎被生生掰断了。

他鼻翼翕动，隐隐能嗅到她身上的清香，不知是沐浴露的味道，还是她的体香。

他垂下眼帘。

白术抬着头，细长浓密的睫毛洒落一片阴影，眸底光影浮动，像什么拨动了一汪静静的湖水，荡起了层层涟漪。

她长得很精致，粉雕玉琢，明眸善睐。他视线从她眉眼滑落，掠过鼻尖落到她的唇上，她轻轻抿着，浅粉的颜色，唇形精致漂亮，勾着他的视线难以移开。

“漫画啊。”

在顾野恍神之际，白术倏地松开他，手里端着的水果捞没洒出一点，她转身走向茶几，拿着两张纸走过来。

“我在重温第 23 话，我对这两个配角的人物资料没记错的话，他们的身高跟我俩差不多。”白术将纸举到顾野面前，晃了一下，“你看看，你画的女配没有垫脚，要改。”

默然半刻，顾野情绪复杂地扯过那两张纸，扫了一眼，问：“这么细节？”

“嗯。”

白术用牙签戳了一块蜜瓜往嘴里塞。

“你是不是常干这种事儿啊？”

“什么？”

“动作模拟。”

“我找人定制了一套木头人，不用亲自模拟。”白术惋惜地看了他一眼，“你没有。”

“哦。”顾野堂而皇之地说，“送哥哥一套。”

白术动作顿住，看他的眼神就像在看一个劫匪。

“舍不得啊？”顾野挑眉。

三秒后，白术选择了妥协：“我待会儿给你拿过来。”

稀里糊涂被顾野讹了一套木头人，白术吃水果捞的心情都没有了。她坐在沙发上，看着顾野饶有兴致地玩着木头人，往嘴里塞了一口草莓，味同嚼蜡。

“你怎么这么闲啊？”顾野玩够了木头人，跟白术说话，“除了上课就是漫画。”

“我很忙的。”

“看不出来。”

“因为我办事效率高。”

“平时都忙些什么啊？”

白术凉飕飕地看着他，不无讽刺道：“你与其跟我闲话家常，不如研究怎么把《犬牙》的情节续上。”

“这会儿搁你眼里，我就等于行走的《犬牙》了，是吧？”

“是的。”

“行。”

顾野咬牙笑了。他真如了白术的愿，将白术那一堆宝贝木头人一收，溜达着去书房整理《犬牙》的后续情节了。

顾野的后续草稿还没开始画，白术只能整理细节。

不过，她看过无数遍《犬牙》，早就记得滚瓜烂熟了，白术拿着画稿翻来覆去整理，也没折腾出新花样来，吃完水果捞后就在沙发上睡着了。

不知睡了多久，她被手机铃声吵醒。

手机放在餐桌上，白猊第一时间冲过去，用嘴叼起来，然后欢腾地跑到白术身边，蹭着白术的手。

白术抓住手机，迷迷瞪瞪地翻了个身，接通电话：“说话。”

“还睡呢？”即墨诏的声音传来，“恨长山的画稿泄露一事，你知道了吗？”

这一句话，让白术睁开了眼。

轻一杯第三轮有一条规定：画稿泄露，轻则罚票，重则退赛。

第三轮确定出道名额，牵扯到学生和老师的利益。以防有人借助名气、资源、炒作等手段控制票数，所以第三轮的作品在公开投票时，都是匿名的。同时，也禁止学生在结果确定之前，公开自己的画稿、构思，甚至不能有暗示的行为。

正因这样严苛的规定，轻一杯才成为国内含金量最高的新人出道赛。

盘腿坐起身，白术顶着一头乱糟糟的头发：“什么情况？”

“有一个自称是恨长山校友的人，说在图书馆偶遇了恨长山。拍了恨长山的背影和电脑，屏幕上有她登录轻一杯的页面，还有几张趁恨长山不在时偷拍的漫画稿。漫画稿拍得太清晰了，人设、台词、剧情都有透露，不改的话肯定违规了。”

白术很平静：“知道了。”

“你有办法吗？”

“再说。”

“首先说明，我不是担心队友，而是你说要拿前三的，哪怕缺一个，都不作数。”即墨诏说，“以后别人嘲笑你的时候，难保不会顺带提起我两句。”

“你升 B 级了吗？”白术慢吞吞地问。

即墨诏顿时哑然。

“管好你的事就行，别的不用你操心。我给你安排的任务，你要漏掉一项没做或没做好，导致你跟第一失之交臂，我就把你围棋输给我的事做成洗脑广告进行病毒营销。”

“你说笑呢？”

“你试试哦。”

即墨诏被白术冷静的语气激得一个哆嗦，当即闭嘴，挂断电话跑漫画 NO.1 上升级去了。

顾野接了通电话，走出书房，问睡眼蒙眬的白术：“晚上去吃火锅吗？”

“啊？”

白术缓缓抬头。

“江南枝好像又要崩溃了，要吃一顿火锅才能闭嘴。”顾野说。

“她没空去吃了。”

“你呢？”

“也没空。”白术困倦地抓了抓头发，赤脚踩在地面上，她从裤兜里掏出一把钥匙，递给顾野，“我这几天住宿舍，你帮我照顾一下白猊。”

“人都没睡醒。”顾野没多问，接过钥匙，然后叮嘱，“先去洗把脸再走。”

“哦。”

白术往洗手间走。

顾野手一抬，手指钩住她的后衣领，把人拽回来：“把拖鞋穿上。”

“你怎么跟我爸似的？”

折回去穿拖鞋，白术嘴里咕哝着。

顾野脸皮极厚，看了眼白猊，又看了眼她：“那我儿女双全啊。”

穿好拖鞋，白术抬眸扫向他，猝不及防地抬腿朝他踹去。他侧身避开，眯眼一乐：“好腿法，就准头差点儿。”

白术阴恻恻地瞪了他一眼："我回来后你要还没开始画分镜稿，你死定了。"

每次来到宿舍，白术大概率能撞上江南枝愁眉苦脸的模样。这一次也赶上了。

"白妹妹——"江南枝冲过来想抱着白术哭。

白术侧身避开，把一根棒棒糖塞到江南枝嘴里，说："我帮你。"

"唔。"

江南枝咬着棒棒糖，泪眼婆娑，感动得眼睛都红了。

暮色浸润天际，宿舍里开着灯，江南枝和白术挨着坐在书桌前，桌面一堆的草稿纸，被蓝笔、黑笔、红笔涂改着。两份外卖摆放在隔壁书桌，已经凉透了。

"先这样。"白术搁下笔，手指捏了捏眉心。

"感觉新设计的剧情和人设，要比先前的更好啊。"江南枝吁了口气，满怀欣喜地看着桌面上的成果，"白妹妹，我们要不要问问白大的意见？"

"不用，她的意见不会比现在的版本更好。"白术轻描淡写地说，站起身，拎着自己的椅子，回到隔壁书桌。

白妹妹你这么狂的吗？！

江南枝惊得半天没回过神。

拿起一份外卖，白术侧首看她："来吃饭。"

"好！"

江南枝搬着椅子凑过来。

"白妹妹，你的《秩序》被苏老师当优秀范文讲解了。"江南枝掰开一双筷子，兴奋地说，"我们专业的人都知道你了！不过，你怎么把综艺名额让给了纪依凡，你难道不想出道吗？"

白术说："不够格。"

江南枝连忙安慰："你不用这么谦虚，以你的能力，远超于我们……"

夹菜的动作一顿，白术看着她，不紧不慢地说："我是说，国内现有的出道平台，没一个能配得上我的作品。"

不愧是你。

震惊之下，江南枝扒拉了一口辣椒，把自己呛得半死。

因为江南枝这里出了岔子，白术在宿舍住了几天，帮江南枝调整所有被公开的设定，包括细节，确保万无一失。

江南枝这傻瓜还乐在其中。

每天一睁开，江南枝就扑进漫画怀抱，不上课、不出门，忘了吃饭和喝水，一门心思都在漫画上，跟着魔似的。

于是，白术不仅要找人给她上课，还得监督她一日三餐，以及洗澡睡觉。

五天后，江南枝终于调整好所有细节，漫画进度重新步入正轨。

同时，被白术威胁到的即墨诏，终于在不眠不休的奋战之下，晋升为“画面B级”，完成白术制定的目标。

“然后呢？”即墨诏在电话里问。

“接收文件。”白术坐在电脑前，移动着鼠标，点击发送，“我把你的草稿做了批注，你照着我的要求改就行。”

即墨诏看文件去了，良久没有说话。

足足过了一刻钟，即墨诏吸了口气：“我的画面有那么烂吗，你百分之九十的批注都在让我改画面！”

“嗯。”白术实话实说，“你真的很烂。”

即墨诏气得直咬牙。

“不过，”白术话一顿，往嘴里扔了一颗葡萄，优哉游哉地说，“构思绝妙，首屈一指。你当得起这个第一。”

电话那边，即墨诏紧紧攥着手机，听着白术一字一句，蓦地一震，心中的憋屈和怒火荡然无存。

即墨诏的进展顺利，墨川那边无须担心，江南枝也步上正轨，白术终于得了些空闲，把宿舍东西整理一番，打算回租房。

“白妹妹！”江南枝闯进宿舍，着急忙慌地问，“简以楠的采访视频，你看了吗？”

白术将衣柜的门合上，回过身：“什么？”

江南枝举着手机跑过来：“你看看，这是简以楠的采访视频，她公然挑衅白大。我这桩事热度刚下去，讨论白大的声音小了些，结果因为这一段采访，白大又被推上风口浪尖了。”

第四章

世界，我们来了

半个月前，简以楠以知名漫画家的身份，接受了某电视台的深度采访。今天刚刚播出来，简以楠接受采访的部分视频就被截取出来，现在于各大社交平台广泛传播。

视频里，简以楠一袭黑色长裙，妆容适宜，将她的美展现得恰到好处。她叠腿坐着，面对主持人淡定从容，女王范十足。

主持人问："轻一杯第三轮比赛已经开始了，被称为恐漫鼻祖的 White 公然抢走你的学生，还宣布要拿前三的出道名额。听说读者对 White 此举都很愤怒，集体讨伐他。简小姐被牵扯其中，是怎么看待这件事的呢？"

简以楠锁眉，点评道："哗众取宠，异想天开。"

"简小姐对 White 有了解吗？"

"没有。"

"那作品呢？"

"看过一点。"简以楠神色傲然，话语张狂，"不过，时代在进步，审美在改变，我不觉得他的作品无懈可击，只能说占了题材小众的便宜。一个沉寂两年，不靠作品而靠炒作出圈的漫画家，已经跟不上这个时代了。"

"你有什么话想跟 White 说吗？"

简以楠沉吟片刻，说："没有，我对他不感兴趣。"

"好的。"主持人进行下一个问题，"现在你的手上只有两个学生了，跟别的老师比机会要小一些，你有信心争取到一个出道名额吗？"

"一个？"简以楠哂笑一声，一字一顿，"如果他们俩没能全部出道，我可以退出漫画圈，从此封笔不再画漫画。"

视频结束。

"你瞧瞧，她有多狂！"陪着白术重看一遍视频的江南枝，都忍不住握紧了拳头，气得头发都要竖起来了。

平心而论，白术觉得还好。

跟她微博评论区的评论比起来，简以楠这些话，堪称柔风细雨，拍脸上都不带疼的。

"你再看看读者评论，他们'双标'起来真是不要脸。"江南枝骂了一句，随手点开评论区，"清一色的赞扬和支持。白大说拿前三，全是奚落嘲讽，骂他异想天开。我寻思着简以楠也是同一个意思啊，结果不被骂还吸了一拨粉，现在的读者怎么还两副嘴脸呢？"

白术接过手机，滑动着网友评论。

“支持简大大！有颜值，有个性，有才华，听说还是一学霸，简直就是天选之女。”

“太有气魄了吧！连封笔退圈的话都说出来了。隔壁那个说拿前三的老家伙，只会放嘴炮是不，现在连声儿都不敢吱了。”

“好热血啊，连职业生涯都赌上了。”

“这样的宝藏漫画家不火，天理难容。”

……

“喏。”

白术将手机还给江南枝。

“白妹妹，你不是白大的‘女儿粉’吗，怎么一点都不生气啊？”江南枝眨着眼，不明所以。

白术闲闲地说：“我太生气了。”

“啊？”

江南枝盯着白术的脸，看不出一点生气的迹象。

白术斜睨着她：“我就是喜怒不形于色。”

虽然江南枝一向觉得白术很靠谱，但这一次，她打心底觉得白术在扯淡。

阳光被树枝缝隙撞碎洒落地面，形成斑驳的光点。白术提着一个冰西瓜踩着滑板滑过，穿过风，掠过光，轻盈地来到小区楼下。

从滑板上下来，白术踩住滑板一端，捞住弹起的滑板，然后一只手捧西瓜、一只手夹着滑板，进了楼。

她没回租房，而是去了顾野家。

来到门前，白术屈起手指，刚想敲门，就听得门锁被扒拉开，然后敞开的缝隙里，露出白猊帅憨帅憨的狗脸。

白术揉揉它的脑袋，进门，轻车熟路地换好鞋，问：“顾野呢？”

“汪。”

白猊冲着书房叫了一声。

在书房钻研漫画？

还挺勤快的。

白术从兜里摸出一根香肠给白猊，西瓜都没放下，径直走向书房。

门没有关，里面传来敲击键盘的声音。她站在门口往里看，赫然见到顾野坐在电脑前，戴着个耳机，虽然一言不发，但屏幕上却是第一视角端枪大杀四方的场面。

“解决了。”

顾野轻描淡写地说完，想继续游戏，忽地感觉后背一凉，迟疑着回过头，结果对上白术那张一言难尽的晚娘脸。

顾野手一抖，说："你听我解释。"

"我不听。"

白术面无表情地说完，转身就走。

同时，耳机里传来队友白阳的声音："我刚刚是幻听了吗，我怎么听到你用渣男的口吻说了一句不符合你人设的话？"

"不玩了。"

"才刚玩了半局，你有没有一点职业道德！"

"没有。"

顾野简单明了地说完，摘掉耳机，退出游戏，动作一气呵成。

然后，他起身走出书房，在厨房里找到白术。

以往吃西瓜直接用拳头砸的白术，现在却拿起一把刀"咚咚咚"地剁着西瓜，手起刀落，鲜红的果汁在案板上流淌。

顾野感觉她这一刀刀的，全都剁在自己脑袋上。她剁下去那股狠劲儿，令顾野看着都觉得脑袋疼。

"江南枝的事解决了？"顾野主动找话。

白术不答。

"我就玩了十分钟。"

白术不语。

"我画好了两话分镜稿，你要不要——"

"要。"白术终于接话，拿了半块西瓜走过来，塞到顾野的手上，抬头，"分镜稿呢？"

顾野捂着胸口，感觉强大坚韧的心脏有点被伤到："你眼里除了漫画还有什么？"

"还有在我不眠不休帮你青梅解决问题回来后，你在家不务正业玩游戏的场面。"白术表情非常冷漠，"比捉奸还刺激。"

"咳咳。"

顾野差点被一口西瓜噎死。

白术蹲坐在沙发上，笔记本电脑放置于膝盖，认真地看着顾野的分镜稿。

顾野吃完半块西瓜，瞧见白术严肃认真的神情，心里莫名地有些发虚，竟是开始担心分镜稿的质量不能让白术满意。

他第一次有这种感觉。

毕竟是十二岁第一次创作漫画，就能掀起漫画圈浪潮的人，顾野至今都不知"担心画稿不过关"是怎样的感受。

他开了一罐可乐，倚在阳台漫不经心地喝着，同时观察着白术的一举一动。待到白术快看完时，顾野视线一收，转身又去拿了一罐冰可乐，然后状似轻松地来到白术身边坐下。他将易拉环拉开，把可乐递给白术。

他问："怎么样？"

将笔记本电脑放到茶几上，白术接过可乐，评价道："没退步。"

"那你还这个表情？"顾野挑了下眉。

白术回头看他："你想让我有什么表情？"

"笑一下。"

"笑不出来，"白术喝了一口可乐，瞟了他一眼，眉头轻轻皱起，"看着你就生气。"

顾野张口想解释，可想到白术那句"比捉奸还刺激"，顿时觉得什么解释都没用。

他叹了口气："以后不会了。"

白术平静地接过话："以后我来你家前会提前通知，给你装样子做好充足的准备。"

"这是不打算信我了？"顾野又好气又好笑。

盯着顾野片刻，白术点点头："信的。"

顾野松了口气。

下一刻，白术闲散地说："你随便听听吧，我说的是假话。毕竟要维持表面和气。"

顾野气得要断气了。

这时，白术站起身，拿着可乐和笔记本电脑，走向他的书房。

"还能不能好了？"顾野冲她的背影喊。

走至书房门口的白术闻声一顿，淡淡地回："看你表现吧。"

说完，她就进了书房，留给顾野一个冷漠高傲的背影。

真是被她拿捏得死死的。

顾野兀自无语了片刻，然后掏出手机，把一肚子气都撒在队友身上。

【顾野】：以后别找我玩游戏了。

【白阳】：啊？

【顾野】：我要专心搞事业。

【白阳】：你被盗号了吧。电竞不是你的事业吗，别忘了你一周前刚答应过我，帮我重组战队夺下世界冠军的！

【顾野】：对这个错误决定我表示后悔。

【白阳】：你果然被盗号了！我要报警！

【顾野】：拉黑了。

虽然提着西瓜回来见到顾野玩游戏的事情让白术很生气，但是白术对《犬牙》还是很上心的，何况顾野又是正常发挥，情节衔接、画面分镜相较十年前更加出色。

所以，白术对顾野虽是不冷不热的，但成天扎在顾野书房，认真细致地负责线稿和上色，就差没睡在电脑前了。

跟前几日魔怔的江南枝比，她也毫不逊色。

“笃笃”。

顾野敲了两下门，走进书房：“别画了，出去吃饭。”

白术仰起头：“订外卖吧。”

“天天吃外卖，你长得都像外卖盒子了。”顾野不由分说地夺走她手中的压感笔，“江南枝说交稿了，要请客，点名要带上你。”

“有我什么事？”

“你先前不分昼夜给她改画稿，忘了？”顾野手指戳了戳她的眉心，感觉她都要被漫画折磨得神志不清了。

“应该的。”

她要拿前三，就必须帮江南枝渡过难关。她帮江南枝，就是在帮自己。

“做白工上瘾了？”顾野不知她的原因，只当她为赶画稿不愿浪费时间出门，“《犬牙》先搁一搁，不然改主意了。”

“行吧。”

白术略一琢磨，答应了。

又是那家火锅店。

江南枝提前一点到，找好位置等他们。不过，等他们俩抵达时，只见到满桌堆成小山的食材，而江南枝不知去向。

她的外套和包都扔在椅子上。

白术问：“人呢？”

“我打个电话。”

顾野掏出手机拨电话，手机铃声很快响了，是从包里传出来的。

蓦地，白术扯了下顾野的衣袖，说：“我好像听到江南枝的声音了。”

顾野侧耳一听，果不其然。他轻轻拧眉，找准方向绕过一堵墙，前往调料区。

江南枝正在跟人吵架。

“给你脸了是吧？”江南枝上前一步，使劲揪住对面女生的长发，“我是恨长山又怎样，我就一个画漫画的，还得忌惮这个、畏惧那个，不能撕你了？”

女生被她扯得猝不及防，头皮都要裂开了，尖叫一声，大声呼救。

旁观者一时不敢靠近。

顾野和白术对视一眼，赶紧上前。一人扯一个，把这两个打架毫无章法的人拉开。

女生狼狈不堪，她红着眼，朝江南枝叫嚣："你信不信我把你打我的事发网上！"

"你发啊，我们一起发！"江南枝扒拉着顾野拦她的手，火冒三丈地喊，"我看是你这个把我漫画稿发网上的占理，还是我这个替天行道行侠仗义的占理！"

被江南枝这么一威胁，女生自知理亏，紧紧咬着唇，可又不甘心在受窝囊气后就此离开。

"赶紧滚吧。"白术松开女生的手臂，打量一眼后，轻描淡写地说，"不愿受气的话，闹到学校我们也奉陪。"

女生哆嗦了下，迟疑几秒，最终畏惧学校和流言，忍气吞声地跑了。

另一边，顾野在众目睽睽之下，强行把不肯善罢甘休的江南枝拖回位置，然后扔给她一瓶水，让她冷静冷静。

江南枝仰头干完半瓶水，用手背狠狠一抹嘴，把水瓶"咚"的一声砸在桌面："气死我了！"

顾野将一盘牛肉扔到滚烫的火锅汤里："慢慢说。"

"前面不是我的漫画稿被公开了，差点失去比赛资格吗？"江南枝恨恨地咬牙，"就是那个女生干的。我刚刚想先去调蘸料，她忽然跑来问我是不是恨长山，说跟照片上的背影很像。结果她三言两语露了馅，被我识破了。"

江南枝呼出口气："我还没来得及骂她呢，她就先心虚了，说如果不是她给我发网上，谁会认识我？还说我跟着白大肯定没法出道，用这种方式赚一波热度也不亏……我这暴脾气，能受得了这个气？于是跟她吵了几句，结果她越说越难听，我一时没控制住，跟她打起来了。"

"可你打得很狼狈啊。"白术捞起烫熟的牛肉，真诚地评价。

虽然那女生被揍得很惨，但江南枝也好不到哪儿去，脸上划拉出两道痕迹，眼睛红红的，头发稍显凌乱。伤敌一千，虽未自损八百，但三百是有的。

"白妹妹……"江南枝委屈极了。

"下次偷袭吧。"白术帮忙出主意，"跟踪套麻袋最好。"

话刚说完，白术的脑袋就被顾野用力敲了下："法学院的学生，你注意身份。"

"哦。"白术想起这茬，然后跟江南枝说，"刚刚的话，你当我没说。"

被白术这么一打岔，江南枝烦躁的心情好转了些，"扑哧"一笑："白妹妹，你真有意思。像你这么有趣又好看的姑娘，是不是很多人追啊？"

"没有。"白术吃了一块牛肉，叹道，"排着队想给我套麻袋的人比较多。"

江南枝眨眨眼，然后捂着肚子哈哈大笑，笑得花枝乱颤的。等她缓过劲儿来，坏心情荡然无存，撸起袖子加入吃火锅大军。

就是……肉没了。

"土匪。"江南枝咕哝着，拿起手机追加两份牛肉，点完，看了眼微信消息，登时急了，“大爷的，有人组织扒白大三名学生的作品，说要联合起来不给我们投票。”

顾野问：“为什么？”

“白大得罪的人太多了啊。”江南枝掰着手指细数，“第二轮的漫画家，以及他们的粉丝；简以楠的粉丝；有正义感的路人……何况他嘴巴一向毒，以前就招惹过不少人，关注他的都是黑粉。他的作品粉曾经带头跟他割裂，说是只粉作品不粉人，骂他的时候不要牵连粉丝。”

江南枝越说越慌：“不行，我得跟白大说一说，还得跟官方反馈。”

“官方管不到读者的自主行为。”白术夹了一颗虾丸，慢悠悠地说。

江南枝犯愁了：“那也不能坐视不管啊。他们想拿我们以前的作品做对比，听说有经验的眼睛特别毒，一眼就能挑出同一个人的作品。我们要真被扒出来了，再被带一拨节奏，岂不是前功尽弃？”

白术：“扒不出来的。”

江南枝纳闷：“为什么？”

顾野斜睨着她：“以你们上一轮的水准，能包揽前三吗？”

“当然不能啊！”

“如果你们老师说让你们包揽前三的话，不是哗众取宠，那么你们仨这一轮交的作品，不大可能有上一轮的痕迹。”顾野将烫好的牛肉丸捞出来，均分给她们俩，条分缕析地说，“你们被扒出来的可能性不大。相反，其他人被误伤的可能性更大。”

“你说得有道理！”江南枝顿时被说服，喜滋滋地说，“三日不见，当刮目相看。我已经不再是过去的恨长山了，而是脱胎换骨的钮祜禄·恨长山！”

白术扶额，斜眼看向顾野：你这小青梅跟你画风差距是不是有点大？

顾野瞧明白了，心里唏嘘，对白术的眼神选择视而不见。

三日后，经过轻一杯官方的审核和确认，三十篇漫画准时公开上线。

等候多时的读者们蜂拥而上。

“自从White的学生确定以来，我就在研究SL、墨川、恨长山前两轮的漫画，自认为对他们仨的画风很熟悉了，但我怎么一篇相似的都找不到？”

“SL的特点是渣，恨长山压根没特点，墨川似乎擅长恐怖风格，但这三十篇里完全看不到他们的影子。”

“分析什么，浪费时间。最差的仨就是他们，肯定没错。”

……

事先联合起来对付White三个学生的读者们，一天下来，找到几篇“疑似”的漫画，却始终没有一个准数。他们把怀疑的漫画列出来，专门开帖讨论，结果争论不休，有的信誓旦旦，有的害怕误伤，有的中间调和。

计划一开始，他们就受到阻碍，难免有些失望。

所幸这一批漫画里出了几匹黑马，质量之高，让他们惊喜交加。

本轮以“生活”为题，范围很广，给了作者们足够的发挥空间。

最让人眼前一亮的漫画叫《冬日来客》，是惊悚治愈系作品，过程看得人冷汗直流，结尾却温馨治愈，让人热泪盈眶。

除此之外，名为《HELP！》和《神秘盒》的漫画也较为突出，前者惊险刺激，后者奇幻脑洞，并且完美契合主题，各有各的优点和特色。

至于其余的，也有几篇算得上佳作，放到往届都是出道水准，但跟这三篇比起来，难免黯然失色。

“真是不可思议，一个月的指导，能让新人进步如此神速？构思、分镜，跟一些当红漫画家比，毫不逊色！”

“盲猜《HELP！》和《冬日来客》是简以楠带的学生画的。”

“不管是谁画的，反正不可能出自 White 那三个学生之手。他们仨缺点太明显了，但这三部作品都完美地避开了这些缺点。”

……

投票活动进行得如火如荼。

读者跟往届一样，呼朋引伴，四处宣传，就为给喜爱的作品拉票。评委老师和漫画家集体装死，等待最终的投票结果。

在这良好的氛围里，偏偏有人不守规矩，打破了约定俗成的沉默。

投票第三天，White 给一部叫《阿苗姑娘》的作品投了票，并且同步更新到微博。一分钟后，White 删除了微博，但已经被读者截图扩散了。

《阿苗姑娘》是排名第七的作品，质量尚可，是往届能前三出道的作品。但这一届的作品过于优秀，这一部倒显得逊色，所以在第七到第十之间徘徊。

原本《阿苗姑娘》关注度不高，可这一条 White 明显“无心之失”发的微博，却让盯着他的黑粉嗅出端倪。

“White 属于自爆行为吧？《阿苗姑娘》肯定是他学生的作品。他想保住《阿苗姑娘》的第七名，所以迫不及待地投票，结果操作失误了。”

“用一票换来翻车，值得吗？哈哈，白大也有今天，笑死我。”

“如果《阿苗姑娘》真的是他学生的作品，那他这算违规操作吧。我记得轻一杯有规定，老师是不能公开透露自己学生作品的相关信息的。别的老师这时期社交平台是全部关闭的，生活里都要保密，以防出事。他这么憋不住，大概是没料到这一届作品质量这么高，真急了。”

“White 简直就是个跳梁小丑。”

……

在“投票失误”两个小时后，白术忽然接到即墨诏的电话。

“你给作品投票做什么？”即墨诏窝火地问。

“想投呗。”

白术坐在藤椅上啃苹果。

“差你这一票啊？《阿苗姑娘》已经从第七跌到第十了，偷鸡不成蚀把米。”即墨诏抱怨完又问，“这是他们俩谁的作品？”

“都不是。”

“都不是你瞎掺和什么？”即墨诏悚然一惊，被她整得莫名其妙。

“我有一票话语权，不用白不用。”白术跷着腿，长腿悠闲地晃着，侧首拨弄着栏杆上的绿萝叶，“你的账号还没投票吧？”

“没。”

“那你给排名第六的《0805》投一票吧。”白术说，“你同步到微博，不要删除。”

此刻即墨诏再愚笨也回味过来了，他无语至极：“你给《阿苗姑娘》投票，是故意同步到微博的？秒删也是你安排的？不是，我就想不明白了，你图什么？”

“想看戏就听我的。”

即墨诏琢磨了下，说：“你总得说个由头吧。”

白术歪了下头，眯眼：“轻一杯老师的内幕，有兴趣吗？”

即墨诏静默须臾：“你等着。”

自 White 投票翻车后，看客以为他会消停。结果，他是闭麦了，他的学生又来作妖。

SL、恨长山、墨川相继投票并同步到微博，分别将票投给第六名、第七名、第八名。

如此明目张胆，把读者弄得稀里糊涂。读者下意识以为那是他们仨的作品，可理智一点的分析那是他们为混淆视听，抑或是为 White“挽尊”；也有坚持他们就是在钻规则漏洞、互相宣传的，目的就是为了让他们的粉丝为自家投票。

作为有史以来第一次公开投票的作者，三人成功引爆话题，热度不亚于“白大第二轮给青衣颜投一万减票”。

吃瓜群众表示：这个瓜吃不明白，太烧脑。

第二天，白术登录轻一杯 App，收到了工作人员的私信指控。

【打工人 001】：你们怎么能这么破坏游戏规则！

【White】：违规了？

三个字，把工作人员问得哑口无言。

规则是：老师不能透露学生作品信息，学生不能透露自己作品信息。

然而，白术投的不是自己学生的作品，学生投的也都不是自己的作品，甚至都不是他们队里的作品。钻规则漏洞的话，官方根本拿他们无可奈何。

【打工人 001】：但你们这种混淆视听的行为，会影响到受牵连作品的成绩。

【White】：他们要是不受影响，我们岂不是多此一举？

打工人 001 被她怼跑了。

网上，读者的重心成功被带偏，从“热衷宣传作品”到“沉迷分析白大队的迷之操作”，早已超出轻一杯主办方的掌控。

轻一杯主办方后悔死请 White 来当评委了。倘若能重来，他们肯定会剁掉给 White 发邀请函的手。

两天后，轻一杯第三轮的票数基本形成定局。

《冬日来客》和《HELP！》角逐第一，票数甩了第三名的《神秘盒》一大截，此外第四、第五之后又形成票数断崖。

被白大队碰瓷的第六名、第七名、第八名作品，现在早已跌到十名开外，基本没有出道可能了。

后来，有些自暴自弃的学生，看着 SL、恨长山、墨川那一通操作蹭到不少热度眼馋，干脆打破规则枷锁的束缚，效仿三人投票，并且同步到微博。有一个带头后，顿时一批人跟风，有些甚至公开给某部作品做宣传。

本来就被白大队搞得云里雾里的读者们，眼见着这些跟风的投票操作，哭笑不得，一边怒骂他们把自己的智商按在地上摩擦，一边把这事当作乐子一样传开。于是，轻一杯的热度到了后期，竟是达到了史无前例的新高。

“这是要大乱炖吗？完全分不清哪部作品是哪个作者的。”

“这一届新人太会玩了吧，官方不管一管？”

“钻的是规则漏洞啊，官方压根管不着。”

“我现在感觉白大那一出是演的。局面变得如此混乱，读者、学生、官方都摸不着头脑，个个都是局中人。这完全像是一场有规划、有预谋的行动啊，而且特别符合白大以往的风格。”

……

终于，在老师、学生、读者三方焦急紧张的等待中，投票结束，轻一杯官网第一时间公开前七名作品的作者和老师信息。

然而，在看到结果的那刻，全体都傻眼了。

第一名：《HELP！》，作者：SL。指导老师：White。

第二名：《冬日来客》，作者：墨川。指导老师：White。

第三名：《神秘盒》，作者：恨长山。指导老师：White。

第四、第五名是简以楠带的那两个学生。

至于第六、第七名，已经没什么人在乎了。

因为前三名那三个“White”，不仅醒目刺眼，还如同一记响亮的耳光，形成擦不去的烙印，深深地印刻在这一届读者的耻辱柱上。

“不是吧，白大队全员出道！白大说拿前三，竟然做到了！”

“肯定是我起床的方式出了错。”

“他们仨一开始就位列前三，干吗要来后面那一串操作混淆视听，玩我们吗？”

“没错，我们被他们当猴耍了。”

“其他老师和学生也被他们当猴耍了啊。”

……

被白大队耍得团团转的读者们看到这结果，被刺激疯了。他们疯了一样地跑到White和前三学生的微博，辱骂、抨击他们，发泄着情绪。

有些读者干脆联合起来，以“白大队进步过快，不正常，怀疑白大帮他们作弊”的理由，向轻一杯举报白大队。

在他们坚持了两天后，轻一杯迫于多重压力，不得不发布公告，宣布将尽快对学生的作品原创问题进行调查。

看到这个公告，读者的满腔怒火才算舒缓一点。

——白大队你们完了！

——等着天降正义吧！

“这就是你的目的？”看到公告的即墨诏，第一时间打电话询问白术。

“嗯。”

白术午睡醒来，懒洋洋地打哈欠。

“评委团队里有老鼠屎吗？”

“嗯。”白术说，“新人没有经验，能否出道跟老师有很大关系。有些老师以‘出道位’谋取利益，给他们利益的，他们尽心尽力帮忙；给不起利益的，被他们打压自信。原本可以出道的新人惨淡收场，实力一般的反倒光鲜出道。轻一杯自以为他们的规则无懈可击，可天底下哪有没有漏洞的规则，就看人心够不够黑罢了。”

“你全安排好了吧！”即墨诏忽觉不对劲，“第三轮刚开始，你就说要拿下前三，还公开抢我，从而引爆关注；投票时你联合我们投票混淆视听，让别人以为我们投的作品是我们的，其实我们就没掉出过前三。结果投票结果公开后，他们意识到被耍了，从而愤怒到联合起来举报我们，逼迫轻一杯清查。”

即墨诏越分析越心惊：“轻一杯有完善的监督机制，学生每日打卡汇报上传作品进度，老师点评每次都会上传。如果轻一杯真要下功夫排查的话，作弊的很容易被揪出来。”

理清了所有线索，即墨诏咽了口唾沫，震惊道：“合着读者、官方，包括我们，全都是你的工具？”

“各取所需。”白术淡淡道，“你不是以第一名出道了吗？”

第一名出道算什么啊！

你一个十九岁的小姑娘，心思缜密，算无遗策，把成千上万人安排在局里步步为营，这才叫恐怖吧！

“你图什么？”

“顺手而已。”白术喝了半杯水，轻描淡写地说，“在这社会找点公正，何其不易。你动动手指就能找回一点公正，为何不做？”

即墨诏失声，张了张口，说不出一个字来。

因为轻一杯的清查公告，读者们跟打了鸡血似的亢奋，跑到 White 微博下耀武扬威，纷纷表示他马上就要完蛋了。

在这个节骨眼上，White 不仅没玩消失，反而高调地发声了。

【White】：让 SL 跟我，是我的魅力；拿下前三，是我的本事。

这样一条微博，无异于在风口浪尖时火上浇油，烧得一众读者肺疼，一时气得连骂他都找不到合适的词语。

他们扭头就将矛头对准轻一杯，催促轻一杯的清查进度，并且日日威胁轻一杯别做弄虚作假的事。

闹得不可开交。

一周后，轻一杯不负所望，在经过严密的清查后，发布了“评委老师协助学生作弊的处理公告”，算是给了这事一个回应。

看到公告标题的那刻，读者们欣喜若狂，心想 White 终于要遭报应了，结果点开公告后却目瞪口呆，因为——公告里就没出现 White 的名字。

轻一杯查出三个作弊的评委老师，但是，这三个人不包括 White。

公告里揭露，这三位老师跟个别学生做私下交易，导师否定手里好苗子的作品，指导时敷衍了事，对私下交易的学生尽心尽力，甚至做出了老师职责范围外的“帮助”。

此外，公告里特别将这一届出道学生的“打卡汇报”进行公开展示，证实他们是凭借自身实力出道的，作品里并未查出有“老师过度帮助”的迹象，侧面证明了 White 的清白。

“我说第二轮第一名的习关这一轮交的作品那么拉垮呢，习关一度在微博里表现得消极、自卑，当时就有人怀疑他抑郁了。原来是被老师打击的？”

“这些老师简直是漫画圈的蛀虫。”

“墨川的打卡记录挺稳的，看得出White没让他做什么改动，但SL和恨长山简直突飞猛进。PS：求问漫画NO.1是什么，怎么SL有段时间天天提这个网站？”

“所以白大队全员出道，真的是因为白大够牛吗？我惊了。”

“三个作弊的学生，不就是白大队投票的那三部作品吗？不可能是巧合吧？有人说这一切都是白大的安排，现在我信了。”

“第二轮白大给作弊的青衣颜投一万减票，第三轮白大间接促成黑心老师被公开，白大是漫画圈的清道夫吧？”

……

在轻一杯的铁证之下，White的污名被清洗干净，风向一夜之间转变，White一度被这一届读者神化。

作为话题中心的白术，却没当回事，在确定轻一杯出了处理公告后，就将这事翻篇了。

立冬一周后，长宁市依旧是艳阳高照的好天气，窗外梧桐簌簌飘落。

手机响了一下。

【墨川】：白大，“DY漫画大赛”，您有听说过吗？

白术刚结束一场线上会议，听到动静后微微侧首，白猊已经将手机叼过来了。

她接过手机，扫了一眼，轻拧眉心。

【White】：你详细说说。

【墨川】：今年九月，国际漫画组织正式成立，他们筹划在明年举办一场面向全球青年漫画家的漫画比赛，名字就叫“DY漫画大赛”。现在已经年底了，不出意外的话，他们很快就要有动作了。

【White】：你找我是为了这事？

【墨川】：是的。我国漫协已经得到消息了，他们很重视这次比赛，想借此机会让东国漫画在国际上大放光彩。为此他们计划创办一个集训营，对东国年轻漫画家进行为期三个月的特训，地点在封城漫画学校。不出意外的话，他们应该会请您当导师。

【White】：你希望我当东国参赛者的导师？

【墨川】：您误会了。我希望您能以青年漫画家的身份参赛。

看着屏幕上最后一行字，白术的拇指停留在屏幕上，神情有些饶有兴致。

【墨川】：参赛者的年龄要求为三十岁以下。虽说大众对您的印象是“中年男性”，但您只出道了七年，结合您以往的发言和表现，以及作品里一些倾向，我推测您不到三十岁，应该有参赛资格。

【墨川】：国际漫画形势复杂，像您这样的漫画家若能代表东国参赛，对东国而言无异于如虎添翼，也为东国夺冠多添一份筹码。

【墨川】：希望您能好好考虑一下。

捏着手机，白术迟疑片刻，回复。

【White】：你是受谁所托？

【墨川】：这是我自己的意愿。

【墨川】：事实上，我也联系过Zero，但她表示很忙，没空管漫画圈的事。她提到过您，说东国漫画想要在国际上一鸣惊人，找您最合适不过。二位惺惺相惜，想必她对您有所了解。

【墨川】：您刚戳破了轻一杯的内幕，应该知道规则是可以被利用的，真正能夺得第一的人，并不一定是最有实力的。

单手支颐，白术若有所思地看着对话框，挑挑眉。

【White】：我会考虑。

发送完，她结束跟墨川的对话，退出轻一杯App。

正如墨川所说，国际漫画组织很快就有了动作。

几日后的清晨，各自安好的漫画圈，被《一封来自世界漫画协会的挑战信》砸起了惊涛骇浪。

一天之内，这封信席卷了全球漫画圈。

写在前面的一段话，在世界各大社交媒体上肆意传播，呈现无人可挡的汹涌趋势——

> 敢不敢赌上国家荣耀，向世界证明，你国漫画界人才济济！
>
> 这是一场漫画竞技。
>
> 主题为：惊悚。
>
> ——致全球青年漫画家

一石激起千层浪。

消息传入国内后，第一时间登上热搜榜首，甭说漫画圈的人了，就算是路人都被这封信惊艳到，忍不住掺和一下，对事情来龙去脉做一个全面了解。

“这是在搞事情啊！让漫画登上国际舞台，太刺激了。”

“有生之年竟然能看到全球漫画家公开打架？这么精彩的比赛，麻烦搞快点。”

“你们激动个什么劲儿，国外都在嘲东国漫画。说东国漫画这十年，除了Zero和White，没一个能打的。”

“有一说一，近年来东国漫画发展得中规中矩，走出国门的热门作品数得过来。跟国外雨后春笋一样冒出来的佳作比，确实欠点火候。”

“主题不是惊悚吗？我记得白大的《求生游戏》在国外特别火，亚洲的惊悚流派都在学他。老天爷追着他喂饭吃，他是不是该站起来了？”

"跪求恐漫鼻祖白大重新出道！"

"跪求恐漫鼻祖白大重新出道！＋1"

……

"跪求恐漫鼻祖白大重新出道"这句话似乎有魔力一般，哪怕在很多人看来这是无稽之谈，但照旧满腔热血地转发。此话题也荣登热搜榜首，被更多的人看到，于是越来越多的人加入"呼吁白大重新出道"的队伍里。

一夜之间，"恐漫鼻祖白大"就顺利破圈，微博粉丝暴涨一百万。

与此同时，白大的代表作《求生游戏》直接脱销，线上订单暴增，线下排队购书，仅有的存货被清扫而空，供不应求。

这一日，白术被漫协、作者、记者等通过轻一杯、邮箱及其他社交软件等方式联系，搞得烦不胜烦。她干脆卸了几个软件，把手机关了才算清净。

她午睡时，梦回七年前。

那一年的冬天格外冷，雪花铺天盖地地洒落，地面的积雪来不及清理，堆起厚厚一层。凛冽寒风呼呼地刮，直往人骨头缝里钻，冷得人牙齿打战。

纪远带着白术办理好少年班的退学手续，带着她在学校附近找了家面馆，摇醒昏昏欲睡的店老板，要了两碗牛肉面和一瓶二锅头。

白术先坐下。纪远手里拿了一瓶二锅头、两个塑料杯在对面坐下，把两个杯子倒满酒，将其中一杯放白术跟前。

他举杯："来，庆祝我闺女脱离苦海！"

白术瞧着跟前实打实的二锅头，兴致缺缺："劝人喝酒，天打雷劈。"

"你这人，没劲儿。"纪远指了指她，扭头喊，"老板，来一瓶豆奶！"

"自己拿！"老板嗓门比他还大。

纪远又去拿了一瓶豆奶，撬开瓶盖，取了个新杯子倒满，颇有仪式感地放到白术跟前，做了一个"请"的手势。

"来。"纪远重新举杯，"重新庆祝我闺女脱离苦海！"

白术举起杯子，敷衍地跟他碰了下，喝了口冰凉的豆奶："不喜欢的都是苦海吗？"

"不喜欢的还不是苦海吗？"纪远小小地抿了口二锅头，放下杯子的姿态却跟方才将二锅头一饮而尽一般的豪放。

"爷爷说，人这一辈子，永远在跟不喜欢的打交道。"

"他放屁。"纪远说，"没有选择又追求名利的人，才会一直跟不喜欢的打交道。闺女，上天赐予你头脑和才华，这是你远离这类人的资本。"

店老板将两碗牛肉面端上桌。

白术拿起筷子吃面。

纪远继续说："你不喜欢画画，那就不画；你不喜欢少年班，那就退学。以后呢，你只要守好法律底线，想干吗就干吗。"

夹面的动作顿住，白术掀起眼帘，视线隔着腾腾热气落到纪远身上。她问："因为妈不在了，你才这么豁达吗？"

诧异地看了她一眼，纪远往后靠在椅背上，他下意识摸出了烟，但很快就放回兜里。然后，他又倾身向前，认真地瞧着她，一字一顿地说："跟这个没关系。你妈的事，我们不提，好吗？"

白术低头，没说话。

"我们把你交给爷爷，是没时间管你。一直以来，我们都觉得你是喜欢画画和学习，所以没插手过你的事。你妈最先发现你的情况，她本来打算……回来后就让你退出少年班，不再画画的。"纪远说，"我们对你没有要求，只希望你能活得自由洒脱，不为世俗规矩束缚。倘若有一天，你能知道自己想要什么，不后悔来这人世走一遭，自然更好。"

"如果一辈子我都不知道自己想要什么呢？"

"那就守好底线，别被他人左右。你不是任何人的傀儡。"纪远屈着手指在桌面一敲，语气重了几分，"听好了，你只需要为自己活着。其他人的意见，只要你不喜欢，都可以当作放屁。"

白术停顿了下，夹起面条放到嘴里，慢条斯理地咽下。

她又问："老师劝我留下的话，你还记得吗？"

"你是指他说你以后肯定会在什么领域大有建树，没准会造福人类的事？"纪远轻轻拧眉，"把你吹得天上有地下无的，要没你那个行业就跟活不下去似的。"

稍做迟疑，白术点头："嗯。"

纪远玩味一笑，伸出手指点了点她的眉心："小家伙，别这么自以为是，除非极个别概率，不然，没有哪个行业非你不可。"

脑袋晃了下，白术抿唇，没有反驳纪远的话，而是顺着他的话往下问："如果真遇到非我不可的情况呢？"

纪远略微一怔。

面馆的门倏然被推开，寒风呼呼灌入，一个眉宇尽是傲气的小姑娘闯进来，目标明确地跑到白术身边，站定。

"白术，你为什么退学？！"简以楠居高临下地问。她怒火滔天，难以理解白术的决定。

白术吃完一口面，才抬起头看她，慢吞吞地回："总拿第一，没意思了。"

简以楠被她嚣张的话惊到，怔了半晌后才诘问："你是为了'有意思'才进的少年班吗？"

"是的。"

“我会追上你的。”简以楠双眼一红，两手紧紧攥成拳头，“你回来！”

白术淡淡道：“你追不上的。”

简以楠眼眶里有泪光闪烁：“我要是追上了呢！”

“嗯？”白术歪头，仔细打量了简以楠一眼，用轻松又真诚的口吻说，“当我的竞争对手，你不够格哦。”

“好好说话。”

纪远用筷子敲了下白术的脑袋。

白术皱起眉头。

纪远看着马上能哭出来的简以楠，赶紧组织了安慰的话，不过还没来得及说出口，简以楠就愤愤地丢下一句“你等着”，然后跑出了面馆。

“小仙女在吗，哥哥给你送温暖来了。”

客厅里传来牧云河的声音。

白术被吵醒，睁开眼，恍惚地躺了会儿，然后睡眼惺忪地爬起来，趿拉着拖鞋走出卧室：“你怎么来了？”

“换季了，给你买了些新衣服。你电话打不通，直接给你送来了。”牧云河手里提着一堆的购物袋。

“我不穿。”

“干吗不穿？”牧云河将购物袋放沙发上，瞥了她一眼，“就你身上这一套，你都穿三四年了吧？还穿呢。不知道的以为你贫民窟出来的。”

“太丑了。花里胡哨的，穿着像小丑。”

“你穿什么都好看！”

“我不要。”白术神情坚决，不肯退缩。

“先试试，不好看咱再买新的。”牧云河品位差不自知，兴致盎然地从购物袋里掏出一件花裙子，“牡丹花开红艳艳”的风格看得白术恨不能原地消失。

这时，门再次被推开，顾野带着白猊进来。

牧云河回首见到顾野，一怔，又看到顾野手上的钥匙，讶然地问白术：“你怎么把钥匙给他了？”

“他帮我遛狗。”

“他干吗帮你遛狗？”

“邻居啊。团结友爱，互帮互助。”白术说。

“邻居？”

牧云河悚然一惊，再看顾野时，眼里满满都是“你别想打我家小仙女主意”的警惕。

顾野视而不见，把小区门口买的烤地瓜放餐桌上，溜达过来时被那件花裙子吸引，饶有兴致地拎起来看了两眼："白小术，这是给你奶奶买的？"

"没品位。"牧云河一把将花裙子拽回去。

白术往旁挪了一步，靠近不明所以的顾野，用手背挡住嘴，小声说："他给我买的。"

顾野："他眼光一直这样吗？"

白术："嗯。"

顾野看了眼直男风的客厅，眼里流露出对白术的同情目光。

"你们俩在说什么？"牧云河看着他们俩当面说悄悄话的画面就觉得碍眼。

白术看向他："没什么。你给白猊买零食了吗？"

"买了。"牧云河立即朝白猊招手，"宝贝儿，过来，哥哥给你带好吃的了。"

关于白术和顾野的关系，牧云河并没有细细打听，心宽得跟银河似的。他从购物袋里找到零食，然后就去逗白猊了。

白术坐在餐桌旁吃烤地瓜。

"给你。"顾野走过来，将一张门票递给白术。

"什么？"白术迟疑地接过。

"江南枝说最近有个青年漫画家交流会，东国和 H 国联合举办的，就在我们学校进行。她找我弄门票，我顺便给你要了一张。"

白术翻转着门票，眯眼道："我正好想去。"

顾野弯了下唇。

"哥哥。"白术抬头看他。

顾野笑容僵住。

一秒后，他转身就走。

然而，他一转身，白术就拽住他的衣袖，眼巴巴的。

顾野乜斜着她，放话："门儿都没有！"

白术问："你知道我要做什么？"

"不知道。"

"那你听一听。"

"听了你的计划，我还能拒绝？"

顾野已经几次被她往坑里带了。

白术不说话，手指攥着他的衣袖，一眨不眨地看着他。

僵持须臾，顾野叹了口气，倾身侧耳，咬牙道："你先说，我没说我一定会答应。"

"好。"

白术眉眼弯起，在他耳边低声说了几句。

顾野先是一愣，渐渐地五官微拧，最后憋不住了，挑了下眉。他站直身，指了指白术，象征性地苛责一句：“你就不能消停点儿？”

“做不做吧。”白术游刃有余地说。

“做。”顾野嘴角轻翘，没一点为难的意思。

成交。

之后，二人心照不宣地闭嘴，不再提及这个话题。

白术吃着热乎乎、香喷喷的烤地瓜，眯了眯眼。

白术蓦地想起午睡时那个梦，久远的回忆仍旧很清晰。

那一天的雪下得很大。

她和纪远吃完面，在街上走了一段路，肩上、发梢就染了白，冻得格外狼狈。

他们又提及那个被打断的话题。

——如果真遇到非我不可的情况呢？

纪远牵着白术的手，站在风雪里，背脊笔直，硬朗的眉眼染上温和。他哈哈大笑，嘴里呵出白气，把话说出一股洒脱豪气范儿：“那就去吧。那时的你，必将改变一个时代。”

漫画家交流会定在一周后举行，东国和H国各派一名青年代表讲话，东国选的是正当红的简以楠，H国选的是被誉为天才的韩子硕。并且，为了在东国宣传漫画NO.1，简以楠和韩子硕还会在漫画NO.1上进行PK。

原本这一场交流会不怎么受重视，只当作常规交流，但自“DY漫画大赛”消息公开以来，这一次交流会关注度倏然攀升，两国漫画圈都紧盯着简以楠和韩子硕的表现，谁都希望自己这边的人PK取胜，狠狠压对方一头。

在这之前，东国漫画协会宣布，为迎接“DY漫画大赛”，他们会于明年一月创办一个为期三个月的集训营，有意向的青年漫画作者皆可报名参加，漫协将会在筛选过后向他们发出通知。

同时，尚未出道的青年漫画家作者也有机会。

所有未出道且有意向的青年漫画作者，都可通过轻一杯官网向漫协提供漫画稿件。一个月后，这些作品会被公开展示在轻一杯官网，由读者投票挑选出第一名。规则制度跟轻一杯比赛一致。最后每个省的第一名，都将收到集训营的邀请函。

此公告一经发布，国内上百名漫画家集体转发宣传，一下就打响了知名度，激得未出道的漫画作者们热血沸腾，摩拳擦掌地想大干一场。

这可是一个在国际上出风头的机会啊！

谁会放过？

白术在这一天接到江南枝的电话。

“必须参加！白妹妹，这个省级比赛，你必须参加！”江南枝激动得像是自己拿了世界第一。

“好。”

此时的白术正抱着西瓜，靠在顾野家门前，因为犯困一个劲儿地打哈欠。

“如果你不——”江南枝说到一半话音戛然而止，愣了半天后，狐疑地问，“你答应了？”

“嗯。”

“哦。”

准备了满肚子话想劝说的江南枝，得到白术肯定回复后，一时间不知该说什么。

酝酿半天后，江南枝嗫嚅地问：“那你需要我帮忙吗？”

“需要。”

“我能帮你什么忙，你说！”江南枝顿时兴奋起来。

“帮我问一下顾野，他是不是不回家了。”白术声音阴森森的。

“你，”江南枝顿时脑补了一幕幕的生活场面，磕磕绊绊地问，“你们俩……同居了？”

在接到江南枝数十个电话轰炸后，顾野终于接了电话。他没来得及开口，就被江南枝劈头盖脸数落了一顿，等他明白过来时，简直有口难辩。

他没有辩解，掐了电话后匆匆结束聚会，赶了回来。

出电梯后左拐，顾野就见到白术站在他家门口，怀里抱着一个西瓜，戴着一顶鸭舌帽，正低着头打瞌睡。

他走过去。

白术脑袋一歪，帽檐磕在门上，她震了下，猛然抬起头，琥珀色的眼睛睁开，露出几许迷茫。

“哈。”

见她这副呆萌模样，顾野的笑声从喉咙里溢出，很愉悦，仍有些少年气的眉眼里染着笑意，很柔软的样子。

白术一下就清醒了，抿了下唇，拿不爽的眼神瞅他。

收敛了笑意，顾野伸手捏着她的外套衣领，将人往旁边一拉，同时掏出钥匙去开门：“不是给你钥匙了吗？”

白术道：“忘带了。”

斜眼看她，顾野笑笑，纵容地说：“那我改天换个密码锁。”

“好。”

白术并未客气。

白术捧着西瓜等顾野等到晚上八点，不是没有原因的。今天是白术特地花五块钱请班里钻研风水的同学算的黄道吉日，适合公布《犬牙》重新连载的通知。

“这样可以吗？”顾野将写好的通知给白术看，活像是白术的小助理。

白术坐在顾野身边，晃着腿吃西瓜，闻声扫了眼屏幕上简明扼要的通知，点头：“可以。”

“那我发了。”

“好。”

顾野点击发送。

白术帮他在微博弄了个 Ego 的认证账号，并且在漫画 NO.1 上通过一系列审核，核实了 Ego 的身份，拿到了《犬牙》在漫画 NO.1 上连载的资格。

这一则通知，是顾野在微博上用 Ego 的账号发的，除了对重新更新进行宣传外，顺带为漫画 NO.1 宣传了一拨。

“国内那么多平台，为什么选择漫画 NO.1？”顾野偏头问。

确认顾野发出微博后，白术低头玩着手机，几秒后才回：“其余平台配不上《犬牙》，它应该属于全世界。漫画 NO.1 作为唯一一个容纳全球读者的平台，正好合适。”

“是吗？”

顾野淡淡一笑，活动了下脖颈。他刷新了微博页面，发现粉丝、评论、点赞、转发都在暴涨，得以秒统计。

再一看，好几个拥有百万粉丝的漫画家帮忙做宣传，其中包括 Zero 和 White。

顾野忽然喊：“白小术。”

“嗯？”

沉迷于手机的白术抬起头。

顾野眉梢挑了挑：“你偶像关注我了。”

“谁？”

“不是白大吗？”

“哦。”白术想起这桩事，语调清凉地说，“断更十年，还有这么多人给你捧场，你不觉得羞愧，反而觉得骄傲吗？”

本来想骄傲的顾野，被白术这么一通怼，拱了拱手，把自己嘴巴缝上了。

《犬牙》恢复连载的通知下，一堆人“哇哇”叫着“有生之年”，然后自发传播这消息。这亢奋劲儿造成的轰动效应，一点不亚于最近漫画圈几个大事件。

顾野手机响了，他看了一眼，跟白术道：“我去接个电话。”

白术“嗯”了一声。

顾野拿着手机走出书房，来到客厅外的阳台，接了电话。

“爷爷。”

“《犬牙》恢复连载的事，你知道了吗？”顾诠开门见山。

“是吗？”顾野声音惊讶。

“少装糊涂。”顾诠语气一沉，“你前脚刚找我要电子版，Ego 后脚就恢复更新，没有这么巧的事。Ego 是你吧？”

“不是。”

“我算过时间了，《犬牙》停更通知，正好是你回顾家那个月发布的。”

顾野倚着栏杆，没有说话，掏出一根烟叼嘴里。

“DY 漫画大赛听说了吗？”顾诠又问。

“没有。”

顾诠轻哼一声：“我会给你报名集训营之前的青年漫画家选拔赛，我希望你能拿个第一证明自己。顾野，东国漫画需要你。”

“跟我没关系。”

顾野点燃了烟，轻描淡写地说。

东国漫画怎样，跟他无关。

世界漫画怎样，跟他亦无关。

他压根就没有使命感这玩意儿。

顾诠沉默了。片刻后，他问：“你想知道陆侨的下落吗？”

陆侨。

陆野。

顾野眼睑微抬，神色一凛。

“你要能拿到省第一，我能告诉你陆侨的去向。”顾诠缓缓开口。

吐出一口烟雾，顾野微微眯起眼：“威胁？”

“交易。”

“行。”

顾野答了一个字，将电话掐了。

灯火阑珊，夜色越发深沉，月光倾斜地洒入室内，照亮了陈设轮廓。

白术走出书房。

顾野不在客厅。

目光扫过一圈，白术视野里落入一抹颀长身影，她一顿，视线定格在客厅的阳台上，见到站在月光下的顾野。

顾野手肘搭在栏杆上，微垂着头，嘴里叼着一根烟，打火机一摁，火苗在烟头舔出一抹猩红火光，照亮了他的侧脸轮廓。

火苗一灭，一缕白烟袅袅升起。

夜色清凉，他那一身吊儿郎当、闲散慵懒的气质褪了些，落了几分成熟和冷峻的质感，身形轮廓染上了浓郁沉重的色调，抽烟的模样莫名有些性感。

若有所感般，顾野侧首看过来。

“要走了？”

顾野嗓音略微沙哑，有股懒散劲儿。他余光瞥了眼指间夹着的烟，轻轻蹙眉，顺手将烟摁灭了。

白术不答反问：“你晚饭吃了吗？”

“吃了一半。”

“你要吃夜宵吗，我给你做？”

有一抹光落入顾野眼里，黑黢黢的眼睛仿若盛满了星辰，一闪一闪地发光。他笑：“行啊。”

十分钟后，白术端来两桶刚倒入开水的泡面，一桶放到顾野跟前，一桶放到自己跟前。

“夜宵。”白术说。

顾野眉一拧，不满地敲着桌面。

白术一板一眼地说：“我只会做泡面。”

“你管这叫‘做’？”顾野对她的用词匪夷所思。

白术颔首：“四舍五入的话，算的。”

顾野觉得牙疼。

二人对视了片刻，最后顾野叹息，接受了夜宵吃泡面的悲惨现实。

泡面要等三分钟，顾野主动起了话头：“你要参加那个青年漫画家选拔赛吗？”

“参加。”

“报哪个省啊？”

“本省。”白术百无聊赖地等着泡面泡好，懒懒地问，“怎么？”

顾野笑笑：“到时候给你投票。”

白术傲娇地挑眉：“不缺你这一票。”

“没良心的。”顾野学着她挑眉，“给你投票还嫌弃了。”

白术将泡面盖打开：“你好好画《犬牙》就行。”

“得。”

“让你整理的资料弄得怎么样了？”

顾野吹了吹泡面的热气，拿起塑料小勺：“画《犬牙》呢，没空。”

白术的腿从餐桌下伸过去，踹他。

顾野及时避开，端着泡面，侧过身不看她，吸溜了一口泡面。

“顾野！”白术瞪他。

顾野拿余光瞥她，见她颇为不爽的神情，勾唇。他又转过来，把泡面放桌上：“吃完泡面给你弄。”说完，他冲白术一乐，“吃吧，多大点事儿。”

白术心想，得亏你没在我手里做事，就你这吊儿郎当的态度，明年的工资都得给你扣了。

青年漫画家交流会如期举行。

地点在学校礼堂。

白术、顾野、江南枝持票入场，然后光明正大地来到第一排，于诸多惊愕诧异的目光里落座。

江南枝察觉到不对劲，左右环顾一圈，她去打探了下情况，回来后大惊失色地跟顾野道：“顾野，你的票哪儿弄来的，他们说座位是按身份地位排的，第一排的都是大佬。”

“爷爷给的。”顾野淡定自若地回。

江南枝呆住：“他干吗给你第一排的？”

“可能只有第一排的票。”顾野觑着乱动的江南枝，“你好好坐着不行？”

“我紧张。”江南枝撇嘴。

白术正在玩消消乐，闻声接了句话：“为什么？”

江南枝身体前倾，隔着顾野看向白术，小声跟白术嘀咕：“周围都是大佬，你不怕吗？”

“嗯？”白术眨眼，不明所以，“怕什么？”

愣怔半晌，江南枝确定白术很放松后，咽了口唾沫，心想这就是初生牛犊不怕虎吧，然后战战兢兢地坐了回去。

坐前几排的都是漫画圈有头有脸的人，基本都是互相认识的。现在，第一排出现三个小年轻，都是生面孔，难免引起注意。

白术和顾野倒是淡定，唯独江南枝如芒在背、坐立难安。

“白小术，”忽地，顾野用手肘碰了白术一下，身形朝她靠近，“你的‘恨铁不成钢’来了。”

白术掀起眼帘，视野里落入他俊朗的脸庞，目光在他散漫的笑容上定格一秒后，才转移视线朝某一处看去。

简以楠匆匆走来，本是循着位置来的，可在见到白术时愣住了，在一旁站了半天，错愕地问：“你怎么坐这儿？”

“你是觉得不配跟我坐一块儿吗？”白术微偏着头，抬眸。

简以楠一哽，被白术的厚颜无耻惊得目瞪口呆。

一侧，顾野实在没忍住，“扑哧”一下乐出了声。

白术扭头看他。

顾野强行敛了笑，拍拍她的肩膀，劝说：“低调，低调。”

怔怔地站了半刻，简以楠最后僵硬地落座。她现在本该整理发言稿的，但注意力总被白术吸引，在第七次瞥向白术后，她终于忍无可忍：“你真的想进漫画圈吗？”

“你猜。”

我猜……猜个啥。

简以楠深吸一口气：“轻一杯第三轮，我带的两个学生都出道了。”

“我知道。”白术剥开一颗糖放嘴里，斜睨着她，“万年老二。”

简以楠表情一沉，要被她气死了。

白术又说：“表现不错哦。”

简以楠一怔，难以置信地打量她两眼，然后靠在椅背上，不打算再跟她交流。但是，半分钟后，她又开了口：“你想进漫画圈的话，我可以帮你。”

“不需要。”白术不假思索地回绝。

简以楠手指握成拳，继而缓缓松开。她吐出口气，偏过头，不想再看到白术。

下午两点，交流会准时开始，主办方开启线上直播。直播一开始，就有上百万观众观看，弹幕区的言论精彩纷呈。

交流会的程序很常规，十分让人期待的就是简以楠和韩子硕的PK了。

最近漫协有意宣传漫画NO.1，效果显著，不仅漫画家们纷纷入驻、读者拥去围观，就连路人都知道漫画NO.1是一个全球性的漫画网站，收纳全球知名漫画，聚集各国漫画家，并设有全球唯一一个提升漫画家专业技能、评价漫画家专业水平的机制。

此次交流会，主办方也着重介绍了漫画NO.1。

“你要是想学漫画的话，可以先注册漫画NO.1的账号。上面有经验教学、同行互动，很多硬核知识。”简以楠听着台上的讲话，昏昏欲睡，于是主动找白术说话。

白术看了她一眼。

她继续说：“此外，它的PK机制很有趣，两个作者线上PK，可以选择面向全网观众公开，直播整个PK流程，观看人数越多评级提升越快。全球排行榜第一的NO.1，曾靠一场观众上亿的PK直播，夺下了唯一一个SSS级的评价。”

“评级不是最高才S级吗？”后排有一个漫画家听到了，按捺不住好奇问了一句。

简以楠回答：“按理来说，是的。不过NO.1的积分太高，跟其余人不是一个量级的，所以系统给了一个SSS级的评价。”

“这个NO.1是谁啊？”

“不知道。”简以楠轻轻摇头，“没有实名认证，没有标注国籍，身份信息一无所知。”

“不会是官方账号吧？”

“这评级明显就不正常。”

“我看到过关于这个账号的帖子，是漫画NO.1老一批漫画家公认的‘神’。听说以前特别活跃，杀得很疯，但这两年出现的次数少了，最近一次登录是半年前。”

……

后排的漫画家纷纷议论起这个被誉为“神”的NO.1。

简以楠将注意拉回来，想重新跟白术介绍，结果白术歪着头靠在椅背上，面朝顾野一侧，正闭目睡着呢。

简以楠气得咬牙，哼了一声，又闭上了嘴。

半个小时后。

主持人点到简以楠的名字，简以楠呼出口气，推了白术一下：“我要讲话了。”

白术睡得迷迷瞪瞪的，闻声莫名其妙：“然后呢？”

没然后。

简以楠带着一身怒火上了台。

用手背揉了揉眼睛，白术略有些迷茫地看向顾野，问：“她是不是有病？”

顾野只想乐。

台上简以楠讲话时长五分钟，视线总是有意无意落到白术身上。顾野见到了，提醒白术：“你听一下。”

“不想听，”白术打着哈欠，“太无聊。”

简以楠的演讲稿很官方，以“青年漫画家的发展”为主题，延伸到全球大赛，说得面面俱到、滴水不漏，但是仔细一深究，又没什么营养，都是一些精神层面的话术话语罢了。

她的演讲中规中矩地结束了，整个过程还算顺利。

她下台后，就该轮到韩子硕了。

韩子硕上台前的动静明显比简以楠大得多，主持人在台上介绍韩子硕时，韩子硕的团队就开始忙活。他们调整着多媒体设备，将PPT投影在屏幕上，甚至还有问打光、话筒一类的，那风光、那架势，看得人直咂舌，简直比明星还气派。

“搞这么大阵仗？”

“有备而来呗。听说韩子硕在H国的时候，就跟H国媒体放话，要在这次交流会上好好挫一挫我们东国的锐气。”

“不就一个讲话吗，他能怎么挫锐气？”

……

礼堂里开始骚动。

台上，主持人讲话结束，韩子硕走上台，一手拿着个话筒，一手拿着个遥控器。他生得一副好皮囊，西装革履很养眼，但眉眼净是张扬和傲慢，以及对在场众人的轻蔑，明眼人一看就知道他心里憋着坏，没安好心。

他简短地说了一下开场白，跟交流会的众人和直播间的观众打了声招呼。

“在真正讲话之前，我想先公开一组数据。”

韩子硕转过身，面朝投影屏幕，按了一下遥控器。

屏幕上赫然出现东国漫画家在漫画 NO.1 上的成绩，做成表格后一目了然，惨烈的失败战绩极具视觉冲击力。

“以上数据都是我一周前统计的。

“众所周知，漫画 NO.1 是全球最大的漫画交流平台，我国的注册率高达百分之九十，几乎每个漫画家都在使用。数据显示，东国漫画家注册率不达百分之十。我初步判断，东国在全球漫画领域，最起码落后了五年！

“我个人擅长惊悚漫画，带我入行的作品是东国 White 的《求生游戏》。按理说，东国有 White 这样的漫画家存在，惊悚流派哪怕不成为主流，也不该无人问津。可是，据我调查，近十年来，东国惊悚流派除了《求生游戏》，再无任何佳作。

“相反，我国的惊悚流派在《求生游戏》引入国内后，逐渐兴盛，现在已经成为一个主流类别。

“在接到东国青年漫画家交流会的邀请后，我花了一个月的时间，专门在漫画 NO.1 上找东国漫画家 PK，以擅长惊悚风的为主，其余类别也有。这是我那一个月在漫画 NO.1 上的数据——”

韩子硕又按了一下遥控器。

屏幕画面转换，出现了韩子硕在漫画 NO.1 上个人账号的战绩截图，PK 次数 50，获胜次数 50，胜率高达百分百！

间或有倒吸冷气的声音在礼堂里响起。

线上观众被这一幕刺激得化身键盘侠，弹幕数量暴增。

“丢人！50 局全败，就算用脚丫子比赛，也做不到吧？”

“国内漫画虚假繁荣，合着先前通告狂吹，都是有水分的？这成绩要是拿到国际上，东国漫画估计要被永远钉在耻辱柱上了。”

“在一个全网直播的交流会上，我国青年漫画家被一个外国人按在地上摩擦，还没有一个人站出来反击？这些人都是干吗用的，尿成这样干脆回家种田吧。”

……

台下。

白术用肩膀碰了碰顾野的，气定神闲地说：“该我们了。”

顾野勾唇颔首：“行。”

两个坐在第一排的人，在全场的注意力都被台上的韩子硕吸引过去后，悄悄离开竟是没被一人察觉。

台上的韩子硕用一堆数据将现场的人打得措手不及，谁都没有出面阻拦、反驳。韩子硕见状冷笑，接下来更是不遗余力地嘲讽，嚣张得简直能将整个东国漫画圈都踩在脚下。

正当韩子硕说得激情昂扬之际，他的话筒倏然没了声。他说了两句话才察觉到异样，停下来，拍了拍话筒，毫无动静。

韩子硕俯视全场，冷笑："不是这么玩不起吧？"

他这话无疑在暗示话筒没声是有人故意为之，现场都是一些颇有地位的漫画家，心中揣着一股傲气，闻声觉得羞愧难当，忍不住窃窃私语。

"这种时候搞小动作，也不怕被人笑话！"

"搞得我们心虚一样！"

"这岂是大国作风？"

……

现场工作人员见状反应过来，欲要询问后台情况，结果还没来得及有所动作，就被台上一道清亮的话筒声吸引了。

"喂。"

话筒有了声音，但不是来自韩子硕，而是来自一个女生。

现场的注意力全都集中过去，包括先前唾沫横飞的韩子硕。

那是一张漫画圈里无人眼熟的面孔，一个长得精致漂亮的女生，年龄不过二十来岁，穿着并不正式的休闲衣裤。她气定神闲地站在台上，左手拿着话筒，右手揣在兜里，似乎完全不觉得来错了场合。

对上诸多诧异的目光，白术缓缓开口："打光。"

一道光束打在她的身上，其余灯光全都暗了下去。

"音效。"

音响设备里适时响起"呱唧呱唧"的掌声。

白术礼貌地点头："谢谢。"

这出奇的一幕，让全场都寂静下来。

漫画家们以为这是工作人员安排好的，工作人员以为是内部的特别安排，个个摸不着头脑，只得怔怔地观看着。

没有一个人上前打断白术。

静默须臾，白术抬起眼帘，面朝一台摄像机："准备好了吗？"

准备好什么？

众人满腹疑惑，突然，他们见到屏幕画面一闪，换成了几张拼在一起的截图。

“这是某个颠倒黑白的H国漫画家的真实PK记录，”白术侧过身，眼神如刀片般剜向韩子硕，“50局比赛，对手八成都是等级低于自己的，与自己同级的对手，只挑选胜率低的，等级高于自己的一概不考虑。漫画NO.1上的PK，只要不是匿名PK，PK记录都是可见的，你狡辩也没用。”

话音落地，台下哗然。

“你们在做什么？”韩子硕没想到会被当场戳破，顿时恼羞成怒地跟工作人员说，“现在是我的讲话时间，你们就让她这么中断我？这是你们东国对外宾的态度？”

工作人员像无头苍蝇，被韩子硕指责后，下意识找导演求助。

导演沉了沉眉，很快做出决定，让他们静观其变，把镜头转向白术，等着看白术的后续表现。

韩子硕处心积虑在交流会上给东国漫画泼脏水，是他们没有料到的。

韩子硕嘲讽贬低东国漫画时，没有一个有权威的人站出来反驳，现在出现一个摆明了要回击韩子硕的小姑娘，手上还攥着韩子硕弄虚作假的证据，他们作为东国人，当然是对她的行为睁一只眼闭一只眼，并祈祷她能好好发挥。

于是，工作人员默不作声，低头当隐形人。

白术冷眼看着韩子硕跟跳梁小丑一样蹦跶，然后继续说：“韩先生亲口承认，H国现在热门的恐怖流派师承我国White，你就是其中佼佼者。现在，孙子来到祖宗的地盘，不仅不夹紧尾巴老实做人，反而大放厥词目无尊长。在我国，把这种行为叫作——”

略微停顿了下，白术一字一顿道：“大、逆、不、道。”

现场寂静无声，众人精神一振。

全场愕然。

这一幕被同步到直播间，观众们见状，顿时转换立场。

“轻描淡写一番话，轻而易举扭转乾坤！这姑娘太优秀了。”

“孙子欸！这一声叫得可真厉害！”

“她是谁啊？问了一圈，也没人能叫得出她的名字来，好像在漫画圈查无此人。她不是漫画家吗？”

“如果不是从一开始看到现在，我绝对不相信这是临场发挥，她的心理素质太稳了。”

……

“你！”

韩子硕被如此羞辱，气得火冒三丈，但找不到话怼白术，只能干瞪眼。

白术没理他，往后看了一眼：“看屏幕。”

她的声音似乎有一股魔力，所有集中在她身上的视线，自然而然地转移到后面。

投影屏又开始变换，换成了一组又一组的数据——

东国漫画的商业价值排行，每年都在全球前三；东国漫画圈每年新增的漫画家，数量可观；近日漫画 NO.1 上东国漫画家新增十万，并以恐怖速度升级……

这一组组的数据有节奏地转换着，哪怕没有白术的旁白和背景音乐，都让人热血沸腾。

台下的漫画家们沉默地看着屏幕，知道这些新增数据代表着什么的他们不由得热泪盈眶。

东国漫画这两年确实止步不前。

可是，还未到步入绝境的那一刻。

仍是有充满热忱的新人源源不断地涌入这个团体；仍是有不甘落后的漫画家默默努力；仍是有一致对外的勇气和决心，以及那一份热血！

“用一个漫画平台衡量东国漫画，数据有失偏颇。”白术不疾不徐地说，“不用漫画 NO.1，不是因为我们落后，而是因为我们不屑。哪怕不用，我们依旧有发展的空间和平台。而现在——”

白术抬眸，琥珀色的瞳仁扫向镜头，嚣张和自信展露无遗。

她说：“世界，我们来了。”

在这一刻，白术身后的屏幕定格，白底红字展现出一句话——

世界，我们来了！

现场所有的人，以及直播间上千万观众，此刻都被这一句话震撼到，心里升腾起一种难以言明的情绪。

这样一句面向世界的宣言，白术说得轻描淡写、平静自若。可是，落到其他人耳里，却如同接连响彻的炮弹，在脑海里轰然炸开，连同着他们的心脏和血液，滚烫的情绪流遍四肢百骸，久久难以平静。

鸦雀无声。

那一道道望向白术的眼神里，都充斥着炙热的温度，他们似乎透过了那样一个纤细的身体，见到了东国漫画的未来。

充满了希冀。

充满了自信。

充满了荣耀。

那是一个光是想想就令人心潮澎湃的未来。

第五章

电竞大神竟是……

这一天，青年漫画家交流会上引起的骚动，在所有社交媒体上荣登话题榜首。同时，一个叫白术的女生和一个叫简以楠的漫画家，都因此事件广为人知。

一句“世界，我们来了”，让成千上万人知道了白术的存在。

一场开局就以绝对优势碾压对手的 PK，让简以楠名声大噪。

没有人知道的是，当事人之一的白术和她的同伙，在她下台之后就被“请”出了交流会。

若不是白术和顾野所做之事扭转局面、挽回了东国漫画的声誉，以二人合谋所做之事，绝对值得主办方将他们送去学校处以一个大过。

礼堂门口，顾野目送着工作人员离开，收回视线，扭头问白术：“接下来去哪儿啊？”

“饿了。”白术摸了摸空空的口袋，“离晚饭有点时间，我想吃个烤地瓜。”

“行。”

顾野从兜里掏出两颗糖放到她手里。

“顾野！白妹妹！”江南枝追了出来。

她张开双手扑向白术，欲要给白术一个大大的熊抱。不过，在她从顾野跟前跑过时，顾野手一伸，揪住她的外套后领，生生将她给拽住了。

“说话就说话，别动手动脚的。”松开她，顾野提醒道。

“又不是对你动手动脚。”江南枝白了他一眼，跑到白术跟前，眼睛亮晶晶的，“白妹妹，你太棒了，当面打脸简直大快人心啊！”

“唔。”

白术剥开一颗糖放到嘴里。

“那些数据都是你提前准备好的吧，你是怎么知道韩子硕要在交流会上搞事的？”江南枝挽住白术的手，兴奋不已。

“猜的。”

“啊？”

“韩子硕一直发表针对东国漫画的言论，前段时间被网友指了出来，我正好看到。后来搜了一下他在漫画 NO.1 上的 PK 动态，就大致清楚他的计划了。”

江南枝听得一愣一愣的，不知从何夸起，半天后，她竖起拇指说：“你真厉害！”

“没文化。”顾野嗤笑。

“你有文化？”江南枝瞪他。

顾野挑眉："我们白小术怎么也担得起一句神机妙算吧？"

"对对对，神机妙算！"江南枝点头如捣蒜，举着大拇指当复读机，"白妹妹，你就是再世诸葛，神机妙算！"

"谢谢哦。"

"你接下来要干吗呀？"

"买烤地瓜。"

"我问的不是这个……算了，你去南门那家店买吗？"

"是的。"

"那一起吧，我也想吃了。"

……

江南枝像一只麻雀，叽叽喳喳地缠着白术。

顾野自觉地跟在她们后面。

南门外有一家店，专门卖地瓜，一种食材被做出很多新花样，都以甜食为主，很受女生喜欢。白术和江南枝去的就是这家店。

顾野在店外等她们。

他手里把玩着一个打火机，姿态闲散地站在街上，不时引得女生注目，他不甚在意。直至余光瞥见南门口的人影，略有些熟悉，他抬目看去。

"给。"

身边递来一个纸袋，有烤地瓜的香味传来。

顾野接过来，瞧了眼白术，问："江南枝呢？"

"她还在等芝士焗地瓜，我先出来了。"白术朝南门口看了一眼，"你在看什么？"

"一个熟人。"

白术的视线定格在那两个人身上，其中一个是纪依凡，另外一个是个青年，三十来岁，挺面生的。

"纪依凡？"白术问。

"不是，开车接她那个，"顾野又一次看过去，见到青年给纪依凡开车门，淡淡道，"他叫白缺。"

"什么人？"

"熟人家的长辈。"

"哦。"

白术感觉关系挺复杂的，懒得多问。

可是，他们这边刚将话题绕过去，白缺就开着车过来了，往路边一停，然后带上纪依凡，径直朝他们这边走过来。

纪依凡微低着头，紧紧攥着包。

"顾野。"

白缺浓眉紧锁，张口时扫了白术一眼，对顾野略有一些不满。

纪依凡落后几步跟在后头。

顾野垂着眼没吭声。

然而，白缺是个不识趣的，待纪依凡走近后便介绍道："她叫纪依凡，跟你有婚约的女生。你们俩先认识一下。"

"你好。"纪依凡跟顾野点了下头。

她觉得顾野面熟，看了眼白术，想起顾野就是在画展当日拆她台的人，顿时眉头一锁，恨不得转身就走。

"婚约的事暂未定下，白叔大可不必说得这般笃定。"顾野眼里含笑，"万一纪小姐心有所属呢？"

白缺眉目一冷，轻哼道："是她心有所属，还是你啊？"

"我得知这桩婚事不过一月有余，短时间内可没法摘得多干净。"顾野回应得很是轻浮。

"你小子给我安分一点！"白缺冷眼剜向他，态度强势，"这桩婚事既然是我姐定的，我家就认。只要你们没正式解除婚约，你们的婚约就一直在。你若再被我抓到跟别的女人在一起，就别怪我不客气。"

白术正在剥地瓜皮呢，听到自己被波及，不爽了："你爸没教你好好说话是吧？"

白缺原本就没把白术当回事，结果被她给怼了，登时火气就上了头，怒道："跟顾野这小子混到一起的，果然没一个像话的！"

白术眸色一冷，欲要上前，被顾野拦了一下。

这时，纪依凡也拽住了白缺，声音细如蚊蚋："小舅，我们走吧。"

被纪依凡一拽，白缺冷着眉忍了。他不至于在街上跟一女生计较，遂跟顾野放话："顾野，你最好做点人事！"

说完，他拉着纪依凡离开了。

看着车开走，白术用勺子挖了一口地瓜放嘴里，然后用八卦的眼神打量着顾野："你跟纪依凡还有婚约？"

"忽然冒出来的。"顾野神情微冷。

"什么情况？"

"白缺有一个姐姐，跟我妈是闺密，没结婚就急着给子女订婚了。"顾野无奈，"但她早年离家出走，一直杳无音信，最近得到她的消息，才发现人早没了，就剩一个女儿。"

人没了？

程珊珊是鬼吗？

白术感觉这故事有点耳熟，于是问："白缺的姐姐姓什么？"

"白啊。"

白术怔住："叫什么？"

顾野想了想："白青梧。"

咦？

吃瓜吃到自己身上，白术手抖了一下，片刻后眼里掠过一抹恍然。

这事怕是有纪常军从中斡旋……

白术想到跟顾野忽然牵扯出的关系，看他的眼神颇有些意味深长。

"怎么了？"顾野疑惑。

"这个白缺……"白术沉吟了下，不着痕迹地将话题移开，"是缺心眼的缺吗？"

顾野舌尖一抵后槽牙，玩味地笑道："是吧。"

在交流会上的表现，让白术一夜成名。

在校总有人盯着她议论，多家媒体想上门采访，就连漫画专业的老师都在问，她有没有出道的想法，可以给她介绍资源。

白术没空搭理他们，除了照常上课后，其余时间都待在家里准备漫画稿。

她既然决定要参加选拔赛，那就得玩一场大的。她喜欢在游戏规则里找漏洞，这是她顺风顺水、没滋没味的人生里难得的乐趣。

三周后，白术交稿。

终于空闲下来，白术再次接触外界时，发现外面已经变了天。

交流会的热度散去，漫画圈把重点放在漫画集训营和漫画 NO. 1 训练上。

有了交流会上韩子硕的数据嘲讽，有点血气的漫画家都拥入漫画 NO. 1，他们没日没夜地训练，为的就是要争一口气。

效果非常显著，全球漫画家 PK 时三局能有两局碰上东国选手。"东国漫画家杀疯了"一度登上热搜词条，引起注目。

另一边，《画・妙手丹青》的综艺上，纪依凡表现突出，跟一位明星合作的短篇顺利出圈，她也因此机会出道。

在白术交稿前一天，纪依凡在微博发了一张图，是漫画集训营寄来的邀请函。

"白妹妹，省级选拔赛投稿日期马上截止了，你交稿了吗？"食堂里，江南枝跟白术排队打饭时，侧身询问。

"嗯。"

"那我就等你的好消息啦。"江南枝有点兴奋地说，"我收到漫画集训营的邀请函了，这一届轻一杯出道的新人全部被邀请。"

“恭喜啊。”

“不过，想想……”江南枝朝某一处挤眉弄眼的，压低声音说，“想想要跟她一起参加集训营，怪硌硬的。”

白术朝那边看了一眼。

纪依凡正在打饭，身边跟着三个年轻人，有拿相机的，有拿话筒的，不像是学生。这一幕引来不少关注。

“听说是跟知名网红拍联动视频呢。”江南枝解释，“她的短篇质量很一般，能够火出圈全靠明星效应。她蹭热度加营销，生生把自己捧红了。”

白术回想了下江南枝对纪依凡的态度：“你好像不喜欢她？”

“当然！”

“为什么？”白术要了一份红烧排骨和炒土豆丝。

江南枝跟她要了一样的菜：“她绿茶呀。刚入学就给自己立人设，什么才女、系花、低调，其实德不配位。她的作品能参加学校画展，就是利用家里关系挤掉我一个学妹才换来的。”

白术抬眼：“哦。”

江南枝对纪依凡颇有怨言，打开话匣子后，接下来整顿饭的话题都围绕着纪依凡，孜孜不倦地细数着纪依凡表里不一的事。

白术埋头吃饭。

不远处。

安排好的吃饭聊天被第三次打断，纪依凡听着江南枝不遗余力地“抖黑料”，心里认定江南枝和白术是故意的。但在镜头下，她还得强颜欢笑，不得表现出一丝一毫的怒意。

“她们太过分了吧。”网红看不下去了，跟工作人员道，“去跟她们聊一聊。”

“算了。”纪依凡现在要避免跟白术接触，主动调解道，“要不我们换个位置吧？”

网红目瞪口呆：“你脾气可真好。这要说的是我，早就上去跟她们干架了。”

纪依凡笑得云淡风轻，心里却不是那么回事。

“依凡。”

在几人准备换位置时，白缺进了食堂，见到他们后径直走过来。

看到白缺，纪依凡迅速看了眼白术，心里“咯噔”了下。

白缺走近：“你们结束了吗？”

“没呢。”网红抱怨着，朝白术和江南枝的方向看去，“那边有两个女生一直在抹黑纪小姐，根本没法录。”

并不好听的话传过来，白缺皱起眉，偏头一看，认出了那两个女生：一个是江家娇生惯养的独生女，一个是跟顾野鬼混的女生。

白缺冷着脸走过去。

“江南枝，背后论人是非，是谁教你的？”白缺打断正在兴头上的江南枝，警告的视线冲着白术而去，“她吗？”

江南枝抬眼瞧见来人，下意识缩了下脖子，可注意到白缺看白术时危险的眼神，立即澄清：“跟她没关系！”

“跟她关系大了。”白缺教训道，“你长点脑子，小心被当枪使了还不知道。”

“一直都是我在说，跟她有什么关系？”江南枝哪怕怵白缺，也不会㞞到不敢说话，她皱起眉，“何况我们又不是在说你。”

白缺冷笑：“像她这种城府深的人，怎么会自己说？”

白术放下筷子。

她倒是很想知道，纪常军和纪依凡究竟给白缺灌输了什么，才会让白缺对她有如此明显的偏见和敌意。

不过，她不想跟白家扯上关系。

她跟江南枝道：“吃完了，我们走吧。”

“哦，好。”

江南枝点点头。她一直在说话，没吃什么，但这会儿被白缺败坏了胃口，也没心情吃了。

二人起身就走。

“站住！”白缺喝住她们。

二人一顿。

“我警告你——”白缺伸手指向白术，姿态咄咄逼人。

白术眼眸一冷，反手抓住白缺的手腕，狠狠一拧，在白缺疼得皱眉之际松开。

她神情冷漠道：“我警告你，再在我面前颐指气使的，我揍得你趴下来叫爹。”

江南枝呆住。

旁人惊愕。

就连白缺，兴许是疼得一时没反应过来，又或是被大言不惭的白术惊住，竟是没有任何反应，怔在原地看着白术拽着江南枝离开。

良久，直至白术和江南枝走出食堂，白缺才倒吸了口冷气。

他怎么被一女生的气势压住了？

“白妹妹，你刚刚好帅！”被白术拉着走出好长一段距离后，江南枝才后知后觉地回过神，拍着手惊叹不已。

白术没说话。

“你是不是练过？”江南枝眼里闪烁着光芒，迫不及待地打听。

“嗯。”

江南枝更兴奋了：“学的什么？武术、跆拳道，还是……”

白术打断她：“你怎么也认识白缺？”

“哦，家里长辈有点往来。”江南枝解释着，很快敏锐地察觉出白术话里的字眼，“也？你跟顾野见过他了？”

“嗯。”

“哇哦，那顾野是不是被他骂惨了？他好凶的，特别喜欢教训人。”江南枝皱起眉头，对白缺有生理性的抗拒。

白术想到那天白缺对顾野的态度，拧眉：“顾野为什么被骂？”

“顾野玩游戏啊！”江南枝想了想，跟白术介绍道，“准确来说，顾野是个电竞选手。他在考博之前，打了三年电竞，还挺厉害的，每年都能拿世界冠军。可是他家一直觉得他不务正业，对他恨铁不成钢。”

“关白缺什么事？”

“如果是顾野自己玩，当然没什么。”江南枝说，“但是白缺有个侄子，叫白阳，他在机缘巧合下也进了电竞圈，加上跟顾野关系好，所以白家就将白阳沉迷游戏的事怪到顾野头上了。”

白术听完评价：“有病。”

她刚刚对白缺下手应该更狠一点。

然后，她问：“顾野玩的什么游戏？”

“他每年换一款游戏，我记不得了。不过我记得白阳玩的游戏，叫《BUG》。”

《BUG》？

听到熟悉的游戏名，白术挑了下眉。

被江南枝一提醒，白术才想起有段时间没玩游戏了。她回到租房后，给牧云河打了个电话。

“牧哥，把你《BUG》的账号借我用一下。”

“又玩？”

“嗯。”

“你两年都没找到人，他肯定不玩游戏了。”牧云河劝道，“何况你用我的账号玩，几个月上线一次，他也不知道是你啊。”

两年前的暑假，白术在家闲得没事，当时《BUG》这款游戏正值火热，她就尝试着玩了一下。

她一般都是玩单排，在一次排位赛里，她在机场里杀了十七人，然后有人开了公屏找她，问她要不要组队。

那人 ID 叫“GY”。

他的技术很好，跟白术非常投缘。

后来，GY 问她，要不要进军职业赛，他们俩可以玩双排。

白术答应了。

结果，没两天纪远这个坑女儿的就留下一张“世界那么大，我想去看看”的字条，宣布自己离家出走了。

还给白术留下一堆烂摊子。

白术忙得焦头烂额，再次想起《BUG》已经是半年后了。她登录账号时发现GY 给她留了几条消息，但之后他的账号再未登录过。

白术想跟他告个别，但她没时间再练号，自己账号排位一直掉，玩游戏没法进高端局，所以只能用牧云河的高排位账号玩游戏，看能否再遇到他。

“试试。”白术其实也不抱希望了。

牧云河便道：“行吧。”

夜幕低垂，窗外光线暗下来，小区的住户一家一家地亮起灯光。

顾野提交完省级选拔赛的画稿，抬手拧了拧眉心。他拿出手机，刚想问白术吃饭没有，就接到了白阳的电话。

“顾野，你两年前玩《BUG》的时候，是不是跟一个乱码兄组过队？”白阳没头没脑地问。

顾野纠正：“她是女生。”

“乱码妹……女的？”白阳像是被呛到了。

“嗯。”顾野莫名，“怎么？”

“那就奇怪了。”白阳道，“你不是说她忽然消失了吗？两个小时前，这个账号忽然上线挑衅 ABG 的 Vine，说约一局，谁输了就要叫爸爸，结果她一落地就被 Vine 秒了。之后公开叫 Vine‘爸爸’。不过声音是个男的。”

沉默地听完，顾野拿起桌上的咖啡杯，喝了一口后笃定道：“被盗号了。”

“好端端的盗这个废号做什么？”

“Vine 策划的。”顾野语调不急不缓，但口吻毋庸置疑，“Vine 被她羞辱过，应该怀恨于心，所以策划了这一出。”

“等等，被羞辱过……那也是两年前的事了吧？”

“嗯。”

“这会儿翻出来反击，Vine 有病吗？”

“你去看看帖子，可能黑料被翻出来了。”顾野似乎心中已有定论，好整以暇道，“电竞圈最近没什么赛事，一个个都闲得很，不搞点事浑身不自在。”

“你等我一下。”

电话没挂断，白阳那边折腾一刻钟后，回来了。

“大魔王你是神仙吗，真被你给猜准了。”白阳搓着胳膊肘的鸡皮疙瘩，“几天前，Vine 的黑料被扒，说她在当青训生时期曾抱过一个业余玩家的大腿，就是乱码妹。当时她到处说她是乱码妹的徒弟，结果被乱码妹戳破，算是丢尽颜面了。你知道这事？”

顾野“嗯”了一声。

“好家伙，乱码妹虽然两年没玩了，但她以前可是《BUG》的传说之一。那两个月的成绩现在还有人提呢。Vine 演这么一出，直接把她这个‘神’毁了。”白阳打了个寒噤。

“她又不一定知道。”顾野淡声开口。

“万一听到风声气急败坏上线了呢？没准因为跟 Vine 结梁子还决定玩职业了呢，我们正好可以捡个便宜！”白阳怂恿道，“传说乱码妹的好友里就你一个人，你给她发个消息试试。”

“不发。”

“队长，你清醒一点，我们队现在正缺人，不能放过任何机会。”

顾野眼睛都没眨一下，直接把电话掐了。

他拿着咖啡杯站起身。

不过，在走开两步后，他又顿住，垂眸扫了眼电脑屏幕，思忖三秒坐了回去，打开《BUG》这款游戏。

白术用牧云河的账号玩到天黑，直至肚子饿了，她才停下来。她想问顾野要不要一起订外卖，结果刚拿起手机就见到牧云河打来的几个未接电话。

她把电话回拨过去。

“又静音了？”

“我玩游戏时一般都静音。”白术撕开一包饼干，往嘴里塞。

牧云河没好气道：“你那个乱码的账号被盗了，还以你的名义叫人爸爸。你赶紧澄清一下吧。”

“哈？”

白术拿饼干的动作顿住。

牧云河消息灵通，跟白术讲明了前因后果：“你也是惨，都过去两年了，还被 Vine 拿来当踏脚石。你想怎么办？”

“先把账号拿回来。”白术慢吞吞地说。

账号被盗后，还被人缺德地改了密码。不过账号绑定了手机号，白术的手机号现在还在用，很快就将账号找了回来，并且重新设置了密码。

她成功登录。

一条消息弹了出来。

【GY】：在吗？

白术盯着消息看了半刻，直至把一包饼干全部吃完，才回复消息。

【SY3298】：你也被盗号了吗？

【GY】：我来看你笑话。

【SY3298】：谢谢你。

白术面无表情地发送完这三个字，打算把两年前忽然消失的事解释一下，结果 GY 又发来几条消息，她不自觉一顿。

【GY】：你现在澄清也是百口莫辩。

【GY】：想报仇吗？

【GY】：我让你在全国观众面前把场子找回来。

白术搓了搓手指。

有点意思哦。

在跟 GY 约定好见面地点后，白术退出游戏。半个小时后，她因为肚子饿了重新想到顾野，可电话还没打出去，她就接到顾野的电话。

“白小术，晚上吃饺子吗？”顾野清朗干净的嗓音徐徐传来。

“哪家店？”

“自己做。”顾野道，“我刚从超市出来，买了点食材。”

“好。”

白术挂断电话，舒适地伸了个懒腰。

但是，外面刮着的狂风吸引了她的注意。她侧首往窗外看，等了约莫一分钟，就听到雨滴“噼啪”敲打在窗户上的声音，雨水转眼打湿了玻璃窗。

思忖须臾，白术抿了下唇，起身，拿着雨伞出门。

结果，她刚走出电梯，就见到拎着购物袋回来的青年。

顾野穿着单薄，衬衫外面套了一件薄外套，黑色的，雨水洇湿后颜色深了些。短发被打得半湿，软趴趴地垂下来，贴在皮肤上，视觉形成鲜明对比。

“顾野。”白术喊他。

顾野抬目看过来，清亮的眸子里透出些笑意。他注意到白术手中的雨伞：“来接我啊？”

“嗯。”

“没白对你好。”顾野莞尔，走近了，“上楼吧，给你做猪肉白菜馅和虾仁馅的饺子。”

“好。”白术跟在顾野身后进了电梯，“我还想吃蛋饺。”

顾野按了数字，回头看了她一眼：“还有吗？”

白术仔细想了想，摇头："没了。"

"行。"

顾野爽快地答应了。

二人进了顾野家。

在玄关换好鞋后，顾野没急着处理一身的雨水，而是走到厨房，将买来的菜一样一样地挑出来。

门口有脚步声响起，顾野没去看，而是道："外面的饺子皮不太好，自己擀皮，需要一点时间——"

"你不冷吗？"

白术打断顾野的话，将一块干毛巾扔过去。

毛巾落到顾野头顶，软软的，很干燥，将支棱的短发都压下来，沉甸甸的。

顾野愣了一下。这时，白术已经走到他跟前。

她伸出一只手来，手指攥着毛巾，隔着一层布料，给他擦拭了下头发，但很快又一顿。

"你低一下头。"白术说。

顾野个子很高，白术伸手去抓毛巾时，抬得有点费劲。

安静地盯着她看了两秒，顾野没有反抗，乖乖垂下头。

白术双手抓着毛巾，擦拭着他的发丝，动作不轻不重，手指偶尔穿过他的发丝，抑或贴着头皮擦过，指尖稍凉，可残留的却是一片灼热。

好像有一股魔力似的。

顾野低头垂目。

视野里的白术，微微踮起脚，神情很认真，眉头不时皱一下。

有股滚烫的热流从头皮蔓延，一路汇聚到心底，然后蹿出一抹火苗，热烈又安静地燃烧。哪怕再克制，都无法阻挡其燃烧蔓延的趋势，一点点的，转眼灼烧了一片。

视线下移，顾野的目光落到白术的薄唇、锁骨处。

他的喉结滚动了下。

下一刻，顾野眼前一片黑暗，是毛巾垂落下来遮住了他的视野。

白术没什么耐心，手法渐渐暴躁。

顾野抓住白术的手腕，将遮在脑袋上的毛巾摘下，视野顿时恢复明亮。

"就你这擦法，我得成秃子。"顾野轻挑眉梢，不着痕迹地把白术推开。

"你去吹干吧。"白术瞧着他单薄的外套，补充了一句，"再换一件厚点儿的衣服。"

"怎么不直接让我去洗个澡？"

“我饿了。”白术看着那堆食材，实话实说，“你洗完澡再来做饺子的话，只能给我收尸了。”

“是我的身体重要，还是你的饺子重要？”顾野问。

白术卡住，不语。

顾野刚被焐热的心，瞬间冻成了冰碴。

本以为是个温暖的小棉袄，合着是个破洞、漏风的。风一吹，就什么都捂不住了。

白术被顾野扔出了厨房。

一分钟后，白术挪到厨房门口，手扒拉着门，脑袋往里探：“要不，你去洗个澡？”

“不要。”

顾野傲娇了。

“冷死我算了。”

顾野赌气了。

“呵。”

顾野伤心透了。

“别那么小气，”白术斟酌半天后，正儿八经地说，“你看你，现在就像一个三岁的孩子。”

顾野将面团摔案板上，指着她：“我不想看到你。”

白术语重心长道：“你别耍性子。”

“白术——”顾野转动着手腕，眼神阴恻恻的。

“我去给你拿衣服。”

白术转身就跑开了。

看着空荡荡的门口，顾野被气笑了，把手中的白菜摔了一下。但下一刻，他又认命地将白菜捡起来，拿到水龙头下清洗。

来到顾野的卧室，白术直奔衣柜，把柜门拉开，见到一目了然的衣服，眉毛动了一下。

衣裤全是秋款的，除了衬衫、卫衣就是外套，没有毛衣和短袖，显然还没考虑过夏、冬季节的穿着。

白术想找一条裤子，随手拉开一个抽屉，结果裤子没找着，倒是被抽屉里某样物品吸引了注意——一把军刀。

军刀的牌子如雷贯耳，ATAK 牌军刀，又有“疯狗”的别名。刀身流畅，刀鞘简约有型，是一眼就能判断很“帅”的刀。

有点眼熟。

白术拿起军刀端详片刻，没看出个所以然来，这时客厅传来脚步声，她赶紧将军刀放回去，同时合上抽屉。

“我就那么几件衣服，你还有选择困难症啊？”顾野走到卧室门口，抬手扶着门，对白术调侃。

白术随手扯了一件外套，扔给他。

接住外套，顾野将其捏在手心，神色一言难尽：“你这品位……”

那是一件暗红色的外套，非常之风骚，背后还印着一个小丑的血腥面孔，滑稽搞笑中又带着点阴森恐怖的味道。

江南枝送的，至今压箱底，甚至连标签都没有扯过。

被顾野这么一说，白术才注意到，方才随手一扯，竟是拿了一件画风最奇葩的外套。

不过这时也不能承认自己走神了，白术轻抿了下唇，又仔细打量了顾野两眼，十分真诚地说：“挺适合你的。”

她将衣柜门合上，往外面走。

在她走至门口时，顾野被气得从喉间溢出一丝笑，抓着衣服的手一抬，抵在门框上，拦住了白术的去路。

白术止步，抬眸看他。

“怎么就适合了？”

顾野眼眸一眯，低头靠近她，凑到她跟前。

额前有发梢拂动，掠过他的眉宇和眼睫，漆黑幽深的瞳仁里氤氲着莫名暧昧，他的姿态有几分妖孽、几分禁欲，偏偏却在耍无赖。

他道：“白小术，今天你要不说出个子丑寅卯来，就别想出这个门。”

他近在咫尺。

他呼吸清浅平缓，轻悠悠地扫过来，似微风，不该留下丝毫痕迹的，可她敏锐的触感似能清晰感知到。

白术忽而一怔。

她抬起眼帘，定定地看着面前那张脸，英挺的五官，俊朗的眉眼，轮廓深邃可线条却是柔和的，他嘴角轻轻翘着，像是在使坏儿，勾着若有似无的邪性，看似矜贵又透着吊儿郎当。

半晌后，白术挤出一个字：“浪。”

顾野的表情一瞬凝固。

白术轻轻吐出口气：“裤子你自己找吧，换好衣服再去包饺子。”

“哥哥的小棉袄啊。”顾野揉了把她的头发，“就是眼光有点差。”

白术拂开他的手，走出他的卧室。听到顾野进门换衣服的动静后，她顿住，余光觑向门口，眼眸微动，少顷后，她抬手摸了摸耳朵。

有点热。

包饺子的时间有点长，尤其是要自己揉面擀皮。

顾野一时半会儿做不好。

外面的雨，淅淅沥沥。

雨下得不大，却透着寒凉，寒意一点一点地透过门窗缝隙渗透进来，哪怕屋内开着空调，也无法阻挡它们的肆意入侵。

白术坐在沙发上，怀里塞着个抱枕，不时朝厨房方向瞟上一眼，见到蒸汽袅袅的空间里青年忙碌的身影。

白术又摸了摸耳朵。

不多时，白术拿了包零食跑到厨房门口，没进去，一边吃零食，一边看顾野忙活。

“又怎么了？”顾野发现她杵在门口，怔了一下。

白术咽下零食：“看你啊。”

“监工就监工，说得那么好听。”顾野咕哝一声，看着她“咔嚓咔嚓”吃零食吃个没停，像个老妈子一样叮嘱，“少吃点零食，不然没胃口吃饺子。”

白术：“我饿了。”

顾野一噎。

白术又说：“再不吃就死了。”

顾野做了个投降的手势。

他低头擀好一张饺皮，想到门口无所事事的监工，倏尔问她：“要一起包饺子吗？”

盯着饺皮看了三秒，白术非常坚定地摇头：“不要。”

“我教你。”顾野招呼她。

白术继续摇头：“我的手不是拿来包饺子的。”

顾野一秒顿悟：“懂了，就是懒。”

是的，就是懒。

懒货白术心安理得地在门口吃零食。

安静地吃完一包零食，白术将零食包装揉成一团，连一步都没有移动，直接将揉成团的包装往厨房里一抛。

包装精准无误地落入垃圾桶。

胃没那么难受了，白术重新起了话茬：“顾野，你说你以前来过长宁市吧？”

顾野低垂着头，手指飞快地包着饺子，动作熟稔，随口应答：“嗯。”

“哦。”白术歪着头，抱臂抵着门框，盯着顾野看了半晌后，蓦地问，“什么时候的事？”

包饺子的动作一顿，顾野眯眼：“你打听这个做什么？”

白术泰然自若地接话：“问问。”

“忘了。”顾野含糊道。

“忘了？”

“忘了。”

顾野包饺子的速度慢了一些。

白术显然不信，眼神直勾勾地盯着他，末了开口：“你不想说。”

她如此直接，一点弯儿都不绕。顾野一乐，并不否认：“对，不想说。”

“为什么？”白术微顿，选择追问。

“能为什么，”顾野将手中一个圆润漂亮的饺子放到盘子里，斜了她一眼，漫不经心地回答，“往事不提。”

“你以前认识我吗？”白术继续问。

顾野似是不明所以，侧身看着她，挑挑眉：“我为什么会认识你？”

白术不答反问：“不认识吗？”

白术的目光里满是试探，顾野坦然地迎上，看不出丝毫破绽：“不认识。”

“那好吧。”

白术不再问了。

这话题就这么揭过了，之后谁都没再提及，心照不宣。

两天后的上午，白术走出门，正好碰上出门的顾野。

她抬目看去。

不上讲台代课的时候，顾野一般都穿得很休闲，现在就穿着一件卫衣，外面套了一件棒球衣，一身的黑。

很有少年感。

顾野视线瞧过来：“去哪儿？”

“地铁站。”白术从兜里掏出一根棒棒糖，扔了过去，“你去哪儿？”

“公交站。”

“哦。”

白术颔首。

他们不同路。

十分钟后。

白术和顾野都叼着一根棒棒糖，在小区门口告别，一左一右，背影渐渐拉开。

时间不到十一点，白术走出地铁站，戴上耳机接了一通电话。

“在哪儿？”牧云河问。

“中心广场。”

牧云河顿时欣慰：“终于想买新衣服了？哥哥给你打钱。”

“见网友。”白术浇灭他的幻想。

“什么网友？”

“两年前那个。”

“你联系上他了？”牧云河先是一惊，随后担心起来，“不会被盗号了吧。你把地址给我，如果出什么事好有个照应。”

“我在长宁市治安最好的地带出事？”

“也是。”牧云河想到白术的战斗力，改口，“那我给你转钱吧，请人家吃点好的。就算他对你心怀不轨，你也让他做个饱死鬼。”

白术叹了口气：“你找我什么事？”

“哦，我最近在外办事，阿姨忌日那几天回不来。”牧云河说，“想跟你商量一下，要不找个人照顾你。”

“不用。”

“你要出点什么事，我不好跟你爸交差。”

“有事我会找隔壁邻居。”

“顾野？”

“嗯。”

牧云河顿时警觉：“你们俩不会……”

“挂了。”

白术掐了电话。

她将耳机摘下来，缠绕成一团塞到兜里，然后循着约定好的地址，来到一家烤鱼店门口。她打算拿出约定好的信物，结果刚一摸出来，就见到顾野走过来。

“来吃烤鱼啊？”顾野惊奇地朝她挑眉。

“等人。”白术打量他一眼，“你吃烤鱼？”

“这么巧？”顾野走近，扫了眼她的装扮，没从她身上看到信物，于是继续说，“我也等人。”

白术将脚下一颗小石子踢开，侧头看他：“约会吗？”

“算吧。”顾野颔首，“你呢？”

白术想了想，说：“谈生意。”

顾野惊了一秒，略有些感慨地说：“还挺有事业心。”

“是啊。”白术接过话，慢吞吞地补充，“事业比较重要。”

不知怎的，顾野觉得白术这话怪怪的，但细想又找不到破绽。他睇了白术一眼：“那一起等吧。你约的几点？”

“十一点。你呢？”

“十一点。”

二人掏出手机看了眼时间，已经十一点了。可是，他们抬目张望，硬是找不到带有信物的身影，冲着烤鱼店来的都是客人。

他们俩等了一刻钟，然后，顾野去隔壁店买了几包坚果，跟白术一边吃一边等。

末了，坚果都要吃完了，还是没见到人。

他们面面相觑。

白术问：“你被放鸽子了吧？”

顾野说：“你也被放鸽子了。”

他们互相同情。

“你饿了吗？”白术往烤鱼店看了眼。

这家店的烤鱼实属一绝，香味从门口飘出来，勾得人心痒难耐，是再多坚果都填补不了的。

“饿了。”

“去吃吗？”

“吃。”顾野说，“选个靠门口的位置。”

“行。”

二人意见一致，完美搭伙。

进到店里，他们俩点了一份烤鱼、两个炒菜，然后在大快朵颐的间隙里，时不时观察一下门口。可是，一顿烤鱼吃完，都不见一个人在门口停留。

“碰个杯吧。”顾野拿来两瓶豆奶，给了白术一瓶，“庆祝我们俩被放鸽子的一天。”

白术举起豆奶，跟他碰了一下，用吸管喝了两口后，问：“你没联系方式吗？”

“没有。你也没有？”

“忘了问。”

这话一说完，二人都盯着对方，然后陷入久久的沉默。

顾野手指敲了敲桌面，狐疑地问：“太巧了吧？”

“是有点巧。”白术赞同。

“你们见面有什么信物吗？”

“有。你呢？”

“有。”

二人对视一眼。

白术说：“一起拿出来吧。”

顾野点头：“好。”

于是，两人都盯着对方，将手放到自己兜里，几秒后，握着信物慢慢地把拳头伸出来，手肘放到桌面，拳头对着拳头。

“三，二……”顾野主动记数，“一。”

那一瞬，两个拳头松开，露出里面的信物。

白术的是一个《BUG》的周边发卡。

顾野的是一个《BUG》的周边胸针。

见到这一幕后，二人露出“果然如此”的神情，然后一言不发地对视。

心情一言难尽。

白术：“SY3298。”

顾野：“GY。”

白术吁了口气，将发卡扔给他：“你怎么不提前戴信物？”

顾野捡起砸到自己面前的发卡，捏在手里把玩了下，玩味道：“你也一样啊。”

二人又对视一眼，然后不约而同地叹了口气。

这缘分也是没谁了。

“不对，”顾野顿了下，眯眼打量着白术，“你把我当生意伙伴啊？”

白术平静道：“我把你当打脸工具。”

顾野一哽。

“感情呢？”顾野痛心疾首。

白术咬着吸管喝豆奶，冷面无情道：“谈钱的时候，谁谈感情？”

“行。”顾野不跟她计较，“我先给你介绍一下我们WIN战队。”

“你说。”

“队长，我，第一次打《BUG》职业赛。成员兼投资人，白阳，他曾是种子战队FIU的队长，一年前退出，最近决定重回《BUG》。”

白术垂着眼帘喝豆奶，等着顾野继续说，可半天后发现他没有再说话的意思，她问：“没了？”

“没了。”

“你们战队就两个人？”白术又喝了口豆奶，想要冷静一下。

“是的。”

“目标是重在参与吗？”白术真心诚意地发问。

顾野弯了弯嘴角：“目标是世界冠军。”

白术问：“战队起码要四个人，还有一个呢？”

顾野答：“白阳还在找。”

白术不语，垂眸喝豆奶。直至豆奶喝完，她才抬眼，问：“签我有多少钱？”

顾野给她比画了个数字。

白术不假思索地说：“成交。”

有些意外她的爽快，顾野愣了一下，然后笑了笑：“小财迷。”

“但我没那么多时间训练。”白术想到DY漫画大赛。

“没关系。”顾野挑眉，“我也没时间陪你们训练。”

“所以？”

“只要比赛不拉垮，训练随机自由。”

“OK。”

白术觉得再满意不过了。

二人把事项谈妥，确定没有分歧后，顾野将白术拉到一个叫“WIN称霸世界”的群里，白术成了战队第三棵宝贝的苗苗。

合同事宜得跟白阳确认。白阳现在在封城，表示随时可以来长宁市，但被白术制止了。

白术表示下个月会去封城，到时候再联系白阳签合同，白阳非常爽快地答应了。

于是，这一趟出门“面基”，除了闹了点小乌龙外，其余一切都很顺利。

白术和顾野坐地铁回去。

“你下个月去封城，是要参加漫画集训？”顾野把玩手机时，瞥见“省级选拔赛作品上线”的通知，忽然将线索联系起来。

“嗯。”

顾野点开本省的投票，见到排在第一的作品，票数甩了第二名一个量级。他侧首问白术：“Echo是你吗？”

“是我。”

“给你投票了。”

“谢谢。”

“不是不缺这一票吗？”顾野调侃。

“是不缺这一票。”白术回答，想了想后补充道，“但任何认可都值得感谢。”

顾野微愣。

白术奇怪地问：“怎么了？”

“我以为你不在乎。”

“这是两回事。”白术微顿，解释，“我确实不在乎，但投票的人在乎。我没法回应每一份认可，但你在我面前，我张口说两个字就能回应。可以做，为什么不做？”

顾野怔怔地看着她，半晌后拿起周边发夹，往白术头上一别，夸她：“真有礼貌。”

白术想将发夹摘下来，可回头时，看到地铁窗上她的影子，似乎不是太难看，于是她停下动作，然后从顾野兜里掏出他的周边胸章，别在了他胸前。

“幼稚。”

顾野的手指拨弄了下那个胸章，嫌弃极了，但他没有将胸章摘下来。

“凑合一下吧。”白术觑了眼自己的虚影，在那个发卡上停留一秒，说，“我就没戴过发夹。”

“你没戴过？”顾野眯了下眼。

白术肯定道：“是啊。”

“你确定？”

“确定。”

顾野“嗞”了一声，心想：她还真是把自己忘得一干二净。

省级选拔赛如火如荼地举行。

此次比赛重点挑选未出道的新人漫画家，但轻一杯刚刚结束，今年的新人已经竞争过一轮了，有能力的都被挑选了出来，所以没什么人对这次比赛抱有希望。

可结果却让他们大跌眼镜。

全国三十个“省第一”的名额，三十位新人里，竟是出了五匹黑马，五部作品都以远超第二的投票遥遥领先，从投票开始到投票结束名次都未变动过。

而且，五部作品的质量不仅不比轻一杯出道的新人作品要差，反而远远超出一大截，堪称顶尖漫画家的水准。

这五匹黑马分别是：NO.1、问鼎、Echo、楚逍遥、Gu。

“这五个人怎么回事，质量碾压轻一杯出道的新人啊。不会是大神开的小号吧？”

“这个NO.1真的没在碰瓷漫画NO.1排行榜第一的NO.1吗？不过他担得起这个名字了，实力一流，作品看得我毛骨悚然。”

“这一批新人杀疯了！他们五个要是选择轻一杯，今年轻一杯出道那几位，都得给他们让位好吗？”

……

原本不受关注的选拔赛，竟有五匹黑马横空出世，出乎所有人的意料。漫画人纷纷震撼，读者们议论不休。

同一天，白术收到集训营发来的电子邀请函，以及集训营的导师邀请。

联系白术的是东国漫画学校的校长裴启升。

他曾一心想当漫画家，拜师于如今东国漫画协会会长顾诠，在顾诠手下当了几年助理。他没什么创作天分，一直难以出道，可又想为东国漫画做点事，所以致力于漫画教育，从一名漫画老师一步步走到现在的校长之位。

他通过轻一杯 App，言辞恳切地给白术发了一封邀请信。

白术躺在床上，头疼欲裂地看完，然后给裴启升回复。

【White】：我想看一下集训营的训练方案。

五分钟后，裴启升将训练方案发过来。

白术用手机看了几行，眼睛疼，干脆掀开被子起身，披上一件羽绒服，然后趿拉着拖鞋来到书房，开了电脑。

她用电脑打开文件，费了点时间，将长达三十页的训练方案看完。

她长长吐出口气。

脑子昏沉，持续高烧，她烧得慌，连眼皮掀起来都费劲。

【White】：我不方便到场，做导师没可能。不过，你们的训练方案存在缺陷，我可以帮你们完善。

她发完消息后，难受得趴在桌面。

手机持续响了几下，裴启升发了新消息过来，大意是问具体的缺陷，但白术只来得及看一遍，没力气再回复了。

“汪汪。”

顾野正在玩游戏，听到门口传来白猊的犬吠，有些惊讶。他开了门，就见白猊着急忙慌地跑进来，咬着他的裤腿就往外拽。

顾野猝不及防，被拽了两下后明白什么，低头问：“白术出事了？”

“汪。”

白猊听懂了顾野的询问，催促地叫了一声。

看到白猊这么着急，顾野预感不妙，连鞋都来不及换，拿了钥匙出门，跟着白猊进了隔壁屋。然后，他被白猊领进白术卧室。

外面变了天，狂风大作，倏然而降的暴雨打在窗玻璃上，“啪嗒”作响，一道道水流蜿蜒流下。卧室里没有开灯，黑漆漆的，推开门的那一瞬，顾野停顿了一下。

在昏暗的光线里，顾野瞥见躺在床上的人，小小一团，并不是很明显。

他摸索到灯的开关，揿亮了卧室的灯，扫了眼卧室后，径直走向床侧。

白术蜷缩在被窝里，被子拉得高高的，遮住了大半张脸，柔软的发丝散开在枕头上。她没睡，被光刺得眯了眯眼。直至顾野走到身侧时，她才彻底睁开眼，露出琥珀色的瞳仁。

“你——”白术张了张口，嗓音嘶哑。

顾野俯下身，将手掌覆在她额头上，触到滚烫一片，他当即皱眉。

“高烧，我送你去医院。”顾野说着就要掀被子。

“不去。”

两只手伸出来，抓住被子边缘，白术往下缩了缩，非常倔强地抵抗。

“这么大一人了还怕去医院？”

“不是。”

“不是什么？”顾野伸手就去抓她，“快点。”

白术这会儿哪能抵抗得了他，情急之下只得喊：“白猊！”

“汪！”

白猊回应一声，然后猛然立起后肢，前肢扒拉着顾野。它是个庞然大物，身体重量一下压过来，顾野差点没被它撞倒。

顾野赶紧用手肘挡着它：“我说你怎么回事，我送你姐去医院还不行了？”

“汪！”

白猊才不管这些，只听白术的命令。

“行行行，不去。”顾野见它扒拉得更厉害了，只得妥协，跟它商量道，“我照顾你姐，行吗？”

白猊听懂了，很快就把前肢撤开，乖乖待在他旁边。

危机解除，顾野叹息。

“那你是什么意思？我给你买药，还是叫家庭医生？”顾野扭动着手腕，征求白术的意见。

白术咳了一声，嗓子更哑了：“去医院没用，我要病三天。”

“什么？”顾野不知她的准确时间是如何总结出来的。

“还剩两天半。”白术声音沙沙的，冷汗涔涔，每说一个字都很费劲，“你要有空的话，就照顾一下我吧。”

顾野没头没脑的，见她还挺有经验的，虚心请教：“我该怎么照顾？”

“你看着办吧。”白术翻了个身，人又往被窝里缩了缩，给顾野提了一个最低限度的要求，“别让我死了就行。”

顾野平静地崩溃了一秒。

顾少爷照顾人的次数屈指可数，没什么经验。他只能按照常识来，先给白术量体温，然后喂感冒药，之后琢磨着还能对她做点什么的时候，牧云河把电话打过来了。

“顾学长，你有时间吗？”牧云河很有礼貌，声音温和。

“有。”

“那你能帮我看一下白术吗？她的电话打不通。”牧云河说，“现在她应该在家的。”

“我现在就在她家。”顾野两指捏着眉心，回头看了眼躺在床上一动不动的白术，“她发烧了，刚刚睡着。”

“那就好。”牧云河松了口气，“她要病三天。这三天，能麻烦你照顾一下她吗？不麻烦的，给她喂点稀饭和水，确保她不饿死、渴死就行。”

这话竟是跟白术说的大同小异。

沉默两秒，顾野问：“不送医院？”

“不用。”牧云河解释说，“她这是心病，每年到点发作三天，时间一过就好了，去医院也是躺着挂吊针，没用。”

“怎么造成的？”顾野眉心微锁。

“这事说来话长。”牧云河含糊道。

顾野走出卧室，将门合上，语气多了点力量感：“我正好有时间。”

牧云河琢磨了下，不再隐瞒：“说是七年前她和母亲去旅游时遇到地震，她母亲在地震里丧生，她捡回一条命。这事对她影响蛮大的，事后患有创伤后应激障碍。每一年在她母亲忌日那三天，她都会高烧卧床。这是心理疾病，她身体没问题。”

七年前。

那时候，白术十二岁。

而陆野离开白术时，白术才九岁。

沉吟须臾，顾野问：“你也是听说的？”

“对。七年前我还不认识她。”

“你跟她怎么认识的？”

“她爸是我高中老师，高中时受过他们父女俩不少照顾。”因为要托顾野照顾白术，牧云河很客气，“顾学长还有什么想问的吗？”

回头看了眼卧室门，顾野抬步走向厨房，说：“没了。”

白术病了三天。

在这期间，她基本都处于昏睡状态。

高烧退了又来，反反复复，时好时坏。她时而从噩梦中惊醒，时而因虚弱坠入幻觉，时常分不清真实和虚幻。

三天后。

清晨，昨晚落了一夜的雨，外面枯黄的梧桐树叶被打落一地，树枝短短时日就变得光秃秃的，孤独地在冰凉的空气里舒展。

白术从冗长的睡梦中转醒。

一年一度的噩梦如约而至，又悄无声息地离开，令她身体的活力如被抽干了似的，一切都由不得自己掌控。

此刻她神志恢复清明，身体却虚弱无力。

她微微侧过头，视野里映入一人一狗的身影。

白猊躺在青年脚边，脑袋蹭着他的小腿，睡得安静、放松。

青年坐在凳子上，趴在床头，也睡着了。清风拂过他柔软的发丝，掠过他的眉眼，隐约透着难以察觉的温柔。

靠得近一些，可以见到他下眼睑处浅浅一层乌青，眉眼笼着淡淡的疲惫。

盯着那张脸端详片刻，白术慢慢地挪过去，想推醒顾野，让他去休息，但手伸到一半，眼帘里的那张脸忽闪了下，神志一阵恍惚，好似跟多年前那张脸重合。

她倏地一顿。

多年前，似乎有个少年趴在她面前，笑容清朗地跟她说话，前一秒用手指戳了戳她的眉心，后一秒便跟变戏法似的掏出了一个发卡。

他说："小屁孩，哥哥中奖拿到的，送你呀。"

发卡？

白术的眸光闪了下。

这时，顾野眉目紧紧一皱，蓦然睁开眼，在看清白术的那刻，眼里迅速恢复清明。他坐起身，用手去碰白术的额头："好了？"

"好了。"

"真退烧了。"试探了下温度，顾野略感惊奇，"你这心病还挺神奇——"

白术打断他："饿了。"

"行，给你做吃的。"顾野收回手，抵着太阳穴揉了揉，"吃什么？"

"肉。"

一连吃了三天的稀饭糊糊，她整个人都是稀饭糊糊做的了。

顾野思考了下："饺子吧，猪肉馅的。"

"好。"

白术点头。

白术毕竟大病初愈，不宜吃过于油腻的东西，顾野自己给她做比较放心。

白术家的冰箱只放饮料，顾野家的冰箱没存货了。他干脆去了一趟小区超市，买了些新鲜的果蔬和零食。

回来后，他洗好水果，又给白术塞了一盒酸奶："先吃一点充饥。"

白术正坐在沙发上思考人生，手里被塞了一盒酸奶后，她看了一眼，抬手将酸奶递回给顾野。

"不吃？"顾野疑惑。

"打开。"白术吩咐。

顾野被她这一举动气得心梗，将酸奶拿过来，三两下打开，把塑料勺扔进去，然后才递给她："祖宗请喝酸奶。"

"谢谢。"

白术嘴上乖乖道了谢，然后理直气壮地接过。

顾野说："我去做饺子，有事叫我。"

"好。"

白术点点头。

顾野进了厨房。

手指捏着勺子，白术一勺一勺地挖着酸奶吃。吃完后，她又挑了点水果吃。待到身体恢复点力气后，她起身，回卧室洗了个澡。

等她再次进客厅时，顾野已经将饺子做好，端上桌。

"来吃。"顾野朝她招手。

白术走过去。

将一双筷子放到白术手里，顾野指了指那一盘饺子，说："不够还有。"

"嗯。"

白术坐下来，夹起一个饺子，吹了两下，热气未散，她就将饺子塞到嘴里，小口小口地咀嚼，腮帮子一鼓一鼓的。

见状，顾野笑问："好吃吗？"

白术承认："嗯。"

顾野眸光一软，顿了下，他用手指轻轻蹭着鼻尖，稍作踌躇后问："还有想吃的吗？"

"没了。"白术摇摇头，注意到餐桌上就自己这盘饺子，疑惑道，"你的呢？"

顾野回过神："我去拿。"

他转身回厨房，取了另一盘饺子，坐在白术对面吃。时不时地，他看一眼白术，总觉得白术一口一口吃着饺子的模样异常乖巧。

吃到一半，顾野开口："我上午约了个人，得出去一趟。"

白术不经大脑地接了一句："又约会啊？"

"是啊。忙着呢，还得照顾你。"顾野夹着饺子蘸了点辣椒，"我中午回不来，你打算吃什么？我给你点外卖，还是给你备点饺子，到时候你自己煮一下。"

"我自己解决。"

"你行吗？"顾野略有担忧。

白术面无血色，嘴唇泛白，看起来挺虚弱的。

"我现在就是饿的。"白术咽下最后一个饺子，将筷子往他盘子里一戳，将一个饺子戳了个对穿，她慢条斯理地说，"再缓两个小时，我能把你打趴下。"

顾野盯着被她戳走的饺子看了几秒，认真地问："要不，再给你煮一盘？"

白术眼珠一转，盯上他那半盘饺子，干脆道："把你那盘给我，你再给自己煮一盘吧。"

顾野怔了半天。

最后，他叹了口气，把筷子一放，将盘子往前推到白术跟前："吃吧，吃饱了好把我打趴下。"

二人吃完饺子，顾野自觉地收拾好厨房，交代白术有事打他电话，然后才离开。

可是，他走了不到半个小时，白术就换了一身外出的装束，撑着伞出了门。

细雨斜飞，敲打在伞面，落下细密的声响。

牧云河开着车在楼下等待，白术走过去，拉开车门坐进车里。

牧云河回头看了她一眼："身体怎么样？"

"好了。"

"现在过去？"

"嗯。"一顿，白术又补充道，"去趟花店。"

"好。"

车辆驶出小区。

牧云河安静地开着车，在一家花店前停下，等着白术买了一束花回来，然后继续开车，一直抵达陵园入口。

牧云河没下车。

白术拿了一束花，撑伞走进陵园。

步行约莫十分钟。

白术走到一块墓碑前，刚想放下那一束花，却见到墓碑前摆放着一束香水百合。花开得热烈，绽开的花瓣上沾满了水珠，香味清新扑鼻，一看就是刚放下没多久。

白术直起身。

她抬起头，四处环顾。陵园里一块块孤零零的墓碑，见不到半个人影。

斜风吹细雨，掠过雨伞落入脸颊、眉目、眼瞳，凉飕飕的，白术眼睛眨了一下，些许波澜渐渐归为平静，最终什么都没剩下。

她收回视线，看着墓碑上的照片。

女人生得一副好模样，明眸善睐，笑容温婉，眼睛里自有一股生动灵气。

她叫白青梧。

死于七年前。

三天前，是她的忌日；今天，是她的冥寿。

白术将花放在墓碑前，跟另一束并列在一起。

片刻后，手指捏着雨伞手柄，白术骨节微微收紧，然后转身离开。

走出陵园后，白术径自上了车。

见到白术，牧云河低头瞧了眼时间，有些诧异地问："不跟阿姨多待会儿吗？"

"不用。"白术关好门，顿了一秒，抿着唇说，"纪远回来了。"

牧云河错愕："你在陵园撞见他了？"

"没有。"白术摇头，皱起眉，"墓碑前有一束花，我妈最喜欢的。"

白青梧独爱香水百合。

纪远是个直男，每逢生日、节日、纪念日，他买花时永远只选择香水百合。小小的白术，曾无数次看到白青梧抱怨，又满怀欣喜地收下。

因为白青梧忌日时，白术都在生病，所以白术和纪远只在白青梧冥寿时才来探望。

每每这时候，纪远都会带上一束香水百合。

"纪叔叔既然回来了，为什么不肯现身？"牧云河不明就里，"还任由纪家把你赶出门？"

白术想了想，慢吞吞地说："可能怕还我私房钱吧。"

牧云河被逗乐了："你私房钱才多少啊？他交给你的BW救援队，随便拨一笔款都不止——"

白术阴森森地打断他："队长有工资吗？"

牧云河顿时哑巴了。

两年前，纪远拿了白术的私房钱离家出走不说，还给白术留了两个烂摊子。

其中一个是BW救援队。

这支救援队成立二十余年，囊括世界顶尖的救援专家、医疗救护、后勤保障、技术支持，在全球十多个国家进行过人道主义救援，是一支正规的、国际化的，并在各个领域领先世界水平的超一流救援队。

虽然BW救援队各部门体系非常成熟，部长都是能挑大梁的能人，没了队长各部门照样可以正常运行，真正让队长做决定的事情很少。但白术成为队长后，什么事都得从头学，底下又有一帮蠢蠢欲动等着造反的部下，她忙得焦头烂额。

好在牧云河接手了财务部，捏着各部门要的拨款，他们屈服于金钱的淫威，这才没有集体向白术施压。因此给了白术可乘之机，等喘过气后一个个把他们收拾了。

另一个，则是一支国外团队。具体是做什么的，白术到现在都不知道，只清楚那是一群吸血鬼，定期找她要钱。

"妹妹，"回想起白术这两年来的辛酸经历，牧云河叹了口气，不无同情地说，"你这个坑女儿的爸，咱就不要了吧。"

白术赞同道："等他还了钱就不要了。"

牧云河"哈哈"一笑，开着车载她离开。

刚过十二点，牧云河就将车停到一家餐馆前。

这是一家主打封城菜色的餐馆。

白青梧是封城人，时常会怀念封城的菜，每年生日都会来这家店。她去世后，每到这一天，纪远和白术都会在去过陵园后，来这里吃一顿。

这两年纪远不在，都是牧云河陪着来。

"牧哥。"

牧云河刚停好车，就听到白术喊自己，他解开安全带，回头问："怎么了？"

白术额头抵着车窗，朝街边某处指了指："你看那边。"

"嗯？"

牧云河抬眼看去，赫然见到两个熟悉的身影，但仔细一想，又觉得这两人在一起充满了违和感。

"顾学长和杜警官……"牧云河悚然一惊，"他们俩在一起干吗？"

白术指的那两个人，一个是顾野，另一个是位刑警，叫杜峰。

杜峰三十多岁，穿着便服，平时总板着脸，眉一拧时凶神恶煞的，这会儿跟顾野交流，却是和颜悦色的，跟换了个人似的。

杜峰跟纪远是旧识，曾帮忙训练过白猊，所以白术和牧云河都认识杜峰。

"首先可以排除他们俩在谈感情。"白术正儿八经地分析。

"你说话注意一点，杜家嫂子已经提着刀在路上了。"牧云河无语道。

"其次可以排除顾野犯事的可能。"

"说点有用的。"

白术耸肩："顾野说约了个人，大概就是杜峰。"

"然后呢？"

"我没问。"

"我们要去打声招呼吗？"

"算了。"白术想想，摇头，"吃饭要紧。"

牧云河无语凝噎。

他下了车，走到后面，给白术打开车门，然后撑着伞，跟个护卫似的，和白术一起进了餐馆。

对面，顾野在跟杜峰进餐馆前，似有所感般地回了下头，视线穿透朦胧细雨的街道和车流，看见白术和牧云河并肩的背影，登时眉头挑了下。

"怎么了？"杜峰看过来。

"没事。"顾野说，转身走进餐馆。

餐馆二楼的包间里，杜峰笔挺地坐着，腰杆笔直，神情严峻，棱角都落下一刀刀锋利的线条，像是一把钢刀。

顾野喝了口茶，见到杜峰一板一眼的坐姿，微怔："你绷那么紧做什么？"

杜峰尝试着放松，没成功，依旧是坐如松的姿势："没想到能再次遇见你。"他仔细端详着顾野，"你看起来变了很多。要不是你见义勇为，跟你聊了两句，在大街上我真不一定能认出你。"

"都过去十年了。"顾野轻笑，姿态松散。

"一眨眼就过去十年了。"杜峰有些感慨，"我当时才刚毕业，业务都不熟悉，就碰上了你们这一桩事。"

顾野看向他："不提了。"

杜峰点头："不提了。"

他们俩叫来服务员，点了几个菜。等菜的间隙，杜峰搓了下手，问："你重新回长宁市，真的是读书吗？"

"不然呢？"顾野淡声反问。

略一思索，杜峰试探地问："没想过找陆侨？"

顾野低笑："他在长宁市吗？"

杜峰摇头："不在。"

顾野接过话："那我来长宁市有什么用？"

杜峰愣了下，捋了一下逻辑，觉得顾野所说没有破绽，可隐隐又觉得不对劲。

十年前，顾野还是陆野的时候，被卷入一场大案之中，案件告破后，陆野被顾家领回去，改回顾姓，回了封城再无音信。

杜峰当时只是个小刑警，对案件参与不深，只知大概情况。

可哪怕如此，当初年仅十四岁的少年陆野，至今给他留下了深刻印象。

"你还记得白术吗？"将往事抛在脑后，杜峰问了一句。

冷不丁听到这名字，顾野难免有些诧异。

敛了情绪，他不动声色地点头："嗯。"

"她现在就在宁川大学读书，你见过她吗？"提及白术时，杜峰眼里浮现出笑意，身上冷峻严肃的气息也散了些。

"见过了。"

"她倒是没什么变化。"杜峰说，"你刚走那会儿，她还时不时往公安局跑，跟我打听你的情况。时间一长，她就不来了。不过也怪，三四年前吧，我给他们家训练狗，跟她提了一句你，她完全不记得了。小孩忘性就是大。"

顾野动作微顿："完全不记得？"

"是……我也记不大清了。"杜峰仔细回忆了下，"反正她没什么反应，问了我一句'谁呀'，然后就走了。"

手指摩挲着茶杯杯沿，顾野垂下眼帘，掩去眸里的情绪。

忘性大？

那时白术都九岁了，又不是三四岁的小孩，忘记他的模样倒还好说，但连名字都忘了……未免彻底了些。

菜陆续端上桌，顾野和杜峰换了话题。

饭吃到一半，顾野放下筷子，微微侧首，看了一眼窗外街道。透过蒙了一层灰尘的玻璃，顾野见到白术和牧云河走出餐馆。

为何来长宁市？

在他退出电竞圈后，闲来没事就考了个博，鬼使神差地选了宁川大学。

他本没想来读书，但暑假地震时遇见白术，见到那一颗兜兜转转回到他手里的转运珠，于是他鬼迷心窍地又来了。

他没想过找白术。

然而，开学一周，他在教室后门遇见了她。

冥冥之中，似有天注定。

漫画集训有三个月，是全封闭式的，白术拿到邀请函后给学校递交请假申请，有苏老师这个助攻在，三天就批下来了。

正好是白术病好那一天。

之后白术也不去学校上课，在家里潜心研究集训营的训练方案，赶在去封城之前把修改后的训练方案发给了裴启升。

在她前往封城那一天，她在机场收到裴启升的回复。

【裴启升】：白大，经过校领导和导师们的协商，确定改用您的训练方案。感谢您的提点，让我们意识到东国漫画最要紧的问题。

白术扫了一眼，将手机收好，拎着背包登机。

第六章

白术的又一层身份

封城。

天上下起了飘雪，转眼间地上就染上薄薄一层雪白，脚踩踏上去，“嘎吱嘎吱”地响。

白术走出机场，冷风如刀割一般刮到身上，锋利又冰冷，肆意侵蚀着她的体温。她呼出一口气，立即化作白雾，被风扯散。

“白队！”

不远处，一名年轻男人朝白术招手。

他穿着黑色风衣，身形颀长，模样惹眼，举手投足又裹着几许风流，眼里带笑，不刻意，不做作。他手里拎着一罐啤酒。

“你喝酒了？”白术目光一顿。

“嗯。”

“阿绫开车？”

“她没来。”段子航喝着啤酒，拿视线打量她，“你不是考驾照了吗？”

提到这个事，白术脸色难免有些阴沉：“没过。”

“噗——”段子航一口酒喷了出来。他抹了抹嘴，不可思议道，“你在国外连坦克都敢开，在国内考个驾照没过？”

“是一回事吗？”白术不爽地皱眉。

又喝了口酒，段子航缓了缓诧异的情绪。沉吟半刻后，他按捺不住好奇心，倾身靠近白术，用很轻的声音打听：“科目二挂的？”

白术答非所问：“骂了教练几句，被穿了小鞋。”

“哦，那就是科目二了……”

“你有完没完？！”白术一记冷眼扫过去。

段子航立即收声，挺直了腰杆，他把嘴巴闭上了，眼睛四处乱瞥，眉飞色舞的，却一点信息都没传递过来。

“我让你不说话了？”白术眸色更冷了。

唉，果然踩中白队尾巴了。

段子航内心苦不堪言，面上却毕恭毕敬：“现在我们只有两种选择：一、叫代驾；二、叫出租车。”

白术不假思索地做出选择：“出租车。”

天气冷得很，白术从南方过来，就算有心理准备，衣物也单薄了些。现在风一吹、雪一飘，她能原地变冰棍，自是没耐心等代驾。

段子航叹了口气，低头瞧了眼手中的啤酒，心想自己为何非要馋这一口。

他将啤酒扔到垃圾桶里，搓了搓手，认命地去拦出租车。

拦到出租车后，段子航特地从他的车里拿了一条毛毯，殷勤地递给白术。白术接过来，将毛毯对折，盖到自己的腿上。

段子航见她满意了，低头玩了会儿手机。某一刻，他忽然想到什么，主动询问："白队，这次在封城待多久啊？"

"三个月。"

"不是吧？"段子航捏着手机的动作一顿，惊愕地偏过头。

白术冷冷地扫了他一眼。

段子航立即把表露明显的情绪一收，然后摆出一副笑眯眯的友善面孔："我当然是欢迎你的。我就是有一点很好奇——你是终于决定退学，专心搞事业了吗？"

他欢迎什么。

白术心如明镜，道："我就住几天，不会打扰你太久。"

"这就见外了，"段子航松了口气，笑得很是虚伪，说话很是殷勤，"我家就是你家。"

白术悠悠然睇了他一眼："那你把你家别墅送给我。"

段子航笑容一僵。一秒后，他跟聋了似的，强行扭转话题："白队，听牧财务说，你给我们医疗部物色了一个得力干将？"

"嗯。"

"谁啊？"段子航打探道。

"程行知。"

"谁？"

段子航的声音陡然拔高，惊得前方司机频频回头。

段子航朝司机友善一笑。

"程行知，你的知名校友。"白术偏头看他，神情淡淡的，"不欢迎吗？"

段子航如临大敌，压低了声音："你知道他被学校开除了吗？"

"知道。"

"你知道他为什么被学校开除吗？"

"知道。他在境外做研究时为了保命，使用了化学武器。"

"你说得太轻描淡写了。"段子航语气加重，一字一顿地强调，"他可是'719事件'的始作俑者，现在能全须全尾待在国内，全凭我国靠谱的治安环境！"

"嗯？"

听到段子航的话，白术眼睑掀了掀，乜斜着他："就你们这帮三天两头给我惹是生非的，还有脸嫌弃程行知？"

“这……”段子航回顾一下往事，底气不足地反驳，“不是你带的头吗？你拿一支画笔就敢面对上百名革命军的气魄，谁能不被你感染……”

白术沉默地看着他。

段子航轻咳一声，识趣地停止了话题，然后又说：“这个程行知吧，性子傲，不喜欢被束缚，不一定会看得上我们。”

“那你想办法。”白术事不关己。

“我？”

“我一个队长，亲自帮你拉人？”白术睨了他一眼，半是嘲弄半是惊奇地说，“你可真想得出来。”

段子航惭愧地低下头。

悻悻地摸了摸鼻子，段子航倒在椅背上，生无可恋片刻后，他拿起手机给朋友发起了消息，想缓解一下此刻抑郁的心情。

这边，白术瞧了会儿窗外的雪景，蓦地开口：“你给我置办一台电脑和一块数位屏，价格的话——”

“嗯？”

段子航不知在聊什么，听到白术忽然出声心虚得紧，手一抖，手指误点了对方发来的语音。

手机里登时传来个幸灾乐祸的声音：“什么，白队科目二竟然没有过？哈哈哈哈……”

笑声长达五秒，完美地表达了对方此刻的心情。

车内陷入沉默，就连司机都察觉到车内的杀气，正襟危坐，目不转睛地直视前方，一门心思都在开车这事上。

段子航头皮发麻，预感死期将至。

良久，白术目光剜着段子航，一字一顿道：“要最贵的。”

“好的。”

段子航乖得像个做错事的小媳妇。

白术每次来封城都是住段子航家里，这一次也不例外。

段子航是个孤儿，在封城寸土寸金的地段买了一座独栋别墅，平时就他和一个叫阿绫的女生住。

阿绫负责照顾段子航日常起居，自称是段子航的用人，但他们俩并非雇佣关系。阿绫是段子航捡来的另一个孤儿，自幼跟着段子航长大。与其说她是段子航的用人，倒不如说是亲人。

“少爷，白小姐。”阿绫早早在客厅等待。

段子航脱下外套交给阿绫，问：“做饭了吗？”

“做了。”阿绫点点头，一本正经地说，“都是白小姐爱吃的。”

“都？”段子航眉毛微动。

阿绫补充道：“还有少爷爱吃的红烧鱼。”

段子航颇感欣慰：“好阿绫，还记得我。”

“红烧鱼我也爱吃。”白术余怒未消，凉飕飕地在一旁捅刀子，“‘都’也没用错。”

连这都要争，你哪里还有一点队长的样子。

段子航暗自腹诽着，但这会儿不敢触她霉头，强行咽下这口气。他沉默地去洗了手，回来后逮着一盘红烧鱼解决了这顿饭。

放下碗筷，段子航说：“我下午约了个病人，得去一趟诊所。白队，你有什么要买的跟阿绫说就行，她会帮你买好的。”

“嗯。”白术有点犯困，“我待会儿给她列一个清单。”

“行。”

段子航交代两句，然后就匆匆离开了。

白术写了一张购物清单给阿绫，然后就打着哈欠上了楼，轻车熟路来到为她准备的房间。

因为白术对段子航有恩，阿绫一直对白术很尊敬，每次都会将白术住的房间收拾妥当，一切物品都会准备好，就跟酒店似的。

别墅有地暖，白术去浴室洗了个澡，在衣柜里找了一件白色长 T 恤穿上，然后就钻进香软舒适的被窝里睡了一觉。

待她醒来，天已经黑了。

迷迷瞪瞪地掀开被子，白术打着哈欠赤脚踩地，来到落地窗前，将遮挡视线的窗帘一拉，庭院里柔和的光线照进来，落到她眼里。

外面下了一天的雪。

窗口对着院落，外面是一树的雪花，沉甸甸的积雪压弯了枝丫。风吹动，一根枝丫拂动，雪花簌簌飘落。

入眼尽是白茫茫一片，银装素裹，所有景致都覆上了白色。

本是赏雪的好机会，偏生白术又是那极没情趣一人，淡淡地扫了一眼后，就兴致寡淡地收回视线，然后转身去洗漱。

白术下楼时，段子航正在客厅打电话，似乎在聊程行知的事，邀请程行知的事情进展并不顺利。

等段子航讲完电话，白术走过来：“联系到程行知了？”

“嗯。他拒绝了。”段子航试探地开口，“要不我们还是换个人选——”

路过茶几，白术拿起一个苹果，咬了一口，在段子航斜侧坐下，说：“三顾茅庐啊。”

段子航犯难了："非他不可吗？"

"他是研究化学武器的，你们医疗部有这方面的人才吗？"

"我们要研究化学武器的有什么用？"段子航百思不得其解。

"半年前你们在塔尔国救援，就在化学武器上吃了亏。要不是程行知他们在附近，你们的伤亡名单远没有这么好看。"白术跷着腿，不疾不徐地说，"防患于未然，有总比没有好。"

说完，白术停顿一秒，眉梢一扬，恣意地补充道："什么领域的精英我都要。"

段子航无语道："你这是在集邮。"

白术理直气壮道："就是集邮。"

"行吧。"段子航摊手，妥协了，"你是队长，你说的都对。"

又到了晚饭时间，白术刚吃了个苹果，没什么胃口，但阿绫准备了一桌丰盛的饭菜，她不好说不吃，只能慢吞吞地上了桌。

这时，门铃响了。

阿绫去开了门。

不多时，阿绫一个人回来，径直走向段子航，禀告道："少爷，是顾家的二少爷，过来求您给他家老太太治病的。"

"哪个顾家？"因为这个姓氏，白术难免有点在意。

"一般我们提哪个家族，都是提名望最高的那个。"段子航回答，"你认识顾家的什么人？"

"你知道顾野吗？"

"听说过。"段子航沉思一会儿想起这么个人来，"好像是个不务正业的，放着家产不要，偏要跑去玩游戏。门外那个养子就懂事多了，老太太生病后跑东跑西的，生怕别人说他没孝心。"

白术手指抵着下颌，歪头："养子啊？"

"对。那个叫顾野的小少爷曾被拐卖过，十年前才被找回来。外面那个就是顾野被拐卖期间领养的。"

"养子叫什么？"

"顾永铭。"

"哦。"白术问，"你要救老太太吗？"

"不救，没空。"段子航在医学领域有一定权威，狂傲得很，眼皮都没动一下，"谁请我都去，我这个 BW 医疗部部长，还有没有点架子了？"

白术赞同："是哦。"

这次两人是一条心的。

段子航跟阿绫说："你让顾永铭走。"

“别啊。”白术倏地道。在段子航以为她要让自己改主意时，她拿起了筷子，轻描淡写地说，“让他等呗。不在大雪天里等上几个小时，怎么体现出他的孝心？人家既然要做戏，你就让他做足嘛。”

段子航听着白术的语调就毛骨悚然，心里琢磨出一二，然后跟阿绫摆摆手，让她别去回复顾永铭。

于是，站在外面等候回应的顾永铭，浑然不知自己撞上了自家弟弟的强大靠山，在寒风中瑟瑟发抖地足足等了一个小时后，他才意识到自己被耍了。

他打了个喷嚏，愤然离去。

第二天上午，正在别墅庭院里围观阿绫烤地瓜的白术，接到了白阳的电话。

“晚上六点，我在德修斋订了一个包间，我们谈一下合同的事，怎么样？”白阳跟白术聊了两句后就说起了正事。

白术沉吟道：“可以。”

二人就这么定下了。

“白小姐，地瓜烤熟了，你要来一个吗？”阿绫穿着女仆装，站在烤地瓜机面前，不卑不亢地询问。

“好。”

白术不假思索地说。

她都等一个小时了。

二楼的阳台上，段子航喝着茶看着报，听到庭院的动静，往下瞧了一眼。

白术站在烤地瓜机面前，捧着一个冒着腾腾热气的烤地瓜，低头小口小口吃着，时不时被烫得皱一下眉。

段子航叹息地摇头。

队长的威风毁于一旦啊。

晚上六点，白术抵达德修斋。服务员领着她进了个雨霖铃的包间。

“嗨。”

包间里有个青年朝白术招手。

白术抬目看去。

青年跟她年纪差不远，眉清目秀，有点婴儿肥，很大一双猫眼，笑起来时眼睛水汪汪的，像是一罐蜜糖。

“乱码妹妹？”青年起身迎上来，笑如春风。

“是我。”

青年自我介绍道：“我是白阳。”

白术瞧着他那双跟自己有几分像的眼睛，说：“看出来了。”

“过来，坐。”白阳给白术拉开一张椅子，主动把菜单递给白术，“你看有什么想吃的？”

“哦。”

白术不是第一次来这家店，轻车熟路地点了几个菜，然后交给白阳。白阳又添了几个后，就交代服务员出去了。

“合同带了吗？”白术废话不多，主动提起正事。

“带了。”白阳打开一个包，从里面拿出一份合同递给白术，“乱码妹妹，你的待遇跟顾野的差不多，合同内容都是他确定过的。”

“嗯。”

白术将合同翻开，认真仔细地浏览着，没有因“顾野确定过”就对合同内容放松警惕。

她是学法律的，对合同一向谨慎。

不过，哪怕她带着挑剔的态度看合同，也不可否认，这份合同真的没毛病。

找遍整个电竞圈，都找不到比这个更宽松的合同。

归纳总结就一点：白阳给钱，他们参赛。

没有训练要求。顾野会定期检查队员的实力，不达标会制订专门的训练计划，达标的话，随便做什么都行。

没有人身限制，不强制要求队员必须待在俱乐部，只需比赛不缺席，有事能联系上即可。

唯有一点限制——一旦被顾野确定能力欠缺，不适合在队里待下去，就必须卷铺盖走人。

这是一支彻头彻尾的只看实力的队伍。

“有问题吗？”全程盯着白术一举一动的白阳，在白术看完合同后，就迫不及待地问。

他很想签下白术。

不只因为顾野的推荐，还因为他跟白术组队玩过，确定白术是他亟须的队员。

“没有。”白术将合同放下，“签约费是你一个人出吗？”

“是的。”

“你很有钱？”

白阳揉了揉鼻子，“嘿嘿”一笑，颇为尴尬地说：“是我家有钱。”

睇了他一眼，白术将手伸过去，摊开手掌：“笔。”

“哦，好。”白阳反应过来，连忙拿出笔和另一份合同，“有比赛我会提前通知你们。你们只需比赛，其余的事我都会处理。”

“嗯。”

白术迅速签了名，把合同和笔都还给白阳。

白阳喜滋滋地接过，拿起笔想签名，但是见到白术签的本名后，怔了怔，他跟见鬼似的抬头：“你叫白术？”

白术挑眉：“有问题？”

问题大了！

白阳手指颤抖，看着白术的眼神有些畏惧，不自觉地咽了口唾沫。

与此同时，包间的门被敲了三下，然后门被推开。

白术和白阳抬目望去，见到了穿着大衣的顾野。

“都到了？”顾野闲散地跟他们打招呼，一扭头，瞥见白阳那张大惊失色的脸，怔了怔，他狐疑地看向白术，“你欺负他了？”

“没有。”白术摇头，打量着顾野，“你怎么来了？”

“队员聚餐，我怎么能不来？白阳跟我说的。”

白术轻拧眉：“我问你怎么在封城？”

“我……”

顾野张口欲解释，白阳忽然跟奓了毛似的喊了声“顾野”，从椅子上跳了起来。

白阳径直冲到顾野跟前：“我有话跟你说！”

他一下冲得太近，顾野的头往后一仰，抬手抵着他的肩膀，把他推开一点距离：“要说就说，凑那么近干吗？”

白阳心一急，说不出话，只能挤眉弄眼地看向白术，表示这事跟白术有关。

顾野明白了一点，问：“悄悄话？”

“嗯。”

白阳小幅度地点头。

“不说。”顾野眼睑轻抬，长腿向前，绕过白阳就往餐桌走，“大老爷们儿，谁跟你说悄悄话，别传出去坏我名声。”

顾野走到白术身边，将椅子拉开：“点菜了吗？”

白术颔首：“嗯。”

“那行。”

顾野在她身边坐下。

他们俩你一言我一语的，聊得正欢。白阳杵了一阵，咬咬牙下定决心，抬步走过来，说：“这合同我不签了。”

空气僵了一瞬。

顾野抬眼斜他：“哪根筋抽了？”

白阳整张脸都皱了起来，十分犯难：“真的不能签。”

“给个理由。”

“我这……”白阳看了看合同，又看了看白术，简直都要抓狂了，“我真的签不了啊！”

顾野手在桌面敲了敲："我说了，理由。"

白阳不说话，眼睛盯着白术，似乎在等白术说话。

顾野也扭头看向白术。

"别看我，"白术完全在状况之外，耸了下肩，很无辜地说，"我不知道。"

"你真不知道？"白阳审视地盯着白术，一举一动都透着他的抵触。

白术不是个好脾气，一再被针对，没再忍着。她冷冷抬眼，瞅着白阳："我挖你家祖坟了？"

白阳一哽，气到磨牙："你这人……"

"不签就走吧。"顾野慢悠悠出声打断，抬头看着杵一边气得脸色发青的白阳，"我合同也没签吧？你顺便一起撕了。"

白阳瞬间哑了。

顾野是他好不容易拉入伙的，他怎么可能让顾野走？

纠结半刻，白阳似是下定了决心，指了指白术，跟顾野说："我要跟她谈一谈。"

顾野眼皮抬起："你不说悄悄话是浑身不舒服吗？"

白阳紧紧绷着脸，抿唇，愤愤然盯着他。

"行。"顾野说着站起身，瞥了他一眼，嫌弃道，"不就是说悄悄话吗？不准说还哭上了。"

"我没哭！"白阳声音陡然拔高。

"眼睛都红了。"

"气的。"

"气的就气的。"顾野就当给他个台阶下，拍拍他的肩膀，然后扭头跟白术说，"他比较脆弱，你让着他一点。"

"看出来了。"白术说，"我会的。"

看着他俩一唱一和地损自己，白阳在一旁憋得泪眼汪汪，真的要掉眼泪了。

顾野一口饭没吃着，反而还要给他们腾位置，颇为无语地走出包间。

包间的门关上。

白术指了指椅子，说："你坐。"

"我不坐！"白阳立即道。

"不坐就不坐，这么大声做什么。"白术喝了口茶，讽刺起来不遗余力，"我还能求着你坐吗？"

白阳一噎。

不知该说白术和顾野物以类聚，还是该说白术在顾野身边近墨者黑，这俩说话一个比一个狠，三两句就能把人气得肝疼。

白术等了几秒，见白阳还不出声，颇有些不耐烦："还说不说了？"

舔了舔嘴角，白阳整理了下乱糟糟的思绪，然后重新坐回椅子上。他狐疑地打量着白术，问：“你是纪依凡的姐姐吧？”

白术微顿，心思转了一圈，料到白阳态度忽然转变大抵跟纪依凡有关。她没有否认：“算吧。”

“那就是你了。”白阳紧皱眉头，观察着白术的神情，“她来白家后，提起过你。”

白术愕然：“提我？”

“嗯。”

“怎么说的？”白术有些好奇。

按理说，纪依凡冒充她的身份，应该会避谈她才对，如今主动跟白家提她，肯定是编造了对她不利的故事。

白阳犹豫了下：“不好说。”

白术嗤笑：“你们在背后诋毁我，没脸当着我的面说？”

“才没有。”白阳反驳了一句，抿唇想了想，然后端详了白术半刻，“我可以跟你说，但是你得答应我，不能生气。”

“你爱说不说。”白术才不想做这个承诺，“谈不下去就走吧。”

白阳闻声怔住，皱眉纠结良久，他手指无意识地抠桌，声音软下来：“你可以生气，不过，不能动手，可以吧？”

白术现在就想动手了。

不过，她对纪依凡编造的故事比较感兴趣，遂违心地点头：“可以。”

“那行。”白阳跟下定决心似的，舒了一口气，继而道，“她说你这人疯疯癫癫的——”话说到一半，他就感觉到一股杀气，他身体立即往后一倾，警惕道，“说好的，不准动手啊！”

“不动手，”白术眯了眯眼，拿起一杯茶喝了口，缓了缓愤怒的心情，“你继续。”

不知为何，白阳挺怕白术的。舔了舔嘴角，他做足了心理准备，才继续开口：“她说，你是私生女，嫉妒她的优秀，时常针对她。白青梧去世的时候，你知道纪远对白青梧一片痴心，为了讨纪远的欢心，你主动改了‘白’这个姓氏。”

“还有吗？”白术的声音很冷静。

白阳咽了口唾沫，心一横，干脆道：“她还说，你疯起来会癫狂，没准还会说出‘你才是白青梧女儿’之类的话。”

说完，白阳神色紧张地盯着白术，摆放在腿上的双手紧紧握成拳头，心里筹划着一旦白术疯病发作，就第一时间往门口跑。

希望顾野能来得及救他一命。

听完白阳的话后，白术并没有及时表态，而是慢悠悠地喝完手中那杯茶，脸上露出一点笑意："纪依凡这么说的？"

"啊。"

白阳点头。他看着白术脸上的微笑，只觉得一盆凉水从头浇下来，他背脊发寒，浑身冰凉。

"我看起来像疯子吗？"白术侧首看他，缓声问。

"我现在看不出来。"白阳小心翼翼地回答，"你不生气吗？"

"生气。"

生气了还这么淡定，没准不是一般的疯子。白阳心里毛毛的，但为小命着想，嘴上却说："你脾气真好。"

白术礼貌地回："谢谢。"

看着白术不动声色的神情，白阳更觉得毛骨悚然了。他慢慢往后挪，直至背后靠着椅背，他感觉踏实了点才说："我觉得纪依凡说得有些片面了。不过，我们家长辈都挺相信纪依凡的话，肯定不准我们跟你往来的。如果被他们知道我签了你，我的战队估计直接没了。你能理解吗？"

"能。"白术颔首，停顿须臾，她问，"你不觉得我的眼睛跟你很像吗？"

"是有点……"白阳盯着白术的眼睛观察半晌，点点头，旋即联想到什么，脸上血色全无，口干舌燥地劝说，"其实你不必做成这样……哪怕你整成跟我姑姑一模一样，也不会是我姑姑的女儿。你就是你，要为自己而活。"

行吧，你们白家的智商，已经无可救药了。

跟傻瓜说话就是费劲。

白术又给自己倒了杯茶，一饮而尽，消消火。

"我的话你能听进去吗？"白阳试探地问。

白术面无表情道："不能。"

好吧。

白阳一秒放弃劝说，顿了顿，嗫嚅道："不能签约的理由，我已经跟你说清楚了。我希望你能跟顾野说一说，我这也是有苦衷的……"

白术笑了笑："你是在跟疯子讲道理吗？"

白阳赶紧道："我没说你是疯子……"

"你走吧，我跟顾野还得吃饭。"白术不想跟他说下去了，可最后还是提了一句，"签约的事，我建议你先查一下我，再做决定。"

"好的。"

白阳点点头。虽然他确实没开窍，但他整个过程都在观察白术，她表现得很冷静，并没有发疯迹象，不像纪依凡说的那般，心里难免起了疑。

考虑几秒，他问："我能吃完饭再走吗？"

"你说呢？"白术笑容阴冷。

“有缘再见。”

白阳哆嗦了下，赶紧拿起合同收进包里，然后匆匆出门。

门外，顾野抽了根烟回来，撞见白阳，挑眉问：“什么情况？”

“我过两天去一趟长宁市，等调研回来再给你答案。”白阳惊魂未定，吸了口冷气后，匆忙道，“你们吃吧，我先走了。”

白阳离开了。

明明在故事里却没拿到知情权的顾野看着白阳跟逃难一般离开的背影，只觉得莫名其妙，不由得嘟囔道：“有病。”

他推门进了包间。

白术跟白阳状态截然相反，悠然自得地跷着腿，嘴里叼着一根棒棒糖，低头玩着手机。在听到开门动静后，她回头看了一眼。

“能说说吗？”顾野走过来。

“不说。”白术将手机一收，嘴角翘起，把先前被打断的话题重新提起来，“你怎么来封城了？”

顾野在白术旁边坐下，瞧见她眼里的笑意，勾了下唇，模仿着她方才的口吻：“不说。”

“待多久？”

“谁知道？”

“嘁。”

不说就不说，白术干脆不问了。

虽然没有跟白阳签成合同，但白术和顾野一起吃了顿饭，还得知纪依凡在白家编排她的事情，倒也不虚此行。

白术吃得很香。

“才几天没喂你，怎么就馋成这样子？”顾野将白术乖巧的吃相看在眼里，给她递了一块手帕。

白术注意到顾野的动作，不明所以，停下吃饭的动作，抬眼看他。

她嘴里还有米饭，没法说话。

“唉。”

顾野叹气，干脆捏着手帕向前，擦拭着她嘴角的酱汁。

他的手指贴着白术的脸颊，递来一点温热，指腹的力道隔着手帕擦在嘴角，不轻不重。白术眼眸闪了一下，僵着没动，直至他将手帕收回，才一瞬清醒，将口中的食物咽下。

喝了口茶，白术瞧着顾野，问：“你不吃了吗？”

顾野点头："饱了。"

他统共就没吃几口。

视线扫过他的碗筷，白术轻拧眉心，故意道："因为跟我吃饭，没胃口？"

"说什么呢，"顾野盯了她一眼，"跟你没关系。"

白术眯眼："那是在家里受气了？"

"没有。"顾野仔细想了一下，才道，"可能没怎么休息好，胃口不太好。"

白术追问："真没有？"

顾野乐了："你为什么会觉得我在家受气了？"

手指搅着竹筷，两根筷子晃了晃，白术斟酌了下才试探地说："听说你有个比你得宠的哥哥。"

"你消息还挺灵通。江南枝跟你说的？"顾野唇弯了一下，并没有等白术回应，直接否定，"我没回家，你不用担心这个。"

"哦。"

白术紧拧的眉目松了松。

"快吃吧，"顾野把菜往她面前推，"不然菜都凉了。"

白术"嗯"了声，低头扒饭。

顾野找准她爱吃的两道菜，拿起一双公筷，往她碗里添菜，耐心得很，像在喂宠物。

白术本来就七八分饱了，但顾野一直往她碗里夹菜，转眼间碗就被菜填满了。她默不作声地看着碗里的菜，又看着专注给她挑菜的顾野，心一横，闭着眼往嘴里塞。

封城昼夜温差大，夜间气温直逼零下十度。白术从德修斋走出来，被冷风一吹，感觉整个人都被冻成了冰雕。

"我就是施展不开。"白术小脸皱起来。

听得她没头没脑的一句话，顾野不明所以："什么？"

"我要是穿得少一点，摆个姿势，可以直接送去冰雕节展览了。"白术正儿八经地说，"门票得一百块一张。"

顾野被她的冷笑话逗乐："你省省吧，脑子都被冻出坑了。"

白术侧头打量他一眼。晚风掀起他的大衣衣摆，卷起一道弧线。白术眯了眯眼，向前走两步，挡在他面前。

顾野纳闷："我可没衣服脱给你穿……"

他还没有说完，白术的手就伸向他的衣领。他没想到白术会真动手，怔了一下。等他抓住白术手腕时，白术已经扒开了他的衣领。

挪开她的手腕，顾野挑挑眉，垂眸看着几乎扑他怀里的人："大庭广众之下要流氓？”

“我才没心情。”检查完他的穿着，白术将手腕挣脱，把手揣到羽绒服兜里，“顾野，你这样不大科学。”

她的举动过于古怪，顾野一时没能明白她的意思，顺着她的话往下问：“怎么不科学？”

白术歪了一下头，满眼尽是探究：“你穿这么少，怎么不冷的？”

顾野愣住。

他就穿了三件衣服，贴身一件打底衣，中间一件薄毛衣，外面则是一件大衣。靠这一套度过南方的冬天还可以，但这里是入夜后零下十度的封城，他穿成这样跟在南方冬天穿夏装没什么两样。

白术裹着羽绒服都瑟瑟发抖，偏偏他就这防寒套装，还跟感觉不到冷似的。

好几秒没有说话，顾野神态恢复轻松自然，笑得如同以往：“身体好啊，还能怎么？”

白术抬起薄薄的眼皮：“放屁。”

“别说脏话。”顾野眉轻皱，修长的手指抬起，在她的眉心戳了一下，“你住哪儿，我送你回去。”

白术的视线缠上他：“你转移话题。”

顾野掏出车钥匙，抬步就往停车场走：“那我先走了。”

微怔，白术呼出口白色气体，然后耷拉着眉眼跟上顾野，妥协道：“我住朋友家。”

“什么朋友，靠谱吗？”顾野随口一问。

街边朦胧的路灯灯光笼在他身上，落下一点清冷的质感，给人一种疏冷的感觉。

白术看了两眼，快步向前，走在顾野身侧：“靠谱。”

“叫什么？”

“段子航。”

顾野步伐一顿，扭动脖子，眯眼看过来：“谁？”

“段子航，”白术重复了一句，一秒后补充道，“一个医生。”

“怎么认识的？”

“你知道？”

“听说过，一个神医。”

“确实有人这么称呼段子航。”白术点点头，给了顾野一个半真半假的解释，“我跟他是同事，都是 BW 救援队的。”

顾野垂眼看了她半刻，又笑：“你这么小去什么救援队。”

他按了一下车钥匙，听到停车场内一声响，慢条斯理地往那边走。

“我们救援队没有年龄限制的。”白术亦步亦趋地跟在他后面。

“那就不正规。”

“正规的，国家特批的。”

“行。正规。”

“你知道BW救援队的口号吗？”

“不知道。”

“维护世界和平，夺下诺贝尔奖。”

顾野一脸“长见识”的表情乜斜着她：“这两句话还能这么组合？”

白术问：“你要来吗？”

“不来。”

“诺贝尔和平奖。”

“没兴趣。”

“维护世界和——”

顾野停下脚步，打断她：“你搞传销呢？”

白术很看重他的技术，得此回应略有失望：“你好没意思。”

嗤笑一声，顾野将副驾的车门拉开，按着白术的脑袋就往车里塞：“和平小战士，先上车吧你。”

车载空调打开，温度渐渐攀升。

白术坐在副驾位置，侧头看着窗外。天上又飘起了雪花，一朵一朵，轻飘飘地在寒风里摇曳舞蹈，旋转着从她视野里飞过。

她靠近车窗，呵出一口气，气体在车玻璃上冻结成一层白霜，模糊了外面的景色。

真无聊。

顾野自从把白术塞上车后，手机铃声就响了，他接个电话走出很远，到现在人影都没见到一个。

伸出一根手指，白术在玻璃上画出一个圈。

风雪里，一抹颀长挺拔的身影走近，站定。下一刻，好看的手指微微弯着，从斜侧伸过来，在车窗玻璃叩了两下。

白术抬起眼帘，手指揿下车窗开关，车窗缓缓滑落下来。

“喏。”顾野弯下腰，把两杯奶茶递进来，“两种口味，都是你喜欢的。”

白术接过奶茶，有些诧异：“给我的？”

顾野笑了笑：“不然呢？”

抿了下唇，白术勾起开关，车窗缓缓向上升，隔开了他的注视，也将她微红的耳根藏匿于昏暗的光线里。

顾野什么都没察觉，见她升了车窗也没觉得不妥，很快就绕过车头，拉开驾驶座车门坐了上来。

扣好安全带，顾野说："地址。"

白术报了段子航家的位置。

半个小时后，顾野将车开到别墅前，停下。

"到了。"手指在方向盘上轻点着，顾野往外看了两眼，继而扭头问白术，"你几号去学校报到？"

白术没考虑过这个问题，想了下才回答："2号。"

"行。"顾野颔首，交代道，"我这两天有点忙，应该没空来找你。不过你要有什么事，随时可以打我电话。"

"好。"

虽然白术大概率没事找他，但并不妨碍她答应下来。

"白阳那个事，你不用放心上，我会处理——"

"不用。"白术解开安全带，侧首看着他，平静道，"他会求我的。"

顾野惊了一秒，不疑有他，笑了笑："那就等他来求你。"

"嗯。"白术将车门推开，一只脚要踏出去时，忽地想到什么，回头看他一眼，"再见。"

顾野对上她的眼睛，看到她眸里的亮光一怔，旋即勾唇："再见。"

白术走下车，关上门。

走到别墅大门时，她蓦地回过头，朝车的方向摆了摆手。

灯光昏暗，隔着车玻璃，她看不清车内的人。但是，在她将手收回的时候，车前玻璃的雨刷忽然摇晃两下，像是对她的动作做出回应。

白术将视线收回，手指勾着装奶茶的塑料袋，嘴角不自觉翘起来。

集训营安排了1月1日、1月2日这两天报到，1月3日正式开始集训。

封城的冬天冷得跟冰窖似的，白术不想过早去学校，于是在段子航家里赖到2号下午，才提着阿绫准备的行李箱去学校。

封城漫画学校，全国唯一一所为漫画人开设的学校，来这里进修的，包括但不限于漫画家、漫画编辑、漫画营销、印刷制作……这是整个行业梦寐以求的进修摇篮。

学校采取封闭式管理，出入都需要核实身份。白术在大门核实身份，然后就被一名在校老师带着走了一系列程序，最后到手一个手环和一本手册。

"手环相当于你们的校园卡，吃饭、住宿、出行等都需要刷手环。不过，你们校园卡里储存的是钱，我们手环里储存的是积分。原始积分是一百，这一点手册里有详细介绍，晚上开班会的时候，你们班主任也会着重说一下的。”老师介绍。

“嗯。”

“另外，”老师顿了顿，补充道，“从今年开始，咱们学校跟漫画 NO.1 达成合作，手环跟你们的漫画 NO.1 账号绑定，账号和手环信息是可以同步的。不过，因为刚开始运行，不够完善，有时候需要你们手动刷新。”

“好。”

“你的学号是 0327，宿舍在 211，你记住了。”

“哦。”

老师嫌弃地看了白术一眼，感觉她没劲透了。

不再说话，老师按照程序把白术领到宿舍楼下后，就跟她摆了摆手，让她自己上楼。

白术站着没动。

“怎么了？”老师狐疑，目光顿在她的行李箱上，略有不耐烦，“你就在二楼，一个行李箱能自己提上去吧？”

白术说：“我想换宿舍。”

“什么？！”老师的嗓音因过于惊讶而变得尖锐起来。

“我想用积分兑换甲班待遇的宿舍。”白术举起手册，“我被分配到丁班，是四人寝。我想换到甲班的二人寝。手册里讲得很清楚，低等级班级的学生若想享有高等级班级的待遇，只需支付积分即可。从丁班待遇换到甲班待遇，十个积分一天，我兑换一周。”

老师张了张口，一股寒风灌入嗓子眼，呛得他咳嗽两声。他缓过来，拍着胸口，瞪着眼睛问白术：“你疯了吧？”

“我没疯，”白术神色淡然地说，“我现在就要换。”

顿了顿，老师只当她哪根筋搭错了，苦口婆心道：“你知道积分有多难——”

“我知道。”白术不想听他的教育，及时打断，“我会算数，总共一百积分，我换甲班待遇花掉七十积分，还剩三十积分。能给我换宿舍吗？”

你一百以内的加减法都算得这么清楚了，学校还能不给你换吗？

老师彻底闭上了嘴。

此次集训营分甲、乙、丙、丁四个等级的班，按统一评估的学生实力划分的。白术、江南枝、即墨诏这一批都是刚冒头的新人，自然被划分到丁班。

每个班享受的生活待遇不一样。

想要改变生活待遇有两种方式：一个是参加每个周末的“晋级赛”，由低等级班级的学生向高等级班级的学生发出挑战，一旦胜利即可将其取代；一个是支付一定的积分，以低等级班级学生的身份享受到高等级班级学生的待遇。

选择第一种需要等到本周周末，白术不想等，直接用积分兑换了。

老师带着白术去宿管那里调换宿舍时，宿管下巴都掉了：“花积分兑换宿舍？你们集训营三四百号人，都对积分宝贝得紧，高等级班级的学生恨不得降低待遇换取积分，第一次见你这样反向操作的……你是打算集训营一周游吗？”

白术摸了摸耳朵，说：“你话好多啊。”

宿管眨眨眼，闭上了嘴。

对不起，吵到你耳朵了。

被白术怼了一句后，宿管觉得她凶凶的，便收了八卦的心思，打开电脑专心做事。

三分钟后，她拿出一台机器在白术手环上扫了一下，听得“哔”的一声，她说：“好了。你的新宿舍是 502，室友叫云沅。你刷手环即可进宿舍。”

“谢谢。”

白术点点头，提着行李箱上楼。

宿管和老师互看了一眼，望着白术的背影，预感这位娇小姐在集训营一周都待不下去。

找到 502 宿舍，白术用手环在门锁前扫了下，门锁“嘀”的一响，应声而开。

她提着行李箱进门。

丁班和丙班宿舍都是四人寝，但环境和规格都不一样。甲班和乙班也一样，二人寝，但环境有区别。

两室两厅的宿舍，七十平，精装修，拎包入住，家具一应俱全。

“你是谁？”

卧室的门打开，有个女生走出来，警惕地打量着白术。

她跟白术差不多大，头发扎得高高的，露出洁净的脸，神情倨傲，看人时下颌微扬，有种高高在上的姿态。

白术看了她一眼：“白术。”说完，走向另一间卧室。

云沅跟上来，冷冷地说：“这间宿舍只有我一个人住。”

“现在算上我了。”白术用手环开门。

她想往里走，云沅忽地抵住门框，挡住她的去路。云沅眉目间浮现出淡淡的不屑：“你不是甲班的。”

白术抬起眼睫：“丁班。”

云沅有过一瞬诧异，旋即想到一种可能，皱眉问：“花积分上来的？”

白术不语。

“你最好把宿舍换回去。”云沅眉眼难掩嫌恶。

“不换。”

“你想做什么？拓展人脉，还是——”

“你讨打吧？”白术耐心耗尽，冷飕飕地开口。

云沅怔住。

“不想挨打就滚。”白术把她的手推开，拎着行李箱往里走，抱怨的话一点都不藏着，“还以为换二人宿舍耳根能清净一点，没想到还不如不换。”

云沅怒道：“你知道你在跟谁说话？”

将行李箱一放，白术没想到她还杵着，烦躁地皱眉。抬步走过去，白术手扶着门，冷言冷语道：“我管你是谁。”

说完，就“砰”地关上门。

卧室环境还行，装修简约，衣柜、床、书桌、沙发都是配套的。书桌上放了瓜果零食，阳台摆了几盆绿植，以及一把藤椅。

白术的行李箱没什么东西，她把衣服拿出来挂在衣柜，又将电脑、数位屏放在书桌上，行李箱就算是清空了。

整理完，白术接到江南枝的电话。

“白妹妹，你到了吗？”

“到了。”

“办理好入住了吗？”江南枝问，“你在哪个宿舍啊，我去找你。”

“502。”

江南枝卡了一下，以为自己听错了，兀自纠正道：“202？”

“502。”白术说，“我换了宿舍。”

“用积分换的？”

“嗯。”

江南枝沉默了足有半分钟，然后爆发出一句：“白妹妹，你到底哪里想不开啊，是不是受刺激了，为什么要拿比钱还重要的积分做这种什么用也没有的事！”

白术将手机拿远了些，问：“你来吗？”

“来！”

江南枝果断应声。

五分钟后，门铃就响了。白术出门慢了一步，走到客厅时，碰上开门回来的云沅。

云沅神情不耐烦，冷眼剜她：“没见过世面一样。”

白术叼着一根棒棒糖，一只手放裤兜里，吊儿郎当地建议道：“少说两句吧，省得哪天嘴就被撕了。”

云沅哽住。

不是，你说得还少了？

你这臭脾气，怎么就不担心自己被撕呢？

“白妹妹！”在门口换好鞋的江南枝跑进来。

云沅皱了皱眉，冷着张脸回了卧室。

“白妹妹，你竟然跟云沅一个宿舍。”江南枝凑到白术身边，探头看了眼云沅卧室的方向，“不过她好傲啊，还高冷。对比之下，简以楠都顺眼多了。”

“嗯。”白术表示赞同。

白术带着江南枝进自己卧室。

江南枝参观了一圈，虽然打心底觉得白术的做法不明智，但对宿舍环境还是止不住地羡慕。她搂着一个抱枕在床上打滚：“我什么时候能住上这样的宿舍啊？”

“进甲班。”白术接过话。

江南枝笑容一秒消失：“你知道甲班是什么人吗？”

“嗯。”

“不，你根本不知道！不然你就不会说这种话了。”江南枝坐起身，盘起腿，将抱枕搁在腿上，神情严肃地跟白术介绍，“我们集训营，一共有352名学生，你知道吧？”

“知道。”

“我们的学号就代表我们的实力排名。我是0344，也就是说，排在我前面的人，还有三百多个。可是，甲班才三十个人！也就是说，我们要进甲班，就得成为那百分之九不到的人。才三个月，怎么可能啊？”

白术坐在沙发上喝水，闻声抬起眼帘，问：“为什么不可能？”

“为什么……”江南枝对上白术的视线，心口倏地一烫，狐疑地出声，“你为什么觉得可能？”

“集训打出的标语就是：创造一切可能，成就一切奇迹。”白术语调不轻不重，“他们要连这点事都办不到，举办这次集训有何用？”

江南枝一窒：“可我——”

“你参加集训不是冲着挑战不可能来的？”

“我没想那么多……”

“哦。”白术平心静气地说，“那你想想吧。”

江南枝乖乖点头：“好。”

想了半天后，江南枝弱弱地出声：“白妹妹，我暂时想不出个结果。”

“哦。”

“我能八卦一下你和云沅吗？”江南枝跳下床，跑到白术身边坐下。

“嗯？”

“你是她的粉丝吗，特地选择跟她一个宿舍的？”江南枝问。

白术感觉有点被侮辱到，非常认真地否认：“不是。”

“巧合啊？”

“嗯。”白术皱眉，“云沅很出名？”

“当然！”江南枝忙不迭道，“她是跟简以楠同一年出道的。简以楠通过轻一杯正式出道，她则是野路子出道，直接在网上发布漫画作品，结果一炮而红。听说，她从未学过漫画，但拿笔就能画。一个月前，她注册漫画 NO.1 的账号，系统评级为 S。她就是个老天赏饭吃的天才。”

“哦。”

白术内心毫无波澜。

江南枝看着白术平静的表情，问：“白妹妹，你知道漫画 NO.1 上评级为 S，代表什么吗？”

“知道，确实有点天分。”白术将杯子放下，站起身，“我饿了，去吃饭吗？”

被她这么一提，江南枝觉得自己也饿了，立即转移了话题：“好的。”

集训营一共 352 名学生，分为四个等级、八个班。

甲班一个，30 人；乙班一个，50 人；丙班两个，每个班 40 人，一共 80 人；丁班人数最多，有近两百人，分为四个班。

白术和江南枝在丁四班。

晚上七点有班会，白术和江南枝提前五分钟抵达，班里乱糟糟的，人声鼎沸。

来参加集训的漫画家都是出道的，都有自己的圈子，来这里遇到熟人再正常不过，于是打招呼的、攀交情的、打探情报的，都搅和成一团。

白术站在后门看了两秒，在教室里找到一个眼熟的身影，眼一眯，径直朝那人走了过去。

她站定，垂眼看着那人，说：“往里坐一坐。”

“凭——”即墨诏皱着眉想怼，结果一抬眼，视野里倏然出现白术那张脸，他怔住，惊讶之下说话都磕绊了，“你怎么在这里？”

“省第一，Echo。”白术简单介绍了下，然后下颌往里一点，“往里坐。”

即墨诏僵着身子，麻木地往里面挪，腾出两个位置。

白术和江南枝相继坐下。

“白妹妹，你们俩认识啊？”江南枝跟即墨诏摆了摆手，“你好，我叫江南枝，笔名是恨长山。”

即墨诏目光锁定在白术身上，心不在焉地回答江南枝：“SL。”

“你就是SL？”江南枝诧异，多打量了即墨诏两眼，“好巧啊，我们是同门呢。”

“是啊，同门。”即墨诏把话说得咬牙切齿，他看着白术的目光是带刀子的。

缓了足有一分钟，即墨诏才接受白术披着新人马甲参加集训的事实。他在心里骂了声，然后拧眉打探：“以你的资历，当老师都绰绰有余了吧？”

白术颔首：“确实被邀请当老师了。”

即墨诏不知道是她疯了，还是自己疯了：“那你还跑来冒充学生？”

“怎么能叫冒充？”白术悠悠然看他，一字一顿地强调，“我凭本事拿到的邀请函。”

“你图啥啊？”

“有意思。”

即墨诏怔住。

他冷静下来，代入白术的角度一想，竟然无法不认同：确实挺有意思的。

“你小心一点，”即墨诏接受眼前惊悚的事实后，不仅心态恢复了正常，还萌生了威胁的胆量，“我随时能把你的老底揭了。”

“你倒是敢说，”白术往后靠着，姿态放松得很，“你看谁敢信。”

即墨诏揉了揉腮帮，扫了眼教室乱糟糟的情况后，无言以对。

如果不是有铁证，谁能相信一个二十来岁的女生是大名鼎鼎的恐漫鼻祖White呢？

晚上七点整，铃声响起。

教室里渐渐安静下来。

等待须臾后，一个青年走进教室，直接上了讲台：“同学们好。先自我介绍一下，我叫苏长林，是丁四班的班主任。你们可以叫我苏老师。”

听到熟悉的声音，白术抬了抬眼，赫然见到苏老师站在前方。

两人的目光对上一瞬，苏老师朝她微微点头。

“这不是我们学校的老师吗？”江南枝也发现了，凑过来问。

白术“嗯”了声。

“他不上课了？”

“以集训优先。”白术淡淡道。

苏老师虽然年轻，但教育理念很先进，本身也有真才实学。眼下全球漫画比赛在即，各国漫画学校都组织学生特训，东国也不例外，集训的老师都是从全国各地紧急调过来的。

“哦。”江南枝似懂非懂。

苏老师没有活络气氛的神经，简单说了下开场白，就拿出了记事本。他抬眼看向教室后排：“白术。”

“到。”

“从现在开始，你就是丁四班班长。”苏老师推了下眼镜，说。

教室里的视线全都落到后排女生身上。

白术慢吞吞地站起身：“我拒绝。”

苏老师疑惑：“有什么问题？”

白术坦然道：“我下周进甲班。”

她将“进甲班”的事说得轻描淡写，仿佛势在必得。

班里学生皆是诧异，仔细打量着白术，猜测她是何身份，有人记起她是在青年漫画家交流会上跟世界宣战的女生，不由得交头接耳地议论起来，同时暗自评估她的实力。

“等你进甲班再卸任。”苏老师对白术目中无人的性格有所了解，习惯性地忽略她的话，“过来拿一下花名册和课程表。等我讲完事后，你把课程表、集训服还有书本都发一下，再把每个人的手机收上来。”

“哦。”

白术无法拒绝，耷拉着眉眼，上台领了花名册和课程表。

她转身回去，被苏老师拦了下：“介绍一下自己。”

停下脚步，白术站在讲台上，扫视一圈，说：“白术。省第一，Echo。”

高冷地说完，白术就酷酷地走下讲台，拎着一堆纸走向后排，一点都没表现出一个班长该有的体贴和热情。

丁四班的学生不自觉咽了口唾沫：这个班的班主任和班长都有点不靠谱啊。

“我主要讲四个事。”苏老师看了眼记事本，直接说事，“一、积分。每个学生的原始积分为一百，一旦清零就会被淘汰。扣分的途径很多，如是否缺勤、随堂测验、学习表现等，具体情况你们的集训手册里都有写，你们今晚好好看一看。”

“加分呢？”有个学生举起手。

苏老师看了一眼，继续说：“加分就一个途径——在漫画 NO.1 上跟学生 PK。PK 分两种方式，正式 PK 和私下 PK。正式 PK，是指每周周末，学生随机匹配 PK，每个学生安排五局。输了不扣分，赢了加十积分。私下 PK 是非周末时，学生自行约定的 PK。输了扣十积分，赢了加十积分。”

学生道：“也就是说，非周末的时候，我们的积分只能消耗。只有在周末的时候，集训营才增发一定学分。”

苏老师颔首：“可以这么说。”

“二、课程安排。”苏老师说，“你们的集训分为三个部分：体能、课程、实战。”

“苏老师！”教室里立马有人询问，“怎么还有体能啊？”

苏老师：“劳逸结合。你们每天都坐着创作、学习，对你们身体肯定有影响。

现在国外的漫画学校都有体能项目。”

“那体能有什么项目啊？”

“安排在什么时间？”

“不合格会扣分吗？”

……

苏老师叫停了他们，一一解答：“体能安排在早上六点到七点半，一个半小时。这个会有专门的教官负责。明天早上教官会为你们介绍的。”

“六点？疯了吧，学校竟然觉得我们能爬起来？”

“晚上十点半才结束课程，六点起床，中间七个半小时，刨去洗漱的时间，我们睡不到七个小时。这能保证正常休息吗？”

“我平时下午两点才起床，六点我刚躺下。”

……

学生被这个起床时间震撼到，顿时七嘴八舌地议论起来，教室里乱成了一锅粥，“嗡嗡”的。

“哔——”

教室里猛然响起一阵刺耳的哨声。

议论声戛然而止。

哨声是从后排传来的，众人抬眼看去，只见白术跷着腿坐姿闲散，嘴里叼着一个黑色的哨子。她身边一左一右两个人都崩溃地捂着耳朵。

“闭嘴。”白术将哨子取下来，慢条斯理地将系着哨子的黑绳缠在手上，她懒懒道，“办不到就退出集训营，没人拦着。”

坐在白术前面的学生不爽了，拍了下桌站起来，指着白术怒喝：“你什么态度？”

白术目光一凝，抬腿往前一踹，踹得前座的椅子砸在他的膝盖窝，他的腿猛地一软，直接往前扑去，高高在上的姿态一秒崩塌。

“我就这态度，爱听听，不听滚。”白术语气倏然冷下来，眼神如锐利的刀片扫向全场，“不清楚别人几斤几两就罢了，还不清楚自己几斤几两。搞不清楚你们为什么来集训营的话，趁早回家洗洗睡，省得浪费大家时间。”

她这一番话说得极不客气，班里的学生怒火都烧到头发丝儿了。

正当学生们想群起而攻之时，苏老师及时开了口：“白术，你闭嘴。”

“哦。”白术应了一声，将侧漏的霸气收了收，对上苏老师审视的眼神，从容不迫地说，“我以为班长都这架势。”

苏老师被她噎住。

全班学生被苏老师打断后，错失了最佳攻击白术的时间，心里憋得慌，只能愤愤地朝白术递眼刀，同时憋屈地吃下这个哑巴亏。

被一个出道不到一个月的新人劈头盖脸一顿骂？

想想就觉得窝囊。

“白班长的话不好听，但话糙理不糙。集训营的制度不会因为你们改变，起不来可以，缺勤扣分。真若受不了就提前走，集训营绝不拦你们。”苏老师推了推眼镜，看似斯文的青年，此刻透着几分不怒自威的气场。

班里没人说话。

静默片刻后，苏老师重新拿起记事本：“我们继续说事。除体能外，还有理论和实战。理论是指漫画的理论知识，实战是指漫画 NO.1 上的训练和 PK。每天上午是理论课，下午会组织你们在漫画 NO.1 上训练，会有老师针对你们每个人的问题做指导。晚上比较自由，你们可以在漫画 NO.1 上自行 PK。学生之间 PK 要押积分，跟集训营外的人 PK 不需要。”

“第三个事，升班。”苏老师将记事本放下，拿起一个保温杯，拧开杯盖后喝了口水，润了润喉咙，然后重点看了眼白术，“想要升班的都听好了。每个周末，就是你们升班的机会。挑战赛——由低等级班级的学生向高等级班级的学生发起挑战，高等级班级的学生一旦收到挑战，就必须答应。”

“苏老师，有什么要求吗？”

“一个要求——学生发起挑战，需要押五十个积分。挑战失败，五十个积分归对手所有。挑战成功，跟对手调换班级。”苏老师介绍道，“挑战赛分两种形式：团队赛和个人赛。团队赛为二人小组，你们之中若是有强者闲得无聊，可以带一带弱的，反正你们自己考虑。但团队必须一开始就确定，在换班或淘汰前不能更改。白班长，二人团队的名单，你明天整理好后给我。”

“好。”

白术恪守班长的职责，没一句怨言。

“最后一个事，关系到你们能否报名 DY 漫画大赛。”苏老师神情严峻起来，语调微微加重，“一周前，大赛公开了参赛选手在漫画 NO.1 等级的要求。所有报名者，都必须在漫画 NO.1 上的评级为 B 级。”

“门槛这么高？”

“我们不用漫画 NO.1，是不是吃亏了？”

“对东国漫画家太不友好了吧！”

……

“安静！”苏老师拍了拍讲桌，眉宇紧拧，语气里裹挟着怒气，“在国外，每个拿到从业资格证的漫画人，都需要在漫画 NO.1 上评级为 B 级。对于他们而言，B 级是从事这个行业的基础要求。你们以为韩子硕说东国漫画落后世界五年是闹着玩的吗？”

东国刚普及漫画 NO.1，漫画家们这一两个月才创建账号，对国外的事情所知甚少。

B 级是行业基础要求。

东国漫画落后世界五年。

他们被虚假繁荣的消息整蒙了，这说法还是第一次听到，此刻不震撼是不可能的。

少顷，教室里寂静无声。

苏老师吸了口气，继续往下说：“你们这批人，C 级和 D 级的肯定一大堆，连入门的资格都没有！可你们生在东国，东国对漫画人的宽松环境让你们没有扎实的基本功也能出道。现在你们要去的是国际，舞台是世界，你们的竞争对手都是凭借十年如一日的努力从万千强者里拼杀出来的。集训营现在对你们的严苛训练只是他们的日常，当你们为集训规则抱怨时，他们只会比你们更拼命。你们还不咬紧牙关缩短跟他们之间的差距，是想让他们彻底把东国漫画踩在脚下吗？”

“可你钦点的白班长在交流会直播时可不是这么说的哦。”有人嘲弄了一句。

这一句话，又让不少目光集中在白术身上。

白术眉头一挑，反唇相讥：“所以我应该顺着他的话说，当面承认包括你们在内的东国漫画家都是垃圾？”

那人被噎住，嘴唇翕动了下，最终噤声。

其余人见识到白术嘴皮子的厉害，都自觉地闭上了嘴，不敢贸然发言。

苏老师无奈地看了白术一眼，示意她少说几句话。

“接下来走一趟程序，”苏老师把记事本收起来，“每个人上讲台做自我介绍，另外，现场将你们漫画 NO.1 的账号跟智能手环绑定，公开你们的综合等级。”

“不能不公开吗？”

“这是凌迟。”

“玩这么大！”

苏老师不给他们喧闹的机会，一字一顿地把那些声音压下去道：“这是规定。”

第七章

向集训营宣战

自我介绍从第一排第一个开始。

现场绑定账号后，学生的账号等级会通过投影仪投放到黑板旁的幕布上，确保教室里每一双眼睛都看得一清二楚。

对于评级低的而言，真可谓是凌迟了。

班里的人虽然都是实力靠后的，但不缺一些小有名气的漫画家。原本这些漫画家自我介绍都该信心十足，但在公开等级时，脸色一个比一个苦。

能达到B级的漫画家，屈指可数。

漫画NO.1对漫画家的评级有两种方式——

一种是注册的时候进行测验，一步步跟着程序走，等测验结束后漫画NO.1会给出一个综合评价，并且对故事、分镜、画面和速度四项技能做一个初步判断。所以，有些优秀漫画家刚注册就是B级、A级的，四项技能评级也高，起点就远高于初学者。

一种是注册一段时间后，进行一定的训练积累和线上PK，账号的主人可以向系统申请重新评级，系统会根据账号的过往记录重新给一个评断。一般这种时候，等级都会高于先前的，除非这人申请更新过于频繁抑或是真的原地踏步没长进。

讲台上，自我介绍费的时间有点长，学生换了一个又一个，越来越无趣。

即墨诏打了个哈欠，眼尾沾染着生理泪水，他无所事事地问白术："你的等级肯定很高吧？"

白术："不高。"

即墨诏不信，"嘁"了一声。

白术、即墨诏、江南枝坐在倒数第二排，后面没有学生，是班里最后三个人。白术是班长，排在最后上讲台，即墨诏和江南枝先上。

即墨诏，绑定账号SL，综合等级：B，故事：S、分镜：D、画面：B、速度：D。

江南枝，绑定账号恨长山，综合等级：B，故事：B、分镜：A、画面：A、速度：D。

他们俩的等级虽然一致，但技能方面的差距却大相径庭，偏科非常明显。

"你们俩……"苏老师作为一个白大吹，看着即墨诏和江南枝这两个白大教出来的学生，神情一言难尽，"克服弱点，前途无量。"

江南枝很礼貌："谢谢苏老师。"

即墨诏桀骜道："谁克服弱点不是所向披靡呢？"

"白大什么你都可以学。"苏老师看了即墨诏一眼，正色道，"学他说话就算了，容易被打。”

即墨诏嘴角微抽，朝台下的白大本人看了一眼，心想自己还差得远呢。他挑挑眉，懒懒应了一声，然后走下讲台。

江南枝跟在后面。

“白术。”苏老师喊。

“哦。”

白术将花名册放到桌面，起身时，视线在某个一直未出现的名字停顿两秒，然后将视线一收，慢悠悠上了讲台。

即墨诏跟她擦肩而过，回到座位时，无意间扫了眼花名册。

咦？

即墨诏怔住。

讲台上，没有任何代表作和成绩的白术，又用了她先前那一句话的自我介绍，然后就低头摆弄电脑鼠标，绑定她的漫画 NO.1 账号。

“白班长，你可是苏老师钦点的班长，又跟世界宣过战，等级不说 S 了，一个 A 得拿下吧？”第一排有个学生欠欠地开口，略带挑衅地盯着白术。

白术动作微顿，眼睑轻抬，对上他的目光。

苏老师站在一旁没说话。

以他的判断，白术的评级，最起码是 B，哪怕是 A 都不意外。

所以那个学生的话语，她根本就没必要理会。

“让你失望了。”输完最后一个 ID 数字，白术站直身子，好整以暇地说，“我的进步空间大着呢。”

她身后的屏幕一闪，属于她的等级跳出来。

“账号 Echo，综合等级：D，故事：D、分镜：D、画面：D、速度：D。”

全是不堪入目的 D。

要是放在别人身上，早被这最低等级的 D 羞辱得不敢抬头了，可白术却淡定从容地看着自己的评级，不仅不惭愧，反而自信满满。那姿态，比拿了“A”还骄傲。

“全 D，不容易啊！各项技能均衡发展，有前途！”

“噗，初学者都难达成全 D 成就吧？”

“说什么一周后去甲班，我还以为你是 S 级呢。”

……

教室里一片嘲笑声。

虽说他们之中 C 级、D 级的占一半以上，可在白术的“全 D”评级前，完全有底气生出优越感。加上联想到她先前傲慢、张狂的态度，他们可不得使劲往死里损她吗？

“哪里搞错了？”苏老师目瞪口呆，竭力保持镇定。

白术淡定地说：“没搞错。”

苏老师坚信自己的判断，摇头：“你不可能……”

“报告！”

门口忽地响起的声音打断了苏老师的话。

众人抬眼看去。

一个青年站在门口，穿着休闲装，手揣兜里，站姿懒洋洋的。他的狐狸眼抬起，似笑非笑，清俊又矜贵。

班里有人眼尖，认出青年了，惊得倒吸一口冷气。他们交头接耳，说着顾野在电竞圈的传说，不多时，满教室都是“大魔王”“野神”的惊呼声。

“丁四班？”顾野问。

“是。”苏老师点头，疑惑，“你是？”

“学生。”顾野走进教室，“抱歉，迟到了。”

“你做什么去了？”

“甲班班主任摔了一跤，我帮他代课，走了一下流程，”顾野云淡风轻地对他迟到的理由做了陈述，肩膀轻轻耸了一下，“刚结束。”

他的话一说完，教室里渐渐安静下来，气氛顿时变得诡异。一道道满怀质疑的视线，都精准地落到他身上。

包括苏老师。

你一个丁班的学生，去给甲班班主任代课……甲班学生知道吗？学校校长知道吗？

你张口就来的本事，跟讲台上的白班长正好配对，你知道吗？

“不信啊？”顾野瞧出意思了，玩味一笑，“行吧。是不是到自我介绍环节了？”

顾野撇开这个话题，侧首看向白术，然后一抬眼，落到那一大块幕布上。在看到“全D”的评级后，他目光一顿，意味深长地看向白术。

白术泰然自若。

“正好到最后一个，”苏老师没有追究他迟到的问题，“你先做介绍吧。”

“行。”

顾野走上讲台。

他来到白术身边时，垂眸打量她两秒，然后倾身在她耳边问了句：“你用脚做的测试？”

问完，他没等白术回应，就去拿鼠标了。

他的气息落到耳郭，白术觉得耳根一热，下意识想用手摸，不过忍住了。

她看着输入账号编号的顾野，往旁挪开一点点。

顾野的手指落到数字键盘帽上，骨节修长，手形清瘦，跟他长得一样养眼。

敲完最后一个数字，顾野点了下确定，投影倏地变化，“全D”的评级被取代。然而，新的结果又让教室里接连响起倒吸冷气的声音，就连不甚关心的苏老师都愣在原地。

“账号 Gu，综合等级：SS，故事：SS、分镜：SS、画面：SS、速度：SS。”

“啪嗒”。

“哐当”。

物品落地、椅子撞击的声音在寂静的教室里接连响起。

SS！

众所周知，漫画 NO.1 最高等级为 S。唯有一个 NO.1 是例外，以“全 SSS”的逆天评级占据全球积分排行榜榜首。

评级不代表积分。

积分排行榜都是靠漫画家训练和 PK 一点点把积分积攒起来的。

可是，在积分排行榜里，前一百都只有 NO.1 这一个“全 SSS”的特例，其余都是清一色的“全 S”，这就证明了顾野这个“全 SS”有多稀有！

全球第二！

哪怕顾野现在什么名次都没有，但假以时日，顾野是最有可能竞争全球积分排行榜前三位置的潜力股！

“我叫顾野，笔名 Gu。”顾野扫视着班里所有瞠目结舌的人，淡漠的神情添了几许冷傲，他一字一顿地放话，“你们的噩梦。”

全场静默，教室落针可闻。

每一双眼睛都怔怔地看着他，他们被“SS”震慑住，面对如此挑衅竟是集体当鸵鸟，没一个否决他的话。

氛围仿若凝固。

就在这时，讲台上传来清脆响亮的掌声。只见白术“呱唧呱唧”地鼓了会儿掌，然后拿出班长应有的友善热情姿态：“让我们欢迎噩梦先生。”

丁四班的学生全被她气疯了。

你搁这看戏呢？！

不对，就你这“全 D”的水平，也只能看戏了。

顾野和白术走下讲台。白术回到先前的座位，顾野就挑了个她后面的位置。

江南枝和即墨诏不约而同地扭过头，视线锁定在顾野身上。

江南枝：“你开外挂了吧？”

即墨诏："你才是白大吧？"

顾野无语地瞅了江南枝一眼，然后侧过头，疑惑地看着即墨诏："什么？"

即墨诏张口，结果在出声的一瞬，感知到身侧飞来警告的视线，他心一紧，说了声"没什么"，然后老实地把脑袋转了回去。

师父在旁，不敢造次。

哪怕她是个"全D"的渣渣。

顾野略有疑惑，目光定在白术的后脑勺上，片刻后收回，无所事事地等下课。

苏老师缓了好半天，才合上下巴。他走上讲台，惊魂未定地看了看顾野，然后才开口："没想到我们班能出一个'全SS'评级的学生。顾野，你待会儿跟我去一趟校长办公室。白班长，你把该发的东西都发一下。另外，别忘了收手机。"

"好。"白术应声。

这一晚，丁四班有两个学生在集训营引发争议。

一个是被漫画NO.1评定为"全D"的白术。

如果白术是一个普通新人，那没什么好说的，可她是敢在青年漫画家交流会上跟全世界宣战的人。整个集训营都期待她大有作为，结果她的评级令人大跌眼镜。

一个是在电竞圈被誉为"大魔王"的顾野。

顾野刚来就遇上摔跤的甲班班主任，在班主任焦急之际，他临危受命前往甲班，顺畅地走完所有流程，直至他说要赶去丁四班时，甲班学生才知道他是一个学生。然后他又在丁四班以"全SS"评级震撼全场，自是备受关注。

晚上十点，白术坐在客厅沙发上，翻看着刚拿回来的教材。

"给我倒一杯水。"

云沅的卧室门应声而开，她站在门口，极其冷傲地看了眼白术，态度颐指气使。

白术充耳不闻，眼皮都没掀一下。

等了半刻，见白术没有动身的意思，云沅不爽地提醒："我让你给我倒杯水，你听到了吗？"

翻开一页书，白术不疾不徐地说："连三岁小孩都知道找人帮忙前要说'请'，你要不是孤儿就懂一点基本法。"

云沅皱眉："你也配？"

白术抬眼："合着我低你一等？"

"不是吗？"云沅扬起下颌，理所当然道，"你们拼死拼活才能取得的成绩，我不费吹灰之力。你们这种人，穷极一生都达不到我的成就，就是天生的炮灰。”

“你好像很为自己的天分沾沾自喜。”

“呵。”云沉傲慢一笑，“你当然不懂。”

白术翻页的动作一顿，挑了下眉。她微微侧过身，看着云沉走向饮水机，她从兜里摸出一枚硬币，在手里抛玩着。

云沉接了一杯水，仰头要喝。

蓦地，白术手腕一抬，硬币飞出去，击中云沉的水杯。杯子应声炸裂，水洒了云沉一身。云沉惊得后退一步，愕然看向白术。

“我不懂你们天才的骄傲，但我懂得罪人会遭报复。”白术拿着教材站起身，眼眸微眯，神情漠然地瞧了云沉一眼，“少惹我，对你我都好。”

“你——”

云沉欲要上前跟白术算账，可拖鞋踩在碎玻璃上，她一颤，想到白术那一招心有畏惧，于是生生被定在原地。

第二天清晨六点，起床铃声准时响起。

三分钟后，白术穿好集训服走出卧室，听到对面卧室“啊啊啊”的崩溃喊声，没有任何停顿地跑出宿舍。

集训的服装是统一定制的，黑白相间的运动服，混在一起谁都认不清谁，只能凭借地面标志找到自己班所在区域。

八个班级，八个区域，七个教官。

第一次集合，学生跟无头苍蝇一样找阵营，加上站队花了不少时间，等到他们调整好队形，已经是半个小时后了。

丁四班的教官不在，白术作为班长，拎着一枚哨子调整队伍，速度竟是最快的。

“白班长，我们教官呢？”

“怎么就我们班的教官不在？”

“这些教官似乎都是明星，我们班的教官也是吗？”

队伍里陆续响起询问声。

白术站在队伍前面，慢悠悠地扫视一圈，理直气壮地反问：“他又没向我汇报，我怎么知道？”

行，反正你评级最低，底气最足。

白术虽然年纪小，但嘴巴毒，昨晚全班都见识过她的能耐。有她坐镇，队伍安静得很，没一个敢吱声的。

不过，在逐渐确定其他班的教官都是明星后，他们也按捺不住了，个别人开始交头接耳。

白术没管。

终于，一辆豪华跑车驶入他们视野，在不远处停下。随后，一个穿着跟他们一样制服的青年下了车，抬目张望一圈后，径直朝丁四班的列队走来。

天幕漆黑，操场被昏黄的路灯照亮，光线朦胧。可是，青年一下车就被认出来，不止丁四班的队伍，其他班级队伍都骚动起来。

“大家好，我是时正，你们的教官。”青年大步流星地走到队伍前，简单地跟丁四班的学生打招呼。

白术斜睨着他。

皮肤白，五官俊，小白脸的长相。不过，他身形挺拔端正，一身贵气，撇开皮囊也能在人群里脱颖而出。

白术不追星，不清楚时正是谁，但就现场反应来看，他名气应该不小。

“你是班长？”时正正眼看向神情冷淡的白术。

“是。”

“叫什么名字？”

“白术。”

“白班长，”时正点点头，朝白术伸出手，“把花名册给我。”

白术捏着花名册，漠然道：“先道歉。”

时正一怔。

“行。”时正见她一板一眼的模样，按捺着性子不跟她计较，扭头敷衍地朝丁四班的队伍道，“同学们，对不起，我为我的迟到道歉。”

丁四班的学生积极喊着“没关系”。

时正见状，心想白术该满意了，结果一低头，就见白术皱起眉，冷冷地说：“跟我道歉。”

愣怔一秒，时正以为自己听错了，揉揉耳朵后跟她确定：“跟你？”

“嗯。”

“凭什么？”时正一忍再忍，终于不爽了。

白术冷静地看着他：“因为你的迟到，我替你分担工作。”

时正皱眉：“这是你应该做的。”

白术嗤笑：“你给我发工资了？”

被她一怼，时正无语凝噎，匪夷所思地打量白术两眼，开始怀疑她是不是在另辟蹊径博得他的关注。

丁四班的学生见到这一幕，不约而同地在心里给白术竖起大拇指：不愧是你。

“对不起，给你添麻烦了。”时正理亏，只得低下这个头，忍气吞声地说完，他问，“可以把花名册给我了吗？”

“喏。”

白术将花名册递给他。

时正暗自咬牙，接过花名册："你给我归队。"

"哦。"

白术轻轻耸肩，心情颇好地进了队伍。

将她的小动作看在眼里，时正完全可以断定：她就是故意刁难自己。

现在的当红明星这么不吃香了吗？

时正不禁陷入自我怀疑。

"我们跑来当教官，想必大家心里有很多疑惑。"时正起了个话头，正当学生以为他会揭秘之际，他话锋一转，"原因你们以后自然会知道，我就不浪费时间了。现在开始训练，操场跑十圈，掉队的每个人扣 2 分。"

说到这儿，时正特地看了眼白术，说："班长该起带头作用，掉队扣 5 分。"

他针对白术的心思毫不藏着。

然而，整个丁四班都觉得时正做得非常对，此举就是在替天行道。若非此刻高兴得过于明显会影响同学关系，他们真是恨不得给时正鼓掌。

"你被盯上了。"即墨诏站在白术身边，低声说了句。

"嗯。"

"何必。"即墨诏自认为是个爱搞事的，但在白术面前，只能算小巫见大巫。

白术挑眉："怕他？"

即墨诏干脆闭嘴。

体能训练安排得循序渐进，没有一开始就给学生加量。但是，学校高估了这批学生的体能，光是一个"操场十圈"就能把他们累得半死了。

何况后面还有折返跑、俯卧撑、仰卧起坐等训练。

一套训练方案走完，不论哪个等级的学生，都或坐或躺的，能站起来的都没几个。

晨光熹微。

时正站在操场上，紧紧捏着花名册，看着轻松地以优异成绩完成每个项目并且被其他教官喊去帮忙的白术，心里气不打一处来。

这女生细胳膊细腿的，看着风一吹就倒，怎么体能这么好？

"很气吧？"

白术推着一辆小推车从时正跟前走过，非常体贴地问了一句。

时正咬牙。

一分钟后，白术推的小推车上堆满了篮球，她慢悠悠地从时正面前走过，同情地看着他："教官又能怎样呢，还不是只能干瞪眼。"

时正奓毛了："你有完没完？"

“没有哦。”白术接了句话，推着一堆篮球走远了。

又过了三分钟。

白术的小推车又空了，再次路过时，她一手推着车，一手放兜里，吊儿郎当地说：“啧，脸都气歪了。”

时正瞪她。

白术留给他一个背影。

时正将花名册往地上一摔：他要换个班带！

集训第一天，学生就在晨练里饱受摧残，吊着一口气吃了早餐，然后跟打了霜的茄子一样瘫在教室里等上课。

负责各班第一堂课的导师们，精神奕奕地来到教室，准备以最好的面貌迎接东国漫画的未来，结果一进门就被这群状如丧尸的学生吓了一跳。

“你们昨晚组团熬夜了？”苏老师站在讲台上，表情肃穆。

“哪能啊，晨练折磨的。”有人回答。

苏老师皱了皱眉。

他不禁想起白大修改的训练方案——弱化理论知识，增强体能训练和实战训练。当时他还对“体能”这一项颇有微词，现在看来只能感慨不愧是白大，很有先见之明。

苏老师喊：“白班长。”

“在。”

坐后排的白术站起身。

她并没有刻意展现出精气神，跟往常一样，可在班里那群烂菜叶子的衬托下，她显得倍儿精神，让人眼前一亮。

苏老师震惊：“你怎么没事？”

白术说：“我年轻，身体好。”

坐白术后面的顾野闻声一乐，长腿往前伸，碰了下白术的椅子腿，示意她收敛点。

白术一动不动，当作不知道。

“那就好。”苏老师总算在白术身上看到一点令他欣慰的长处，点点头，“第二节课有二十分钟的随堂测验，你下课去一趟我办公室，把试卷拿过来。”

“哦。”

苏老师让她坐下，然后开始讲课。

听到“随堂测验”，学生们哪怕万般不愿，也不得不坐直身子，打起精神听课。

理论课的规则很变态。

一门课一次性上两节课，第一节课和第二节课前二十分钟讲课，给学生五分钟复习，剩下二十分钟拿来做试卷，内容全都是刚刚学的新知识。

倘若测试分数低于六十分，将会扣除五个积分。

也就是说，如果他们上课走神，错过了重要知识点，就等于将五个积分拱手让人，连补救的机会都没有。

短短一天下来，学生们受到身体和心理上的摧残，浑身紧绷，没有一刻敢放松，时刻处于“惊弓之鸟”的状态。

直至下午课程结束时，这种紧张才消散一点。

食堂和宿舍一样，按照班等级划分，甲、乙、丙、丁四个等级，分别在第四、第三、第二、第一层用餐。

食堂吃饭免费，但越往上档次越高，如第一层只有A、B两种套餐可选，第二层是自助餐，第三层和第四层可点小炒，甚至还能选择火锅、寿司、西餐等。

当然，低等级班级的学生若是想吃点好的，也是可以用积分兑换的。

白术和顾野一起进食堂。

“你在第几层吃？”白术问。

她兑换了甲班特权，一到四层都能随便挑。她的早餐和午餐都是在第四层解决的，不过跟顾野一起来，她决定征求顾野的建议。

顾野往上看了眼：“第四层吧。”

“好。”

白术点头。

食堂一楼最宽敞，往上走，中间是空心的，类似商场的格局。四方有栏杆，走廊里全是餐椅，学生可在走廊上用餐，顺便欣赏楼下风景。

往楼上走只能通过电梯，需要刷手环才能进去。低等级的学生在刷手环时会提示你挑选楼层，确定后自动扣分。

两人走向电梯。

即墨诏从食堂后门进来，正好跟他们碰上，张口就问：“你们不会想去上面吧？”

“嗯。”白术悠悠地瞧了他一眼，懒懒道，“一起吧。”

“什么？”即墨诏没反应过来。

“一起啊。”白术边说边指了指顾野，“你顺便帮他付一下积分。”

“凭什么？”即墨诏怔住。

“你说呢？”

白术淡然反问，眉眼一抬，就差没把“师命不可违”说出来了。

即墨诏只恨自己主动打这个招呼。

“你们俩什么情况？”顾野扫视他们一圈，神情若有所思。

白术说："我是他师父。"

即墨诏耷拉着眉眼，顺从地喊："小白师父。"

白术颔首："他孝敬我们应该的。"

"我们？"顾野眉一挑，将"们"这个字的含义在心里翻搅了几遍。

"我们。"白术肯定地说，然后问即墨诏，"你说呢？"

即墨诏哪里敢有反对意见，干脆封上他的自主意识当个木头人："你说的都对。"

"那上楼吧。"

"是。"

即墨诏磨了磨牙。

白术和顾野都算集训营的风云人物，一上第四层就获得不少关注，还有自来熟主动上前，半玩笑半故意地喊"顾老师"，顾野泰然应对。

围棋界无人不知，无人不晓的天才少年即墨诏，在这里就是个小透明……准确来说，是个没存在感的 ATM 机。

三人选了家做私房菜的店，点了几个菜，然后在门外择了一张桌子，落座。

"听说你为了享受甲班待遇，直接花掉七十积分。"出了积分还要跑腿的即墨诏拿着三杯奶茶回来，在二人对面落座。

"嗯。"

白术接过一杯奶茶，先递给顾野，然后才拿自己的。

顾野手里拿着温热的奶茶，不着痕迹地看了白术一眼。

"你这么作死，能撑过一周吗？"即墨诏满怀质疑地问。

白术无所谓道："不是能赚积分吗？"

每晚都可跟学生 PK，一局十个积分，随便玩几局就够她造作的。

"你不知道吗？"即墨诏略有诧异，"集训营的训练太残酷了，学生都私下达成约定，不选择内部PK，先缓几天。现在就算你想PK，也不一定能找到对手。"

白术喝了口奶茶："这能行？"

"为什么不行？"即墨诏道，"内部 PK 都是自愿的，又没强制性要求。本来体能和学习就够了，还不准学生晚上没压力地 PK 吗？"

白术义正词严地说："都来集训营了，还想岁月静好？"

即墨诏难以置信道："你说的是人话？"

坐一旁的顾野没说话，而是往后一瞥，注意到摆在店门口的某样物品，站起身。

半分钟后，他折回来，将一样物品递给白术："喏。"

硕大一物品出现在视野里，即墨诏定睛一看，发现是一个手持扩音喇叭，街上摊贩用的那种。

他顿时有种不祥的预感。

然而，白术却跟发现惊喜一般，眸光亮了亮，将喇叭接了过去。

傍晚六点一刻，半数以上的学生都在食堂吃饭，正是食堂最热闹的时候。

“各位晚上好。”

一道清亮的声音透过扩音喇叭传出，裹着一点杂音，从高空处落下，响彻整个食堂。

四楼的学生闻声不约而同地停下来，纷纷扭头朝声源处看去。

第四层的栏杆处站着一个女生，穿着集训服，拿着扩音喇叭，看不清她的长相，但她那一声存在感极强，让人难以忽略。

似乎有一股魔力在牵引，嘈杂的食堂渐渐安静下来，多数人都沉默着、仰望着，等待女生的后续。

须臾后，女生开了口：“我是丁四班的班长。我们班有位同学极力恳求我帮集训营的同学带句话，秉着为班里同学服务的原则，现在，由我向各位转述他的原话。”

什么？

众人被这一出搞得云里雾里的，都没反应过来，结果下一秒她说的话，瞬间激起了他们的滔天怒火。

女生逐字逐句道：“我叫即墨诏，丁四班垫底的废物。我们丁四班早早做好准备迎接挑战贡献积分了，谁料各位竟然畏惧我们丁四班，想避开线下 PK。在这里，由我个人向集训营发起挑战——今晚七点，漫画 NO.1 线上 PK，账号 SL，随时应战。不敢来的都是孙子。”

不仅向所有人公开宣战，还讽刺他们胆小怕事！

这还能忍？

女生刚放下喇叭，挑衅和应战的话语就从四面八方涌来，其中还裹挟着各地的脏话。

群情激奋的场面着实精彩。若非第四层的甲班大佬在乎颜面不会随意大动干戈，而下面楼层的学生冲上来需要积分，肯定会有人冲到白术面前指着她的鼻子下战书。

然而，谁也没料到，“宣战”只是个开始。

众目睽睽之下，女生保存好那一段录音，然后解开手腕绑着的一根长绳。

她将长绳一端绑在喇叭上，然后捏着另一端。那一端不是绳头，而是一个巧妙的机关。她对准头顶吊灯的方向，转动了按钮，长绳蓦地朝吊灯飞去，机关卡在吊灯里，长绳牵引着喇叭悬挂在空中。

同时，喇叭再次响起录制好的声音：“各位晚上好，我是丁四班的班长……”

录音循环播放。

见状，下面楼层的学生气得连饭碗都摔了。

“等着！丁四班，你们给我等着！”

“丁四班，不敢应战的都是孬种！”

……

食堂一层，丁四班的学生已经聚集在一起，开始谋划“暗杀班长”的事了。

食堂第四层。

自看到白术接过喇叭就预感不对劲的即墨诏，在被顾野按在椅子上后，眼睁睁看着白术以他的名义跟集训营宣战。

本来他还挺恼火的，可看到白术最后那一招，心里又生出一点敬佩。

他瞠目结舌地问：“太损了，你就不怕被学校追杀吗？”

“就这？”白术走过来，满不在乎地说，“那格局也太小了点。”

店员将他们的饭菜端上桌，笑得温润和煦：“老板说，一个喇叭，三个积分。”

白术微微颔首，指了指即墨诏：“刷他的。”

“行。”店员笑眯眯地点头。

即墨诏欺师灭祖的小心思又上来了。

扩音喇叭在食堂的吊灯上挂了半个小时，白术的公开宣战也在食堂内部循环了半个小时。整个学校，无人不知，无人不晓。

正如白术所说，学校没有追责于她，而是选择视而不见。

晚上的实战训练于六点半开始。

白术在喇叭里说的是七点应战，但是刚过六点半，无数 PK 申请就递交到即墨诏的账号，每时每刻都在刷新，他看都看不过来。

不仅如此，丁四班其余同学也陆续收到 PK 申请，其中不乏一些大佬级人物，他们看着 ID 就瑟瑟发抖。

“白班长，看你做的好事。”

“你怎么这么能呢？”

“好家伙，经你这么一闹，我们丁四班都成公敌了。”

……

白术踩着点进训练教室，一进门就听到不少抱怨。

本来径直往电脑机位走的白术，闻声转了个身，走上了讲台。她站在讲桌前，居高临下地扫视全场，散漫道：“丁四班成公敌，又不是你们成公敌。周末挑战赛各位努力，祝早日脱离这片苦海。”

谁不想脱离这片苦海？

说得他们好像想走就能走似的。

于是，白术得到的不是理解和赞同，而是更多的抱怨和不满。白术倒是心态好，优哉游哉地选了一台电脑，检查了下数位屏，确认没问题后，她就坐下了。

下一秒，旁边的空位坐了个人。她抬眼看去，见到苦大仇深的即墨诏。

“过去一分钟里，有 67 人向我发出 PK 申请。”即墨诏阴恻恻地开口。

白术打开电脑：“送上门来还不好？”

“我要是输了呢？”

“那便输了。”

“丢的可是你的脸。”

白术拿鼠标的动作一顿。

她扭头，跟即墨诏对视。

二人相顾无言。

犹豫半晌，白术指了指隔壁的位置：“你坐这儿。”

“行。”

见白术肯点头，即墨诏心态稳了一半，迅速开了电脑。

虽然白术是“全 D”的评级，但即墨诏知道她的身份，清楚她不止这个水平。她一看就是个拿了剧本的，所以才这么有恃无恐，只要她愿意，即墨诏这边就十拿九稳。

即墨诏登录漫画 NO.1 的账号，打开 PK 申请列表，问：“选哪个？”

“评级 A 级以下的，都行。”

你倒是想要评级 A 以上的，可集训营评级 S 的屈指可数，算上顾野那个变态都不超过十个，哪个大佬会自降身价找他 PK？

扫了眼百分百符合白术要求的名单，即墨诏问：“都行？”

“都行。”

“你说的。”

白术登录自己账号，闻声扭头：“你下棋时废话也这么多？”

阿弥陀佛。

杀人犯法。

即墨诏深吸口气，将注意力放到名单上。

他选了一个评级为 B 的分镜挑战，点击同意，画面跳转到 PK 界面。界面有四个区域：一个是题目区，一个是创作区，一个是弹幕区，一个是对手区。每个区都可以自行隐藏。

即墨诏让白术看了眼屏幕，然后隐藏了题目区、弹幕区、对手区，将创作区放大，开始创作。

白术不时会指点几句——

“心理活动黑屏加对话，其他都不画。”

“把主角拎出来，跨格突出形象。”

“面部表情花点心思。”

白术的话不多，但一开口就直击要害。她每一句话，都让即墨诏思维更清晰，有时还会让他醍醐灌顶，好像思路都被打通了。

画到一半，对手递交认输申请。

即墨诏看着账号积分和手环积分一秒入账，只觉得通体舒畅。

“你这么厉害，评级怎么是‘全 D’？”即墨诏倾身靠近白术，打探道。

“家里的狗做的测评。”白术随口回答，然后看了眼即墨诏的电脑屏幕，“赢了？”

即墨诏被她前一句话惊了半天，恍恍惚惚地说：“赢了。”

“继续吧。”白术颔首，“争取一晚上 PK 十局。”

“一局平均得一个小时，”即墨诏稍微一计算就觉得不可能，“我们晚上才四个小时。”

“你这一局多久？”白术用看白痴的眼神看他。

“二十分钟。”即墨诏回顾了下比赛时间，“他中场认输。”

白术轻描淡写道：“那不得了。”

停顿了几秒后，即墨诏忽然顿悟了，老实在电脑前坐好，开始第二局 PK。

一连三局，在白术的指点下，即墨诏都中场获胜，这种胜利的畅快感跟他下围棋获胜时比有过之而无不及。

丁四班都在等即墨诏的笑话，结果旁观三局后大跌眼镜。

他们在教室关注着即墨诏，可以确定他没有作弊，他靠自己的手绘画，而且姿态很轻松，甚至有闲心跟“全 D 王者”白术交头接耳。于是他们心里止不住地纳闷，诧异即墨诏竟有这般隐藏实力。

选择第四局的对手时，即墨诏见到一个意料之外的账号，他看了几秒，碰了碰白术的肩膀：“师父，来了个 S 级。”

“嗯？”

白术侧首看去。

最新的申请：RPG，评级 S。选择项目：速度。

“认识吗？”白术问。

“不认识。”

即墨诏点开 RPG 的主页，查看基本信息。

RPG，二十四岁，代表作《寄生》。

白术和即墨诏想了半刻，还是没有印象。

这时，苏老师走过来，颇为赞许道：“即墨诏，你表现不错啊，三局都是中场胜，很能鼓舞士气。”

“苏老师。”即墨诏喊。

“白班长……”苏老师见到白术，立马想到她在食堂闹的这一出，眉头皱起来。

“我闭嘴。”白术打断他的唠叨，“你也是。”

“你呀。”苏老师摇摇头，但真没再说什么。他低下头，觑了眼即墨诏的电脑屏幕，顿住，“这不是甲班的 RPG 吗，他给你发 PK 申请了？”

“嗯。他厉害吗？”

“甲班的学生，评级 S，怎会不厉害？”苏老师轻笑，“不过他应该不是爱掺和事的人。大概是你三局都中场胜，引起了他的兴趣。”

即墨诏问：“你认识？”

“见过几次。”苏老师说，“他叫顾永铭，是漫协会长顾诠的孙子，还挺低调的。”

白术闻声微怔，旋即凉凉地接话：“真低调怎么会让你知道他是会长孙子？”

“你这丫头……”苏老师刚想说她两句，结果一抬眼，就看到白术的电脑屏幕，顿时变了脸，“你不在 PK，在玩什么？”

“消消乐。”

“哪儿来的？”

“漫画 NO.1 自带的益智游戏。”

苏老师的脸绿了两秒：“关了。你以后再被我抓到玩这种游戏，扣分。”

“哦。”

白术乖乖关了游戏界面。

学校是全封闭式的，既然手机都没收了，上网自然不可能。学校采用了局域网，除了一些内部网站，只能登录漫画 NO.1。

不过，估计没有老师和领导会想到，漫画 NO.1 会出一些小游戏，而有的学生竟然把珍贵的时间耗费在这种小游戏上。

“没有提升到 B 级，没有参赛资格。”苏老师显然被气到了，单手叉腰，恨铁不成钢地说，“白术，你别到最后连报名门槛都跨不过。”

“好。”

白术应得不痛不痒。

苏老师气得掉头走人。

“苏老师人不错啊，你干吗气他？”即墨诏对苏老师抱有同情。

白术乜斜着他。

你每天听他深度解说自己作品试试？

很快，即墨诏将注意力放到 PK 上，问白术：“这个 RPG，怎么处理？”

白术顿了一秒：“忽略。”

“好。”

这一晚，即墨诏虽然没有做到白术说的十局，但满打满算玩了八局，八局全部获胜，他的手环到账八十积分。

他这收割积分的速度和本事，让丁四班的学生垂涎欲滴，打心底羡慕嫉妒恨。不过，因为他一连八胜，没让食堂宣战的事成为笑话，反而刷足了丁四班的存在感，让集训营不再将丁四班学生当吊车尾看，他在丁四班的地位已经可以跟“全SS”的顾野不相上下了。

而即墨诏本人想的是：终于不需要再为给白术和顾野刷积分的事发愁了。

第二天，换班申请被驳回的时正，满脸不高兴地继续带丁四班的晨练。

他跟白术较上劲了，半数时间都拿来盯白术，偏偏白术像个体育特长生，任何项目都能完成得完美无缺，他盯破天了都没法扣白术一分。

“何必呢。”

提前结束晨练的白术，插着兜从时正面前踱步走过。

时正怒目而视：“你给我等着！”

白术唱了起来：“我为什么还在等待，我不知道为何这样痴情……”

“老天。”

歌手出道的时正痛苦不堪地捂住了耳朵，难以置信老天会赐予人类如此惨绝人寰的歌喉。

白术唱了几句，硌硬完时正，想要闭嘴，结果见到迎面而来的顾野。

顾野揉了揉耳朵，清俊的眉眼染了笑：“艺术不是相通的吗，上帝怎么赐予你完美的双手，却剥夺了你享受音乐的能力？”

“你少说一句不会被当成哑巴。”白术瞪了他一眼。

顾野笑了笑：“行，我闭嘴。”

白术说：“问你个事。”

等了半天，白术也没等到顾野开口，于是盯着他，语气不善地开口：“你找抽吗？”

“你怎么这么难伺候。”顾野叹息，颇为无奈地问，“说吧，什么事？”

白术斟酌了下，将“顾永铭”在心里过了两遍，刚想说，就见一个穿集训服的青年走过来，她的话头因此而止住。

她转而问：“他是来找你的吗？”

“什么？”

顾野顺着白术的视线看去，见到来人，眸光闪了闪。

“顾野。”顾永铭笑得温润，跟顾野颔首打招呼。

顾野看着他，没说话。

顾永铭并未因顾野的冷脸而不高兴，笑意越发浓了，温文尔雅道："真没想到，你会来选择画漫画。不过，总比玩游戏好一点，爷爷应该会很欣慰的。"

"欣慰不是很正常吗？电竞拿世界冠军，漫画评级SS，学习上考博深造。"白术语气不咸不淡，却实力吹捧，"谁能不为他骄傲呢？"

这话说得让人可真受用。

顾野勾了勾唇。

顾永铭轻皱眉，正眼看向白术："你是？"

"丁四班班长。"

"哦，全D那个。"顾永铭似是对白术这号人有点印象，点明了贴在白术身上的标签，随后若有所指地问顾野，"你们班长还挺护着你的。她是你的粉丝吗？"

顾野终于开口："我是她的粉丝，她挺护粉的。"

顾永铭噎住。

"还有事吗？"顾野问。

"虽然我出道比你久，但评级才S。你刚出道评级就有SS，想来我们PK也不会欺负你。"顾永铭端上笑脸，和颜悦色地问，"你要跟我来一场吗？就当切磋。"

顾野尚未说话，白术又插嘴了："你一个S级，配挑战他吗？"

顾永铭笑容僵住，忍无可忍地看了眼白术，气上心头，可他正想发飙回怼时，又强行忍住了。

"我没征求你的意见。"顾永铭不爽道。

白术指了指顾野，理所当然地说："他听我的。"

"我听她的。"顾野附和地说了句，嘴角轻翘，而后缓缓道，"另外，你确实不配。"

顾永铭吸了口气："顾野，我没想跟你争什么。一直以来，你都没把我这个哥哥放眼里，或许在你看来我真的不配，但——"

"废话真多。"白术干脆地打断他，无视顾永铭一番理论教育，转而看向顾野，"马上集合了，我们走吧。"

"行。"

顾野看起来对白术唯命是从。

二人离开。

"顾野，我就罢了，你对我一直这态度。"顾永铭眼神蓦地发狠，盯着顾野的背影，声音抬高了一些，"但纪依凡是你未婚妻，她就在丁三班，你确定要跟你们班长暧昧不清吗？"

说完，他特地看了白术一眼。

然而，白术并没有他所想的尴尬、诧异，反而一派平静，像是对此事了然于心。

白术和顾野停下脚步，回头看了顾永铭一眼。

不过，白术还没张口怼呢，不远处，猛然听到“纪依凡”的时正，心里蹿起一股无名怒火，犹豫一秒后就沉着脸走了过来。

他指着顾永铭喊：“喂！你哪个班的？”

顾永铭瞧了眼这个明星，眉目轻抬，略有优越道：“甲班。”

时正没有顾永铭想的那样给他好脸色，而是怒火更甚，凶巴巴道：“甲班的别来我们丁四班搭讪，找抽呢？”

顾永铭怔在原地。

在时正口中，“丁四班”似乎跟“甲班”没什么两样。

“赶紧走。”时正皱着眉，嫌弃地摆手。

顾永铭阴着脸站了半刻，嘴角翕动，硬是没挤出一个字来。他看了看这个明星，又看了看顾野和白术，最后愤然转身。

时正不知哪儿来的火气，把顾永铭赶跑后，还怒气冲冲地朝顾野喊：“你这哥哥怎么这么绿茶？”

还未走远的顾永铭身形一僵。

顾野笑而不语。

“你笑什么笑！”时正怒火乱撒，走了两步，又退回来，不甘心地指了指顾野，“争点气吧，被退婚算什么男人！”

然后，时正就恼火地走了。

“他怎么回事……”白术莫名其妙，有点理不清其中关系。不过很快地，她就被另一件事吸引注意，挑眉问顾野，“他说谁被退婚？”

“我。”

“纪依凡要退婚？”

“好像是。”

白术默然须臾，兀自猜测：“纪依凡想跟你退婚，然后跟时正联姻吗？”

不然时正怎么对这事这么敏感？

“不知道。”

顾野对这事一点兴趣都没有。

退婚？他求之不得呢。

晨练结束后，白术去食堂吃了早餐，然后回宿舍洗了个澡。

距离上课还有二十分钟，她前往苏老师的办公室，领取昨日两门课程的随堂测验试卷和成绩单。

“报告。”白术站在门口。

“进来。”

苏老师往外看了眼，表情有一点阴沉。

白术走向办公桌。

将手中的笔搁下，苏老师拿出两张试卷，分开摆在桌面，然后五指按着往前一推，直至将其推到白术跟前。

苏老师说："你的试卷。"

"嗯。"

"仔细看看。"

白术垂眸扫了眼，没觉得有问题："及格了啊。"

"你……"苏老师抬手点了点白术，怒从心起，但一看到她油盐不进的模样，他把火气压了压，耐着性子谆谆教导，"是及格了。但一共十道题，你就做了六道，刚好及格。一门是巧合，两门呢？"

"哪儿来的巧合，"白术捏起一张试卷，略带欣赏地浏览着，"我故意的。"

"为什么？"苏老师不知白术脑子里在想什么，恨铁不成钢地敲着桌面，"白班长，你踩着线及格，很有成就感吗？！"

"是啊。"白术真心诚意地说，"多刺激。"

苏老师一哽，要被她气死了："可你完全有实力拿一百分！"

"连即墨诏都能拿一百分。"白术眼睑低垂，拿起桌上的一张成绩单，视线在丁四班学生的分数上扫过，继而挑眉问，"我能跟他一样？"

"你别小瞧即墨诏，他可是个天才。他兼顾围棋和学业，不说围棋上的成就，在校时间不长，但成绩就没掉出过年级前三。"

说得谁不是天才似的。

白术没说话。

"还有顾野。"苏老师坐不住了，越想越气，干脆站起身，他抬手扶额，一秒后情绪爆发，"不是，我就搞不懂了，你们俩到底哪里有问题？他写完六十分的题，还写了一首打油诗讽刺任课老师教学能力不行！没有我拦着，任课老师绝对不可能让他及格！"

苏老师说完拍了拍一沓试卷。

"是吗？"

白术面露好奇，脖子微微前抻，不仅没一点反思，反而挺兴奋的。

苏老师直接炸了："你是不是还想学他？"

白术犹豫一秒，摇头："没有。"

"什么没有！"苏老师手一挥，"你的表情就差没把顾野当榜样了！"

"气大伤身。"白术冷静地把他的保温杯往前推了推，非常体贴，"喝口水，冷静一下。"

苏老师瞪她。

白术眨眨眼。

“没用！你卖萌也没用！”苏老师皱眉教训。他深吸口气，跟干架一样将保温杯拿起来，拧开，然后“咕咚咕咚”地喝了几口。

将保温杯“砰”地放在桌面，苏老师放话：“没有下次！”

白术侧首：“违规了吗？”

苏老师一噎。

“没违规就没限制。”白术主动拿起成绩单和那一沓试卷，语气淡淡地开口，“没要求十道题要全做完。”

“你——”苏老师想要叱责，却发现自己哑口无言。

“只要在规则内，玩法就是多样的。”白术平静道，“苏老师，有意外才有变化，有变化才有惊喜。如果教育者墨守成规，按照一套刻板的方法打造创作者，漫画市场的作品将会趋向于僵硬、模式、统一。这是你愿意看到的东国漫画吗？”

“你强词夺理。”苏老师打心底觉得她在扯淡。

“在M国、R国等漫画教育理念先进、系统完善的国家，流传着一句话，‘有能力玩弄规则的人，必将是最优秀的创作者’。”白术说话有条不紊，“若非有着自由的思维、有趣的灵魂，人类怎么可能创造出令多数群体向往乃至沉迷的故事？”

“你研究过国外的教育？”苏老师怔住。

白术顿了一秒：“我的漫画基本功是在M国学的。”

苏老师难以理解：“那你大学第二专业还选择漫画？”

白术哂然一笑：“想对比一下东国漫画跟世界的差距。你没发现我上课总昏昏欲睡吗？”

“我上课没意思？”

“显而易见。”

苏老师赧然汗下。

离开办公室，白术来到教室，把试卷发放下去后，又拿着胶水和成绩单来到门口，把成绩单贴在门上公开示众。

这是学校的规定，但白术并不反对。

不过，这种做法对成绩不合格的学生来说，不可谓不是一种折磨。他们都不是默默无闻的小透明，而是有读者追捧的漫画家，总归是在乎颜面的，成绩被公开总有些磨不开面子。相反，对于成绩好的学生而言，公开展示就是一种荣耀了。

“六十分？”顾野不知何时站到白术身后，饶有兴致地看着成绩单。

“六十。”白术微微侧身，将手递给顾野。

“怎么？”顾野没能明白她的意思。

白术下颌轻抬，注视着他的眼睛，一字一顿道：“我亲爱的战友。”

“哈啊。”

顾野被她逗乐，配合地伸出手，跟她紧紧一握。本是随意一个动作，但她手心温热柔软，顾野握住时心尖掠过一抹异样，于是一瞬就松开了。

白术察觉到，神色微僵，可下一秒就恢复自然：“进去吗？”

“嗯。”

顾野侧着头，状似无意地将手放到兜里。但是，他残留着触感的手指，无意识地搓了搓。

注意到门上成绩单的学生越来越多，教室里的声音渐渐喧哗，谈论的话题都跟成绩相关。

成绩没有合格的抱怨这种制度过于俗套，合格的八卦那些成绩好坏突出的学生。

“白妹妹，”江南枝抱着教材和笔记走过来，在白术身边坐下，喜滋滋道，“昨天两门课的成绩出来了，我一门满分、一门九十。”

“嗯。”

江南枝虽然是个刚出道的学生，但她漫画基本功扎实，这一点并不逊色于甲班学生。

她十岁立志成为漫画家，并且为此努力。在宁川大学时，她的专业课一向保持第一。她表现平平无非是没开窍。

“你呢？”江南枝问。

“她两门才刚刚及格。”前桌一个叫何铭的男生回过头，嘴欠地跟白术说，“白班长，你不会没及格，老师给你放水了吧？”

白术没吭声，江南枝忍不了了：“是你没及格吧？”

她本是随口一说，没想到真说到何铭痛处。何铭神色微变，怒道：“不及格又怎样？我的作品照样备受追捧。你成绩好，你队友即墨诏两门满分，还不是在漫画圈里扑腾不出一点浪花？”

“你谁啊，我听都没听过。”江南枝皱着眉，冷嘲热讽。

“呵。”何铭扯了扯嘴角，奚落，“反正是你们拍马都赶不上的知名度。”

“你既然这么有名，怎么还在丁四班？”

“集训营不识货，我能有什么办法？”何铭悻悻地狡辩。

“我呸！”江南枝本就是个暴脾气，怒火被一点点挑起来，气得站起身，将袖子一撸，“没脸没皮的，尽往自己脸上贴金。就你这基本功，哪怕你红出宇宙了，你照样进不了甲班。甲班哪个不是基本功和名气兼备的，你也配？”

“怎么，说不赢就想打架啊？”何铭身子往后一倾，拉开跟江南枝的距离，一副江南枝随时会动手的样子，“你们女的都这样，说几句就奓毛了。我说得没道理吗？我只学了半年的漫画，第一部作品就赚了百万，你们呢？十年如一日地练基本功，最后又有什么出息？现在能赚到自己的生活费吗？”

江南枝被何铭一激，想说自己才不稀罕钱，但在她开口的一瞬，两只手从身后按在她肩上，不轻不重的力道往下一压，把她压得跌坐回去。

顾野云淡风轻的声音入耳：“他成绩比你差，评级没你高，家里没你家有钱，你跟他较什么劲儿？”

江南枝怔怔地回头。

何铭拍了下桌：“顾野，你什么意思？”

“他说得对。”江南枝顿时挺直腰杆，有底气了，神采飞扬地挑衅，“你们这些不会投胎的能有什么出息？我姓江，家里搞房地产的。”

何铭想到富豪排行榜上某位江姓富豪，傻了眼。

与此同时，剥开一根棒棒糖的白术，在斜了眼江南枝后，把糖塞到她嘴里，旋即不疾不徐地说：“这几年东国漫画没落，提供了一个光靠打擦边球、哗众取宠就能获取热度和金钱的市场，甚至让一个非专业都能在圈内指点江山。”

“你——”

何铭被白术阴阳怪气地一通讽刺，面露怒色，将矛头对准了白术。

手搭在桌面，白术手指转着一支笔，后背闲散地抵着后桌，她眼眸一眯，嗓音平静却裹挟着信服力：“这样的日子不长了，你好好珍惜吧。”

何铭眸光一厉，嘲讽道：“搞笑，说得你能改变市场审美一样？”

“尝过珍馐的人，是不会再吃糟糠的。”白术迎上他挑衅的目光，“审美不会再倒退，行业制度会更规范，门槛会更高，不是什么阿猫阿狗都能分一杯羹的。”

何铭怒火攻心，拳头都握了起来，正当他报复心思正浓时，冷不丁感觉眉心被刺了一下，他赫然抬起头，对上顾野暗藏威胁的冷漠眼神，刹那间他跟被浇了一盆冷水似的，彻底冷静下来。

咬咬牙，何铭愤愤然放话：“那我就等着看有没有这一天！”

口腔里有甜味蔓延，混合着草莓的香味，江南枝看着何铭奓毛的模样，忽然就冷静下来，心里的戾气和怒火消弭殆尽。她不自觉地对白术方才描绘的漫画行业前景心存激动和向往。

良久，江南枝认真地看着白术，问：“白妹妹，真的会有那一天吗？”

“会的。”

白术淡声说，语气笃定，像是承诺。

后排的顾野坐下来，闻声微微偏头，见到白术精致的侧脸，皮肤白皙无暇。她嘴角极轻地往上一挑，自信极了。

人自信起来，是会发光的。

第八章

白术成为全员公敌

上午第一二节课是《故事节奏》，上课的是一个年近六十岁的教授，说话温暾，身材瘦小，气场稍显不足。

或许看准了他是个软柿子，很多学生都在课堂上对“成绩公示”一事颇有微词，教授静静地聆听了半个小时，喝完了半瓶水。

正当学生们以为他会考虑把意见汇报给学校时，这位教授心平气和地开了口：“我倒是不介意继续听下去。不过，继续耽误下去，对于部分学生不公平。这两堂课我就不上了，给你们画一下重点，想考试的自己学习，不想考试的自扣五分，我去走廊听你们说。”

积极提出抗议的学生集体蒙了。

然而，教授说到做到，说完真就不上课了。他把时间留给他们自学，待到第二节课最后二十分钟，他让白术将试卷发下去，照常考试。

自学哪有听课来得有效率？

大部分学生看到试题就焦头烂额，苦不堪言。

丁四班在这位儒雅温和的教授身上吃了哑巴亏，意识到这一帮老师没准都是硬茬，于是纷纷偃旗息鼓，不敢对规则制度质疑。

从食堂出来，天空又飘起了细碎的雪花，路边光秃秃的枝丫已落了浅浅的白，地面湿漉漉的，空气潮湿且阴冷。

白术呼出一口气，转瞬成了一团白雾。

她今天戴了顶棒球帽，见状，她将帽檐压低了些。双手插兜里，她随着人群往前走，在前方的岔路口处，选了人少的右转弯。

“去哪儿啊？”身后传来顾野的声音。

白术意外地回首，瞧见缓步走来的青年，眼里掠过一抹亮光：“图书馆。”

“这么刻苦？”

“是啊，我们踩及格线的学生都很焦虑的。”白术的瞎话张口就来。

顾野咂摸道：“我很想真心实意地相信你，但我的良心告诉我不大行。”

白术佯装惊讶：“良心这玩意儿也能临时长出来？”

“你这嘴损得……”顾野不怒反笑，没好气地拍了下她的帽檐，“怎么就没人揍你呢？”

“他们倒是想，”白术将帽檐往上推了推，露出一双澄澈清亮的眼睛，“可惜没那胆。”

顾野轻笑：“难怪没人追。”

“没关系。”白术一派坦然，“你要一起去图书馆吗？”

“干吗呀，我们这种随便写写就能及格的才不浪费这时间……”顾野欠欠地说，抬腿就往左边走。

他走了一步，衣袖就被拽住。

眉头一扬，他缓缓侧过身，眼里尽是笑意。

“求我呀。”

“求你。”白术一秒都没犹豫。

顾野一下定在原地，打量着她两秒，叹息：“我总会忘记你是个能屈能伸的。”

白术说：“走吧，我请你喝奶茶。”

甲班待遇在图书馆可以免费蹭奶茶和点心。

顾野：“谢谢。”

白术：“不客气。”

作为东国唯一的漫画学校，图书馆里的藏书几乎都是跟漫画相关的，漫画作品、漫画教材应有尽有，是漫画爱好者的天堂。

白术在一楼店里领了两杯奶茶，将其中一杯递给顾野，然后径直前往三楼的某个区域。

“《Q20》还有漫画？”作为一个误入行的看客，顾野见到一个专门给印象中热门影视作品划分出的区域，有些惊讶。

白术睇了他一眼：“还好集训不上全球漫画史这门基础课。”

“怎么？”

“不然你的积分肯定被扣光。”

顾野一噎。

“《Q20》是二三十年前的漫画了，一个时代的证明。”白术走进这个区域，介绍道，“同时，也是最成功的一部商业作品，称它是漫画史上最赚钱的一部作品都不为过。”

顾野想了想，不置可否：“是挺火的。”

一提到《Q20》，首先想到的是几部成功破五十亿票房的科幻电影，然后就是一个以《Q20》为主题令全世界都知晓的高科技游乐场。此外，《Q20》的产业链涉及很广，如手办、零食、服装等，甚至还有相关的连锁火锅店和私人医院。

可以说，《Q20》渗透于各行各业，用润物细无声的方式融入人们的生活，哪怕不关注影视和漫画的人都知道它的存在。

比如顾野。

“经营它的是作者吗？”顾野随口问。

“不是。”白术抽出一本漫画，“是BW救援队的财务部。”

顾野扭过头：“嗯？”

“唔。”察觉到顾野的惊讶，白术微微抬头，解释道，“准确来说，《Q20》这个商业王国是BW财务部的几个老人打造的，公司也都是他们一手创建的。不过，所有利润全归BW所有。”

“作者是你们的人？”

“不知道。”白术缓缓走向一旁的展示柜，“作者免费授权，分文不取。据我所知，BW现在的员工里，应该没人知道他的身份。”

话一说完，白术的视线便落到展示柜上，见到作者签名的刹那，难免一怔。

《Q20》的作者从未公开露面，没有任何私人信息，神秘得让人怀疑他不是真人。但是，在封城漫画学校成立的那一天，作者捐赠给学校一亿款项、一套《Q20》的签名本以及一张卡片。

这一套《Q20》被图书馆珍藏，不允许借阅。不过，作者的卡片被放置于专门的展览柜，可供游客和学生们观看。

这是白术第一次来，也是第一次看。

盯着那个签名，她的眉头一点一点地拧了起来。

这飘逸俊秀的字，怎么有点纪远的风范？

“这字……”顾野突然来到身后，沉声低语。

“怎么了？”白术扭过头。

“有点眼熟，”顾野拧眉想了想，“可能在哪儿见过。”

哦，那没事了。

毕竟顾野不可能跟纪远见过面。

参观完《Q20》展览区，白术翻完一本漫画，然后跟顾野在图书馆闲逛。

因为顾野对漫画知识着实欠缺，白术充当解说员，时不时跟顾野介绍几句。顾野跟在她身后“补课”，不知听进去多少内容。

逛了约莫一个小时，二人见时间差不多了，就离开图书馆前往教学楼。

“野神，有大佬找你。”

刚到丁四班的机房附近，就有同学迫不及待地朝顾野喊。这一嗓子叫出来，引得机房里和走廊上的目光齐齐汇聚在顾野身上。

“谁？”

顾野淡声接过话，抬步从机房后门走进去。

那同学追上来，高喊：“RPG！”

顾野步伐顿住。

白术随之站定，抬眸朝里面看去。

顾永铭站在顾野的座位旁，闻声侧首，见到顾野后，面上露出温润和善的笑容，然后大步朝顾野走来。

“顾野。”顾永铭笑如春风，态度亲切，仿佛今早的事没发生过一样。

顾野冷眼看他。

顾永铭脸上笑容不减分毫：“我早上跟你说的PK的事，你考虑得怎么样了？”

“不考虑。”顾野懒声回应，抬腿向前，从顾永铭身侧走过。

“你在电竞圈战无不胜，养成了没有必胜把握就想逃避的习惯，我可以理解。”顾永铭的声音陡然抬高了些，生怕看戏之人听不到似的，他微微侧过身，看着止步的顾野，又说，“但胜败乃兵家常事，执着于胜利，反而忽略了进步，是否本末倒置了？”

话里话外都在暗讽顾野不肯应战，是因为清楚实力不如自己，怕丢脸。

顾野眸色微冷。

然而，在顾野开口之际，白术又抢了先：“是个人申请他都要答应，岂不得累死？我们都排着队呢，你能往后站一站吗？”

“又是你。”顾永铭一看到白术，笑容都挂不住了。

“是我。”白术颔首，“我倒是有时间，你要跟我PK吗？”

顾永铭一忍再忍，没忍住，他收了笑，道：“全D吗，你可以先排队。”

白术不恼不怒：“没关系，我可以等周末。”

缓缓吸进一口气，顾永铭强迫自己忽略白术的存在，他神情认真地看向顾野：“顾野，我希望你再考虑一下。我一直期待我们兄弟俩能好好切磋一下。你要是改主意了，随时可以找我。”

说完，他走出机房。

因为RPG主动来丁四班，很多学生都暗中旁观，纷纷惊讶顾永铭竟会主动找顾野PK。结果还没缓过来，又听顾永铭爆出“兄弟俩”的消息，一个个顿时傻了眼。

有人追到走廊，震惊地问顾永铭：“RPG，你跟野神是兄弟啊？”

顾永铭顿了下，看了那人一眼，旋即垂下眼帘，极其温和地说：“不是亲的。”

嚯！

那人被爆炸的信息量炸得张大了嘴巴。

顾永铭作为甲班大佬，顾野作为唯一的SS级，两个都是集训营里颇具话题的人物。现在，这样两个八竿子打不着的人是兄弟的传闻一出来，谁都忍不住听上两耳朵。

集训营统共才八个班，各个班之间互相都有熟人，一个下午过去，消息就传得沸沸扬扬，但凡是长了耳朵的，都会听到只言片语。

临近下课时，白术看着电脑上漫画NO.1网页昏昏欲睡，她垂着头，眼皮缓缓合上，结果冷不丁被江南枝的骂声吵醒。

机房的电脑是两个位置挨着的，一般都是队员挨着坐。

白术和顾野组队，即墨诏和江南枝组队，他们四个坐在一起。不过，他们的位置经常调换，没有固定的。

“怎么了？”白术没精打采地掀起眼皮。

江南枝刚刚出去了一趟，回来后就一副苦大仇深的表情。

“顾永铭这王八羔子，”江南枝咬牙切齿地骂了一句，在白术身边坐下，她气得眼眶通红，愤愤地道，“尽不干人事儿。”

“看得出来。”白术用手背揉了揉左眼，随后眯着眼往后靠着，懒声接话，“他又做什么了？”

江南枝没好气道：“还不是他说的那句跟顾野不是亲兄弟。”

白术琢磨了下：“没错啊。”

“哪里没错了？对，这话是没错，可他没说清楚啊。”江南枝急得小脸皱成一团，“我刚刚去洗手间，听到有人聊天，都在猜顾野是私生子或养子，所以才跟顾永铭不是亲兄弟。你说顾永铭贱不贱啊？说那么句模棱两可的话，别人先入为主，直接把他当亲生的了，可不得逮着顾野猜吗？”

“唔。”

白术单手支颐，微微歪着头，眼睑轻抬，余光落到前方的背影上。

她问：“顾野解释一句不就行了吗？”

“顾野不会解释的。”江南枝轻轻摇头，偷偷看了眼顾野，然后靠近白术，用做贼心虚的气音说，“他不在乎这层身份，也不屑跟养子争这个。而且，他要正面回应了，不仅显得肚量小，而且很掉价。”

“是哦。”这一点白术倒是赞同。

“这种事不是第一次发生了。”江南枝说，“顾野刚回顾家的时候，跟顾永铭一所中学。那时他和顾永铭都读高一，在一个班，顾永铭无微不至地照顾他，表面功夫做得极好。结果一周后，就传出顾野是养子的传闻。”

“后来呢？”

“顾野给顾永铭留面子，没管流言蜚语，当时应该受到不少针对。后来，这事被一个知情的学生捅破了。”江南枝说起这事就满肚子气，眉头皱得紧紧的，“但你知道吗，真相大白后，没一个人说顾永铭的不是，他们说顾永铭对顾野那么好，顾野竟然连这点事都不帮忙藏着。当时，顾家的老太太罚顾野跪了一下午，理由是顾野沉不住气、肚量小、爱面子。好话全让顾永铭占了，坏话全是顾野的。可顾野明明什么都没做。”

白术安静地听着，眸里渐渐失去温度，染上一层清冷。

“可能就是因为这件事吧，顾野只读了半年高一，之后跳级读高三，直接参加高考。”江南枝舒了口气，“他高考成绩特别好，顺利进入国内排名第一的大学，后来本硕连读，十九岁就硕士毕业了。”

这时，顾野听到点动静，身子往后一靠，懒懒地回头问：“说我什么呢？”

江南枝吓得心肝一颤，连忙道：“夸你呢！”

“是吗？”

顾野似乎不信，视线轻轻偏移，落到白术身上。

跟他对视一秒，白术点头说：“夸你成绩好。”

“嗯？”

“说你读一年高中就参加高考，非常优秀。”

“是挺优秀的。”顾野赞同地点评，不知脸皮为何物。

白术看起来特别感慨：“不像我们这种保送生，连参加高考的机会都没有。”

顾野和江南枝一噎，被她毫不做作委婉的炫耀惊到了。

而不知何时旁听他们谈话的即墨诏，听到这里实在是忍不了了，他恼火地将衣袖往上一撸：“别逼我给你套麻袋。”

“这是优秀者的宿命。”白术恬不知耻地接话。

老天快把她这种臭不要脸的用雷劈了吧！

即墨诏被白术气得上头，愤愤地转过身，将椅子使劲往前挪，恨不得离她远远的。

顾野打量白术半晌，叹了口气，佩服地冲她竖起大拇指：“你永远是我学习的榜样。”

“客气。”

顾野表情一言难尽地转了回去。

“白妹妹，”江南枝咽了咽口水，眨着眼盯着白术，语重心长地劝道，“谦虚是一种美德。”

“哦。”白术想了半天，神情慎重地配合说，“那我可能是个小垃圾。”

“倒也不必……”江南枝还想说点什么，最后干脆闭了嘴，朝白术拱了拱手。

白术笑了笑，不再逗她，将话题一转：“你想帮顾野报复回来吗？”

“怎么报复？”听到这个，江南枝顿时精神了，迫不及待道，“你说，只要我能办到的，我什么都可以做。”

“花点钱就行。”白术闲闲道。

“这么简单？”

“哎。”

白术说“花点钱”的时候，江南枝已经开始计算她的资产了，想着为顾野出一口气，花个六七位数都无所谓。

然而，在她再三追问白术要花多少钱时，白术只是问了一下她有多少现金。

她不明所以，但赶紧听话地把钱包里所有的现金都拿了出来。

白术看了一眼，伸出两根手指，抽走了一张百元大钞。

江南枝难以置信："就这？"

白术肯定地点头："就这。"

江南枝满腔热血顿时被浇灭，觉得这价格应该买不来什么报复的快感了。

那天晚上，白术在上课之前，来到苏老师办公室。

"报告。"白术敲响门。

"白班长，"抬头见到白术，苏老师有些意外，"你怎么来了？"

白术礼貌地问："我能借办公室的座机打一个电话吗？"

"可以。"苏老师不假思索地答应了，"给家里打电话？"

"不是。"

"哦。"苏老师指了指座机，"你用吧。"

学生的手机都被没收了，网络又无法连接外界，他们想要跟外界联系，只能求助老师。一般这时候，老师都会行个方便。

白术走到座机前，拿起听筒，却没拨号，而是看了苏老师一眼，认真地询问："你能回避一下吗？"

"给男朋友打电话？"苏老师怔住。

"三分钟。"白术没有正面回应，而是给了苏老师一个合适的去处，"你去一趟洗手间吧。"

"有你这样指挥老师的？"

"你可以叛逆地只在走廊转三分钟，你还可以叛逆地在门口偷听。"白术毫不在意地说，"你想怎么叛逆都行哦。"

"你才叛逆！"苏老师没好气地反驳。

白术淡定道："那你去洗手间。"

我跟你简直没法沟通。

苏老师将笔往桌上一扔，抬手扶了扶眼镜，然后愤然走出办公室。

三分钟后，白术打完电话走出办公室，瞧见干杵在走廊的苏老师，露出"你果然叛逆"的眼神。

苏老师为人师表，原本是不想在这事上跟白术计较的，可白术那眼神过于赤裸裸，他没憋住，解释道："我没有上洗手间的需求！"

才不是叛逆！

"没关系。"白术大大方方地说了一句，摆摆手，然后离开了。

苏老师看着她离开的背影，总觉得哪儿不对劲，愣了半天，终于反应过来：他才不需要白术说一声"没关系"！

白术那一通电话，苏老师没当回事。

直到第二天上午，苏老师办公室的座机铃声响起，对方是一个年轻人：“您好，请问是苏长林苏老师吗？”

“是我。”

“我是送同城快递的，”年轻人说，“您的学生有个包裹，需要您拿一下。我在学校正门。”

“学生姓什么？”

“这我不知道。您方便来拿一下吗？你们学校我进不去。”

“好。”

“对了，包裹还没付钱，需要您带一点钱过来。”

苏老师挂了电话，脑海中闪过白术的身影。他叹息，抬手捏了捏眉心，然后起身离开办公室，认命地帮白术拿包裹。

包裹用一个盒子装着，看不出里面装的是什么。价格倒是不贵，加上跑腿费都不过百。

苏老师毕竟是个有底线的，没有研究里面装的物品，回办公室后，就找人把白术叫了过来。

白术很快赶到。

“你的包裹。”苏老师指了指桌上的包裹。

“谢谢。”

白术拿起那个包裹，然后将一张百元钞票放到桌面。

“钱就算了。”苏老师道，“以后再有这种事，提前跟我说一声，搞得我没头没脑的。”

白术没将钱收回来，而是低头看了眼包裹，颇有深意地说：“你大概不会愿意跑第二次了。”

没能理解白术的言外之意，苏老师皱了皱眉：“我是那样的人？”

白术但笑不语。她与苏老师告了别，拿着包裹离开了。

苏老师看了眼那张钞票，想要叫住白术，但她已经走出门，不见身影。苏老师想了想，便就此作罢。

直到这一刻，天真的苏老师还以为，这桩事已经结束了。殊不知，这一切只是个开始，而他将在不久的将来成为白术可耻的同谋。

昨日下了一天的雪，直至今早才停歇。厚厚的积雪堆积在屋檐、树梢、花坛，尚未消融，跟午后柔和的阳光相伴，成就校园内一抹亮丽的风景。

午饭过后，校园逐渐热闹，三两成群地游荡。

校园西南角，有一处风景绝佳之地，湛蓝澄澈的月亮湖，沿岸栽了一圈柳树，建有凉亭和木桥。湖边是一片人工打造的小树林，四季景致皆有亮点，不仅校内人员喜欢来这里，还是校外游客的打卡胜地。

天气冷，前往月亮湖附近的学生本该很少，可这一日，却因一条飘荡在空中的鲜红横幅，吸引来大片学生。

前往月亮湖的必经之路上，栽着两排高高耸立的枫树，枝丫秃了，视野空旷，用细线绑在两棵树的树梢、横在道路上的横幅极其醒目，隔着一公里都能见到那抹鲜艳的红。

横幅上赫然写着——“庆祝集训营甲班RPG顾永铭同学被领养二十周年”。

谁都不知横幅怎么挂上去的，甚至不知是几时挂上去的。但是，这一幕无疑引得诸多学生旁观，午休过半时已围了一圈人。

“不是说顾野才是被领养的吗？”

“当事人又没这么说。原来顾永铭说的‘不是亲的’，是指自己被领养的？真够贱的，把话说一半误导舆论。”

“究竟是哪个好汉做的？这要被查出来，集训营是待不了了吧。”

……

闻讯赶到的顾永铭，听到这些闲言碎语，脸一下就绿了。

月亮湖，凉亭之上，白术坐在木凳上吃布丁，一抬眼，即可见挂在空中的横幅以及成堆的看客。湖风微冷，但影响不了她看戏的心情。

有个看戏都赶不上热乎的少年从湖边走过。

白术吹了声口哨，清亮的声音吸引了少年的注意。少年朝这边看了一眼，又远远地看了看横幅现场，马上联想到什么，他转移了路线，径自走向凉亭。

“挂横幅的不会是你吧？”即墨诏走过来，眼神极其笃定。

“是我啊。”

白术吃完最后一口布丁，对自己所做之事一点都不藏着。

“你可真缺德。”即墨诏倚着一根木杆，抬眼望向举着竹竿跳脚都够不着的校内员工，“你究竟是怎么挂上去的？”

“很简单啊。你还记得那个喇叭吗？”

那一根长绳。

它绑在手上怪好看的，一点都不突兀。但是其中一端有个小机关，不知怎么做的，反正瞄准后按下机关按钮就可以发射，冲击力挺大，杀伤力也不小。

“不是被学校没收了吗？”即墨诏面露疑惑。

“我又不止一个。”

“哪儿买的？”眼眸一转，即墨诏动了心思。

“朋友送的。”白术一语戳破他的小幻想，“没得卖。”

即墨诏悻悻地撇嘴。

“你为了顾野真是煞费苦心。”即墨诏视线在周围一扫，忽然意识到什么，“他人呢？”

“不知道。”

“没跟他说？”

“说什么？”白术挑了下眉，表情有些欠揍，“我要帮你澄清真相了，你要不要举个旗子在一旁喊声加油？”

即墨诏顺着她描述的场面往下想，结果满脑子软萌Q版的顾野举旗子跳动的模样，顿时觉得脑袋都不能要了。

他抬手扶额：“你说得对。”

余光觑见某个急匆匆张望的身影，白术站起身，顺手将装布丁的盒子塞到即墨诏手里：“我要走了，你丢一下。”

“你走过去丢一下是哪里会出问题吗？”即墨诏没有牧云河当爹的自觉，当即就抗议了。

“我踩着苏老师的底线跳舞呢。”白术正色道，“被他看到有心情吃零食，不大好。”

“跟他有什么关系？”即墨诏不明所以，“你的恶作剧还留证据了？”

白术乜斜着他：“横幅是他拿回来的。”

即墨诏被这震撼消息定在原地：我要不说一声你牛，怎么对得起无辜受牵连的苏老师？！

白术从水上长廊走下来，正好撞上怒火滔天找过来的苏老师。

“你！”苏老师抬手指了指她，然后喘了口气，他叉着腰说，“你跟我回办公室。”

“好。”

白术乖乖的。

苏老师面色铁青地看着她装乖的模样，气得跳脚：装有什么用！你一开始就别做啊！

憋了一肚子气的苏老师，怕一张口就对白术一通怒骂，于是一路上都没有说话。回到办公室后，他径自冲向饮水机，一连喝了三杯凉水后，才将心中燥火压了压。

白术在一旁假模假样地劝说：“大冷天的，像你这种年纪的，喝冷水不大好。”

“我什么年纪？我才三十岁！风华正茂的时候！”苏老师将水杯重重地搁桌上，愤怒地瞪着她，“我这样是被谁气的？你说，被谁气的？！”

白术眨眨眼：“我吗？”

“你！”苏老师气得原地转了两圈，“你给我站好了！”

白术将手从兜里拿出来，挺直腰杆站得笔直，摆好立正的姿势，但说的话依旧没收敛：“你像极了五十岁。”

“你别说话！”苏老师怒道。

“哦。”

白术安静下来。

苏老师又转了一圈，然后回到饮水机前，又接了半杯水一饮而尽。

“我拿回来的包裹里，装的是不是那——”苏老师指了指西南方向，话到嘴边后，顿了顿，用别的词替代，“那东西。”

“是的。”

“你怎么挂上去的？”

“喇叭。同理。”

“你可真能啊！”苏老师的镇定此刻都喂了狗，他打量着白术，又稀罕又惊奇，“在宁川大学那会儿，我怎么就没瞧出来，你这么能折腾呢？”

“那会儿没空。”白术说，“而且，我是法学院的，导师是印院长，他比较不讲理。”

每问一句她都能答一句，苏老师险些被她噎死。

“合着是我太讲理了？”苏老师嘴角抽搐。

“这是你的优点，可以好好发扬。”

苏老师一时不知该说白术什么好。

“苏老师，”白术弯了下唇，“这件事，只要学校查不到横幅来源，就无法追责到个人。你不说，我不说，这事情就不会被知道。你说呢？”

扶了下眼镜，苏老师拧眉：“你让我跟你同流合污？”

“嗯。”

“你哪儿来的自信？”

“多一事不如少一事。”白术淡定道，“与其牵扯到事件中费心思摆平，不如做一个局外人等这事消停。如果你不是这么想的，又怎会先把我叫来办公室？”

苏老师确实是这么想的。但是，他是想先吓唬一下白术，让白术今后收敛一点的，没想他的决定全被白术拿捏住了。

“你的脑筋怎么就不用在漫画上呢？”苏老师头疼地教育她。

白术幽幽地看了他一眼，没说话。

我在漫画上的成就，说出来怕吓死你哦。

虽然想法被白术预料到了，不过为了师长的威严，苏老师还是留了白术半个小时，跟白术念了半天的教育经。直至白术一连打了三个哈欠后，他自己也忍不住犯困，才摆摆手让白术离开。

“苏老师，”白术走到门口，忽而顿住，转过身来，“你选择隐瞒这件事，其实也觉得顾永铭不怀好意，想给他一个教训吧？”

“我什么都不知道。”苏老师回避白术的视线，义正词严地说，“以后别来我办公室打电话。”

白术笑了下，手插兜里，抬步离开。

下午的课安排在机房。

白术离开苏老师的办公室后，前往另一栋教学楼。

“白小术。”

抵达楼下时，白术听到熟悉的声音。她微怔，仰起头，柔和的阳光落到眼里，她眯缝起眼，倏然变窄的视野里出现顾野那张清俊的脸。

顾野站在二楼走廊，低头向下看，眉眼染笑，清浅的笑并不张扬，却有着如同冬日暖阳的软和。

他手一扬，有什么东西落下。

白术下意识伸手，张开手心，把东西抓入手中。

她摊开手掌，是一颗糖果。

再仰头，她看到顾野摆了下手，说：“谢了啊。”

“小意思。”

白术挑了挑眉。

二人相视一笑。

白术挂横幅的方法太缺德，不仅闹得尽人皆知，还让人取横幅时大费周章。

据说因为横幅挂得太高，人够不着，取横幅的人用尽了各种方法都没能取下来，束手无策，最后是学校请了专业团队来，横幅才被顺利取下。

学校打算追究此事，并且合理地怀疑到白术身上，但在“如何获取横幅”的问题上就没法下手。因为任凭学校有通天本领，也无法在苏老师不说的前提下，查到白术和横幅的关联。最后，学校只得看着白术干瞪眼，无法奈何白术半分。

顾永铭则是因此事直接社会性死亡了。

至于顾野这边，全程都置身事外，一句话都没说。甭管好的坏的言论，一概不理。

集训营的学生对此事议论了一天，不过，很快就被沉重的学习压力压垮，时间紧张到连吃饭睡觉都得计算着来，很快就没人讨论了。

接下来两天，集训营相安无事。

周五晚上，白术在食堂四楼闲逛，又来到先前拿喇叭的私房菜店。还是原来那个喇叭，还是原来那个位置。

白术站在门口，盯着那个喇叭看。

“又来啊？”店员小哥哥眉开眼笑地跟白术打招呼。

“嗯。”

“我们老板说了，”店员小哥哥说，“用一次，三个积分。拿走，五个积分。”

“好。”白术倾身，将喇叭拿起来，眼睛弯成月牙，“给我刷五个积分。”

“哎。”店员小哥哥应得清甜。

五分钟后，白术拿着那个喇叭，优哉游哉地离开食堂。

周末这两天，除了日常的晨练外，就没有别的课程安排，学生可以随意安排训练和PK的时间。并且，这两天晨练推迟半个小时，要六点半才开始。

集训营的学生们终于可以喘口气，他们甚至天真地以为，这一天可以睡个懒觉。

六点整，起床铃声没有响起，清晨寂静又安宁。

但是，一个纤细的身影溜达到男生宿舍楼下，手里拎着个扩音喇叭。

晨风掠过，荡起她披散的墨发，路灯昏黄，在她身上笼了层朦胧光晕。

时间一到，白术一只手往兜里一放，然后举起喇叭，按下开关。

“甲班RPG同学，早上好。我是丁四班的白术。经过多日的煎熬等待，这一天终于来了。在这个令人激动澎湃的日子里，请允许我以真挚恳切的心情向你发出PK申请。虽然你明确表示不屑于跟评级全D的我PK，但这两日就是为了让我们打破偏见、摒弃成见存在的。相信以你的胸襟和肚量，是不会拒绝我今日将会对你发出的PK申请的。”

一番诚恳的话，在学员们尚未苏醒的宿舍楼前，以最大的音量，缺德地进行循环播放。

不到两分钟，就能听到宿舍楼内传来的骂声。

然而，等他们穿好衣服冲出来，想好好揍一顿这个扰人清梦的女生时，却只见到一个悬挂在半空中的喇叭。

“顾永铭，你今天要不狠狠出了这口气，我就弄死你！”

“天，这么高她怎么挂上去的？！”

“这个丁四班的班长，我是真服气！我给她跪下了好吗？她能不能安分一点！我睡得正香呢，被她这喇叭直接炸醒了。我还以为地震了呢。”

……

宿舍楼里全是骂声，此起彼伏。

顾永铭被吵醒，浑浑噩噩地穿好衣服走出门，就见到一堆人聚集在走廊，全都冲他嚷嚷“必须应下白术的PK”。他蒙了半晌，听清了宿舍楼外循环播放的喇叭声，表情阴晴不定。

这个白术怎么回事儿?

一天天的，净是事儿。

简直就是他的克星。

同一栋宿舍楼里，即墨诏打着哈欠敲响对面宿舍的门，在震耳欲聋的喇叭声里冲着顾野喊：“你能不能管一管白术？”

顾野闲闲地掀起眼皮：“管不着。”

“这一周都没完，已经是第三次了！”即墨诏继续抬高声音，“后面还有三个月呢！她还让不让人活了！”

“很有意思啊。”

熬夜在漫画 NO.1 上奋战的即墨诏顶着一双熊猫眼：“哪儿有意思了？！”

顾野同情地看了眼即墨诏，发自肺腑地说：“哪儿都有意思。”

“疯子！你们俩都是疯子！”即墨诏严重睡眠不足，此刻气得肝胆俱疼，他咬咬牙，“白术今天要是进不了甲班，我一辈子都瞧不起她！”

顾野拍拍即墨诏的肩，把一副耳塞递给他：“去睡吧。”

即墨诏顿时怒火全消。

不过，他还没来得及走，又听得顾野说：“据我所知，她还没凑齐五十积分，我估计她会在你身上搜刮。好好睡会儿，省得到时候砸电脑。”

即墨诏一个踉跄，险些摔倒。

这坑徒弟的师父简直没法要了!

扩音喇叭在男生宿舍楼挂了半个小时，吵得男同学们怨声载道，恨不能将白术除之而后快。

半个小时后，白术出现在操场晨练，遭到所有男生统一的仇视。

白术视而不见，神情坦荡。

好像她没做过挂喇叭吵醒一栋宿舍楼的人这样的缺德事儿。

“白班长，你要不要问问上天，它什么时候能收了你？”

“白班长，求求你了，下次发一副耳塞吧。提前知会一声也行啊。”

“白班长，我佩服你的勇气，但我唾弃你的手段。”

……

丁四班的男同学纷纷表达了对白术的不满。

时正拎着哨子赶到时，见到的就是男同学们统一抱怨白术的场面，略微惊奇地挑眉，他跃跃欲试地拱火：“你们别光说啊，动手啊！光说不练，算什么男子汉？”

丁四班的男同学们齐刷刷地看向他。

你来。

你来。

我们给你腾地儿兼打掩护。

被这些虎视眈眈的目光一扫，时正咽了口唾沫，底气登时消了一半。

“不是有格斗训练吗？合理正当的报复。”成为公敌的白术非常体贴地给他们出主意，“我随时奉陪哦。”

全场一秒寂静。

时正打量着有恃无恐的白术，心里有了个猜测：“你不会正好是什么武术冠军吧？”

“不是。”白术回答。正当众人松口气的时候，她不紧不慢地说，“因为我这人打小就欠，我爸一直让我学散打防身。”

时正哑了半晌，真心实意地说：“叔叔真有先见之明。”

白术附和地点头：“无法不认同。”

你认同什么认同啊！

“你给我归队！”时正往队伍里一指，马上就要发飙了。

真是多跟白术说两句话，一大早的心情都被毁了。

虽说白术很讨嫌，但大家都是文明人，哪怕心里真的恨白术恨得牙痒痒的，也没有付诸行动，没有在格斗训练上报复白术的意思。

男同学们暗自感慨自己真是太宽宏大量了。

然而，半个小时后，当他们见到白术轻松撂倒一个一米八的壮汉时，傻了眼，又开始庆幸自己的宽容救了自己。

这要是真想着在训练时报复白术，岂不会被白术赠送一个“医院半月游”的套餐？

不远处，时正锁眉观察着白术的一招一式。半晌后，他吹了声哨子，招招手把白术唤过来。

“你不是随便学学吧。”时正眼神带着探究的意味。

白术莫名其妙：“你为什么觉得我是随便学学？”

时正一哽。

为什么？因为一般人学散打，都是学着玩，学个几年都是三脚猫的功夫。

“你不是个普通的明星吗？”白术歪了下头，眯眼打量着他，“眼睛还挺毒。”

“我才不——”时正张口就要回，可话说到一半及时打住，他差点咬到舌头。吸了口气，他指向操场，“少套我话！你给我回去训练！”

“是你喊我过来的。”白术说。

“我现在让你去训练。”

“事儿精。”

“你才事儿精！”时正反驳，“我才没有大早上用喇叭叫醒一宿舍楼的人那么事儿！”说完，他又鄙夷道，“你瞧瞧你，做的尽是些什么缺德事儿！你不惭愧吗？！”

遭此指控，白术理直气壮地说：“不惭愧，我骄傲。”

时正磨了磨牙。

骄傲死你算了！

他就没见过这么气人的玩意儿。

晨练过半，时正放兜里的手机振动起来。

学校规定明星在当教官期间不准带手机，不过规定是规定，是否执行就得看明星自觉了。

很显然，时正是个反面典型。

他让丁四班自由活动，然后转身回到车里，关上车门，将手机掏出来，接听。

“在封城漫画学校的集训营吗？”

“嗯。”

“需要你带个话。”电话里的人说，“医疗部的段部长要找一个叫白术的学生，你找到她之后，让她给段部长打个电话。”

“谁？”时正声音拔高。

“白术。”

对方斩钉截铁的声音入耳，时正怔住。他僵硬地转过头，看向窗外，见到操场上那个下手干脆利落的女生，心道：见鬼了。

这种人也能进BW，看来上天都要亡BW了。

愣愣地挂断电话，时正收好手机，重新回到操场。接下来的时间，他几乎全程都盯着白术看，恨不得将白术看出个洞来。

晨练结束，时正在宣布解散前，让白术留下。

白术作为班长，经常会跟教官接触，大家都没觉得不对劲。倒是顾野，在走之前，别有深意地看了时正一眼。

“什么事？”待人走光后，白术走向时正。

时正紧紧皱眉，再一次打量她，揉了揉腮帮子后，他低声道：“你跟我来。”

他走向停在路边的豪车。

白术想了下，虽说起了疑，不过单论武力值，她拿下时正只需三招。于是她坦荡荡地跟在时正身后，从容不迫地上了车。

“你是BW的人？”甩上车门后，时正问。

“嗯。”白术眯缝了下眼，“你也是？”

“有人让我把手机借给你，让你给医疗部的段部长打个电话。”时正没有正面回答，而是在掏出手机解锁屏幕后，将手机递给她，“你知道电话吗？”

白术接过手机：“知道。”

她点开拨号，熟练地输入数字。点了三下后，她倏地顿住，随后看向时正：“你不走？”

“我干吗要走？这是我的车。”

“嗯？”

白术歪头，不说别的。

时正内心狂飙脏话，将车门推开，跨出一只脚后，他没好气地催促：“你快点！”

白术没答。

她按完后面的数字，将电话给段子航拨过去。

“谁？”段子航语气冷冰冰的。

“我。”

“白队。”段子航态度一秒好转，语调缓和不少，“话带到了？”

“嗯。带话的是你们部门的？”

“不是。我查了下，漫画学校没 BW 的人，就托人找一个能带话的。”段子航解释道，“你知道的，BW 部门多，关系杂，还有很多编外人员，无论在哪儿都能找到一两个跟 BW 挂钩的人。”

这倒是。

有时在路上摆摊卖早餐的大爷，都有可能是 BW 的志愿者。

白术将这个问题翻了篇，问：“你找我什么事？”

“两个事。”段子航说，“有个事跟顾野相关。我记得你很关注他，所以得跟你说一下。”

“你说。”

“他半夜三更找人往我别墅里扔了一张请帖，约我明天中午见面，说有事相谈。我怀疑跟顾家老太太有关。”

“半夜？扔？”

“嗯。深夜三点左右。来人身手很厉害，悄无声息潜入别墅，还跟阿绫过了招。阿绫略逊一筹。”段子航顿了顿，“你这边是什么态度？”

“见机行事。”白术沉吟了下，“态度好一点。”

“嗯。”

“第二个事呢？”

“第三基地。”段子航抛出四个字提醒，转而压低声音，“你得出来一趟，电话里不好讲。”

“这基地能出什么幺蛾子？”

“内乱。”段子航简明扼要，“它是培养人才的独立基地，跟我们这些部门没有牵扯，具体我们不得而知。所以才需要从长计议。”

白术蹙眉：“行。”

三分钟后，白术结束了跟段子航的电话。她敲了敲另一侧的车门，两秒后，车门被拉开，时正不耐烦地坐进来。

“好了？”时正斜眼看她。

“好了。”白术把手机还给他，“你是哪个部门的？”

“关你什么事。”时正张口就回，顿了顿后，他狐疑地盯着白术，“你哪个部门的？”

“关你什么事。”

白术冷飕飕地回话，推开车门走出去，甩上车门的力道很大。

时正吸了口气，告诉自己要冷静。

给她当传话筒、借给她手机，她不道声谢就罢了，气性还是那么大。怎么着，还当自己是BW队长了？

白术于早上六点用轰动的方式向顾永铭宣战的事闹得尽人皆知，哪怕是两耳不闻窗外事的学生都听说了这事，对白术的后续动作有了好奇。

然而，一个上午过去了，白术一点动静都没有。

半个集训营的学生，乃至半数以上的老师，都暗自揣测白术的心理状态，并偷偷摸摸地进行分析，在“找存在感”和“制定战术”两个选项里摇摆不定。

女生宿舍楼，502宿舍。

“笃笃笃……”

白术被敲门声吵醒。

她把眼罩摘了，眯着眼赤脚下床，神情困倦地拉开卧室的门。

站在门口的是简以楠。

“做什么？”白术不爽地问。

简以楠怔了怔。卧室的遮光窗帘拉上了，里面没什么光亮，白术睡眼惺忪的，脸上有些微睡痕，手里拿着个眼罩。

盯着白术的两绺呆毛看了半晌，简以楠回味过来，问：“你在做什么？”

“补觉。”

“你不是要跟顾永铭PK吗？”简以楠难以置信，“因为你的宣战，他退掉所有PK申请，专心等你，都一个上午了。”

白术莫名：“他等他的，有你什么事？”

我也在等。

简以楠在心里嘀咕了一句。

得知白术进了集训营后，简以楠虽然没来找过白术，但密切关注着白术的一举一动。

这次白术向顾永铭宣战，简以楠一直等着，可等了一个上午都没等到白术的动作，她实在是按捺不住，才来白术的宿舍找人。

简以楠拧眉看着白术："你打算什么时候跟顾永铭 PK？"

"我不急。"白术慢吞吞地说着，转身就往卧室走。

我们急！

简以楠紧跟进门："都中午了，你不去吃饭吗？"

"不吃。"

白术一头扎进了被窝。

"你起来。"简以楠跟过去。

"不起。"

"你是不是退缩了？"简以楠伸手去抓被子。

白术推开她的手，从床上坐起来，烦躁道："你烦不烦啊？"

"我还能更烦。"简以楠指向门口，"你要不起来，我就把喇叭挂你房间门口，吵都把你吵醒。"

"你已经够吵了。"

"你让我不吵也行，赶紧起来。"简以楠神情严峻，态度执拗。她一身傲骨在白术面前总是支棱不起来，每每只能踩着下限跟白术互动。

白术眉心一点点皱起来："去给我拿衣服。"

"你——"简以楠眉目一沉。

"去不去？"白术视线扫到她身上。

简以楠缓缓呼出口气，气沉丹田。她停顿一秒，转身去给白术拿了一套新的集训服。走过来时，她实在没忍住，把集训服砸向白术的脸。

衣服是软的，砸了也不疼。不过，白术在半空捞住了，连个机会都没给简以楠。

换好衣服，白术又去洗漱了，然后优哉游哉去食堂吃午饭。简以楠全程跟在她身后，引来不少的关注。

一个小时后，简以楠终于陪着白术来到机房。

简以楠悬着的心总算落地。

然而，五分钟后，简以楠看着白术登录漫画 NO.1 后，直接在好友列表里找到在线的 SL，向 SL 发出了 PK 申请。

SL 一秒同意。

"你在做什么？"简以楠手指紧紧捏成拳，难以置信地问。

"我缺三十积分。"白术单手支颐，"得找人 PK，把积分凑齐了。"

简以楠胸腔的怒火在翻滚：“你连积分都没凑齐，就敢跟顾永铭下战书？”

“嗯。”

白术微微颔首。

下一秒，SL 选择中场认输，白术的账号白白得了十个积分。

又一次向 SL 发出邀请，白术冲简以楠挑眉：“你急什么？坐呗。马上就好。”

简以楠见到 SL 第二次中场认输，眸光一闪，忽然意识到什么：“他在配合你作弊？”

“不能这么说，”白术大大方方地说，“他比较识趣而已。”

简以楠在是否举报的选项里摇摆了一下，最后拧了拧眉，在旁边坐下，别过头，选择对白术如此获取积分的方式视而不见。

她是来看白术和顾永铭 PK 的，不是当积分获取方式是否正规的正义使者的。

有了即墨诏的配合，白术获取三十个积分不到五分钟。然后，她看了眼五十出头的积分，然后搜索到 RPG 这个账号，发出 PK 申请。

等候多时的顾永铭立即同意。

旁观的简以楠顿时来了精神。

比赛开始。

白术左手拿起压感笔，低头在数位屏上创作，动作慢条斯理的。

简以楠全神贯注地盯着。

熟能生巧，白术落笔速度很快，若非数位屏质量好，恐怕显示速度都会延迟。原本专注于白术画工的简以楠，一开始就被白术的手速惊呆了。等她缓过神，白术的草稿已经成型。

简以楠惊愕地看了她一眼。

没有在他人创作中打扰的习惯，简以楠打量白术须臾后，就打开另一台电脑，迅速登录自己的账号，进入白术和顾永铭的 PK 直播间。

“Echo 这手速太神奇了，不会作弊了吧？”

“这是系统评级全 D 的人该有的实力？我一个全 A 都感觉受到了侮辱。”

“进直播间之前：RPG 快弄死她！进直播间之后：RPG 你撑住了。”

“第一次看 PK 看到自闭。给集训营分班的老师是不是脑子有问题，把即墨诏、白术、顾野这种本该在甲班的变态都拨到了丁四班，这是故意给他们安排吊车尾逆袭的戏码吗？”

“RPG 这会儿状态明显不行了，我怀疑他心态已经崩了。”

“RPG 最擅长的就是速度，选择比试的项目也是速度。Echo 已经在速度方面彻底碾压他了，还让他怎么比？”

“Echo 草稿都结束了，RPG 才画到三分之一。想要绝地反击，RPG 估计没戏了。”

直播间的观众基本都是集训营内部的学生，弹幕都是学生们的惊叹、感慨以及分析，其中很多言论让简以楠感同身受。

对于白术，简以楠一直不敢小觑。

可是，她不知白术的真正实力，心里总是没数。直到这一刻，简以楠回想起在少年班时被白术支配的恐惧，握住鼠标的手不自觉地颤抖。

“走吗？”白术的声音倏然入耳。

“什么？”

简以楠不明所以。

“比完了。”白术捏了捏左手手腕，漫不经心道，“你不是在看吗？”

“啊？”

简以楠回过神，再次看向直播间，发现弹幕量成倍增加。

“发生了什么，才过去十分钟，RPG 就认输了？！”

“一看就知道 RPG 发挥失常。不过，能把他逼到这份儿上，Echo 是有点东西的。”

“这就结束了？Echo 成为第一个拿到甲班入场券的挑战者，RPG 这样的大佬被踢到丁四班了？”

“听说 Echo 在第一天到校时就说要进甲班，被丁四班当作笑话。结果，她花了十分钟就把不可能完成的目标达成了。”

看着这些弹幕，简以楠后知后觉意识到什么。

白术从她身边走过。

简以楠倏地抬手，拽住白术的手腕，仰头道：“比一局吧。”

“不比。”白术将手腕挣脱出来。

简以楠执着劲儿犯了，紧跟着白术：“我的积分都可以给你。”

“不需要。”

“就一局。”

“我不比。”

“你要怎样才答应？”

“不怎样。”白术兴致寡淡，“跟你比没意思，有机会再说。”

白术走出机房，来到电梯。忽地，简以楠追上来，拦在她身前：“我会在三个月内登顶积分榜，只要你答应跟我比一局，所有积分都归你。”

她不依不饶的，白术怕了她了：“等你登顶再说吧。”

“你等着。”

简以楠就当白术答应了，慎重地放下话，然后转身进了机房。

看了眼她的背影，白术眉毛微动。

第九章

神秘的第三基地

挑战甲班学生成功，是白术计划内的事，只是顾永铭正好不知死活地撞上枪口，白术拿顾永铭来祭天罢了。

白术没将这事放心上。

可是，她不当回事，并不代表别人不当回事。

这一天，天还没有黑下来，整个集训营都知道丁四班那个清早挑战甲班大佬的学生，竟然真的挑战成功了，一局踏入甲班的大门。

白术被江南枝、即墨诏、苏老师挨个找了一遍，最后她烦不胜烦，干脆待在宿舍里不出门。

黄昏时分，白术坐在电脑前，用漫画NO.1玩消消乐，忽地有好友私信跳出来，竟然是顾野。

【Gu】：待会儿有一场戏，你有空看吗？

【Echo】：有空。在哪儿？

【Gu】：看我PK。

白术对观战PK没兴趣，不过，顾野算个例外。收到顾野的消息后，白术对顾野设置特别关注。等顾野PK的消息一弹出来，她就点进去旁观。

出乎意料的是，跟顾野PK的竟然是顾永铭。

"怎么回事，Gu跟RPG怎么比起来了？是随机匹配的正式PK，还是约好的私下PK？"

"私下PK。Gu来甲班机房找的RPG，直接下战书，现场PK。"

"甲班机房在哪里，我现在就赶过去？"

直播间弹幕全是学生们的现场直播。

白术看了片刻，才想起去看二人的创作。只是看了几眼她就猜到结局，没什么兴趣了。她起身去客厅拿了一盘水果和一包瓜子，坐在电脑前看弹幕。

这一局，RPG撑到二十分钟，认输。

半分钟后，开了第二局。

"怎么又来？"

"刚刚比的是画面，现在比的是速度。Gu说，分镜、故事、综合都可以约，他随时奉陪。"

"这是想按着RPG的脑袋在地上三百六十度无死角摩擦吗？"

"不是没可能。野神玩电竞的时候，这一类的缺德事可做过不少。要不然，他的'大魔王'称号怎么来的？"

"这也太不现实了。他十九岁从全国排名第一的大学硕士毕业，玩三年电竞三个冠军，现在一脚掺和到漫画里来，唯一一个综合评级 SS。他人生开外挂了吧？”

围观直播的学生被顾野的履历吓了一跳，弹幕里风向转变，开始扒顾野的过往经历。

第二局的比赛有点久，毕竟速度是顾永铭擅长的领域，顾野花了半个小时才获胜。接下来是第三局、第四局、第五局，顾野都以压倒性的优势获胜。

玩到第五局时，顾永铭已经是苟延残喘了。前二十分钟就大局已定，顾永铭硬生生撑到比赛结束，等系统宣布他输了才罢休。

白术吃完一包瓜子，注意到最终结果，掀起眼皮看向弹幕。

“堂堂甲班大佬，被顾野耍着玩？”

“顾永铭没戏了，一天内被两个丁四班的同学按着打，心态早崩了。如果他接下来不好好调整，估计难有翻身机会。”

“你们不知道吗，顾永铭已经被淘汰了。在跟白术 PK 输了后，顾永铭不是掉到丁四班吗？他想回甲班，所以连续找了两个甲班同学 PK，结果他全输了，积分归零。本来他靠正式 PK 五连胜获得了五十积分。现在跟顾野私下 PK 连输五局，积分又归零。集训营零分就要走人，他没救了。”

“那也太可惜了。”

“要说狠，那还得数野神。白术那算啥啊，小打小闹的。”

“要不怎么说他俩不是亲兄弟呢。”

……

白术扫了几眼，关掉页面，点开跟顾野的对话框。

【Echo】：你不是不稀罕搭理顾永铭的吗？

【Gu】：嗯。但他走了更清静。

白术抿了下唇。

她可以确定，以顾野对顾永铭的漠视态度，是不会主动搭理顾永铭的。现在她针对顾永铭，难免遭了些非议，可顾野在这个关键时刻把顾永铭逼走，实打实把恶人这个称号担下了，自然不会有人再关注她做的事。

【Echo】：你家里怎么办？

【Gu】：不管。

几秒后，顾野又发来消息。

【Gu】：收拾一下下楼吧，哥哥现在发达了，请你吃夜宵。

【Echo】：我们甲班学生吃什么都不要钱。

【Gu】：三秒钟，我要看到你撤回这句话。

【Echo】：你才得五十积分，都没即墨诏多，不适合当霸总。

顾野给白术发了一排愤怒的表情，然后下线了。

手机被没收后通信极不方便，白术洗了把脸就下了楼，结果在楼下等了半天都没等到顾野的身影。直至她耐心耗光时，顾野才姗姗来迟。

“谁招惹你了？”顾野将打包好的夜宵给白术，觉得她的神情有点怪。

“你是爬过来的吗？”白术轻蹙眉心。

合着是等太久了。

顾野笑了下，倒也没跟她解释，而是忽地倾身靠近，冲她扬眉：“你看。”

白术一怔：“什么？”

鼻尖钻入淡淡的烟草香味，混杂着熟悉清冽的味道，白术抬起眼睑，见到顾野的喉结、下颌，视线再一往上，他削薄的唇、笔挺的鼻、深邃的眼眸一一映入眼帘，近距离的。

他低下头，清浅的呼吸洒落下来，拂过她额前的碎发，又落到她的肌肤上，是那么清晰，又温柔。

白术呼吸一窒。

“我的脸。”顾野说。

“帅的。”

“我的皮肤。”

“白的。”

“你什么眼神。”顾野嗤笑，往后拉开一点距离，笑得神采飞扬，“我这人就是吃了不爱出汗的亏，不然以我着急忙慌跑过来的架势，你现在看我就跟从水里捞出来的一样。”

白术眨眨眼，片刻后，她叹息懊恼道：“我恨我这脑袋。”

“什么？”顾野没反应过来。

“太聪明了。”白术解释说，“看出的破绽太多，没法被你拙劣的谎言欺骗。”

“你可消停点吧。”顾野一时无语，“用你聪明的脑袋瓜想一想，我从机房楼走过来，路上再买夜宵，得花多长时间？”

“不想。”白术蛮不讲理，“我度秒如年。”

顾野叹了口气，恨苍天为何不让他当个哑巴。

白术口头上争赢了，等待的烦躁感随之消失。她提了提夜宵，发现不对劲：“这是我们学校能买到的东西？”

两个袋子，一个装的是知名品牌的烤鸭，一个装的是各式各样的零食。

都不是学校里能卖的。

“点的外卖。”顾野说，“虽说不是霸总，但总得做一点即墨诏做不到的事。”

“你哪儿来的手机？”

“用了机房的电脑，一个局域网还能把我难倒了？”

早在跟顾永铭PK前，顾野就连接了外部网络点好外卖，然后写明时间和地址，他下线后去指定地点拿即可。

“不愧是高才生。”白术晃了下手中的袋子，“去哪儿解决啊？”

顾野略一思索，可没等他回答，又听得白术说：“我有个好去处。”

一刻钟后，白术和顾野来到一栋教学楼，找到一间音乐教室。

这栋楼是拿来上理论课的，这个时间，学生一般都在机房楼，所以楼里没什么人。

不过，教室里偶尔有学生复习理论知识，走廊也不时有人走过，只有音乐教室最安全，藏在被遗忘的角落，鲜有人经过，教室里的遮光窗帘一拉，里面亮灯也难被发现。

可是，音乐教室的门是关着的。

顾野扫了眼门锁，打算看白术犯难求助，结果一低头，就见白术淡定地从兜里摸出一根铁丝来。

“我很久没玩了，技巧有点生疏。”白术将铁丝往锁孔里戳，“你需要等等。”

顾野倚在一旁，舌尖抵了抵后槽牙，问：“你哪儿学的？”

“我有个朋友的外公是锁匠。她继承了这门手艺，并且广为传播。”

“你朋友做贼的？”

“不是。”

“那她闲得没事到处教人溜门撬锁的手艺？”

“人在江湖，逼不得已。”白术睇了顾野一眼，然后用铁丝捣鼓两下，门锁应声而开。她将门往里一推，顿了下，又补充道，“你看，有一门手艺的重要性。”

“法学生，你可真清醒。”顾野一想到白术的专业就忍不住嘲她。

明明是一个动辄在法律边缘试探的性子，怎么就偏偏选了法学专业呢？

白术走进音乐教室，摸索到开关的位置，把灯打开：“天知地知，你知我知。”

“要被发现了呢？”

顾野走进教室，把门关上。

白术无所谓地回头看他，耸了下肩：“还能咋办，全校皆知。”

顾野哑然。

音乐教室还算宽敞，不过很久没用了，桌椅都落了一层灰。他们选择了一张桌子，然后搬来两把椅子。顾野负责擦拭灰尘，白术负责拿出食物，合作非常默契。

不多时，二人面对面坐下。

“顾野。”白术戴好塑料手套，倏地喊了他一声，身子微微向前倾。

“什么？”

顾野速度比较快，用薄饼包好了烤鸭，闻声还以为她等不及了，抬手就将烤鸭送进她嘴里。

白术嘴巴被塞满，一时说不出话，一口一口咀嚼着，清澈的眼睛盯着顾野，明显有话要讲，但迫不得已憋着。

顾野看了忍不住想笑。

“你弄走顾永铭，是因为我吗？”咽下烤鸭后，白术直截了当地问。

包烤鸭的动作一顿，顾野斜了她一眼：“不带这么自作多情的。”

“不是吗？”白术眼睛一眨，问得很认真。

“是啊。”顾野并不否认，懒懒地答，“没你招惹他，谁会搭理他？”

“你不生他的气吗？”

“跳梁小丑罢了，无足轻重。”顾野显然没将顾永铭放心上，轻描淡写地回，“跟他置气影响心情。”

白术皱眉：“跳梁小丑在跟前蹦跶也很烦。”

“所以他以后不会再蹦跶了。”顾野语调淡淡的，他放好调料，将薄饼包好，挑眉问她，“吃不吃啊？”

“吃。”白术点点头，指着一旁的辣酱，“再加一点辣。”

顾野不惯着她，把递到一半的烤鸭往回收：“不吃算了。”

“哎。”

白术叫住他。

然而，在白术张口那一瞬，顾野作势往回收的手蓦地向前，猝不及防地将烤鸭塞她嘴里。她的声音戛然而止，瞪了顾野一眼。顾野眉眼间染的笑意更浓，像是恶作剧得逞的小孩。

“哎，你这……”顾野盯着咀嚼食物的白术，思考片刻后，认真地点评，“真像一只仓鼠。”

咽下食物，白术拧开一瓶酸奶，喝了一口：“你喜欢仓鼠吗？”

顾野被问得一怔，顿了一秒，笑容收敛了些：“还行吧。”

“那你考虑养一只吗？”

“逗一逗可以，不养。”

拧瓶盖的动作微顿，白术看着他的眼睛：“为什么？”

“养不起。”

“不要钱的呢。”

“怕麻烦。”

“哪种麻烦？”

“说不清。”顾野沉吟片刻，继而笑了笑，“你带一只宠物回家，总得有点心理准备吧？”

白术垂下眼睑，将酸奶搁到一边，“嗯”了一声后，伸手拿起一张薄饼，按照她的口味添加调料。在包好后，她没有自己吃，而是将其递到顾野嘴边。

“你要试试吗？”白术问。

顾野迟疑须臾，张开嘴。

白术将烤鸭塞到他嘴里。

待他咽下，白术问：“怎么样？”

“还行。”顾野说，“口味偏辣。”

白术别有深意地说：“起码要试试才知道合不合胃口。”

被她的眼神看得有些想躲闪，顾野捏了捏食指，避开她的注视，声音轻了几分：“但也不是什么都值得一试。”

“哦。”

白术眼里的光暗了些。

她看着还热乎的烤鸭，忽然就没了胃口。

第二天，晨练结束后，白术径直回到宿舍。她脱下集训服，换了自己刚来时穿的那套，然后戴好鸭舌帽离开宿舍。

学校的路线和监控白术早就摸熟了，她跟闲逛似的在校园里溜达，却在一段时间后避开监控和人群，抵达学校的一面围墙前。

她看着白墙上的脚印，神情若有所思。

难不成这所学校常有人做翻墙违纪的事？

扫过一眼，白术没太在意，目测了下跟围墙的距离，然后抬步加速向前冲，在靠近墙的瞬间起跳，脚踩在墙面，身形一跃就到了墙上。

她半蹲下来，观察墙另一面的情况。

“胆儿不小啊。”

身后倏地传来一道懒洋洋的身影，白术身形一僵，可很快发觉声音颇为耳熟，扭头看去，赫然见到顾野的身影。

他穿着休闲服，一只手抄兜，从羊肠小道缓步走过来，途经低矮的树梢时，他微微低下了头，头发擦着树梢而过，有雪花簌簌落下，些微落在他的发梢和肩膀。

很快，他彻底出现在视野里。

白术摸摸鼻子：“我看风景。”

“好巧，我也想看。”顾野抬起头，笑着看她，“让让呗。”

白术扫了一眼长长的围墙：“地儿大着呢，位置我就不腾了，风景我让你看一眼。”

“谢谢您。”

“不客气。”

二人你一句我一句地说完，顾野往后退了两步，扭动了下手腕，随后眉峰轻扬，三步上墙，以极其熟练的动作翻到白术身边。

他跃到墙上时，掀起一阵风。

额前发丝荡起，白术眯了下眼，看到顾野半蹲的侧影。

顾野手肘搁在膝盖上，侧首，冲她挑了挑眉："说到做到，我就看一眼。"

下一刻，他纵身跳下，落地，起身。

他退开两步，仰头："要我接你吗？"

"不用。"

白术酷酷地回应。她起身一跃，跳过墙边的杂草碎石，轻巧落地。白鞋踩在地砖上，她站起身，拍了拍衣摆。

她侧首："你翻墙是为了见段子航吗？"

"你消息还挺灵通。"顾野略微惊讶地问，"你呢？"

"跟你一样。"

"他来接你？"

"没有。"

顾野垂眸，视线在她衣服口袋上停留，问："你带钱了吗？"

白术蓦地一顿，回答："没有。"

平时用惯了手机支付，她没有带现金的习惯，现在手机上缴，她身无分文。不过，也没到无计可施的地步，她可以打车到段子航家，再让段子航付钱。

"我正好有点钱。"顾野说。

"我跟你走吧。"白术思索了一下，干脆省去了往来的麻烦事儿，直截了当道，"反正我们目的地一致。"

刚想给她掏钱的顾野微微侧首："哈？"

白术抬步沿着街道往前走："我饿了。你请我吃早餐。"

"理由？"顾野哭笑不得，跟上她。

"我猜你也饿了。"白术泰然自若地进行合理猜测。

他们都是一起结束晨练的，没道理白术回宿舍换个衣服往围墙走的这点时间里，顾野还能挤出时间去食堂吃早餐。

顾野无言以对。

因为学校采取封闭式管理，加上学校伙食本来就不错，平时没什么人到校外吃东西，所以早餐店并不多。白术和顾野晃荡完一条街，才看到一家早餐店。

正值早餐高峰期，店里的人不少，白术不想往里面挤，跟顾野报了想吃的早餐，然后就一副理所当然"等早餐"的架势。

见她不动，顾野顿了两秒，后知后觉明白她的意思："我给你出钱，我还帮你买？"

“嗯。”

白术坦然地点头。

顾野把她理直气壮的模样看在眼里，无奈一笑，只得嘀咕一句：“祖宗。”他认命地去早餐店排队。

人行道上行人往来频繁、步履匆匆，白术站了片刻差点被撞到。她侧身避开来人，往店里的某道身影看了一眼，然后慢吞吞地走到店外，挑了一块空地蹲下来。

她不喜欢等待，不多时，就困得直打哈欠。

“蹲这儿数蚂蚁呢？”顾野走过来，从后拍了下白术的脑袋。

白术往前晃了下，不爽地皱起眉。她仰头看了顾野一眼，站起身，注意到他手里的早餐，微微愣怔：“你怎么买这么多？”

他买的有三四人的分量了。

顾野将她要的早餐挑出来，递给她后，解释：“帮人带的。”

他走向路边拦车。

白术用吸管戳进一杯豆浆里，喝了一口，不疾不徐地跟在他身后：“你去哪儿？”

“回家。”

“顾家？”白术歪了下头。

顾野手一抬，一辆出租车缓缓停下来。他将后座的车门拉开，扭头看向白术，说：“自己家。”

白术弯腰钻进车里。她腾出一只手，想往旁边挪一挪，可没来得及动作，顾野就将车门关上，转而去了副驾驶座。

有点避着她的意思。

白术低头，咬着吸管喝豆浆，眉头轻轻皱起。

半个小时后，出租车停在小区门口。顾野付了钱下车，下意识往后走，想给白术拉车门，结果手刚触到车门就见其被推开，白术走出来。

“你住这儿？”白术打量着小区大门，神情泰然自若。

“嗯。”

“那进去吧。”白术耸肩，抬腿就往里走。

顾野“唑”了一声，估摸着她就没学过“客气”二字怎么写。

进了小区后，顾野领着白术进了一栋楼。电梯停在十一楼，顾野先一步出电梯，拎着一堆早餐打开自家的门。

“你家——”

白术从后面跟上来。

话说到一半，客厅里的画面从白术视野闪过，她微怔，紧接着伴随着一阵轻风，一只手遮挡在她眼前，挡住她的视野。

她眯了下眼。

“顾野？”客厅里传来少年略微诧异的声音。

少年赤裸着上身，皮肤白得近乎透明，一头银发湿漉漉地耷下来，水珠顺着发梢滴落，顺着背脊蜿蜒往下，滑过窄瘦的腰，没入围着浴巾的下身。

他看了眼门口，视线定在白术身上，蹙起眉。

“把衣服穿上。”顾野语气里透着警告和命令。

“哦。”

少年应答一声，视线从白术身上移开，趿拉着拖鞋前往卧室。他转身时，裸露的肩胛骨处有一串刺青，字母和数字的结合，像极了编码。

直至少年进了卧室，顾野才将遮挡了白术视野的手移开。

“我对小孩不感兴趣。”白术莫名其妙。

那少年不过十一二岁，只是露个上半身罢了，要身材没身材，要肌肉没肌肉，她一点兴趣都没有。

“他还小，”顾野乜斜着白术，正儿八经地说，“被你看光了，以后找不到媳妇。”

白术眨眼，“哦”了声，算是接受了他这理由。

顾野走进玄关，给白术找了一双棉拖鞋：“只有这一双，你将就一下。”

拖鞋是黑色的，男款，脚码比白术的大很多。白术穿上后，一行动就“吧嗒吧嗒”地响，像是一个行走的警报器。不过，白术作为一个不速之客，也没有挑剔的份。

“他是你弟？”白术穿好拖鞋，狐疑地问。

“他叫陆白。”顾野道，“路上捡来的，算我弟吧。”

“哦。”

白术走进客厅。

客厅的落地窗开着，寒风涌进来，非常冷。

顾野把落地窗拉好，室内登时暖和不少。

白术环顾着顾野这一套房。

复式结构的户型，客厅非常宽敞，一楼有厨房、书房以及卧室，装修简约却不失格调，整体偏北欧风，没有特别明显的个人喜好和身份象征。

二楼的情况就不知道了。

不多时，陆白穿好衣服走出卧室。

方才就扫了一眼，白术没有看清，这会儿发现他长得精致帅气，衬着那一头银发，像是漫画里的角色。

陆白穿着一件卫衣和长牛仔裤，以他这个年龄来说，又瘦又高。碎发落在额前，他眼睛是深蓝色的，像玻璃弹珠，又似浩瀚星辰，只是带着凉意，看人的眼里跟藏着刺儿一样。

是个满身防备的少年。

顾野走过来，介绍："她叫白术。"

陆白落在白术身上的视线收回，然后看向顾野，问："她跟我们一样吗？"

顿了下，顾野抿唇："不一样。"

"哦。"

陆白便没再打量白术，而是走向餐桌，去吃顾野带回来的早餐。

白术听着他俩对话，只觉得云里雾里的："什么一样不一样的？"

顾野张口就道："性别。"

白术面无表情道："我傻吗？"

"你最聪明。"顾野轻笑，却没正面回答白术的问题，"我去楼上办点事，你们俩别吵架。"

"哦。"

白术才不跟小屁孩吵架。

待顾野上楼后，白术来到沙发上坐下，打开电视机，有一下没一下地按着遥控器，没一个频道是能入她眼的，她想着"不一样"的问题。

那边，陆白不声不响地吃了早餐，去厨房拿了一罐可乐，从白术身前路过。

白术抬眸看他，主动问："你头发是天生的吗？"

眸色一凉，陆白拉开易拉环，回应："染的。"

白术继续问："戴了美瞳？"

稍作思忖，陆白道："嗯。"

"哦。"白术恍然点头。

就在陆白觉得她该到此为止时，白术冷不丁又问了一句："平时在家都不穿衣服吗？"

陆白的表情冻住了。

"男孩子还是要注意安全。"白术叮嘱。

伴随着"咔嚓"一声，陆白将易拉罐捏扁了。

白术单手支颐，手指轻轻敲着脸颊，满意地看着他臭着脸离开。

几分钟后，陆白又一次路过，但他明显不太想见到白术，犹豫了一下，最后头一偏，不想跟白术视线对上。

"哎。"白术叫住他。

陆白止步："干吗？"

白术将电视关了，问："有电脑吗？"

陆白抿唇。

"平板也行。"白术退而求其次。

余光瞟了她一眼，陆白没吭声，转身进了书房。两分钟后，他拿着电脑和平板走过来，放到白术面前的茶几上。

他刚站直身子，就听到白术问："你能洗一下草莓吗？"

陆白眼神骤然一冷。

然而，白术却淡定地打开电脑，看到锁屏界面后，把电脑递过去："密码。"

陆白顿了下，凉声问："顾野欠了你什么吗？"

"什么？"白术没明白他的意思。

于是，陆白板着脸，将电脑接过，"噼里啪啦"输入一串密码，待成功进入主界面后，他将电脑递给白术。

然后，他拿起茶几上的一盒草莓，转身往厨房走。

"顾野没欠我什么，"白术非常坦然地说，"我就是单纯脸皮厚。"

陆白拿着草莓的手抖了一下。

陆白不擅长应对白术这样的不速之客，洗完草莓后就上了楼，不知是去找顾野了，还是去做别的什么。

白术没在意，一边吃着草莓，一边玩着电脑。

半个小时后，顾野和陆白一起下楼。

"走吗？"顾野问。

"现在？"白术仰头。

"嗯，有点远。"

陆白蹙眉："她也一起？"

白术也问："他也一起？"

顾野看了看陆白，又看了看白术，玩味一笑，给了肯定的答案："对。"

陆白和白术对视一眼，眼里皆是探究的意味。

顾野把段子航约到一家餐馆，地理位置有些偏，开车过去需要一点时间。

顾野在前面开车，白术和陆白坐在后座，中间隔着一定距离，谁也没有主动说话，就这么一路沉默到目的地。

"到了。"将车停好，顾野解开安全带，回身提醒二人。

白术有点犯困，打了个哈欠，眯眼朝餐馆看去："吃烤鱼？"

"嗯。"顾野应了一声，"这家味道还不错。"

这里远离市中心，地段相对而言没那么金贵，烤鱼店有两层楼，中式装修，雕梁画栋，屋檐下挂着大红灯笼。

他们仨来到店门口。

某一瞬，三人都察觉到什么，神色一凛，下意识抬眼。

蓦然间，一道身影从二楼跳下，是个黑衣女子，手持三菱刺，找准顾野就朝他攻击而去。顾野和白术都没动手，陆白第一个冲上前，跟黑衣女子缠斗在一起。

白术看清黑衣女子的面容，眼睛睁了睁，仅剩的一点困倦被清扫而空。

陆白赤手空拳，跟持三菱刺的黑衣女子缠斗却不落下风，几个回合后就占了上风，把黑衣女子压制得死死的。

最后，陆白夺下三菱刺，闪到黑衣女子身后，尖端抵住了黑衣女子的喉咙。

“住手。”

顾野喊了停。

陆白动作顿住，抿唇看着顾野，眉目染的冷霜没有散去，但三菱刺的尖端移开了些。

“阿绫。”白术看向黑衣女子，喊了一声。

闻声一怔，阿绫愕然看向白术，认出了她，眉眼立即低垂下来，敛了所有肃杀和冷意，恭敬道：“白小姐。”

阿绫和白术竟然认识。

陆白没有松开阿绫，朝顾野投去询问目光。

顾野说：“松开她。”

陆白没说话，但很听顾野的话，将阿绫松开了。只是，他扫向白术的眼神，越发冷漠，裹挟着浓浓的警惕。

“怎么回事，段子航呢？”白术问阿绫。

“少爷在楼上包间。”阿绫眼神肃杀地斜了眼顾野，“他派这个小孩潜入别墅，不仅威胁少爷，还给少爷下了毒。”

顾野探究的眼神落到陆白身上。

陆白一脸冷漠：“我没有。”

阿绫冷然地看过去。

陆白紧绷着表情，在三人注视下，乖乖开口：“程行知给了我一瓶试剂防身，我不小心打碎了。这药遇空气则气化，吸入后只会让人熟睡，没有毒。”

“威胁呢？”顾野问。

“我怕段子航不来，在请帖上加了句话。”

“什么？”

陆白把头低了低，回避顾野的视线，低声说：“不来就死。”

阿绫听到这话，怒意浮上眉眼，当即就要朝陆白动手。

恰在此时，二楼传来段子航的一声“阿绫，请他们上来”，阿绫顿住动作，强行压下愠怒和杀气。

她转身进了餐馆。

顾野抬腿向前，蓦然觑见白术的表情，顿时嘴角微抽：“这小眼神什么意思啊？”

白术眼里就差没写“打起来”三个字了。

“没有啊。”

收了收外露的看戏情绪，白术正了正神情，一副假正经的模样。

顾野笑：“小样儿。”

“你在哪儿捡的陆白？”白术低声问。

“你也想捡？”

“阿绫也是段子航捡的。”白术手揣兜里，慢悠悠地往餐馆里走，“她被捡回来之前就一身功夫，不辨善恶、一心护主。”

她微顿，回首问：“你不觉得她跟陆白很像吗？”

顾野眼睫半垂，笑得散漫：“不觉得。”

二楼一个包间的门被推开，只见一人坐在椅子上，把玩着一个茶杯，杯口冒着缕缕热气。

段子航穿着白色衬衫，黑色外套搭在椅背上，姿态优雅，如同一谦谦公子。只是，风雅有余，谦和不足，举手投足间，从那股子优雅从容的姿态里，隐约透着几分冷然傲慢。

在见到白术时，段子航又笑了，清冷悄然散开：“怎么没让我去接你？”

“没手机。”

白术走过去。

她本想坐在段子航对面，不过在瞟了顾野一眼后，想到他在出租车上坐副驾驶座的事，寻思着他不一定乐意，所以略一停顿就走向段子航，在段子航身边坐下了。

段子航侧身靠近，跟她附耳：“你帮谁啊？”

白术乜斜着他：“看戏。”

“那行。”段子航颔首。

这边，顾野注意到白术的举动，看了她两眼，然后走到对面，拖开椅子坐下来。

陆白和阿绫都没有落座。

陆白站在顾野身后，阿绫站在段子航身后。

包间内的氛围登时剑拔弩张。

“段子航。”段子航主动开口。

“顾野。”

“顾家小少爷，”段子航抬了下眼睑，面上很客气，“久仰。”

“不必。”

“你找我是为了顾老太太的事？”

“嗯。”顾野余光有意无意扫向白术，发现白术已经翻起菜单了，他嘴角轻翘，“先点菜吧。”

饭菜陆续端上来。

两个站着的，两个坐着的，唯独一个动筷的，就是抛下立场专心吃美食的白术。

白术吃了几口，见他们俩一动不动的，感觉吃饭都不自在，提醒道：“你们俩谈吧。”

段子航很听话，马上问顾野：“你想说什么？”

“你能救老太太吗？”顾野问。

“不一定。”

据段子航所知，顾老太太的病情一直没查明缘由，顾家用了最好的医疗资源，可都对她的病情束手无策，所以顾家想另辟蹊径寻求中医的帮助。

顾永铭找上段子航，是因为段子航比较另类。

段子航学的是西医，可他自幼拜师学了中医，两门学科都有接触，可以针对性地做出治疗方案。事实上，段子航凭借着中西结合的医术，确实医好了不少疑难杂症，不然也难在偌大的封城闯出一个“神医”的称号。

不过，他自信，却不盲目。没有见过的病人，他从不敢打包票。

顾野沉吟一秒：“顾永铭找过你？”

“对。”

“你没答应。”

“是。”

“会改主意吗？”

“不一定。”段子航往后倚着，桃花眼微微一弯，慢条斯理地说，“你似乎跟顾永铭不对付。万一我看你不爽了，就跟他合作了呢。”

“我这边给你两个选择：你是直接选，还是走一下程序？”顾野喝了一口茶，手指摩挲着杯沿，隐隐透着上位者的威严。

段子航咬了咬后槽牙。

哪个找上门的患者家属不是毕恭毕敬的，生怕怠慢了他。这个顾野倒好，半夜三更递请帖，身段不肯放低，着实让他不爽。

不过，他在看了眼白术后，忍了：“我听一听。”

顾野好整以暇道：“要么，彻底不掺和这事，谁来都不应；要么，以我的名义掺和这件事。”

段子航微惊——

以顾野的态度来看，他并不在乎顾老太太的生死。本以为顾野是求自己治病讨好家里的，现在估计背后有别的缘由。

“我能得什么好处？”段子航眼眸一眯。

“程行知。”

嚯！

一门心思都在吃饭一事上的白术，听到这个名字抬了抬头。

段子航紧紧锁眉，满是怀疑：“程行知能听你的？”

“他会向你证明。”顾野懒声道，语调轻描淡写。

段子航仍是质疑。

他跟程行知是校友，曾接触过几次。

程行知在学术上有天分，性格冷漠孤僻，还有一点天才的自傲，是个做事一切都由自己做主的人。段子航如此抗拒程行知进 BW 医疗部，就是因为程行知不是个会听从命令的，不好管教。

像程行知这样一意孤行的人，又怎会因顾野而选择进医疗部？

白术不了解程行知，但她了解自己需要什么，所以在听到顾野的话后，斜了段子航一眼，抬腿在桌下踢了踢段子航。

段子航瞪她。

你就在乎你的程行知，你在乎过我这个部长的尊严吗？我现在可是被对方按头威胁！

“你要真能改变程行知的主意，我自会以你的名义救顾老太太。”段子航心累得很，选择了妥协。

他刚一答应，旁边就响起“呱唧呱唧”的声音，侧首一看，赫然是白术在鼓掌。

“你干吗？”段子航眉头一皱。

“谈妥了，庆祝下。”白术停止拍手，而后指了指桌上的饭菜，“你们还吃不吃？”

她看起来心情不错。

顾野不知白术为何那么高兴，但是段子航心里清楚。段子航气得咬牙，端起碗筷，把所有憋屈都就着饭菜咽下。

白术吃得早，最先吃饱落筷。她闲得无聊，用阿绫的手机玩了会儿后，就去了趟洗手间。

往回走时，白术路过一个拐角，拐弯一瞬，她忽地察觉到什么，脚步一顿，往后退了半步。同一时间，一股厉风从右侧袭来，刀子折射出冷冽的寒光，落入她眼里，同时映出少年的模样。

她跟少年过了两招。

随后，锐利的刀尖抵住她的喉咙。刀锋裹着寒意，透过肌肤传递，冷到骨子里。

“你接近顾野有什么目的？”

陆白站在白术一侧，反手持刀，语调冰凉。

走廊有风流动，他额前碎发轻拂，露出一双湛蓝色的眼瞳，冷厉又漠然。他气息归于平静，却于波澜不惊中透着狠厉，仿佛白术说错一个字，他就能眼也不眨地割破白术的喉咙。

白术笔直地站着，没一点慌乱，余光瞥着他：“顾野知道吗？”

“我在问你话。”陆白语气冰冷。

“看来不知道。”

白术做出判断，手掌一翻。登时，一块玻璃折射出一道光亮，射向陆白的眼睛。

一掠而过，陆白闭上眼。

就这么一秒的工夫，白术避开陆白的利刃。陆白立即朝白术肩膀抓去，谁料白术并未躲闪，而是迎上来抓住他手腕，并随之攻击他的要害，动作快准狠。

陆白不由得一惊，但也顾不得其他，全部注意力都放到应对白术的招数上。

奈何他虽然打得过阿绫，却不知阿绫是白术的陪练之一，白术身手相较阿绫有过之而无不及，不多时就将他逼到死路。

某一瞬，陆白想真正动刀子。

但是，白术就跟察觉到他的想法一样，抓准他持刀的手攻击，并用夹在指间的刀片割伤了他的手背。

他吃痛，握刀的手指一松，随后手腕传来一阵剧痛，手中利刃便被夺了。

“就你这点功夫，也配给顾野出头？”白术把玩着利刃，酷酷地将帽檐往上一抬，露出琥珀色的眼睛，不遗余力地奚落，“小孩就该回家玩泥巴。”

“你——”

陆白面如冰霜。

“陆白。”

突如其来的一道声音，截断了陆白的话。

顾野走过来，眉目微冷，锐利的视线刺向陆白。

陆白微微一怔，随后低下头，不说话，安安静静的，收敛了所有戾气。

“你没事吧？”顾野视线在白术身上巡视一圈，想要确定她是否安然无恙。

“没事。”白术将刀塞到他手里，随后瞥了眼陆白流血的手背，淡淡道，“他有。”

顾野简单地扫了一眼，没当回事。

“我先回去了。”白术没说别的，也未等顾野有何表示，说完就走向包间。

顾野回首望去，见到段子航和阿绫在包间门口等她，三人说了两句就一起离开。

将目光收回，顾野看着低头不语的陆白，道："我有没有教过你，不要随便跟别人动手。"

陆白唇线紧绷。

"你不想被送走的话，就要守法治社会的规则。"顾野说，"你去跟程行知待一段时间，把《刑法》抄了。"

陆白有点抗拒抄《刑法》，但面对顾野的要求，他只能点头答应："嗯。"

"再好好给白术道歉。"犹豫了下，顾野嘱咐。

"为什么？"陆白不解。

哪来那么多为什么。

顾野没跟陆白过多解释，想了想，随口道："她是我恩人。"

陆白抬头，眼里掠过一抹惊讶。随后，取而代之的是一点点不知所措，垂落的手攥着衣角，手指不自觉紧了紧。

就像是个知道自己做错事的孩子。

别墅，书房。

"这是第三基地的公开资料。"段子航将一份资料递给白术，"从集训营退了吧，现在不是玩漫画的时候。"

白术沉默了一秒："不要。"

段子航难以理解："漫画有什么好玩的？"

"你不懂。"白术低头翻着资料，淡淡道，"在一场国际文化盛宴上，我国不能缺席。"

"非你不可吗？"段子航轻锁眉头。

白术说："嗯，非我不可。"

她把话都说到这份儿上了，段子航顿了顿，在一旁坐下来，不再劝说。

白术认真看着资料。

BW 成立至今已二十余年，从一个几十人的团队发展到现在上万人，其中还不包括几十万的志愿者。人一多，问题就来了。

BW 部门很多，但是，"第三基地"最为特殊。

第三基地负责两个内容：一、员工审核；二、人才培养。

员工审核是指每个要成为 BW 正式员工的志愿者，除了部分特批的人员，都要先接受第三基地为期一个月的培训，设有人道主义、公司文化、基础格斗等课程，旨在让这些志愿者全面了解 BW 救援队，接受 BW 为世界和平奋斗的理念。

志愿者是没有收入的，纯粹义务帮忙、为爱发电，但是，在成为正式员工后，就有固定工资、员工福利等。

他们将拥有一份稳定且高薪的工作。

人才培养是指人事部门在世界范围内的 BW 正式员工里挑选一批人进行针对性的培训，项目有很多种，根据员工的行业进行针对性的技能培训，旨在培养更优秀更高效的人才。

通俗来讲，第三基地的功能就是进行企业培训。

唯一的特殊之处是，它是政府部门特批且支持的，拥有一定特权。

不过，因为这个部门特殊，相对比较独立，加上有政府部门监管，白术不需要费心，所以自上任以来就没关注过。

她至今不知第三基地的负责人是谁。

“人员调动过于频繁了，培训后的员工去向也很混乱，”白术看完所有资料，揪出两点问题，“是什么情况？”

段子航沉声道：“内斗？”

“内斗。”白术将资料扔到茶几上，挑挑眉，“我记得两年前第三基地的部长病逝，那会儿内斗就开始了，怎么还没结束？”

“何止没结束，简直越来越乱，还牵扯到我们了。我部门的优秀员工送去培训后，不知哪根筋不对劲，非要调到别的部门。我跟其他部门的部长打探了下，类似情况竟然出现不少。”段子航撇撇嘴，“因为第三基地的特殊性，我们很难接触到他们的内部问题，具体情况我们都不清楚。”

白术想了想，问：“第三基地现任部长是谁？”

“叫墨川，是个年轻人。”

墨川？

白术脑海里乍然浮现出一个漫画作者。

“他是前任部长当接班人培养的，前任部长在去世前，力排众议把他捧上来。当时纪队也同意了，才签了字。但是，他年纪轻，难以服众，底下一帮老奸巨猾的，斗不过，他的部下一个个都被弄走了，现在处境艰难，估计没什么实权。”

“一个半独立的部门，一些奸诈狡猾的老油条。”白术右腿一抬，搭在左膝上，单手支颐，“以这些人粉饰太平的手段，我亲自去第三基地考察，肯定查不出问题来。”

段子航悠悠地瞥向她：“还就得你来。”

“嗯？”

“历任部长身份都保密，你也是。除了我们这一票人，基本没人知道你的身份。”段子航说，“只要你不自爆身份，就没人能认出你。我们现在需要一个靠谱的卧底潜入第三基地内部，搞清楚第三基地的情况，你最合适。”

白术皱眉：“我可是队长。”

“我们这些部长都想做卧底，奈何身份公开透明，潜不进去。”

“我不。”

“眼看着后院就要起火了……”段子航耐心地劝道。

白术剜了他一眼。

段子航识趣地闭嘴。

半晌后，白术问：“你们打算让我怎么卧底？”

“第三基地自二月开始新一批的员工培训，我们会给你报名，把你塞进去。”段子航见她有松口的意思，嘴边笑容不自觉浮现，“到时候你就——”

白术眯眼：“你好像高兴得有些不正常。”

“我发自肺腑地为拉你做卧底这事表示愧疚。”段子航一秒收了笑，“我们真的是无计可施，采取的下下策。”

白术冷哼一声。

段子航继续开心地讲述他们的计策。

谁不为这个绝妙的计策高兴呢？

看到高高在上的队长去参加员工培训，他们简直开心极了，光是想想就乐得合不拢嘴。

天黑后，白术翻墙回到学校。

跟早上一样，她起初回避着人群和摄像头，神不知鬼不觉地来到校园中心处，溜达一圈后，她才前往宿舍楼。

中途路过宿舍楼，白术扫了一眼，发现跟往常有些不大一样。

楼前围着一群人，男女都有，都是看热闹的。

白术走近一看，发现中心处站着四个人，有硝烟味儿，看得出气氛胶着。

一个是室友云沅，她仰着头颅，依旧是往日的傲慢和刁蛮；一个是衣着光鲜亮丽的中年妇女，眉目跟云沅有几分像，傲慢如出一辙；另外两个就是一个脸上有抓痕的男生和左右为难的甲班班主任。

“白妹妹！”

因为白术的穿着过于显眼，很快就有熟人认出了她。

白术闻声侧首，见到江南枝蹦跶着过来，亲昵地挽起她的手。白术垂眸扫了眼她的手，想了想，没有说什么。

“怎么了？”白术问。

“云沅因为输给他们班的同学，输不起，跟人打起来了！”江南枝一副看戏的雀跃模样，“本来就抓了一下，那同学没跟她计较，只让她道个歉，结果她死不认错，还叫来了她妈。甲班班主任正在做调解呢。”

“哦。”

“你不好奇云沅她妈怎么会来学校吗？”

白术点头：“好奇。”

“听说她妈一直住在学校附近，以防云沅有事能随时传唤。”江南枝小声八卦，“你知道吗，云沅家可宝贝云沅了，无论云沅去哪儿，她妈都跟着，照顾云沅起居。这一次是学校不准随便进出，她妈才在校外住着，然后周末过来给云沅送吃的、洗衣服、整理内务之类的。奇葩吧？”

“嗯。”白术不置可否。

“她妈好凶的，蛮不讲理，一来就说云沅是个天才，按道理不可能输的，内涵男生在作弊。又说男生不过被挠了一下而已，就上纲上线的，把人一通骂。现在开始威胁班主任了，说学校是想逼走一个天才，还是想维护一个男生。”江南枝说到最后，语气裹着明显的不满。

白术安静地听着。

她的视线掠过周围凑热闹的学生，落到云沅和妇女身上。二人姿态高高在上，俨然一副“天才享受一切特权”的架势，殊不知那是怎样荒唐可笑的嘴脸。

“你们俩嘀嘀咕咕在说些什么呢？”

冷不丁地，身后传来一道声音。

二人回身看去，见到不知何时出现的苏老师。

“苏老师。”江南枝吐了吐舌头，有些心虚。

苏老师打量着白术：“你怎么穿成这样？”

白术坦然道：“比集训服好看。”

“集训有规定，学生在校期间，必须穿集训服——”

“回宿舍就换。”白术赶紧打断苏老师的碎碎念。

“这是周末，苏老师你就宽松点吧。”江南枝帮忙说话，“何况白妹妹已经是甲班学生了。”

提到这个事，苏老师的注意力被转移，点点头后，叮嘱白术：“明天又要上课了，你到甲班之后收敛一些，别像在丁四班一样任意妄为。另外，甲班班主任脾气好，腿还受伤了，你不要气他——”

白术往某处看了一眼，说：“气人的在那儿呢。”

那边动静越闹越大。

云沅的母亲原本在威胁班主任“你们将会损失一个天才学生”，结果那男生听不下去了，说云沅的能力也就那样，有个天才之称没什么大不了的，照样赢不了他云云，于是祸水东引，云沅的母亲气愤之下直接跟他动了手。

甲班班主任腿伤还没好，情急之下出来拦架，可被云沅的母亲一推直接摔倒。

场面顿时混乱不堪。

苏老师见状，拧眉，跟白术和江南枝二人叮嘱：“别在这儿看戏了，赶紧回去。”

说完，他就挤进人群。

因为场面越发失控，有老师和校领导闻讯赶到，控制住局面后，赶紧将云沅、云沅的母亲以及男生叫去办公室，省得大庭广众之下被人看了笑话。

白术和江南枝没有继续看下去，回了宿舍。

跟往常一样，白术一进宿舍就来到自己的房间，把门一关，耳机一戴，无论外面什么动静她都视而不见。

她登录漫画 NO.1 的账号，玩了三局随机 PK，觉得赢起来没劲，干脆摘掉耳机，随手拿了一本书翻看。

就在这时，外面传来说话声，似乎是云沅和她妈回来了。

“这个学校真的不行，没一点眼力见儿……不过，扣十分就扣十分，没什么的。沅沅，你可是个天才，以你的能耐，很快就能赢回来的。”云沅的母亲嗓门很大。

“知道啦。”

“沅沅，我看到门口有一双鞋，你室友是不是回来了？”

“有可能。”

“我去找她聊一聊。”

对话结束后，不到半分钟，白术的房门就被拍得“砰砰”响。

白术将书放下，起身走过去，拉开门。

她皱起眉头，还没来得及说话，云沅的母亲就冷着脸道：“听我们沅沅说，你这个人很不好相处？”

白术一顿，张口想怼，但细细一琢磨，又觉得云沅说得没错。

于是，她没吭声。

可她一沉默，云沅的母亲就来劲了：“我不知道你们是怎么想的，进个甲班就觉得自己很了不起了。你们这些普通人，就算努力一辈子，也不见得有沅沅的成就，结果还一个比一个不识趣。你现在让着点沅沅，以后她走上国际出了名，没准还能提携你一下。”

白术没说话，打量着她。

云沅的母亲穿的都是大牌，衣服首饰都很值钱，看着光鲜亮丽的，却掩盖不住骨子里的粗俗，就像土特产进行高奢包装，不伦不类的。

白术忽然想起回来的路上，江南枝谈及她看过的一则采访，说是云沅一家子出身并不富裕，云沅高考落榜外出打工，机缘巧合之下得知自己有漫画天分，之后从事漫画创作，不仅知名度越来越广被誉为天才，还因创作获得的收入改善了家庭条件。

“你要知道，想跟沅沅一起住的学生多着呢，他们都想跟着沅沅学习。”

云沅的母亲说，“是沅沅喜欢清静，申请一个人住，所以才没分配室友。没想到被你钻了空子。你既然有幸跟她住在一起，就别白白浪费这么好的机会。”

“妈，给我换一下被套。”云沅在自己房间里喊。

“哎，来了！”云沅的母亲答应一声，扭了扭身段，跟白术说，“总之，你跟沅沅好好相处，平时帮她一点忙，都是室友，照顾她一下。我们是不会亏待你的。”

说得如同恩赐。

把话讲完，云沅的母亲就高傲地转过身，走向了云沅的房间。

白术神情麻木地关上门，就当听了一堆垃圾话磨炼耐性。

然而，事情并没有因此结束。

平时云沅一个人，也就放歌、走动、朗读之类的，闹出的动静有限，现在云沅的母亲来了，到处走动、大声喧哗，两个人闹腾得比一个班还厉害。白术被吵得脑子“嗡嗡”的，耳机的音乐声放到最大，也挡不住她们的噪音摧残。

末了，白术最后一丝耐心耗光。

她抬手摘了耳机，将其摔在桌上。

这一刻，客厅蓦地安静下来。刚站起身的白术定在原地，不知该出门还是坐回去，几秒后，她咬牙踹了下椅子腿儿。

“我这暴脾气。”

白术咕哝了一句，然后又跌坐回去。

但是，当她再次拿起耳机时，外面忽而响起了说话声。

“沅沅，明天那个活动真的很重要，主办方给了一大笔钱。”云沅的母亲温柔地开口，“如果有了这笔钱，我们家就凑齐在封城买房首付的钱了。你以后是要在封城发展的，我们买了房，一家人就能定居封城了，以后照顾你也方便些。”

云沅沉默须臾，犹豫：“可请一天假要一百积分。”

“你再努力一点，把积分挣回来不就行了嘛。”云沅的母亲说，“这次机会难得，第一次遇到给这么多钱的。哎，说来说去，还是爸妈没用，没能给你和你哥一个好的家庭环境，连累你这么辛苦。妈能做的，就是尽其所能照顾你的生活，不让你在外受委屈。”

“妈，你别说这些了。”

“好好好，妈不说。这个活动……”

“我去就是了。一百积分，挣回来很容易的。”

“行。”云沅的母亲喜笑颜开，“你明早想吃什么，妈提前做好给你带过来。你在家里吃惯了，学校的饭菜肯定不合你胃口。妈知道。”

……

白术侧着身，将手搭在椅背上，下颌抵着手肘，听着外面母女俩“情深意切”的谈话，越听越觉得不对劲。

良久，她极轻地嗤笑了声，坐直了身，将耳机戴上。

第二天的上午，学校没有安排理论课，而是统一安排集训营的三百多人在礼堂集合，聆听 White 的直播公开课——《如何培养漫画人的文化输出意识》。

这是白术在拒绝当集训营老师后，主动提出来的。她将选题和内容发给裴启升后，裴启升看完就同意了，并且积极配合。

直播公开课里，White 不会露面，同步在礼堂视频里的是 White 电脑上的 PPT。White 则可通过电脑观察礼堂内学生的反应，以及跟学生们进行现场互动。

这一天，白术因为跟除时正以外的教官都处好了关系，轻松浑水摸鱼，几乎没怎么出汗就结束了晨练。

“白妹妹，一起去吃饭吗？”精力旺盛的江南枝在晨练结束后，第一时间跑到甲班找白术。

“好。”

白术走过去。

江南枝对现在的状态很满意，对所能接触到的事物充满期待，话很多，一跟白术在一起就叽叽喳喳说个不停。

难免地，她谈到 White 公开课的事：“我听说白大是被邀请当老师的，但他拒绝了，只答应进行四个小时的公开课。”

“嗯。”毕竟分身乏术。

“不过，他为什么不讲他擅长的暴力美学、恐怖分镜？什么文化输出啊，一听就很无聊，又没什么实用性。”

白术问：“你觉得文化输出重要吗？”

“重要吧……”江南枝拧着眉心想了半天，“我不太了解，这跟我们有什么关系？”

白术眸光微闪，打量着她，片刻后道：“你到时候就知道了。”

“嗯啊。”

江南枝敷衍地点点头，然后见到走在前面的顾野，她顿时一喜，喊了一声，然后跟顾野招了招手。

顾野回过身，看了她们俩一眼，微顿，继而抬手跟她们摆了下。他身边还有别的同学，没留下来等她们，打完招呼就跟同学离开了。

“真不知道顾野怎么想的，他虐顾永铭的时候多带劲儿啊，明明跟你一样有进甲班的实力，偏偏不去。”江南枝摇头晃脑的，“唉，你们俩的二人小队还没开始就已经结束了。”

“是哦。”

白术这才想起还有二人小队这件事。

“你当初就该拉上顾野，然后把云沅一起干下来。”江南枝说着就皱起眉，“你知道昨晚云沅的事怎么解决的吗，云沅和她妈死不认错，学校没办法，扣了云沅十积分，息事宁人。天才真的有特权吗？”

“天才恃才自傲，不一样输了。”白术漫不经心地说。

“也对哦！”

“天才不一定高不可攀。”白术淡声说，视线落到前面的两个人身上，又说，“智商和才能一旦被利用，也只是别人的工具。”

江南枝觉得白术的话有些深奥，听不大懂，但是她注意到从前方走过的两个人。

是高高在上的云沅和神情殷切的云沅的母亲，前者两手空空一身轻松地走在前面，后者弯着腰提着大堆东西跟在后面。

“云沅也太娇生惯养了吧！她妈拿那么多东西，她都不搭把手的。”江南枝咂舌。

“是吗？”

白术笑了下。

二人来到食堂。

“白妹妹，我吃完就去礼堂，你跟我一起吗？”江南枝说，“一起的话，我等你。”

“不了。”白术垂下眼帘，“我逃课。”

“逃课会扣分的！”江南枝急了，“你不是白大‘女儿粉’吗，为什么要逃课啊？”

白术思考三秒：“生理期。”

江南枝顿时闭嘴。

第十章

当你足够强大，你将改变世界

回到宿舍里，白术打开电脑，开始准备直播。

因为全校统一采用局域网，只有漫画 NO.1 是例外，所以直播在漫画 NO.1 平台上进行。白术这边也省得麻烦。

她调好变声器，在漫画 NO.1 上跟负责人连接语音电话，一一确认直播的事项。

上午八点整，直播开始。

白术的电脑里出现礼堂的画面，有几个镜头可选择，她可以根据需要切换不同的角度。她的耳机里变成礼堂现场喧闹的声音。

“大家好，我是 White。”白术张口出声，传递到礼堂的，是一个嗓音沙哑的大叔音。

礼堂里响起掌声、口哨声、欢呼声。不多时，在各班班主任的控场下，又归于平静。

白术简单讲了几句开场白：“在讲课之前，我先问你们几个问题。第一个问题：你们为什么想参加 DY 漫画大赛？”

陆续有学生举手回答。

“想让全世界看到东国漫画家的实力。”

“想证明自己。”

“看不惯外国奚落贬低我们的漫画，想要看他们折服在东国漫画之下。”

“因为那一封热血的挑战信。我相信，任何一个有血性的年轻人，都会萌生参赛的想法。”

“为自己争一口气，为东国争一口气。”

……

白术给了他们五分钟，回答都大同小异。她单手支颐，手指把玩着一支笔，不发一言地听着这些回答，神情淡淡的。

“好了。”终于，白术搁下笔喊了停，“第二个问题：你们对文化输出的理解是什么？”

“把我国特有的文化推送给世界，让世界更了解我们。”

“文化输出代表着国家形象，它可以通过各种形式呈现，可以是小说、漫画、影视，也可以是科技、外贸、工程。以东国为例，外国人不可能都来东国，实地体察东国文化，他们想要了解东国，只能靠东国的文化输出。”

白术继续说：“第三个问题，如果你站在世界舞台，你想让世界看到什么？你会考虑文化输出吗？”

“我是一个漫画家，我首先会考虑如何创作一个精彩的故事。”

“我会让世界看到我的才能和想象。”

“不太会考虑文化输出。但是，我们的作品若呈现于世界舞台，就代表着一种文化输出。”

“好。”白术无意识地捏着笔在桌面敲了敲，“文化输出这一门课，是几个漫画大国的漫画学校的基础课，一般会安排在大一。我国没有，因为大部分人都没意识到它的重要性。”

礼堂里，有学生举了手：“你们先前说基本功很重要，所以普及漫画NO.1；现在又说文化输出很重要，于是有了这一堂课。按照你们的说法，什么都很重要。那漫画最基础的内核——讲好一个精彩的故事，难道就是其次了吗？”

白术眉头轻扬：“你有意见？”

“要我说，文化输出就是个虚无的口号。它无处不在，跟我们确实有点关系，但不大。如果国家足够强大，让世界看到东国，国外积极了解还来不及，需要我们操什么心？总之，对于一个漫画家来说，相较于别的技能，它并没有那么重要。这四个小时的课，我看就是浪费时间。”

“国家强大不是凭空而来的，它会落实到每一个行业每一个人身上。年轻人若没有自我强大的意识，整天做梦让国家自己强大，跟废青没什么区别。”白术说话慢条斯理的，但一字一句都如利剑，往那人心肺里戳，把那人说得面色发白。

顿了顿，白术又说：“听不下去的，随时可以走，不扣分。”

礼堂忽地一阵骚动，但是，没有一个人选择离开。

白术等了两分钟，等礼堂安静了，才继续道：“回归正题。我们通过书本、影视、媒体认识世界，你们想过没有，我们对怎样的国家最熟悉？”

礼堂里登时有人回答。

“当然是强大的！”

“邻国！”

“媒体报道多的！”

白术一字一顿：“是那些声音最大的。”

“你们通过R国漫画知道他们的美食；你们通过H国影视知道他们的生活；你们通过M国媒体知道他们的科技……那些足够大的声音，潜移默化地影响着你对世界的认知。当然，只要它足够客观、公正，无所谓，我们积极接受各国文化交流。可是，如果它被有心人士利用呢？”

礼堂里鸦雀无声。

学生们顺着白术所说的往下想，只觉得细思极恐，甚至控制不住地打了个冷战。

“如果在一部足够有影响力的漫画里，输出了虚假信息，从而诱导无数人对一个民族、一个国家、一个事件的看法呢？”白术的声音振聋发聩，“我们坚持和平、真实、客观，但人心难测。如果有一天，心怀不轨者的声音很大，那么，我们的声音需要更大。进行合理真实的文化输出，是我们每个漫画人都要明确的责任。”

礼堂的幕布上投放着PPT，是《如何培养漫画人的文化输出意识》的封面。

现在，它翻了一页，跳出了一行字——

“当你足够强大，你将改变世界。”

众人怔怔地看着这句话，仿佛有人扼住了他们的喉咙，呼吸骤停，一股强大的震撼迎面而来，直逼他们的心脏。

这股力量太强，令他们胸腔滚烫，热血翻涌。

“今天的课分为四个部分，文化输出的重要性和文化输出的意义，现在已经讲完了。接下来，我跟你们讲文化输出的现状和文化输出的战争……”礼堂里再次响起白术的声音时，所有人都不自觉挺直腰杆，聚精会神地听着，生怕漏掉一个字。

即墨诏跟顾野坐在一起。

即墨诏恍惚了一阵。

每到这个时候，他都很难将白大和白术两个形象联系起来。

这样一个睿智、强大、优秀的漫画家，怎么会是白术那种压榨徒弟、毒舌无赖的人？

想到这儿，即墨诏的胃就跟搅和在一起似的，揪着疼。

“你觉得白大讲得怎么样？”即墨诏倏地转向顾野，碰了下顾野的手臂。

顾野懒懒看着屏幕，说：“跟搞传销一样。”

你可真能扫兴。

即墨诏悻悻地坐回去。

“不过，”顾野略一停顿，“白术喜欢他，不是没理由的。”

即墨诏猛地呛了下。

你俩关系好得能穿一条裤子了，还不知道白术披的那一层皮呢？

“你没发现白术不在吗？”即墨诏问。

“发现了。”

即墨诏追问：“你不觉得有什么问题吗？”

“什么问题？”

即墨诏搓了搓手，对揭开白术马甲的事跃跃欲试。

然而，他刚刚张口，还没来得及出声呢，就见坐后排的江南枝猛地扑过来，她两手搭着椅背，有些惊讶地问他：“你也知道白妹妹生理期不舒服的事了？”

即墨诏嘴巴张了张，欲要解释，蓦地发现顾野投过来“你怎么连这事都知道”的眼神，当即住了嘴，一句话都说不出来了。

这种事他怎么会知道！

奈何他年纪小、脸皮薄，一想到这事就难免害臊，不能泰然应对，只能百口莫辩地憋着，不多时连耳根都憋红了。

顾野盯了即墨诏片刻才收回视线，眉宇轻锁。

白术不间断地讲了三个多小时，嗓子发干发疼，她喝了三杯水都不管用，说到最后声音越来越干哑。直到最后一个问答环节，白术不需要时刻说话，喉咙的痛感这才缓解了些。

结束直播后，白术又花了点时间跟校方沟通，得到各种好评反馈，她被迫接收一堆彩虹屁。

沟通完毕，一切结束。白术立即关掉电脑，拿起杯子去客厅接水，“咕咚咕咚”灌下一杯，才感觉嗓子好受一点。

“叮咚”。

门铃响了。

白术疑惑地拉开门。

简以楠站在门口，端着她一如既往的晚娘脸，跟白术欠了她八百万似的。白术以为她是来找碴的，结果她一开口就说：“顾野在楼下等你。”

白术一怔，想多问两句，但想到嗓子疼的事，只得点点头：“哦。”

“你为什么不去听白大的课？”简以楠诘问，那不满的模样，仿佛白术缺席的是她的课。

“感冒。”白术指了指喉咙的位置，出声时有明显的沙哑。

听出她声音的问题，简以楠抿了抿唇，没有过多苛责，只道：“没听他的课，是你的损失。”

白术饶有兴致地拆台：“你不是对她很不屑吗？”

“你关注我？”简以楠有些在意，有些惊讶。

“我真是欠。”白术叹息。

简以楠嘴角微抽，虽然依旧冷着张脸，但语气缓和不少：“学校全程录像，经过剪辑整理后会将其公开，你可以去网上搜，不要错过。”

“哦。”

“你好好休息吧。”简以楠说完就走了。

怎么可能休息。

简以楠前脚刚走，白术后脚就出了门。

走出宿舍楼，白术正欲张望，一眼就见到站在楼前的顾野。

正午阳光从云层里漏下来，为顾野镀了一层暖黄的光边，他站在最显眼的位置，抬目看来时嘴角勾笑，一瞬间，世界似乎都明亮起来。

朝他走过去时，白术觉得手有些碍事，不知该放哪儿，索性揣到兜里。

她立在顾野身前，微微仰起头："你找我？"

顾野被她嘶哑的声音惊到："你嗓子怎么成这样了？"

"感冒。"白术继续编瞎话。

"你还感冒了？"顾野眉心轻拧。他下意识瞥向她的额头，想抬手试探温度，但刚有动作时忽地想到什么，又止住了。

白术不明所以。

她除了感冒，还怎么了？

"吃药了吗？"顾野问了一句，然后将一杯奶茶递过来，"这是食堂特供的红糖奶茶，专门给你们这时期喝的。"

白术愕然，通过红糖联想到早上跟江南枝说的话，顿时了然。

这会儿骑虎难下，她只得默认生理期的事，伸手接过那杯奶茶："没吃。这玩意儿难喝，我喝热水就行。"

顾野哑了两秒，叹了口气："那下次送你一个保温杯。"

"把你那个《BUG》周年纪念款的保温杯送给我吧。"

"你可真不把自己当外人。"顾野无语道，但一秒后就纵容地答应了，"行，回去就给你。"

"这是止痛药，疼的话可以吃。"顾野将一盒药塞到白术手里，还没完，又给她递来一份打包好的午餐，"你应该没吃饭，顺手给你打包的。别去食堂了，你回去吃了好好休息。"

"四楼的午餐，你顺手打包？"白术若有所思地说着，往后退了半步，看了眼两人之间的距离，"我们俩现在隔着一条世俗鸿沟，我愿称它为积分特权。"

"你幼不幼稚。"顾野眉头轻挑，顺着她的话说，"我们俩还隔着利益的鸿沟，我把它称为评级特权。"

白术轻蔑道："区区一个 SS。"

顾野轻笑："区区？"

白术点头："区区。"

"我不是太能理解你们这种全 D 评级的膨胀心态。"顾野咂摸着道。

"那是，毕竟你肤浅。"白术白了他一眼。

"行，我肤浅。你还是别说话了。"顾野被她沙哑的声音整出了愧疚感，"我待会儿让江南枝给你送点药上去。"

"哦。"

白术转身时又回了下头，小眼神在他身上扫来扫去的。

顾野马上说：“别多想。”

“嘁。”

白术不再回头，抬腿走人。

回到宿舍后，白术虽然一没生理期二没感冒，但还是喝了难以下咽的红糖奶茶，又吃完寡淡无味的病号午餐。不过，她还算有一点理智，江南枝送上来的感冒药，她一点都没碰，就吃了两片润喉糖。

下午两点，白术来到甲班机房。

“白术。”

简以楠一见到她进门，就拿着花名册走过来。

“周末挑战赛，包括你在内，有四个学生挑战成功。”简以楠说，“现在空出六个人，需要重新组成二人小队，你可以看一下名单，问一问这些人的意愿。天黑前把名单给我，不然的话，我随机分配。”

“哪四个？”白术声音好听了些。

“你、墨川、纪依凡，还有某曹君。”

白术歪了下头：“纪依凡？”

作为一个新入行的漫画家，纪依凡能在丁三班待着就不错了，短短一周，怎么可能挑战甲班成功。

“嗯。”简以楠微微颔首，“她和某曹君组队，周末向甲班发起团队挑战赛，某曹君把她带上来的。某曹君是S级，有甲班的实力。墨川，你应该知道，白大的学生，被分配到丁三班，周末挑战赛逆袭了。”

“哦。”

听到这解释，白术并不奇怪。

纪依凡靠抱大腿晋升甲班，不奇怪。

披着马甲的墨川挑战成功，也不奇怪。

白术的视线在机房教室扫了一圈，问：“谁是墨川？”

“我。”身后倏然响起个温和的声音。

白术转过身，见到一双温柔的眼眸，墨川笑了笑，跟白术点头：“你好。白术，久闻大名。”

白术打量着他。

二十四五的年龄，样貌端正俊朗，眉眼谦和没杀伤力。除了气质，年龄、长相、姓名都能跟第三基地部长对得上。

八九不离十了。

白术嗓子疼，不跟墨川说废话，开门见山地问：“你要跟我组队吗？”

“为什么是我？”墨川有些惊讶。

“我是白大粉丝，你是白大徒弟。”白术随口敷衍道，“一看就合得来。”

墨川愣怔须臾，没想到会是这样的理由。他薄唇轻弯，跟简以楠说：“那就我和她吧。”

简以楠扫了眼白术，心里觉得奇怪，但又说不上来，点头道：“好。”

“一起坐吗？”白术主动询问墨川。

“好。”墨川应声。

然后，白术就跟墨川进了教室，找了两个挨在一起的空位，落座。

简以楠无言地打量二人，后知后觉意识到什么：确实奇怪，白术素来高傲，怎会跟陌生人示好？

集训营选择分班有两个原因，一是因为教师资源有限，无法进行合理分配；二是根据不同班级制订不同的教学计划。

白术从丁四班到甲班，从一个极端跳跃到另一个极端，跨度太大，对教学上的不同感知明显——要求高、任务重、监督严。

在丁四班白术还可以浑水摸鱼开小差，可在甲班她哪怕走神都得注意一下。

甲班的老师，一个比一个凶。

白术前一秒因开小差被老师瞪了一眼，后一秒听着老师用“白大公开课缺席”的事内涵她，心情实在是一言难尽。

倏地，坐在身边的墨川问：“困了吗？”

“无聊。”

白术偏头看他。

“你要和我建队训练默契吗？”墨川说，“听说很多甲班小队在周末都被挑战了，我们是从低等级班上来的，周末被挑战的概率更大。”

白术略一琢磨，点头：“行。”

反正闲着也是闲着。

既然有二人队的挑战赛，自然有二人队的训练赛。下午在漫画NO.1上的训练，可以选择单人训练，亦可以选择双人训练。不过，双人训练有两个选择，一个是二人联机训练，一个是找别的队比赛。

单纯的训练没意思，白术让墨川看一看，PK榜上是否有其他小队点了“随时应战”。

“有一个小队。”墨川说。

“哪个小队？”

“我们班的纪依凡和某曹君。”

白术捏着压感笔的动作一顿：“那就他们吧。”

墨川以队长身份向他们发出邀请，不到一分钟，他们同意，电脑屏幕顿时闪到 PK 界面。

白术扫了眼题目，没急着动笔，而是问墨川：“你有什么想法？”

“你介意我画一下草稿吗？”

“你画吧。”白术单手支颐，望向屏幕。

墨川开始落笔。

白术在旁观赏。

题目是青梅竹马多年后重遇，台词、人设、剧情都安排好了，主要看两个小队的呈现方式。

纪依凡和某曹君的草稿，白术扫了一眼就没什么兴趣，但是墨川的草稿却让她看得津津有味。她看着草稿渐渐成型，主人公在细节处的情绪表达，手法新奇却融洽连接的分镜……

最后一格画完，墨川侧过身，态度谦和且礼貌：“你觉得怎么样？”

“你的画风很治愈。”

墨川有点惊讶，然后笑说：“谢谢。”

白术左手把玩着压感笔，问：“剩下的交给我？”

按理来说，线稿是一起合作的，这样速度快一些。不过，墨川没有跟她争辩，直接答应：“劳烦了。”

白术左手握笔，在墨川的草稿上创作。她的速度太快，看得人眼花缭乱，而同时，屏幕上的线稿迅速成型。

墨川看在眼里，难免惊讶。

白术竟然丝毫没动他的风格。

按理来说，每个作者都有各自的风格，如果是风格相近的还好，但个性鲜明、风格相差甚远的作者合作，风格很难兼容，最后呈现的作品容易不伦不类。

他看过白术的作品，个人特色非常突出，画风视觉感比较强，绝不是“治愈”的路子。可是，她这一份线稿画下来，把他的风格原汁原味地保存下来不说，一些细节补充都完美契合。

画到一半，对面点了投降。

白术见状，索然无味地挑挑眉，将压感笔搁下。

“怎样？”白术乜斜着墨川。

“厉害。”墨川沉吟几秒，真心实意地说，“你风格多变。”

“当然。”白术笑了笑，左手五指张开，在空中晃了一下，似是玩味道，“神之左手。”

墨川惊讶地抬了抬眼，听她的语气又像是在说笑，于是道：“嗯。”

“还玩吗？”白术问。

“玩。”

接下来，白术和墨川组队又玩了两局，墨川的风格没怎么变，但白术跟玩儿似的，风格从不统一，怪招层出不穷。几个小时下来，白术和墨川合作得越来越顺，默契自然而生。

下课后，白术站起身想走，但一想，又问墨川：“一起去吃饭吗？”

“好。”墨川眼帘半垂，“不过我还有个朋友。”

“女朋友？”

“不是。”墨川摇摇头，继而解释，“丁四班的晨练教官，时正。你应该认识。”

白术诧异：“你们俩是朋友？”

“嗯。”

白术邀请墨川一起吃饭，是因为墨川的画风过于治愈，性格似乎挺温柔的，白术想深入了解一下墨川，从而对墨川是否有能力继续胜任第三基地部长一职做出判断。毕竟，掌权者需要杀伐果断的性格。

谁料，蹦出一个讨嫌的时正。

三分钟后，时正跟往常一样来找墨川，结果见到墨川后面跟着一个让他恨得牙痒痒的女生，顿时不愉快了。

“你干吗带个跟屁虫？”时正气得吹胡子瞪眼的。

白术忽略掉时正，直接跟墨川告状：“他骂我。”

“对不起。”墨川先是跟白术道歉，然后看着气急败坏的时正，“你不要小孩子气。”

时正震惊地指了指自己：“我小孩子气？”

白术附和：“嗯。”

“你看看她，气不气人？”时正跺脚。

“是挺气人的。”白术俨然像个优秀的捧哏。

时正肺都要气炸了。

墨川看着他俩一人一句的，觉得好笑，并没有偏帮谁：“去食堂吧。”

白术答应：“好。”

时正不甘心，走了几步后，凑到墨川身边。他单手抄兜，一脚踢开地上的碎石，不爽地问：“你为什么带上她？”

墨川睇了眼白术：“她是我队友。”

跟在一侧的白术似乎听到了，嗓子虽哑，但一点都不影响她接话：“合作很愉快的队友。”

“你嗓子都这样了，少说点吧！”时正瞪了她一眼。

“不要。”

“小心明天变哑巴！”

“没关系，我还会手语。”

“你还挺能啊！”

“是的。”

时正被白术气得抓狂了：“要点脸吧！”

墨川惊奇地看着他们俩的相处模式，瞧着时正奓毛的样子，终于能理解为何上周时正每次晨练结束后，都要找他吐槽二十分钟白术。

虽说时正年轻，或多或少有点心浮气躁的毛病，可是能让时正憋屈暴躁到这份儿上的，少见。

白术还挺有意思。

“白妹妹！时教官！”不远处传来江南枝的声音。

三人抬眼看去。

江南枝、即墨诏、顾野从机房楼里走出来，江南枝兴奋地朝他们挥手，而即墨诏和顾野见到他们仨，多少有些惊讶。

“你们怎么在一起啊？”江南枝也发现了问题，视线在白术和时正身上扫来扫去。

他们俩不是死敌吗？

每天晨练，他们俩一说话就火药味十足，丁四班每天都在押他们是不是会打起来。

白术指了指墨川，介绍：“我的新队友，墨川，交流下感情。”

新队友。

旧队友顾野眼眸一眯，目光里略带审视，在墨川身上停留一秒。

“谁稀罕跟你交流了！”时正此刻像极了炮仗。

白术不屑道：“本来也没你什么事。”

时正暴躁道：“你闭嘴吧，叭叭个没停，听你说话我都要聋了！”

“你少说几句。”墨川提醒着时正，待时正悻悻闭嘴后，他问江南枝三人，“我们去食堂，要一起吗？”

“不了。”顾野懒洋洋地接过话，“我们丁四班的。”

话一顿，他视线斜向白术：“跟你们隔了一条鸿沟。”

白术看了他一眼，说：“倒也不必如此自卑。”

顾野嘴角微抽。

时正震惊：“顾野不是你前队友吗，你的毒舌连自家人都不放过？”

努力降低存在感的即墨诏闻声，终于憋不住了，怜悯地看向时正，语重心长：“习惯就好。”

时正倍感惊奇。

两拨人聊了几句，然后分开前往食堂。

白术其实话不多，偏就跟时正磁场不合，时正说任何话她都能接茬，三两句就气得时正掀桌。若非有墨川拦着，时正这一顿晚餐的工夫，可以跟白术打个几架，严重一点估计能把四楼都砸了。

白术心情很愉快。

墨川置身事外。

这一顿饭，只有时正吃得不爽。

可是，谁在乎呢？

反正白术不在乎。

晚上，一轮弯月悬挂于高空，寒风刺骨。白术结束晚课后，先去食堂领了一杯免费的橙汁，才慢悠悠地回到宿舍。

走上五楼时，她听到有人在走廊打电话，声音有点耳熟。

她细细一听，辨出对方是云沅的母亲。

“刚送她回来，这一天可累死我了。”

“没事儿，她那性子我还不了解吗，哄一下就好了。何况她那么能赚，我苦一点累一点又算什么。”

“对了，这次活动赚了不少，凑一凑在封城买房的首付有了。你这几天跟大宝在封城转转，看一下买哪里的。”

“我跟沅沅说的是户主填你的名字，你到时候可不要露馅。不然她要知道房是买给大宝的，肯定得闹脾气。”

……

白术走完最后一级台阶，站定，侧首一看，见到云沅的母亲站在走廊尽头，皎洁的月光照亮了她的脸，眉目的兴奋劲儿怎么都掩不住。

两秒后，白术淡漠地收回目光，走回宿舍。

她推门进去。

云沅正躺在沙发上敷面膜，余光觑见白术进来，命令道：“帮我拿一下电脑。”

白术没搭理她，径自回了房间。

“喂！”

云沅高喊一声。

回应云沅的，是白术的关门声。

云沅又一次使唤白术不成功，在客厅里骂了几句，最后喊了两声“妈”，她那在走廊打电话的母亲连忙赶到，殷勤地给她拿电脑、接热水。

白术听得一清二楚，“啧”了一声，感慨云沅她妈能屈能伸，真就是一能人。

白术拿了睡衣去洗澡，洗到中途听到云沅的母亲在敲门，“砰砰砰”地响个没停，她烦得很，却对敲门一事充耳不闻，专心洗澡。

等她洗了澡出来，外面已经没动静了。她瞥了眼房门，打了个哈欠就上床睡觉。

集训营的甲班，集中了全国最优秀的青年漫画家，都是这一领域的佼佼者，拥有无限可能的未来。其中不缺被称之为“天才”的人，如简以楠。

但是，在这些天才中，云沅绝对算得上另类。

晨练总是迟到、早退，被教官威胁扣分她理直气壮；上课轻视老师，总是提一些刁钻问题展示自己；自视清高，对全班同学不屑一顾；自以为是，总对他人指手画脚、呼来喝去……

没来甲班之前，白术还没深刻体会到云沅的“奇葩”，如今可算是长见识了。

一天下来，她总为自己作妖程度不如云沅而倍感惭愧。

这天晚上，机房教室里，所有学生都在聚精会神地 PK，除了敲键盘、动鼠标、画线条的动静，几乎再无其他声响，每个人都沉浸在他们自己的世界里。

直到教室角落里爆发出一声尖锐的喊叫。

“墨川，你是不是作弊？！”云沅猛地站起来，将鼠标狠狠往桌上一摔，旋即愤怒地在机房里找寻墨川的身影。

白术原本昏昏欲睡，被云沅这么一声喊惊得睡意全无。她用手背揉了下眼睛，继而偏过头眯着眼看向坐在身边的人，问：“你跟云沅 PK 了？”

“嗯。”墨川点头，“她输了。”

白术咕哝：“别理她。”

“嗯。”

墨川不置可否。

这已经不是云沅第一次这样了。

上周日她输了打人的事情，在集训营传得沸沸扬扬，被当作了笑话。

甲班同学表示，云沅一直都是这样，只要输了就会发飙，质疑别人作弊，每天都得闹。周日那次是闹得狠了一点，但他们已经见怪不怪了。

昨日云沅请假出校，甲班终于消停了一天。

今天云沅上理论课答不出问题、下午训练课又不顺心，已经闹了几次。据说，晚上会是云沅爆发的高峰期，因为这几天来，云沅 PK 的胜率以惨不忍睹的速度降低，现在已经不到 50% 了。

果不其然，甲班同学听到云沅的动静，都表现得很淡定，有人 PK 到关键时刻，被打断后抱怨几句，多数人都采取视而不见的态度，就当没有云沅这个人。

“云沅！”负责晚课的老师冷着脸，“输不起就别 PK，不要影响别人。”

“老秃驴。”

云沉愤愤地骂了一句，又把键盘摔了，在老师的怒斥声里走出教室。

甲班同学："老师，麻烦安静一下。"

老师努了努嘴，摸了摸地中海的脑袋，极不开心地闭上嘴。

白术这会儿不困了，坐直了身子，活动着脖颈。半刻后，她忽地想到什么，微微靠近墨川："你跟云沉的 PK 页面关了吗？"

她自然而然地就凑上来，墨川顿了下，没把避嫌的动作表现得太明显。他道："没有。"

"我看一下。"

"嗯。"

墨川把电脑让给她。

白术握着鼠标，点开云沉的作品。云沉的作品没有画完，从半成品里，白术一眼洞穿云沉的毛躁和不安，她急于求成，不肯踏实练基本功，一颗心飘在了天上，心态全都展露于作品里。

手指摩挲着下颌，白术斜眼看向墨川，问："你怎么看？"

"云沉？"

"嗯。"

"天分是有的，"墨川客观地点评，"但仅限于有天分。她再这么骄傲自满下去，路走不远。"

"伤仲永。"

"没错。"墨川赞同道，视线扫了一圈这间教室，跟白术轻声低语，"有天分的人比比皆是，能坐在甲班教室的，五成以上都是天生吃这碗饭的人。"

"态度决定一切。"

白术将鼠标放下，重新坐回自己的电脑前。

墨川的余光斜向她。

教室内亮着白炽灯，冷白的光落到白术身上，皮肤如白瓷细腻，没一丝瑕疵。她生了一双猫眼，眼睛又大又亮，似藏匿万千星辰，干净纯澈，瞧不见一星半点的杂念。结合她的种种行径，就像个有点皮的女生。

可是，墨川偶尔会在她身上察觉出一点违和感。

具体表现在她把事物看得很透，说话一针见血。

他想到白大说的"我会考虑"，脑海里过了一遍白大公开课上的缺席名单。缺席的寥寥无几，可白术就在其中。

传闻中的恐漫鼻祖，轻易操控轻一杯排名的人，以及在公开课上震撼三百余学生的讲师……会是一个不到二十的小女生吗？

这个念头萌生出来，墨川适时将其压了回去。

不大可能，他宁愿相信白大不在集训营。

毕竟收到邀请没来集训营的，也有一批人。何况，以白大的实力，不需要参加集训。

“啧。”

没几分钟后，白术索然无味地往后一仰，手掌覆在后颈处，活动了下脖子。

墨川顺势看了眼她的电脑屏幕。

就这么一会儿工夫，白术一局 PK 结束，认输的是对手。

墨川心有诧异，扫到对手“S 级”的评级，脑海里掠过一个想法：白术或许也不需要参加集训。

半个小时后，云沅重新回到教室，似乎又开始PK，反正很快就听到她踢桌子、摔键盘的声音。

下课前，无所事事的白术有点好奇云沅的 PK，点开云沅的主页查看了下，发现云沅选择的对手都是集训营之外的漫画家，综合评级都不高。可哪怕是这样，云沅都只维持在 50% 的胜率。

这胜率，连丁四班的学生都不如。

白术预感，甲班用不了多久，就可以安享太平了。

以云沅现在的能力和心态，要么会被其他学生在挑战赛里 PK 下去，要么就会因接受不了失败离开。

两天后，云沅的状态没有好转，输的次数越来越多，发脾气的时间也增加，陷入了恶性循环。那一晚，云沅在又一次输给甲班同学后，大发雷霆，差点把电脑摔了，最后她被老师带去了办公室。

晚课结束后，白术照常拿了杯果汁回宿舍，结果走到门口时，发现门没关，里面传来嘈杂声。

“滚！你们给我滚出去！”云沅怒声喊，声嘶力竭。

白术走进宿舍，发现客厅里除了云沅，还有简以楠、班主任，以及两个女生。

客厅满地狼藉，能摔的都摔了，没几处能落脚的地方。

“你们打架了？”踢了踢地板上的碎玻璃，白术明知故问。

这才有人注意到她回来。

“没有。”住对面的一个女生回答，“我们回来时就听到你们宿舍动静很大，还以为你们俩打起来了，有点担心，就叫班长和班主任来看看。”

白术：“哦。”

之后她就没说话了。

众人注意力又落回云沅身上。

“云沅同学，你要遇到什么困难，我们可以一起解决。”班主任内心苦不堪言，但语气尽量保持温柔。

云沅红着眼瞪他：“你解决得了吗？”

“如果是因为你屡战屡败的事，确实没人能解决得了。”简以楠是一个冷面无情的班长，在一旁冷冷地捅刀子，“都是一个班的，别人争分夺秒地进步，只有你，恃才自傲，不知上进。十来天，那些不如你的，如今都已赶超了你，你不反思自己，反而到处发脾气，真把自己当集训营的女儿，觉得老师同学都是你妈呢？”

“简班长。”班主任汗颜，示意简以楠说话委婉些。

简以楠冷着眉目：“我说的是实话。”

“我需要你评判了？”云沅愤怒地朝简以楠吼，她满是敌意地指了指几人，“你、你们——”吸了口气，云沅陡然拔高音量，“全都给我滚！看着你们就碍眼！”

班主任皱眉：“现在不只是你的情绪问题，你破坏了公物，学校有权向你追责。”

云沅满不在乎：“不就是积分吗？你们尽管扣！损坏了什么我赔就是了！”

“郝老师，我们先走吧，让她自己冷静。”简以楠实在不想跟云沅这种情绪失控的人讲理，说完，她看了眼白术，走过去，“你要是嫌她吵，可以去我那里睡。”

白术正在喝果汁，闻声抬起眼帘，模样有些乖。

简以楠看在眼里，眸中戾气都消弭无踪。

白术说：“习惯了。”

简以楠待她的态度跟待云沅时比，简直判若两人：“有什么情况过来敲门。”

“哦。”

白术没当回事。

简以楠跟两个女生离开了。

班主任再次尝试跟云沅沟通，无果，最后只得叮嘱白术有事就找简以楠，然后便叹息着走了。很显然，他拿刁蛮任性无法沟通的云沅毫无办法。

不多时，客厅里只剩白术和云沅。

白术左手抄兜，右手拿着果汁，她咬着吸管，缓缓喝着最后一点果汁。

“你站在那里做什么？”云沅心里还有气，怒火直接冲着白术撒，“想看我笑话吗？”

“是啊。”

云沅猛地一下站起来：“你也配？”

“自诩天才而沾沾自喜，实则鼠目寸光、不思进取，想靠你那点天分人生得意一辈子？呵！”白术手一抬，果汁杯划出一道抛物线落入垃圾桶，她勾唇哂笑，“清醒一点，集训营八成以上的人，都瞧不上你。剩下一两成，压根不想搭理你。”

她这话说得比简以楠还残忍。

云沅当即失控尖叫，直接朝白术扑过来。

白术又哪会怕她，轻松避开她的攻击，反手扣住她的手腕，步伐侧移，她按住云沅的左肩，把云沅压在洁白的墙面。

“你——”云沅双目通红，龇牙咧嘴。

客厅窗户开着，蓦地吹来一阵风，从肌理渗透进云沅的骨髓，她冷得一个哆嗦。她挣脱着，可桎梏她的力道如同铁钳，令她无法动弹分毫。于是，她张口想骂，可一睁眼，就见白术凑到她跟前。

此刻，白术的眼里掺了刺骨的冷，没一丝温度，看她的眼神如同看蝼蚁。

“好自为之。”

白术贴近她耳畔，一字一句。

松开云沅，白术任由她继续发疯，自己回到房间。

这一晚，云沅没再闹出大动静来，不知在客厅待了多久，然后乖乖回去休息了。

第二天的晨练，云沅干脆没有去，教官扣了她十个积分，而她的积分账目上，数字以难以想象的速度减少。

难得的一次中午，白术吃了饭后没回宿舍午休，也没有在校园里闲逛，而是溜达着来到机房楼。

因为一到周末就要无条件接受挑战赛，甲班学生的危机意识都很强，哪怕是休息时间都不肯松懈，中午两个小时的空闲时间，他们哪里会白白浪费，一般都会待在机房教室里争分夺秒地训练。

人数多的时候，可达三分之二。

白术来到甲班机房。

想象中的甲班学生奋战拼搏的场面没见到，她倒是再次见识了云沅趾高气扬的场面。

“赢了我一次就值得你炫耀了？到处显摆。”云沅走到一个女生的位置旁，脚踩着人家的椅子，耀武扬威道，“现在输给我了，你还有什么话说？”

女生紧抿着唇。

旁边有人看不下去了，走过来：“云沅，你有完没完，天天闹，真把自己当根葱了吧。”

“没完。”云沅一把推开那人，居高临下地看着那女生，“你继续说啊，说你怎么赢的我，又怎么输给我的。我状态不好一点，被你们乘虚而入，都成你们炫耀的资本了是吧？”

女生被云沅揪着不放，也恼了，站起身：“就说了你两句，你至于吗？”

“至于！”云沉冷哼，说话越发咄咄逼人，“你怎么跟人说的？‘天才不过如此’，是吧？我告诉你，真正的天才就是你们无论怎么努力都够不着边的水平！你知道什么是天赋差距吗？垃圾。”

“你够了啊！”女生被羞辱得恼怒不已。

“还不让人说了？”云沉挑了下眉，扬起下颌，以目空一切的姿态扫视着整个教室，“你们这些没天分的，有一个算一个，都是垃圾。哪怕给你们一百年，你都赶不上我！”

如果她只是说那女生，那在场学生倒也罢了。毕竟女生编排在先，又的确输给了她，没什么好说的。

但是，现在云沉在整个教室里拱火，出言攻击到在场每个人，那他们可忍不了了，一个个都站了起来。

然而，不待他们站出来做什么，忽地有个人出现在云沉身后，揪着云沉的衣服后领，直接把云沉往教室后排拉去。

众人见状，皆是一惊。

他们定睛看去，发现拽着云沉的竟是白术。

白术不会采用武力解决吧？

就在众人纷纷猜测之际，白术寻到一个空位，把云沉按在了椅子上。

白术语调掺着冷意：“我跟你 PK。”

云沉当即反驳：“你凭什么——”

“私下 PK，十个积分一局。”白术截断她的话，说出云沉无法拒绝的条件，“五局定胜负。五局你全赢，你到手五十个积分。如何？”

五十个积分。

对于现在积分紧缺的云沉而言，确实是一个不小的诱惑。况且，白术几次得罪她，她一直没找到报复的机会。

没有考虑多久，云沉压着眸中报仇的欲望，道：“这可是你说的，待会儿别后悔。”

白术说：“在场的人做个见证。”

在场的人不想做见证，反而想骂她是个傻瓜。

刚刚输给云沉的女生，算是实力不错的，综合评级为 S，胜率高达 80%。可是，这样的她，在状态极好的情况下，都在跟云沉比赛的过程中，选择了中途认输。

可想而知，今天的云沉状态已经调整好了，不再是前几日的水平，或者说，还有所提升。

云沉是个情绪化的人，水平发挥受情绪影响很大。如果云沉处于状态好的时候，那么甲班学生，没几个敢说绝对可以赢她。

白术一个逆袭成功的全 D，为什么要逞能，拿五十积分跟云沉置气呢？

有的学生心善，想要劝白术几句，打消她的想法，奈何她一个字都听不进去。待跟云沅约定好后，白术就找了不远处一台空机子，开机登录账号，进入了全神贯注的比赛状态。见状，其余学生也不再说什么。

在他们看来，白术和云沅的比赛结局已定，白术必输无疑，他们摇摇头，连观战的兴趣都没有。等比赛开始后，他们就回到各自位置专注他们自己的事了。

比赛开始，随机抽题，题目是“画面·商场节日”。

二人低头创作，专心致志。

简以楠从机房后门走进来，扫了眼安静的教室，并不意外看到那么多人。可当她注意到坐后排创作的白术时，愣住了。

转性了？

白术平时吊儿郎当的，上课踩着点来，下课踩着点走，从不在教室浪费一分钟，跟甲班紧张严肃的氛围格格不入。

她怎么会在午休时来机房？

琢磨半刻，简以楠走到白术后面，瞧了眼白术的电脑屏幕。她陡然一惊，下意识找寻到云沅的身影。待找到后确认白术和云沅在PK，她掩饰住内心的震惊，安静地站在一旁观战。

白术和云沅都有各自的特点。

云沅注重画面美感，篇幅不够进行故事讲述，但是，画工令人咂舌，给人以视觉感官上的刺激。

白术注重整体构架，第一个画面呈现商场格局，一个俯视的角度，概括方方面面。然后以几个画面做衔接，涉及顾客、导购以及后勤，每个画面看似分开，却在最后一个画面以“节日”做连接。

不仅有画面，还有故事。

谁赢谁输，一目了然。

身为一个优秀漫画家，就该在比赛中有判断胜负的能力。果不其然，十分钟后，云沅选择了投降。

接下来，是第二轮、第三轮、第四轮……

偌大的教室，谁也没发现，角落里对局的跌宕起伏。

一个小时后，白术活动着手指，伸着懒腰离开机房。

她离开的动静陆续吸引了一些注意。

有人回头，见到站在教室后面的简以楠，打招呼：“简班长，你在看她们比赛啊。”而后又问，“五局都结束了？”

“嗯。”简以楠表情严肃，情绪难以言明。

“全输了吧？”

“嗯。”

“可惜了，”那人摇头感慨，“这个白术，好端端的蹚这个浑水做什么，五十积分拿来做别的不好吗？”

简以楠深深地看了那人一眼：“反了。”

那人愣怔，摸不着头脑。

啥反了？

简以楠看了眼坐着一动不动的云沅，走过去，低头一看，发现云沅泪流满面，哭得悄无声息。

注意到简以楠走近，云沅抬眸：“我……”

简以楠说：“鸿沟。”

云沅登时失语。

没错，鸿沟。

站在鸿沟的这一边，她踮起脚费劲地远眺，却看不清对面的河岸，只是隐约见到那一抹身影，影影绰绰，模糊不清，令她心生怯意。

无力感陡然而生，让她恐惧、逃避，她仓促逃跑，可阴影如影随形。

简以楠递给云沅一包纸巾。

云沅接过纸巾，感觉到脸上温热的液体，后知后觉地用手擦了下脸，看到满手的眼泪，她茫然无措地问：“我为什么哭了？”

“因为你心里清楚，你遇到的对手，是你努力也无法打败的。”简以楠眼里有光闪烁，憧憬和战意越发浓了，她声音低沉却笃定，“那才是真正的天才。”

简以楠离开了教室。

机房里，陆续有学生察觉到异样，不知谁说了声“输的是云沅”。这话如平地惊雷，把大部分学生的注意都拉过来，围聚在云沅身边的人越来越多，有人求证，有人观察云沅和白术的 PK 记录。

五局，白术全胜。

云沅的积分归零。

确认完这个结果，他们面面相觑。

云沅很安静，兀自流泪，甚至没跟围观者发飙。

好像有什么在汲取她的力量，将她的血液一点点地抽干，她的灵魂跟身体被强行剥离。

白术对云沅的打击，是毁灭性的。

一直都是她站在高处俯视别人，并且自以为是地以为自己处于天花板。殊不知天地广阔，她引以为傲的天分被白术击得粉碎，她第一次尝试被人居高临下俯视的滋味。

她因此震撼而恐惧，只是远远地望了一下，就被那股压迫震慑得喘不过气来，于是，她低下头颅，再也不敢直视那一条无可跨越的鸿沟。

在强者的世界，她什么都不是。

“白术。”简以楠在楼道里追上白术。

白术回头看了她一眼。

没有停步，白术揉了揉耳朵，径自往下走。

简以楠拦在她面前：“你站住！我有事跟你说。”

白术觑着她：“我不想跟你说话。”

“为什么？”

“你说话不好听。”

没想到会得到这样的答案，简以楠第一念头想反思自己，可现在不是做检讨的时候，她直入主题道：“我只是想跟你比一场。”

“等你拿了第一再说吧。”白术摆摆手，从简以楠身前绕过，缓步下台阶。

简以楠跟上她：“我会的。”

“哦。”

“你的综合评级为什么是全D？”

“不知道。”

“你故意的吧？”

“都说了不知道，你好烦啊。”

简以楠无数次被白术说烦，现在已经有免疫力了，压根就不当回事，跟在白术后面喋喋不休，哪怕得不到想要的回应，她的问题也层出不穷，一个接一个地往外冒，哪里还有一点孤傲天才的样子。

白术凭借甲班学生的特权，在便利店里蹭到两支雪糕。

“喏。”

因为简以楠太吵了，白术忍无可忍，只得忍痛割爱分了支给简以楠。

简以楠犹豫了下，接了。

她撕开包装，看了眼在大冷天咬了一大口雪糕的白术，只觉得牙齿战栗。不过稍一琢磨，她自己也咬了一口。很凉，寒意扩散开来，她打了个冷战，但过后又觉得挺爽的。

“云沅被你刺激得不轻。”简以楠说，“如果她走不出阴影，大概很难在漫画上有所突破了。”

白术舔了下嘴角沾的巧克力，专心致志地吃着雪糕，轻描淡写地说：“我故意的。”

“为什么？”简以楠僵住。

“像她这种工具人，”白术眼睛里迸射出一抹冷意，淡漠到有些不近人情，“有一个，废一个。”

简以楠深吸口气，态度冷下来：“你没权利插手别人的人生。”

“你在说笑吗？”白术扫简以楠一眼，诧异于她的天真，“谁的人生是由自己一个人成就的？人自出生就一无所有，是接触到的人和事物，经历的一桩桩事，才成就了人的一生。你、我、集训营，都是组成云沅人生的一部分。非要说的话，遇到我，就是她的劫难。”

简以楠本想苛责她，可听到这一番话，被她说蒙了。

半晌，简以楠喃喃道：“你可以选择不做她的劫难。”

“我就讨厌你这一套。”

白术有点后悔把雪糕给简以楠，说完，瞥了眼那被咬了一口的雪糕，转身走了。

这一次，简以楠没有跟上。

因为跟白术 PK，云沅的积分被扣光，今天就得离开。

下午，云沅的母亲来学校，给云沅收拾东西。

白术吃了晚饭回宿舍时，发现云沅的东西收拾得差不多了，大包小包地堆在一起，占据了不少空间。

“你还有脸回来？”云沅的母亲从卧室里走出来，一见到白术，两眼就冒着绿光。

白术眨了下眼。

云沅的母亲瞪着她，劈头盖脸一通骂：“把我们沅沅逼走你开心了？我第一次看到你，就知道你不是什么好人，现在灵验了吧，在沅沅状态不好的时候乘人之危……”

“妈！”

卧室里的云沅烦躁地喊了一声。

云沅的母亲接收到信号，收敛了，愤怒地白了白术一眼。

她转过身去收拾东西，嘴里喋喋不休：“命不好啊，就是犯小人，早知道跟学校拼破头都该争取单人宿舍的……”念叨半天后，她扫了眼卧室，声音更轻了些，“什么天才什么出名，不到两周就灰溜溜地走了，丢脸都丢死了。”

“妈，你在说什么？”云沅不知何时站到了卧室门口。

云沅的母亲一惊，眼皮猛地跳了跳，抬眼见到云沅后，笑脸迎上去：“沅沅啊，要不我再去找你们老师谈一谈，想办法让你留下来，你可是天才啊，有什么规矩是不能改的呢？像你这样的，他们当宝供着都来不及呢。”

“这是规定。”

“什么规定不规定的！那些留下来的学生，有比你厉害的吗？！你是不小心才输的！”云沉的母亲情绪立即激动起来，说到一半就开始骂骂咧咧的。

云沉被她念经念得烦，转身回了卧室，“砰”的一下关了门。

白术看了会儿戏，回房。

不多时，她拿着杯子出来接水，发现云沉的母亲不在，走廊里能听到云沉的母亲接电话的声音。她扫了眼满地狼藉的客厅后，轻皱眉头，接好水往回走。

“白术，”云沉忽地走出来，责难的眼神落在白术身上，“你扮猪吃老虎耍人玩，觉得很有意思吗？”

白术侧首，眨眨眼：“比你这种张口闭口‘我是天才’的，可要有意思多了。”

“你……”

“给你提个醒，”白术打断云沉，迎上她恼怒的视线，慢吞吞地说，“‘天才’作为标签，只是你的附属品。在当天才之前，你应该是个人。一个人受到尊重，可以是性格、才能、成就，但绝不因为他是天才。”

云沉被她一番话定在原地。

白术走至卧室门口，倏尔一顿，余光瞥见打完电话回来的云沉的母亲，她问云沉：“对了，你赚钱买的房子，名字是填谁的，你知道吗？”

玄关处，云沉的母亲僵住，身形晃了晃。

云沉脸色登时一白。

白术机智地将卧室门关上了。

一分钟后，客厅里爆发出剧烈的争吵，震耳欲聋，各种物件“噼里啪啦”碎落一地。

白术坐在书桌前喝水，慢条斯理地翻开一本书，姿态悠闲惬意。

那天晚上，云沉搬走了。

宿舍成了白术一个人的。

第二天是周六，白术参加晨练一向积极，提前几分钟到达操场。

可是，她见到的场景跟往常不大一样。

操场上出现很多外来车辆，几十个陌生人，有人举着摄像机，有人负责指挥，有人准备道具，整得忙碌又嘈杂。

教官们早早到了，跟以前比都做了造型化了妆。他们被助理和工作人员簇拥着，有的在沟通、有的很安静，总之都处于工作氛围里。

漆黑的天幕罩下来，严丝合缝地盖在地面，暗得浓郁。清晨的风裹着刺骨的寒冷，所见之处，昏黄的光影，宽敞的操场，他们像是另一个世界的人。

“傻了吧。”

身后蓦然传来时正欠揍的声音。

白术一个眼神都没给他："全球综艺预热，有什么惊奇的。"

踱步来到白术身侧，时正本想得意一番的，结果见白术轻描淡写地戳破，顿时一怔："你怎么知道？"

"我跟每个教官关系都很好，他们很乐意跟我分享一些小八卦，"白术懒懒地说，余光斜了时正一眼，又补充道，"除了你。"

时正磨了磨牙。

好气。

白术在其余教官眼里，简直是人见人爱的小仙女，到时正跟前，就只是一个人见人烦的小炮仗了。

他不就是第一天迟到了吗？

"你还知道什么？"时正眼眸微眯，试探地问。

白术平静道："基本流程都知道，包括你要跟纪依凡炒 CP 的事。"

时正被戳中痛处，表情微僵。

"但你对纪依凡有意见，不仅是因为被强制跟她炒 CP 吧？"白术抬了下头，勾唇问。

时正轻哼一声："关你什么事。"

白术耸了下肩。

这一次 DY 漫画大赛，联动了很多行业，聚集世界顶尖资源，势必要打造出一场全球盛宴。

漫画毕竟是小圈子的事，为了扩大影响力，一场全球综艺将会跟漫画大赛同步举行。

每次比赛都会采取直播和录播的方式向大众公开，直播会通过网络平台同步展现漫画家的生活、训练、比赛，录播则是根据这些直播素材整理出完整的故事线，剪辑几期后再公开。

现在处于国内赛阶段，综艺由国内顶级团队负责。

为了热度和话题，他们请来娱乐圈八位流量艺人担任晨练教官，跟漫画家共同吃住，以增强观众们的代入感。

综艺开拍后，每个艺人都安排一个直播间，他们会被分发各自的台本，展现漫画学校不同的生活。同时，节目组也会让艺人和某些漫画家互动，以此来捧某些漫画家。

这些漫画家，有性格突出的、能力突出的、背景突出的、资源突出的……总之，是按照话题性、硬实力或者后台背景做出的选择。这跟国内一些选秀综艺有些相像。

纪依凡之所以能脱颖而出，早早就安排好跟时正捆绑，是因为纪依凡背后有白家提供的资源。

白术知道这些消息，一是因为教官之间的八卦，二是因为她看过集训营的流程。

“你想出名吗？”时正乜斜着白术，“对我态度好点儿，我没准能帮你一下。”

“不想。”白术一语否决，“你离我远点儿。”

快到集合时间了，白术径直走向甲班集合场地。

时正美好的早晨又被她毁于一旦。

综艺计划下周一开始，但节目组需要提前拍一些镜头准备录播，所以周末都会待在学校。

因为他们的大阵仗，集训营难免得到消息，多数学生都很兴奋，觉得这种呈现方式更容易让漫画大赛被大众接受，成功出圈是没有问题的。

此外，部分人也想争取一些镜头，希望能获取一点热度。

这两天，学生的热情史无前例地高涨。

然而，白术却累得半死不活，整天都处于“应战”状态。

“这是今天第几局了？”

晚上八点，墨川来到机房，递给白术一杯咖啡。

白术仰头喝了口咖啡，呼出口气：“第十三局。”

“辛苦了。”墨川在她旁边坐下，“团队赛这边还剩几局？”

“三局。”

“行，争取十点前解决。”

白术揉了揉眼睛：“嗯。”

跟第一周的挑战赛比，这一周翻了四五倍。上一周逆袭成功的白术、墨川、纪依凡、某曹君成了所有班级挑战的焦点，无论是个人挑战赛还是团队挑战赛，三分之二都冲着他们来。

纪依凡应战失败，掉到了丁一班。

某曹君不知哪根筋不对劲，也输给了丁一班一个学生，再次成了纪依凡的同学。

白术因为“丁四班”和“评级全 D”的标签，被很多学生盯上，一天的 PK 加起来可达二十局以上。

因为面对挑战赛不可不应的规定，白术只得一一应战，于是除了吃饭睡觉以及晨练，她周末的时间都待在机房。

墨川的情况比她好一点，但也差不多，有时候还得让时正送饭过来。

墨川说，争取十点前解决三局。其实以他们俩的默契和能力，九点前就能解决。可是，他们俩遇上的队伍偏就没眼力见儿，明知没有胜算还要拖到最后一刻，大大延长了他们的比赛时间。

等三局结束，已经十一点多了。

白术最怕这种死磕时间的傻瓜，耽误双方时间。她一连遇上三对傻瓜，窝火得很，偏偏对方跟她隔着屏幕，骂也不行，打也不行，她只得受着气。

对局结束，白术将鼠标扔一边，拿起咖啡想喝，结果晃了一下，发现咖啡杯已经空了。

“别喝了，早点回去休息吧。”墨川劝道。

“嗯。”

白术叹息，往后仰倒，抬手揉着太阳穴。

墨川起身拿起她的咖啡杯，扔到垃圾桶里：“一起走吧。”

“行。”白术没精打采地应声。

她坐直身子，重新拿起鼠标，想退出漫画NO.1，结果“叮咚”一声响，又跳出一个个人挑战赛申请。

是丁四班的学生。

白术气得慌，咬牙说：“我不玩了。”

墨川不明所以：“什么？”

“我要回丁四班。”

白术抬起眼帘，盯着那一条挑战申请，语调平静地说完，然后以墨川没能反应的速度，直接点了拒绝。

拒绝，等于认输。

她会跟对方调换班级。

“你这……”墨川犹豫了下，温声说，“冲动了。”

“我的积分已经登顶了。”白术没有一点留念，只觉得浑身都放松了，“得给别人一个超越我的机会。”

才两天时间，白术的积分就从百名开外，一路坐火箭飙升，直达积分榜第一名。

她的积分突破三千，第二名的墨川跟她差了一千左右。而半数以上的学生积分都在一百以下。

要知道，她只想当咸鱼混日子，对拿第一引人注目没有任何兴趣。

“也好。”墨川并未劝说。

第十一章

积分倒数第一

深夜，乌云遮月，不见星辰，校园内寂静无声。雪花蓦地飘落，落地时的轻微声响竟清晰可闻。

顾野从校外回来，途经月亮湖的小树林，笔直宽广的道路上落了一层雪，两旁的路灯洒下暖黄的光，交织成或明或暗的区域。

他抬头，一阵冷风迎面而来，吹得他眯缝了下眼，下一秒睁开，视线落到一张长椅上。

女生坐在那里，宽松的集训服被风刮得乱动，衣领翻飞。她低垂着头，发丝在风里肆意飘动。路灯的光线落到她身上，是温暖的颜色，她手里捧着一杯热咖啡，低头喝时有热气升起。

是白术。

顾野眸中掠过一抹讶然，朝她走近。

“大半夜的不睡觉，坐这儿当神仙呢？”

风雪里乍然响起的声音，让白术抬目望去。

风吹雪入眼，她眼睛微眯，狭窄的视野里走进一个颀长的身影。顾野眉眼染了笑，成片雪花从他身边飞旋而过，可他却没沾染霜雪，笑意不减。

白术注意到他的便装：“你又翻墙了？”

“嗯。”

白术看着逍遥快活的他，更沮丧了，低下头，默默无语地喝着咖啡。

顾野有些在意。

哪怕是先前跟她明示拒绝了，她都没这般垂头丧气的。

“怎么了？”走至她跟前，顾野半蹲下身，抬头看她。

白术双手捧着咖啡，垂着眼睑，跟他的视线撞上，四目相对。

半晌后，白术伸出左手，举到他面前，五指张开，表情麻木地说：“你看到了吗？”

她的手很好看，手指如葱白般细长，骨形恰到好处，指甲修剪得干净。

让人想握一下。

顾野压制住邪念，仔细品味着白术的话，不知她来哪一出，便问：“什么？”

白术抿唇，提醒他：“手在抖。”

顾野细细一看，几秒后，总算辨认出一点“抖”的迹象。

顾野琢磨着问：“冻的？”

“累的。”白术深深地看了他一眼，把手收了回去，“我在机房里待了十三个小时。”

“挺努力啊。”顾野直言直语。

白术身形一顿，再次望向顾野时，眼里尽是“你不懂”的控诉。

顾野被她看得心发慌，改口道：“辛苦了。”

白术不想跟他说话了，自顾自地喝着咖啡。

“咱们说一点没默契也能互相领悟到的话？”顾野实在拿她没法子了，干脆将笼罩在白术身上诡异的气氛撕开。

白术叹了口气。

顾野也叹了口气。

二人面面相觑。

片刻后，白术说：“我周末一直在接挑战赛，太累，后悔进甲班了。”

“那就回丁四班。”顾野哭笑不得，他还当白术遇到什么事了呢。

白术颔首：“回了。”

顾野一惊：“输了？”

白术仔细一想，说：“算是吧。”

“你大半夜搁这里吹风赏雪，就因为这个？”顾野恍然明白过来。

“不是。”白术摇了摇头，“我就是太累了，走不动。”

想她在漫画NO.1上拼杀时，持续玩二十个小时的事也不是没有过。可是，那时遇到的对手都是强者，每一局PK都很有意思，也可以学到不少东西，所以越PK越有激情，从不觉得累。

但是这两天，她遇到的都是些什么人？

明明十分钟就可看出胜负，他们非要拖着你的时间，仿佛不把一局玩到最后就是没尽全力。殊不知，完全是在浪费时间。

白术回想这两天，只觉得身心俱疲。走到半路，她实在不想动了，干脆在自动售货机里取了杯热咖啡，坐在这里放空自己，调整一下她备受折磨的身心。

不过，顾野明显想不到这一层，只当她在为了输了比赛而懊悔。

一时不知该说什么，顾野想了想，干脆拂开长椅上的积雪，在她身边坐下来。

“我陪你歇歇。”顾野体贴地说。

毕竟不能任由她一个人在这儿坐着。

“不用。”白术幽幽地瞟了他一眼，“我看着你就气。”

“哈？”

“你逍遥快活，”白术指了指顾野，然后，又指了指自己，“我累死累活。”

顾野无语凝噎。

白术说得兴起，唉声叹气道：“同人不同命啊。”

“唉……”顾野心累到叹息，顾不上避嫌了，抬手从后方罩住她的脑袋，揉了揉她的头发，感慨地说，“好好的孩子，输一局就傻了。”

白术瞪他："都说了不是。"

顾野附和："好好好，不是。"

"你不信？"

"我不信。"

"唉。"

白术又沉沉地叹息，沮丧地垂下脑袋。

"想开点，我明天帮你赢回来。"顾野斟酌半天后憋出这样一句安慰的话。

白术把最后一口咖啡喝尽，说："不用。"

顾野没想好后续的话怎么接。

白术忽地偏头，瞳仁里亮着光，她盯着顾野，喊："顾野。"

"嗯。"

将纸杯一捏，白术将其捏成一团，然后手抬起，纸杯从她手中飞出，在风雪中划出一道偏移的抛物线，却准确无误地落入不远处的垃圾桶里。

纸杯撞进垃圾桶的一瞬，白术的声音同时响起："我想追你。"

顾野怔住。

白术的视线笔直打过来，在这寒冬腊月里，她的目光是有温度的，如同火炬般轻易能点燃理智。她坚定、理智、冷静、坦然，不拘谨、不窘迫、不紧张，以一种干脆利落的方式向他表白。

她坦然且从容，直面自己的内心。

偏偏，她这种暴露在阳光之下，坦荡自信的感情，是顾野绝对无法触碰的区域。

顾野久久没说话。

"我不是仓鼠，"白术忽然站起身，低头看着他，"我很省事，不需要喂养，不需要照顾。"

她弯下腰，两手抵在膝盖上，继续说："我不一样的。"

她靠得很近。

顾野眼帘一动，从她大大的瞳仁里见到自己的虚影。她眼睛眨了下，睫毛落下一层暗影。风那么冷，可她的气息是暖的，轻轻拂过来，在冰寒中被他情绪捕捉、分辨，似乎裹着甜味儿。

他从未见过这样独特且有力的表白。

喉结滚动了一下，顾野身形往后一倒，拉开跟白术的距离。他看着她，认真地说："你是不一样。"

白术问："我吸引你吗？"

顾野半垂着眼，"嗯"了声。

"所以，为什么？"白术很有耐心地问。

“我配不上。”

“我跟她们不一样。”

顾野不置可否，却道：“你比她们更优秀。”

“唔。”

白术想了想。

她的视线在顾野脸上扫了一圈，下一刻，她猛然倾身靠近，吻了下他的唇。极轻的触碰，如蜻蜓点水，很快就撤开。

眼睛倏然睁大，顾野看着面前的女生，整个人都僵硬了。

“别那么死心眼，世上多数事都是可变通的，何况一段感情。”白术一点都不害臊，抿着唇，很有礼貌地问他，“你要送我回宿舍吗？”

顾野心脏“怦怦”跳，血液和气息似乎不听指挥，搅得他心神不宁。他凝眸看着她，眼里情绪晦暗不明。

半晌，他一字一顿的声音像极了恼羞成怒：“你做梦。”

又是周一的晨练，白术回归丁四班的队伍。

“白班长，欢迎回来！”

“积分第一白班长，我们丁四班的荣耀！”

“原来白班长去甲班只是为了攒积分，是我们误解你了。”

丁四班同学对白术表现出莫大的热忱。

不说别的，光是白术不败的战绩，以及恐怖的积分，都足以让他们认可白术了。哪怕他们先前恨她恨得牙痒痒，现在还是发自肺腑地欢迎她的回归。

毕竟，一码归一码嘛。

白术站在队伍前，淡定地接受他们的欢迎：“不是换班长了吗？”

“这题我会！”江南枝在队伍里蹦跶，举着手兴奋地说，“新班长取代你的位置，去甲班了！”

“这样啊。”

白术眉毛一扬，把兜里的哨子掏出来，吹了一声。

尖锐刺耳的声音，令丁四班对白术的热情大打折扣。但是，他们被白术锻炼久了，条件反射地调整好队伍。

于是，时正一赶到，就见到排列整齐的队伍，以及站在列队前的白术。

“你跑我们班来做什么？”时正如临大敌。

“欢迎我吧。”白术拎着哨子，说。

“什么？”

时正尚未反应过来，队伍里就响起异口同声的喊声：“欢迎白班长！”

“谢谢。”

白术礼貌地点点头，然后，走进了队伍。

时正恍然眨眼，这才明白——白术从甲班回到丁四班了。

这可真是灭顶之灾。

偏生今天就要开始录制综艺了，他甚至要为维持人设，不能再在晨练里抓着白术找碴。

白术没有跟往常一样，随便在列队里找一个位置，她早就找准了顾野的位置，径直朝那边奔去。走近后，她跟站顾野旁边的即墨诏说："让让。"

"你刚回来就称王称霸的？"即墨诏怀疑她故意找事。

白术挑眉："让不让？"

能不让吗？

即墨诏老实地往后退了一个位置。

白术占据即墨诏的位置后，微微歪了下头，跟顾野摆了摆手。

顾野余光扫到她的动作，略有些心神不宁，但他没有扭头，铁了心地漠视。

白术并不气馁，心情好得很。

白术说追顾野，并不仅仅是说说而已。

在陪那群蠢蛋浪费了两天时间后，白术深刻意识到，与其把时间浪费在蠢蛋们身上，还不如将时间花在追求顾野这事上。

毕竟蠢蛋们会让她身心俱疲、怀疑人生，顾野有可能让她收获一枚她看着就欢喜的帅哥。

今日的晨练有些不大一样，在跑完四公里后，时正宣布接下来进行篮球项目。

"我们会组建一支明星篮球队，你们则组建一支漫画家篮球队，一个月后，我们会找个时间比赛。"时正站在一帮东倒西歪的队伍前，"想参加漫画家篮球队的可以找班长报名。接下来的时间，我们进行简单的篮球基础入门练习。当然，学过的可以去投篮，五个投中三个就可以自己组队玩。"

听到可以玩，大家精神头来了，腰杆也挺直了，跟变了个人似的。

白术对这样的调整并不觉得意外。

综艺还是以娱乐为主的，先前的晨练项目，没有一点娱乐性可言。现在安排一个篮球项目，不仅可以增强明星和漫画家的互动，还可以安排剧本增加他们的故事性。

时正简单介绍了篮球项目，然后就让他们做选择——去投篮还是留下来。

解散后，白术挪到顾野身边，仰头问："你去投篮吗？"

顾野咂摸了下："你不会正好连篮球也擅长吧。"

"会一点。"白术想了想，如实回答，"我擅长的是极限运动。"

"那我就放心了。"

顾野点点头，果断选择了投篮。

一分钟后，白术抱着个篮球走到排队投篮的队伍里，站在顾野身后，无语道：“你表现得可以再明显一点。”

顾野心情沉重。

就在这时，江南枝一路小跑过来，抢了白术后面的站位：“白妹妹，你会打篮球啊？”

力道不重地拍着篮球，白术看了眼顾野的背影，心不在焉地回答：“不大会。”

“我也就会一点点，想挑战一下。”江南枝惊喜，“对了，我的篮球是顾野教我的，他打篮球打得可好了。你要想学的话，可以找他教啊。”

江南枝向前抻着脖子，抬手扒拉了下顾野的手臂，说：“顾野，你说是吧！”

“没听见。”顾野没回头。

江南枝觉得奇怪，趴在白术肩膀上，奇怪地问：“白妹妹，他怎么了？”

白术敷衍地回答：“有心事吧。”

前面的顾野将白术的话听得一清二楚，嘴角忍不住抽了抽：你可真有脸说。

投篮成功的人数一半一半。

很快，轮到了顾野。他拍了两下篮球，动作流畅地投篮，一连三中，篮球连网都没碰一下，准得令人咂舌。

投完后，顾野退到了一边，没走，而是好整以暇地旁观白术，想看看白术的表演。

白术站在线前，捧着篮球，回头看了顾野一眼。

顾野心情一言难尽。

然而，白术抬手将篮球一抛，篮球呈抛物线往上，精准无误地落入篮网。

周围不少人都被她惊到。

第二个，依旧如此。

第三个，白术又看向顾野，眼睛一眨，勾唇轻笑。她转身的那一刻扔出篮球，篮球在空中划过一道弧线，“砰”的一下砸在篮筐上，沿着筐旋转几圈，然后缓缓落入篮网。

惊呼声乍然响起。

“白班长，你怎么这么帅！”

“不科学啊，白班长，你开挂了吧。”

“白班长，漫画家篮球队的名额里，该有你的姓名。”

围观的人纷纷起哄。

白术脚尖一踮，轻巧地回过身，跟他们吹了声口哨，然后下颌一扬，便笑着退了场。她小跑着来到顾野面前。

“怎样？”白术神采飞扬。

“准头比你扔垃圾时差了些。”顾野一点都不觉得奇怪。

白术作为一个极限运动爱好者，爱极了耍帅的动作。顾野无数次在家里见到她扔垃圾、放东西，都是用扔的，并且非常准，很少有失败的时候。

所以，哪怕白术篮球打得不好，投篮时的准头是不会差的。

“我实在做不来。”白术摊手。

“什么？”

“装不会让你教，”白术坦白地说，“显得我无能。”

顾野愣了下，几秒后，实在忍不住，嘴角轻轻勾起。他怕笑得太明显，微微侧过头。

“你笑我啊？”

白术将身子倾斜过来，头歪着，视线从下往上，亮晶晶的眼里盛着柔软的笑。

这一看，看得顾野心直发软。

顾野扯平了嘴角，挑眉：“笑你啊。怎么着？”

“你笑吧。”白术无所谓地说，“我喜欢你笑。”

她如此坦荡。

顾野敛了眸中情绪，低声道：“傻样儿。”

他背过身。

白术晃到顾野身边，继续说：“篮球队，你报名吗？”

“不报。”顾野一秒都没犹豫。

“有表现机会的。”白术正儿八经地分析道，“关注度高的话，能增加你的商业价值。”

顾野笑了下：“你觉得我缺关注吗？”

“江南枝说，你是第一个出圈的电竞选手，”白术一直没有在网上搜过顾野，于是问了一个有点蠢的问题，“你很火吗？”

从白术眼里看到单纯的好奇，顾野没有插科打诨，认真想了想后，回答：“该节目组花钱求着我报名的那种火。”

白术点头：“那就等他们来求。”

“好。”

顾野嘴角不自觉上翘。

按照规则，投篮中了三个后，可以选择自由组队。

丁四班合格的有十几个人，可以组成两支队伍，还有几个替补名额可轮流替换。

白术虽然投中了三个，并且表现出不凡的实力，但她没有上篮球场，而是拿着花名册坐在台阶上，观看着他们打篮球。

“白妹妹！”

江南枝在场上跟他们玩了一会儿，然后因体力不支主动退出。她跑到白术面前，弯着腰直喘气。

白术拿起一瓶矿泉水，拧开，交给她。

“谢谢。”江南枝甜甜地道谢，仰头喝了两口水，一屁股在白术身边坐下来。

她的气息渐渐平缓下来：“白妹妹，今天的礼堂直播几点举行啊？”

“九点。”

“那就好。”江南枝用衣袖擦了擦额角的汗，“我得回宿舍洗个澡才行，不然一身臭汗味儿。我还想化个妆，你要一起吗？”

“不用。”

“稍微化一点吧，万一会出镜呢。”

白术并不在意：“天生丽质。”

江南枝听到这话本想损她，可一回头，就见到她细嫩软滑的皮肤和精致漂亮的脸蛋，于是在憋了半天后，赞同地说：“说得没错，你长得真好看。”

“你也好看。”白术觑了她一眼。

“我确实好看。”江南枝对此一点都不谦虚。

她们俩对视几秒，不约而同地笑了。

两人坐在台阶上说闲话。

上一周白术是在甲班过的，对丁四班发生的事不大了解，江南枝作为一个八卦爱好者，什么事都会听一耳朵，话匣子一打开就叽叽喳喳地停不下来。

白术安静地聆听，目光跟随着顾野。

忽地，江南枝的话匣子关了，她推了白术一下，指了指某个方向：“你看那边。”

白术抬眼看去。

七点多，天色渐渐亮了，视野看得比较远。

江南枝指的是丁一班所在篮球场。

“怎么？”

“纪依凡在单独接受采访。”江南枝说。

白术定睛一看，果然见到纪依凡站在篮球场附近，面对着镜头，好几个节目组的工作人员围绕着她。

“走后门的。”江南枝撇嘴，极其不屑，“你还记得白缺吗？就我们上次在食堂说纪依凡坏话时，那个气势汹汹上来指责我们的那人。我前段时间才知道，他竟然是纪依凡的亲小舅。这次纪依凡参加集训营，白家给纪依凡行了不少方便。”

“哦。”

“待会儿礼堂直播上，有学生代表讲话的环节。其中一个学生代表，就是纪依凡。”江南枝提起纪依凡就气不打一处来，“无论是表现、实力、热度、成就，她都不突出。没一点关系，哪能轮得上她。”

“嗯。”

这一点白术是赞同的。

“你说我们要不要在纪依凡讲话的时候弄点动静啥的？最好能让她难堪！”江南枝被自己的脑洞带跑了，跃跃欲试。

白术的视线又落到顾野身上，心不在焉地回应：“放鞭炮吗？”

“可以啊！”

“没工具。”

“是哦。”

江南枝苦恼了起来。

这时，顾野投了一个三分球，在欢呼声中退场。

白术掏出哨子送到嘴边，吹了一声。

顾野听到动静，顿住脚步，朝这边看过来。

“帅哦。”白术抬手一挥。

顾野下意识想笑，但想到什么，又强行忍了。

天不知何时亮了，太阳被云层遮掩，天色阴沉，周遭的一切都在昏暗里显得模糊，影影绰绰。

白术坐在台阶上冲顾野笑，天地间的雪景成了她的陪衬，可光影下的她面貌朦胧，看不真切，像极了另一个世界的美好。

忽然间，白术抓了一瓶水起身，小跑着过来。

她似乎跨越了一个世界，转瞬之间，轮廓渐渐清晰，笑眼越发明朗。她突破了混沌和虚假的界限，来到他跟前，成了一个鲜活的存在。

顾野从不信美好的事物会接近他，直到这一刻。

“喝水吗？”白术将水递过来。

顾野没说话。

“喝水吗？”白术又问了一遍。

“喝。”

回过神，顾野没有拒绝，接过水，拧开瓶盖，仰头喝着。

白术注视着他。

运动过后，他身上并没出汗，连发根都未濡湿，脸庞很干净，脖颈没汗渍，堪比刚洗过澡一般。

白术眼珠一转，落到球场上，见到用手抹汗的学生，随后又看向江南枝，她正在用手扇着风。

顾野刚喝完水，想跟白术说点什么，忽而见白术上前两步，侧首靠近他的颈窝。

这突如其来的动作令顾野一惊，他后退了半步：“又耍流氓？”

他的动作虽快，但不妨碍白术的目的。有风拂面，白术嗅到他身上的味道，没汗味儿、没烟味儿，是清爽干净的。

白术眼里闪过一抹疑惑，问：“你怎么不出汗啊？”

刹那间，一股寒意从脚底沁上来，直达四肢百骸，最终汇聚在心脏。顾野一颗跳动杂乱的心，缓缓归于平静。而那一份令他萌动的心思，尚未成长至开花结果，就被他在此刻掐灭。

一切似乎如常，但是，又不一样了。

顾野笑了笑，敷衍地答：“不热呗。”

说完，他半侧过身，又拎起了矿泉水，送到嘴边。

“哦。”白术没发现异样，点点头，“特殊体质。”

动作僵了僵，顾野余光斜了她一眼，淡淡地“嗯”了一声，然后喝了一口水。

见状，白术问：“待会儿一起吃饭吗？”

“不了。”

将矿泉水瓶盖拧紧，顾野将其归还给白术。

他说：“走了啊。”

他转身就走，没给白术追上的机会。

白术站在原地，缓缓锁眉。

又怎么了？

来集训营两周，学生都处于紧张焦灼的氛围里，今天的综艺录制和礼堂直播给他们提供了一个放松机会，他们情绪高涨，路上遇见的人基本都是轻松、开心的，不再是往日的严肃、焦虑。

为了避开白术，顾野没去食堂，而是在校园里溜达。

昨日下了一夜的雪，天一亮，校园银装素裹，积雪压弯了枝丫，偶有成块积雪落下。

顾野中了招，肩上落了雪，他侧首，抬手将雪拂开。同时，他眼睑轻抬看向前方，懒懒开口：“站住。”

前面一晃一晃往前挪的卡通玩偶猛然定住。

陆白僵硬地扭转脖颈，表情虽不明显，但那一抹心虚的小神情却被清晰捕捉。

他灵活的身体藏在厚重的布偶玩具里，怀里抱着布偶黑熊的脑袋，露出一个小脑袋显得极不协调。他银发碧眸，粉雕玉琢，神色清冷，气质跟玩偶的萌感格格不入，偏又有强烈的反差萌，于是引来不少路人注目。

“我……”陆白张口出声，琢磨半刻后，挤出一个理由，“兼职。”

顾野扬了扬眉：“多少钱啊？”

“五十。”

顾野跟他招手：“滚过来。”

陆白滚不动，挪着笨重的身躯，一晃一晃地走过来。顾野耐心有限，而他正好踩在顾野的耐心底线走近，免了顾野一顿揍。

“我苛刻你了？”顾野长臂一抬，搭住玩偶的肩膀。

“没有。”陆白抿了下唇。

“钱不够花？”

“没有。”

“哦？”顾野的拳头敲得黑熊脑袋“砰砰”响，“那你跟我说说，这玩意儿几个意思？”

陆白低垂着眉眼：“程行知建议我混进来跟白术道歉。”

顾野惊奇道：“你穿得人模人样就不能跟她道歉了？”

“我的发色引人注目，混进来不方便。”

自从被顾野勒令跟白术道歉后，陆白每天都在学校附近晃荡，总因长相和发色被人缠上，拍照合影之类的，或是问他可否当漫画角色原型。

偏生顾野不准他乔装打扮，让他不为异于常人的特征而介怀。

顾野皱眉：“你明天就去把头发给我染成绿的。”

“上次你带我去染成七彩的，老师把你叫过去批了俩小时。”陆白终于抬起头看他，小心提醒，“是程行知带着我患有白化病的证明才给你解的围。”

顾野琢磨了下，回想起这事儿：“你读初中了吧，不是换老师了吗？”

憋了几秒，陆白坚定道：“不染。”

“随你。”顾野并不计较这个。

不远处有几个玩偶跟陆白招手，说要集合了。

“我要走了。”陆白扭头看了一眼，跟顾野说。

顾野叮嘱：“安分一点。”

陆白身形微僵，然后，他把黑熊玩偶的脑袋戴上，“嗯”了一声。

“走吧。”

虽然看出了陆白的一点心虚，但顾野一直把他当小孩看，没觉得他能折腾出什么动静，摆摆手就让陆白走了。

陆白一晃一晃地离开。

九点还差一刻钟，白术来到礼堂分配给丁四班的座位区域，拿着花名册登记着到场的学生。

记录好到场人员后，她站在过道里，斜斜地靠着一侧椅背，眼皮耷拉着，等着陆续抵达的学生来登记。

“姐。”

轻风带来一阵茉莉清香，白术蓦然抬起眼帘，视野里映入纪依凡乖顺柔和的眉目，她嘴角噙着清浅笑意，扫过来的视线里裹着得意和挑衅。

她是来炫耀的。

白术手肘往后一搭，抵着椅背，闲散地问：“你不怕我破罐破摔拆穿你？”

“我还挺期待。”

纪依凡自信一笑，缓步从她身侧走过。

底气果真可改变一个人，前面做贼心虚对她避之不及，现在自觉胜券在握就前来挑事了。

白术瞟了眼纪依凡的背影，索然无味地收回视线。

这时身前走过一个人，白术下意识抬手拦住，道：“学号。”

来人步伐一顿，垂眸扫向她：“0328。”

听得声音耳熟，白术抬起头一看，见到顾野那张清俊帅气的脸，在昏暗的光线里棱角柔和，朦胧不清，更有观赏性。然而在顾野身边，站着一个长发女生，气质安静优雅，很知性。

“哦。”

白术打量着女生。

“你好，我的学号是 0277，叫林嘤。”女生主动开口，“听说是按照二人小队坐的，没错吧？”

白术在花名册上找到二人名字，画了勾，然后点头：“没错。”

林嘤说：“谢谢。”

白术探究地看向顾野，想知道他对新队友的态度。可他回避了她的视线，侧身往里面走。林嘤朝白术点点头，然后跟在顾野后面走了过去。

白术撇了下嘴。

九点整，丁四班的学生全部到齐。

白术找了个位置坐下。

丁四班现在的学生是单数，白术是唯一一个落单的，没有人与之组队，她身边的是个空位。不过，两分钟后，空位就被一个人占据了。白术一偏头，见到了没有被分配座位的苏老师。

“为什么回丁四班了？”苏老师扶了扶眼镜，严肃地问。

“我有好多理由，你要听哪一个？”白术手指转着笔，吊儿郎当地回。

苏老师选择不听，然后谆谆教导：“留在甲班对你而言利大于弊。”

“如果让我重新选择，”白术别有深意地说，“我会选择当一名老师。”

白术说这话有暗示的成分，偏偏苏老师没那根弦，压根想不到白术跟白大有关系，于是跟往常一样把白术的话当作扯淡，完全没往心里去。

“待会儿有一个环节，是跟观众详细讲述集训营的PK规则、积分规则，同时还会把你们的PK信息、积分信息在漫画NO.1上公开，全网都可以看到。”苏老师说，“你现在是积分第一，会被重点介绍。”

白术感慨：“我就是太优秀了，没给别人一点出风头的机会。”

苏老师痛心：“希望你能把谦虚这个课题放到攻克名单上。”

白术默默地看了他一眼。

“对了，漫协那边对你在交流会上的表现很满意，想对你进行重点培养。”苏老师观察着白术的神情，这会儿不怕她骄傲。

“当典型？”

“嗯。”

“不了。”白术没一点兴趣。

“为什么？”

“谦虚，”白术一本正经地说，“低调。”

苏老师扶额：“现在不用。”

“我不想当正面形象。”

“它可以给你带来很多益处。”

“我不需要，也不合适。”白术丝毫不感兴趣，同时抛出一个人选，“你们找简以楠吧。”

“她确实在名额之中。”

事实上，苏老师也觉得选择简以楠风险性更低，简以楠稳重、沉静，会以大局为重，做判断时会考虑到漫画行业的未来。

白术不一样，随性、洒脱，想一出是一出，不可控性太大。

但是，白术这种不按套路出牌的，或许更适合国际舞台的规则。

苏老师劝道：“你可以再考虑一下，不必急于做决定。”

“哦。”

白术敷衍地答应下来。

礼堂大会的目的是利用综艺和明星效应向大众宣传集训营、DY漫画大赛，为了避免流程过于枯燥乏味，在烦琐枯燥的介绍中，他们穿插着各种节目，有歌唱、舞蹈、小品，邀请的都是正当红的明星，看得出策划很用心。

效果应该不会差。

白术昨晚没怎么睡，这会儿困意袭上来，眼皮止不住地打架。她打了个哈欠，将手肘抵在扶手上，手掌托着下巴，歪头打盹。

顾野坐在她后面。

不知从何时起，顾野的注意落到白术身上。

她的身体向右倾斜，手肘抵在两个座位的扶手上，露出小半个身子。光线微弱，她的存在成了一团暗影，轮廓镀了一层浅白的光。

她的脑袋偶尔会垂下来，然后惊醒，缓了下后继续睡。

但是，她渐渐往右侧偏移，有往隔壁男生靠拢的趋势。

眼瞅着她的脑袋一点点靠过去，顾野舌尖抵了下腮帮，伸出腿踢了下前面的椅子。

白术顿时惊醒。

茫然两秒后，她抬手揉了揉眼睛，单腿跪在椅子上，人往椅背上一趴，露出个脑袋来，她眼里睡意未消散，瞳仁辨别不出颜色。

“怎么了？”白术认真地问，说话时带了些鼻音。

“你把我给看困了。”顾野的表情在昏暗的光线里看不清晰，语调清凉，“班长带头做好榜样。”

“你在看我？”白术抓住了重点。

顾野挑眉：“我没瞎就能看到你。”

白术不听：“倒也不必急于撇清。”

顾野垂下眼帘，装听不见。

白术并不计较，坐了回去。

被顾野这么一闹，白术清醒不少，坐直了，身子往后靠。

这时，台下响起了“噼里啪啦”的掌声，台上，简以楠结束了她的讲话，走下来。

白术视线在台下一扫，赫然见到站在台阶附近的纪依凡——她是第二个讲话的学生代表。

主持人上台，一唱一和地介绍纪依凡，用了“天才画家”“漫画黑马”“最佳新人”一类的词，无限拔高观众的期待后，他们才高喊出纪依凡的名字。

欢呼声中，纪依凡步入观众视野，灯光追随着她移动。少顷，她穿着千篇一律的集训服站在台上，妆容很淡，长发披肩，拿起话筒时弯唇笑了下，眼眸干净又纯真，没有杀伤力，像极了校园里岁月静好的女神。

观众席响起几声尖叫。

这一刻的她，光彩夺目，成了万众焦点。

纪依凡把温柔端庄的气质拿捏得死死的，自信一笑，她开口：“大家好，我是……”

变故突生，一架无人机不知何时飘到舞台上空，下面坠着一个硕大的金色圆球，在一根绳索的牵引下摇摇晃晃的。

除了顿时兵荒马乱的节目组，无人察觉出异样，都当这是事先安排的。就连纪依凡都配合地停下来，将注意力放到那个圆球上，心里暗自揣测这是否是节目组安排的特别惊喜。

伴随着电子爆炸声，圆球从中间裂开，无数彩带落下来，飘飘扬扬地洒着。

同一时间，圆球里落下一个用绳索绑着的机器人偶，红光一亮，人偶嘴巴一张一合，发出机械音："我错啦，原谅我吧！"

刹那间，全场寂静。

原本的喊声、掌声、议论，在顷刻间归于平静，间或响起倒吸冷气的声音。

倘若这时有镜头扫到观众席，将会拍到无数知名漫画人傻眼的画面。奈何现在镜头对准的是纪依凡，只把她瞠目结舌的表情拍得一清二楚。

"我错啦，原谅我吧！"

"我错啦，原谅我吧！"

"我错啦，原谅我吧！"

……

机器人偶还在不停地重复着刺耳的魔音。

白术素来是喜爱意外的，原本觉得这一场礼堂大会毫无惊喜，如今见到突如其来的变故，她忽然来了兴致，顿时不困了，摆好一个局外人的姿态，津津有味地等待这一场闹剧收场。

须臾后，空中的无人机就开始移动，带着只会说"我错啦，原谅我吧"的机器人偶缓缓靠近观众席。

白术本想看看无人机的目标是谁，结果看到机器人偶小嘴"叭叭"地冲着自己来了。

她看戏的笑容凝固在脸上。

苏老师将手放到衣兜里，紧紧抓住一瓶速效救心丸。他沉沉地叹了一口气，低声跟白术说："为了逃避当典型，你真是煞费苦心。"

后一排，顾野眸色沉沉的，神情变幻不定。

良久，他觑见某只笨重的黑熊，轻轻磨了磨牙，站起身。

直播后期，纪依凡的表现，节目表演的效果，无人在意。

观众都在谈论那一架突如其来的无人机，以及那个丑萌丑萌只会说"我错啦，原谅我吧"的机器人偶。

纪依凡的讲话效果大打折扣。

至于白术这个当事人，则是在苏老师的陪同下，被叫去了校长办公室。

半个小时后，校长办公室。

校长裴启升坐在办公椅上，他年龄不到五十，岁月在他脸上留下的痕迹并不明显，气质沉稳，举手投足间皆透着知识分子的儒雅，但隐隐地也展露出几分不怒自威的风范。

他拧开保温杯，喝了口茶，又拧上杯盖，将其放到桌面。

“你真不知道是谁做的？”裴启升语调微沉，裹着压迫感。

站在办公桌对面的，是白术和苏老师。

苏老师轻轻拧着眉头。

白术不慌不乱的，坦然迎上裴启升审视的视线，说：“不知道。”

“谁会向你道歉，你心里总有数吧？”裴启升轻锁眉宇。

“没数。”

白术眼皮都没动一下。

问需要向她道歉的人，她有一长串的名单。

问会向她道歉的人，她实在是一片茫然。

“不一定是道歉的，有可能是喜欢你的男孩子，跟你闹别扭了来这一出，想给你一个惊喜。”苏老师有理有据地分析，问白术，“你有对象吗？”

白术冷笑：“如果我对象做出这种事，我头都能给他扭断了。”

那倒无须如此残暴。

苏老师悻悻闭嘴。

裴启升略有尴尬。

“事情既然已经发生了，多说无益，当务之急是查出闹事者，给观众一个交代。”裴启升说，“你想不出是谁，没关系，保安正在调监控，一一排查，查出闹事者是迟早的事——”

“不必了。”

门口传来清冷的声音，旋即，一个青年出现在门外。

三人抬眼看去。

青年的手往门框外一伸，抓住个什么，然后往身前一拉，一个穿着玩偶服装的银发少年赫然出现。

少年目光扫向白术，察觉到白术心情可能不大好，略有些疑惑地收回目光，似乎难以理解。

“闹事者在这里。”青年推着少年走进来。

裴启升认出青年，一怔：“顾野？”

“裴叔。”顾野朝他点头。

裴启升惊了惊，随后望向银发少年：“他是……”

“他叫陆白。”顾野介绍了一句，乜斜着陆白，“你说。”

陆白低垂着眉目，坦白承认：“是我干的。”

“你？”裴启升打量着他。

他看着就十一二岁，模样尚有稚嫩，气质偏于清冷，像是个内向的性子。他套着玩偶服装，臃肿中透着萌感，衬得他年龄更小了。

裴启升关心青少年的身心健康，不愿贸然苛责，于是闻声道："先把玩偶服脱了吧。"

几分钟后，陆白将玩偶服脱了，清爽地站在办公桌前，解释："我想向白术道歉，有人建议我这么做。"

裴启升追问："谁？"

陆白抿唇："一个哥哥。"

裴启升、苏老师、白术三人都看向顾野，眼里满满都是质疑。

"别看我，"顾野眉头一拧，万般无奈道，"我出不了这种馊主意。"

"不是他。"陆白说了句实话，"他知道不会同意的。"

裴启升沉吟了下，问："你怎么做到的？"

"节目组需要玩偶扮演者，缺人手，我说给五十就行，他们就让我来了。"陆白轻描淡写地说，"无人机和道具是我放在背包里带进去的。我的工作完成后，就没什么事了，可以自由活动，穿着玩偶服也不容易引人注目。我只需要等你们的注意放到台上的时候，把道具拿出来操控就行。"

他说得合情合理，有操控空间。

但是，他闹出的动静可不小，给集训营、节目组都造成了麻烦，网上的舆论转向嘲笑，此番直播的重点都被偏移了。

本想抓到闹事者严惩一番，可这个闹事者才十一二岁，怎么追究？

"你家长呢？"裴启升斟酌再三，如此问道。

"我是孤儿。"

裴启升略有震惊，打量着陆白的穿着和气质，打心底觉得他不像孤儿，遂问："你监护人呢？把他电话给我。"

陆白下意识看向顾野。

顾野递给他一个眼神。

于是，陆白张口报了一串电话号码。

"名字呢？"裴启升问。

顿了一秒，陆白回答："程行知。"

旁边，白术漫不经心地听到这里，忽地掀起眼帘，朝陆白看了一眼。

"工作呢？"

"无业。"

"多大？"

"二十五。"

裴启升越问越觉得不靠谱，思索了下，又问："他就是那个帮你出主意的大哥哥？"

陆白点头："嗯。"

这人是真不靠谱啊。

怀着一言难尽的心情，裴启升拨通了程行知的电话，他言简意赅地讲明了现在的情况，表示希望对方能来学校一趟。

听了半天，电话里传来程行知简单的回应："没空。"

裴启升一噎。

"事情处理完后，他可以自己回来。"程行知声音冷静且淡漠，"赔偿之类的你们商量好跟我说一声就行。"

"咳。"

顾野拳头抵到唇边，故意咳嗽一声。

程行知那边听到了，沉默了两秒，又补充道："我面冷心热，不善交流，责任我们会承担的。"

裴启升还是第一次听别人评价自己"面冷心热"，一下愣住。直至挂了电话，裴启升冷静一下，才找回自己的理智。

"顾野，你认识陆白的话，也认识程行知吧？"裴启升问。

"认识。"顾野颔首，"你可以上网搜一下。"

裴启升狐疑地看向他。

网上能搜到？

莫非是犯过什么大案？

这时候，苏老师想起什么，讶然道："是南凉大学那个程行知吗？"

顾野没有说话，倒是白术"嗯"了一声。

"你也认识？"苏老师奇怪地看向白术。

"不认识，"白术挑挑眉，"猜的。"

顾野的目光掠过白术，然后看向苏老师，点头："是他。"

裴启升没有上网搜程行知，而是听苏老师说了一些程行知的经历、成就、贡献。

裴启升听完后，对程行知有了改观，他若有所思地看了陆白一眼，难免有些心软。

"这件事造成的外界影响，我们会处理。"裴启升做出决定，"你跟着顾野去一趟礼堂，跟节目组的工作人员道个歉，就早点回家吧。"

"好。"

注意到裴启升没因此事牵连到白术，陆白很快就答应了。

然而，刚说完陆白的事，裴启升就望向白术："白术，这事毕竟因你而起，闹出这么大的动静，尽人皆知，不处罚你难以服众。按理说，让你离开集训营都不为过，但你毕竟不知情，所以扣掉你全部积分以示惩戒。"

"裴校长，这……"苏老师皱眉，第一个开了口。

“可以。”

没等苏老师把话说完，白术应了这惩罚。

“总归得留一点吧？”苏老师盯了她一眼，示意她闭嘴，随后跟裴启升讨价还价，“毕竟她有三千多分，够她把所有规定都违反一遍了。”

“你说得对，”裴启升点头，慎重地说，“就留十个积分吧。”

希望能给白术留个两三百积分的苏老师，闻声差点没把自己噎死。

这校长可真行。

敷衍得苏老师哑口无言后，裴启升还假惺惺地问白术：“你怎么看？”

“可以。”白术像极了复读机。

“那就这样决定了。”裴启升拍了板。

陆白没想到会涉及白术，皱眉，欲要跟裴启升理论，但被顾野拉了下后衣领。

他看了眼顾野，识趣地忍了。

一刻钟后，白术、顾野、陆白一起离开校长办公室，苏老师继续跟裴启升商讨解决方案。

谁都没说话，气氛有些怪。

走出教学楼后，顾野忽地停下来，拍了下陆白的肩，暗示得很明显。

陆白犹豫了下。

顾野挑了下眉。

停顿一秒，陆白做出决定，转身走到白术面前。

他暗自吸了口气。

然而，未来得及出口，白术就猜出他的意图：“道歉啊？”

陆白被一口冷风呛住了，嗓子登时被吹得干疼，他忍不住咳嗽两声，缓过来后，眼尾有些湿润。

“对不起。”陆白硬着头皮道歉。

“没关系。”素来不留情面的白术慢吞吞地说出这三个字。

陆白错愕。

不过这情绪只持续了一秒，因为下一刻白术就恢复了本性：“欠着吧，两个人情。”

陆白听完沉默半刻，并没有觉得白术的话有何不对，遂点了点头：“哦。”

白术虽然挺爱硌硬人，但一般分对象和情况，不是仗着有理就不依不饶的，她看出陆白并非刻意为之，所以打一开始就没想刁难他。

“这主意是程行知给你支的？”白术蓦地问。

“嗯。”

反正先前就承认过了，陆白这会儿出卖程行知，毫无心理负担。

白术仔细想了想，想不起哪儿得罪了程行知，便问：“他对我有意见？”

陆白摇头："没有。"

"那他怎么尽给你出损招？"

想起这茬，陆白比她更疑惑："你为什么不喜欢这样的道歉？"

"你给我一个喜欢的理由。"

"程行知说，女孩都喜欢成为焦点。在这样的场合，让你成为焦点，你肯定欢喜。"陆白原原本本地复述。

"他单身吧？"

"嗯。"

"你帮我带个话。"

"什么？"

"祝他单身一辈子。"

陆白脑子缺根筋，认真地点头："好。"

这孩子怕是智商有问题。

白术在心里琢磨着，忽而看向顾野，发现顾野已经背过身，不忍再听下去了。

"你还有什么需要转告的吗？"陆白想了想，问。

"没了。"

"哦。"

"对了，"白术注意到陆白那头银发，眼睛微微眯了下，"你的头发不是染的吧？"

陆白的表情僵了一瞬。

与此同时，顾野听到这里，眉心一紧，及时走过来："我先带他去礼堂。"

"哦。"

白术觉得哪里不对劲，又瞧了一眼陆白的银发，但没有把疑惑问出来。

顾野带着陆白想走，忽而想到什么，回身叮嘱她："要积分就找我。"

"没事。"收敛了心思，白术随口回应。

她压根没把这事放心上。

今早白术就去宿管那里兑换了一个月的甲班待遇，积分已经扣了，她又没别的需要用到积分的地方，对被扣积分的事并不在意。

积分第一，不过是个头衔。

三千积分，不过是个数字。

她要在乎这些的话，就不会待在集训营了。

这一场闹剧，由陆白道歉、白术被扣分而结束，学校选择息事宁人，尽量回避这件事，对外的采访只回答漫画和综艺的问题，其余的一概不理会。

集训营里，白术从积分第一掉到倒数第一的事，闹得尽人皆知。

大家都等着看她的反应。

然而，白术一切如常，中午去了食堂四楼，平静地吃完饭，就像个没事人一样。

下午，机房教室。

白术来得有些晚，机位被占得差不多了，剩下的机位零散地分布着。

“白妹妹。”

江南枝帮她占好了位置。

白术径自走过去。

上理论课时的位置很随意，有些二人队会分开坐。但是，在机房训练、实战的话，小队坐在一起方便沟通，一般都是小队挨着坐的。

第一周都是即墨诏、江南枝、白术、顾野四人凑一起坐的，他们占四个挨着的位置，按照情况和心情随时调换。

但这一次，顾野的队友是林嘤，他们俩坐在一起，白术这个前队友的出现，就有些别扭了。

这时候，江南枝的贴心派上了用场：“白妹妹，你跟我一起坐吧。”

白术扫了一眼，发现江南枝前面坐的是顾野和林嘤，不见即墨诏的身影。

“即墨诏呢？”白术想起她的便宜徒弟。

“我这么大个人，入不了你的眼？”身侧传来即墨诏不爽的声音。

白术侧首一看，发现即墨诏就坐在隔壁，中间隔了一条过道。只是方才即墨诏趴桌上补觉，白术直接忽略了。

白术说：“存在感略低。”

即墨诏被她噎了下，无言，兀自撇了撇嘴。

“白妹妹，你过来看论坛。”江南枝拉着白术坐下，一门心思都在八卦上，眼里闪烁着光芒，“你从积分第一掉到倒数第一的事，已经在论坛刷爆了。机智的网友已经猜出你是否就是‘我错啦’的主人公。好多人做你的表情包呢，你快开电脑，我发给你。”

“哦。”

白术兴致不是很高。

反正是闲着，她还是听了江南枝的话，开了电脑。

漫画 NO.1 上有个论坛版块，分国家、内容，只要善用搜索，谁都能在这里找到同好。

白术对游戏区和论坛区都很熟，登录账号后，轻车熟路地来到东国娱乐版块，赫然发现首页被“我错啦”“Echo”刷了屏。

娱乐版块就是讨论八卦的，聚集的读者和路人较多。以前漫画 NO.1 在东国不普及，人数在一两千左右，基本没人发帖子，但这几个月国内对漫画 NO.1 的宣传做得好，此论坛人数高达百万，帖子更新以秒统计。

白术随便点开几个帖子。

“隔壁分析白术就是‘我错啦’主人公的帖子有理有据，我觉得有九成把握是真的。”

“不管是谁，扰乱了一场直播，都该出来道歉吧？这么严肃的场合，来一场闹剧，实在是过分。”

“有人扒白术吗？青年漫画家交流会上，她宣战世界全身而退。漫画集训营直播现场，她疑似被用无人机道歉。怎么看都像是事先安排好的。”

“不知道哪儿冒出来的，不是她宣战刷存在感，我都不知道她这一号人。”

“心疼纪依凡，精心准备的讲话被打断了，后面的表现明显有失水准，本该是她大放异彩的时刻啊。”

“不管怎样，白术虽然掉到倒数第一，但她毕竟在积分第一待过，实力是有的。期待她的表现，美女未来可期。”

“本颜粉没有三观，只想躺在白术坑里不起来。”

看得出，因这次综艺直播，大堆路人拥入论坛，全是饭圈言论，真正的读者和关注漫画的，并不多。

不过，这是必然。

漫画比赛若以综艺形式破圈，就不得不面对这样的后果。

私聊跳出几条消息，白术点开一看，发现是江南枝发来的图。

“看到了吗？”江南枝脑袋靠过来。

白术点开图片，发现全是恶搞表情包。

不愧是漫画圈，读者都是能人，一个中午，各种Q版的白术和无人机满天飞，配上“我错啦”“对不起”“向世界宣战”之类的字样，颇具冲击感。

“大家都是鬼才，创意和画工都是一流的！不仅是读者积极动手，我们集训营也有画的，而且，很多人都拿来做头像。”江南枝眉飞色舞地说着。

白术倒是淡定：“哦。”

“我待会儿给你画一套。”江南枝趴在白术耳边小声说，“现在已经有构思了。”

“待会儿？”

江南枝笑眯眯的：“不耽误的，就当创意训练。”

见她摩拳擦掌、跃跃欲试的样子，白术没有多说什么。

殊不知，江南枝在漫画上突破不大，但在表情包上确实很有天分。一套画完后，她用小号发到论坛，结果这套表情包一下就火了，一天盖了几千楼，并且被网友们传播出去。

直到后来，白术在BW救援队开网络会议时，见到一个年轻员工发了这一套表情包，才对当时对江南枝的放纵后悔莫及。

第十二章

集训营的噩梦

此时的白术对于八卦内容没太关注，她点进凝聚百万漫画家的“拓荒者”版块。

这一版块才是论坛核心，里面聚集了世界各国的漫画家，探讨的都是漫画方面的知识。他们来自世界各地，虽说多数都默认用通用语交流，但也有坚定选择自己语言的，所以首页总能见到各国文字。

这是白术选择学多门外语的开始。

白术用小号在拓荒者发了个吐槽倾向的帖子，倾吐了在对局中绝不中途认输的漫画家的不满。

原本这类吐槽倾向的帖子都砸不起什么水花，但这个帖子引起了无数漫画家共鸣，很快就被讨论成热帖。

“深有感触。最近这样的人越来越多，好像都是东国的。”

“他们都支持努力到最后一刻的说法。”

“想法是好的，但在这里不是，浪费时间。”

“他们要怎样才能知道，这种浪费双方时间的行为并不会被称赞，反而会被人在拓荒者开帖吐槽？”

“他们好像不太来拓荒者。”

“求他们来看看我们的心声吧。我以前饭前半个小时可以玩两局，现在饭前一个小时遇到个东国漫画家，我就知道我这顿饭是吃不成了。”

见到这帮感同身受的受害者，白术嘴角微微一抽。

她退出帖子。

她没有看到，接下来有人在帖子里问：“要不我们把这个帖子翻译成东国语言，发到他们国家的版块刷屏？”

闲了一阵，白术瞅见前面的背影，眉梢轻挑。她的长腿在桌下往前伸，脚尖触碰前方椅子，她轻轻踢了一下。

顾野感觉到动静后，身形微动，回头看白术。

机房教室和普通教室不一样，前后座挨得不算近，中间还隔着电脑和数位屏。

顾野担心她的积分问题，往后挪了挪，椅子前腿腾空，他整个人往后一倾，靠在白术桌前：“有事？”

白术问：“说悄悄话吗？”

顾野说：“不说。”

白术说：“很无聊啊。”

顾野问：“你在甲班怎么混日子的？”

“没法混。”白术提及这个就心累，“一般跟墨川组队练默契。”

顾野抬起眼睫，视线扫过来：“白术。”

“嗯？”

“在这几天孤军奋斗的日子里，你先把自己的综合评级升到B吧。”顾野语重心长地说。

白术眨眼：“哦。”

她一脸的索然无味。

顾野拿她没办法。

如果白术真是全D的水平，不可能在对局中100%获胜，顾野估计她属于集训营前0.1%那一拨人。可是，白术就喜欢在悬崖上跳舞，追求刺激和乐趣，时而会让人担心她一脚踏空跌落下去。

“顾野，我们组队练一下吧。”队友林嘤转过身来，看了他们二人一眼，最终把视线放到顾野身上。

顾野并未拒绝：“好。”

“那我给你发组队申请。”

林嘤弯了下唇，余光觑了眼白术后，才坐回去。

顾野没急着往回坐，而是用手指在桌面一敲，跟白术强调：“升级。”

白术身体向前倾，拉近跟他的距离，小声问：“升完会增加你对我的综合评分吗？”

喉间一紧，顾野顿了两秒，继而坦然且肯定地回应：“不会。”

“哦。”

白术撇了下嘴，对顾野的叮嘱并未给具体答案。

顾野无奈地看了看她，没再劝说，回身坐好后，他接受了林嘤的组队申请。

白术没事做，干脆瞅着他们俩，陷入沉思。

跟顾野相处那么久，白术大致上对顾野有一定了解。

除了偶尔抽根烟无不良嗜好，性格有点欠但也有底线，抛开履历过于优秀这一点，他似乎跟其他人没什么不同。

可是，只有极少数的时候，白术会在他身上感知到真实感，多数时候他都披了一层皮。

他跟人接触时，除非对对方做了判断，不然都会惯性地保持尊重、友善。私下里他挺好相处的，但身边的人对他的评价总趋近于统一性，像是在评价一个模板。

哪怕是江南枝描述中的他，都不够真切。

很多人都戴面具生活，他并不是唯一一个。

偏偏，白术只对他产生了好奇：扒了那层皮，他会是怎样的？

他不在乎世俗追求的名、利、权，也不像是得过且过之人，那么，是有什么超出名利权，更值得他在意吗？

晚课之前，白术去了趟苏老师的办公室，跟苏老师对接这一周的工作。

往日来，苏老师都会给白术展示惨淡的人缘，给白术留下孤零零地对着电脑工作的画面。不过这一次，白术远远就听到里面的说话声，有些意外。

“报告。”

白术站在门口喊了声，视线往里探，见到了做客苏老师办公室的人——甲班班主任郝老师。

“白术啊。”郝老师停止了跟苏老师的谈话，发自肺腑地跟白术说，“你可真行。”

“是的。”白术点头。

“损你呢。”苏老师无语道。

白术说：“我当夸奖。”

“真的是夸奖，”郝老师笑道，“我还没见过你这般有戏剧性的人。两天内积分夺魁，堪称奇迹，一天后积分倒数，也是没谁了。不过，你心态没事吧？只要你稳定发挥，重回巅峰没问题的。”

苏老师眉头抽搐，拆台道：“你对她的金刚心有什么误解？”

“啊？”郝老师不明所以。

这时，白术走进办公室，把资料放到苏老师桌面，然后问：“你们俩在聊什么？”

方才在门外隐约听到一些熟悉的词汇，白术有一点在意。

郝老师脾气好，很热情地回答：“我们在说漫画 NO.1 论坛的一个帖子。本来是发在拓荒者上的，指控东国漫画家 PK 时不肯提前认输，浪费双方时间。现在这个帖子被感同身受的网友们复制粘贴，在国内讨论的版块刷屏了。”

“哦。”

“多亏了发帖人，漫协才注意到国外漫画家都会默认‘提前认输’是正确判断的事，现在已经开始研究这个现象了。如果被判断‘提前认输’更有利于漫画家的发展，漫协会想办法宣扬。”

“是吗？”白术挑挑眉。

“不过呢，”郝老师话锋一转，“我跟苏老师更在意那个发帖人。”

白术问：“要送锦旗吗？”

“就你话多。”苏老师无奈地盯了她一眼，然后道，“他的账号叫‘星罗棋布’，综合评级 S，在全球积分排行榜上排名第三。一直有人怀疑他是东国漫画家，但他没标注国籍，账号也很久没登录了。”

郝老师点点头：“我们在猜测，他有没有可能换了个账号留在漫画 NO.1，他发帖是不是想借助影响力提点东国漫画人。如果他很关注东国漫画的话，没准真的是东国人。我们东国要是出一个全球第三，也可以进一步扩大影响力。”

扩大什么扩大。

按照你们这么分析，她一个人就可以在全球称王称霸了。

她真是不骄傲都不行。

“你们想找她吗？”白术问。

“尽量吧。”苏老师说，“这不是你该操心的事，赶紧把你的等级提升到B级吧，一个去过甲班的能人，顶着个‘全D’瞎晃悠，你也不害臊。”

“哈哈，是啊，你先升个级吧。”郝老师笑容爽朗，“今天我们简班长都找过我三次了，一次问你怎么回丁四班了，一次问你会被怎么处置，一次对你被扣分义愤填膺。我还是第一次看到谁都不放眼里的简班长这么关心一个人。”

“她关心我是应该的。”白术没一点受宠若惊，反而理所当然地说，“毕竟我是她前进的动力。”

郝老师和苏老师差点被噎死。

论吹牛，整个漫画圈，你称第二，没人敢称第一。

顾野这两天被白术整得心烦意乱。

白术倒不是对他死缠烂打，也没有因被他拒绝而沮丧。她选择了润物细无声的方式，增强她在他的世界里的存在感，让他时刻能察觉到她的存在。

有时晨练时，白术会展示一下她的球技，球投进后全场欢呼，而她会特别找到顾野，眼睛眨一下，或是冲他比心。

路上偶遇时，白术会跟他吹一声口哨，时而倒着走跟他面对面对视片刻。等她看够了就心满意足地转身离开，潇洒得不行。

她太会了。

她身上有股劲儿，执拗且洒脱，拿得起放得下。

她是万众瞩目的焦点，旁人的视线会不自觉跟随她，成为她的陪衬。

于是，她对所有人一视同仁，偏就对他特殊对待时，总让顾野难以脱身而出。

有时等反应过来后，他才发现自己满心、满眼、满脑都是白术，活脱脱就是一个遭人嫌弃的恋爱脑。

操场上，顾野深吸口气，面对凛冽的寒风，问白术：“你真没谈过恋爱？”

不远处是跑道，有学生在奔跑，稀稀拉拉，更远一点是篮球场，学生很多，场面热闹。

“没有啊。”

白术叼着一根棒棒糖，坐在单杆上，两条长腿轻轻摇晃。

顾野望向远方，暗自咬牙：那我怎么被你耍得团团转？

白术向右倾下身，伸出手指，勾住顾野的头发，在指间打着转：“顾野，你心动吗？”

“我头发动，”顾野回避话题，“把爪子挪开。”

白术不再绕他的头发了，以指为梳，整理着他被吹乱的头发。

她说：“你可以说你不喜欢啊。”

顾野抬起头，终于正面迎上她的视线。他喉结滚动一下，问：“有用吗？”

白术挑眉轻笑。

她从单杠上跳下来，找准的是顾野前面的位置，脚落地时旋转半圈，她定在了顾野跟前，手掌往下落到顾野后颈，虚虚搭着。

顾野后面靠着一根竖杆，退无可退。

“没用的，”白术眼里装着他，踮脚靠近，她的鼻息落到他下颌、唇上，声音虽轻却很笃定，“我不信。”

顾野不答，垂眸看她。

他放在裤兜里的手无意识地紧握成拳，似是在竭力遏制着什么。

白术微微歪头，问：“但是，为什么？”

顾野呼吸一窒。

“白班长！”不远处，林嘤抱着个篮球，冲着白术喊。

白术回过头：“在。”

林嘤看着几乎贴在一起的二人，抿了下唇，询问：“你能教教我怎么运球吗？”

“好。”

白术没有犹豫地答应了。

她又一回头，额头贴着顾野的面颊而过，感知到他皮肤冰凉。

“没关系，你好好编理由。”白术撤开一步，从兜里摸出两颗糖塞到他衣兜里，轻描淡写地说，“说服我，我就不追了。”

放完糖，她摆了下手，然后朝林嘤走过去。

白术找了一块空地，教林嘤练习运球。

运球技巧很简单，无非需要耐性和坚持，反复练习到熟能生巧的地步。

白术盘腿坐在草地上，看着林嘤的运球，进行口头指点，偶尔对林嘤的不标准动作进行纠正。

运球本就无聊，看人运球更加无聊，没多久，白术就分了神，她面朝篮球场方向，单手支颐，看着他们玩球。

天色渐渐亮了。

不知从何时起，空地上拍球的动作停了，然后，响起了悄声接近的脚步声。

白术抬头。

林嘤抱着一个篮球，走到白术面前，她低垂着头，未绑好的发丝垂落下来，看起来温婉又美丽。

“白班长，抱歉啊。”林嘤嗓音柔和，软软的。

“什么？”白术问。

“我跟顾野成为队友的事。”

“嗯？”

林嘤垂眸打量着她，顿了顿，终于缓缓开口：“我是第二周来的丁四班，当时你刚走，就顾野落单了，我们是被强行安排在一起的。”

白术颔首：“我知道。”

林嘤抿着嘴角，怯怯的：“队伍是不能换的。”

“你想说什么？”白术的语气凉了几分。

“我希望你不要生气。”

“我为什么要生气？”

“我看你们俩……怕你以为……”林嘤嗫嚅着。

“我针对你了吗？”白术蓦地打断她，对她这一番表演有些厌烦。

白术的好恶很明显，纪依凡、林嘤这一类人，简直踩在她雷区蹦跶。她们假模假样的，若是图一些大事做的伪装，倒也就罢了，偏生就那些微不足道的小事，被她们演来演去整出一堆的麻烦。

林嘤失声。

“我是在追顾野，但那是我跟他的事，没牵扯到旁人。”白术站起身，拍拍身上沾着的灰尘和草屑，走到林嘤跟前，“你想追他，就去追好了。在我面前刷存在感，是因为自卑吗？”

林嘤被她戳了痛点，恼羞成怒：“你……”

白术手一抬，拍掉她怀里的球。球在地上弹了两下，滚出很远。

林嘤愕然。

“我不教了。”白术扔下四个字，转身走了。

白术没给林嘤好脸色看。

林嘤自从被白术羞辱后，跟变了个人似的，以往只是偷偷关注顾野，现在她开始利用顾野队友的身份，时不时会创造跟顾野相处的机会。

比如早上带奶茶，积极请教顾野问题，增加二人组队的时间。

每到这时候，只要白术在，林嘤都会关注一下白术的反应。

白术一一看在眼里。

“白妹妹，林嘤好像在追顾野啊。”

机房教室里，江南枝往嘴里塞着零食，身子靠着白术，视线落到前座的二人身上。

林嘤和顾野正在组队练习，林嘤的身体不自觉倾向顾野，时而歪着头盯着顾野发愣。

白术懒声回应：“嗯。”

“不过，她没戏。”江南枝摇头叹息，“追顾野的女生没有一千也有八百了，什么类型的都有，没一个他能看得上的。我简直怀疑他是木头。”

“他不是。”

“可他一直单着呢。”江南枝摇摇头，可想了片刻后又说，“不过林嘤也不是没一点希望，毕竟一起组队，近水楼台，顾野也没对她避而远之。何况，林嘤的长相、才能、性格、家庭似乎都挺不错的。”

白术肯定道：“她没戏。”

“我们劝劝顾野，让顾野答应试试？”江南枝冒出个脑洞，兴致勃勃道，“反正谈个恋爱而已，不合适可以分嘛。”

白术神色幽幽地望着江南枝。

“你认真的？”白术一字一顿地问。

“当然啊！”江南枝一拍大腿，“你不觉得顾野很不接地气吗，虽然跟我们说说笑笑的，但总感觉高高在上遥不可及，没准谈个恋爱就掉下神坛了……不是，你的眼神怎么告诉我，你不大高兴。”

“是的。”白术剜着她，“我在追顾野。”

“什么？”

江南枝声音陡然抬高，吸引了教室里不少人的注意。江南枝赶紧捂住嘴，跟他们道歉。

待到那些视线一一收回，江南枝才松了口气，她盯着白术缓了片刻，然后又小心地贴过去：“真的吗？我一直没发现欸。”

白术玩着一支笔，闻声叹息，捏着笔在她眉心戳了下：“没眼力见儿。”

“你都做了什么啊？”江南枝仔细回顾了一下，完全没有察觉出不对劲，叹道，“我真没发现。”

白术想了想，说：“也没做什么。”

“哈？”江南枝眨眨眼，“现在女生倒追起来可直接了，林嘤都算含蓄的。你知道吗，顾野大学的时候，有个富二代学姐为了追他，天天开豪车约他吃饭，每天一个名牌礼物，闹得尽人皆知。”

“顾野什么反应？”

“他没答应，后来烦了，跟学姐透露了下自己家底，学姐就知难而退了。”

“哦。”

“还有一个技术大佬，跟她的团队在实验室待了两个月，做了一个机器人在展览上向顾野表白。当时轰动整个学院，学生老师都在呢。”

“他还是没答应？”

“没有。冷酷无情大魔王，顾野是也。”

“哦。”

“贴心的学妹就更多了，找准他的上课时间，天天找机会跟他接触，送精美的早餐和便当、送自己做的礼物。”

“见识过。”

白术缠着顾野重新连载《犬牙》时，就见惯了这些场面。不过，她没想到，在顾野的被追求史里，竟然是小打小闹。

“是吧。他玩电竞的时候，粉丝追求的方式更多，有一掷千金的，有誓死维护的，有别出心裁的……”江南枝感慨万千，“他这种总被喜欢着的人，特别难追。”

白术不发表意见。

过了片刻，江南枝轻声问：“顾野知道吗？”

“知道。”

“没答应？”

“没有。”

江南枝积极提议：“你们革命交情那么好，让他跟你试试呗，反正肥水不流外人田。”

“再说。”

白术笑了笑，手掌抵着江南枝的脑袋，把她推回去。

江南枝坐好后，摇头晃脑地吸引白术注意。

白术看了一眼，江南枝跟她做了个加油的手势。

白术若有所思。

顾野这个小青梅，对他可真是一点都不了解。

在林嘤对顾野更进一步之前，周末来临，顾野带着林嘤一飞冲天，拿到了甲班的入场券。

集训营对挑战者有特殊的保护机制，就是他们在挑战成功后，这一周可以拒绝任何挑战赛。不过，顾野却在晋升甲班后的一个小时里，让丁四班一个学生向他发出挑战申请，他中场认输，又掉回了丁四班。

此事传得沸沸扬扬。

有人说他根本不稀罕甲班，此举是单纯想带飞林嘤；有人说林嘤对他有意思，他是想借此摆脱林嘤；也有人说他体质奶队友，两个队友都在跟他组队后去了甲班，于是筹划着是否要去丁四班跟他组队……

白术在宿舍睡了一个上午，去食堂吃饭时才听说这事。

从食堂出来时，白术遇到了顾野。

天幕阴沉，顾野站在树下，穿着单薄的集训服，身形笔挺颀长，外套在风的牵扯下落了几道线条，有凌厉感。

“等我吗？”白术走过去。

只手抄兜，顾野瞳仁澄澈，从容地迎上她的目光，点头：“嗯。”

“什么事？”白术微微抬头，看他。

“组队吗？”顾野问。

“啊。”

顾野略有意外：“就答应了？”

白术奇怪地问：“不行吗？”

顾野一笑：“还以为你会刁难一下。”

“我很好说话的。”

“行。”顾野眼神柔和，补充道，“我们得约定一下，组队归组队，但是要跟第一周一样，互不干涉那种。”

“好。”

白术不假思索地答应了。

“天天训练，手都断了。”顾野揉着手腕，有些感慨地说了句，旋即定定地看着她，停顿须臾后，颇为正经地开口，“还有件事要跟你说。”

白术抬眼跟他对视。

顾野坦然且淡定。

于是，白术转身就走：“坏事不听。”

“不行。”

顾野手一伸，钩住她的后衣领，把她拽回来。

倒退了两步，白术侧身站在他跟前，斜眼看他：“不听。”

顾野挑眉：“你捂耳朵啊。”

白术皱眉：“你闭嘴啊。”

“不会。”顾野飞快地接过话，然后低下头，收敛了散漫和慵懒，他认真地说，“三个理由：一、我不想玩恋爱游戏，谁来我都会拒绝，不只是你；二、我配不上你，这是真心话；三、你的喜欢不够深，太肤浅，本质上跟他人无异。可以吗？”

白术沉默下来。

顾野一直看着她，没有一丝敷衍和糊弄。

良久，白术点点头：“可以，你说服我了。”

顾野暗自松了口气。

“可是，”白术神情执拗，“顾野，人是会变的。”

思考了下，顾野回应：“如果我变了，我会跟你汇报的。”

“如果晚了呢？”白术问，“及时行乐不好吗？”

风忽地大了起来，树梢的雪花簌簌飘落，零星地落到顾野头发上。顾野眼眸低垂，顿了顿又抬了起来：“很好，但我不配。”

白术声音很轻：“你自卑。”

顾野静默不语。

“顾野，”白术面向他，上前半步，问他，“我自信吗？”

顾野颔首：“嗯。”

“那你好好看着我，”白术眼里透出笑意，神采恣意张扬，“我这人，无所不能。”

她笑容自信，如悬挂夜幕的启明星，耀眼夺目。

顾野的心被烫了一下，仿佛有火焰在燃烧。

“走了。”

白术转过身，抬臂挥了挥，抬步离开。

顾野注视着她的背影。

一阵风袭来，吹着碎发迷了眼，有那么一瞬间，顾野发现自己在仰视白术。

周日晨练结束后，时正特地留下了白术。

白术以为他是跟自己讨论工作，结果他一扭头，就跟导演说了“拍摄暂停”。

直播每天只有两个小时，每个明星嘉宾都有任务的，还会跟直播观众互动。平时的话，都是节目组跟随录播，有情况随时可以中断。

“你跟我来。”时正皱着张脸，说完就走。

走出几步，时正发现白术还站在原地，不由得转过身，烦躁道：“你干吗？”

白术一动不动：“避嫌。”

“避个啥。”时正一哽，嫌弃道，“谁不知道我跟你不和，我还能跟你擦出火花来？”

“说不准呢。”白术闲闲地接话。

时正气急，暗示性地拍了下裤兜里的手机，说：“我就给你一次机会啊。”

“早说。”

白术眉头动了动，立即抬腿跟上他。

时正火冒三丈：我还能因为什么事找你？！

这一次，毕竟有很多眼睛盯着，白术没有跟时正进车里，而是站在车前，远离人群。

“又是那个段子航。”时正把手机递给白术，抱怨道，“他就不能换个人吗？”

“你更方便。”

“我是你们的传话筒吗？”时正气急败坏道。

“别这么小心眼。”白术按下段子航的手机号码，敷衍着时正的情绪，“改天请你喝茶。”

电话接通了。

白术没说话，而是递给时正一个眼神。

“又怎么？”时正莫名其妙地问。

“站远点。”

“我——”时正差点一口气没喘上来，原地转了一圈，指了指白术，“我就是不爱跟女人打架！不然你早住院了！”

白术凉飕飕地瞅着他指着自己的手，半冷漠半威胁道：“小心手指折了。”

时正咬牙，竭力忍着脾气，指着她的手指缓缓一收，随后转过身，站一边踢石头去了。

往后倚着车，白术将手机递到耳边：“说话。”

“白队，”段子航先喊了一声，旋即直入主题，“两天前，我去看了下顾老太太的情况，延缓她几年寿命没问题，可治。程行知知道后，主动跟我联系了，表示只要我治好顾老太太，他就同意加入BW医疗部。不过，他还提了一个条件。”

“说说。”

“他有一个私人实验室，需要大量资金。他有公司有资源，但需要一个优秀的运营者，正好看中了牧财务。他希望牧财务能去他公司兼职。”

“跟牧哥说了吗？”

“说了。”段子航说，“他说没问题，看你的意思。”

“不对啊。”白术皱了皱眉，“他连BW的事务都抱怨，怎么会答应？”

“这个……”段子航欲言又止。

白术冷声道：“说。”

“他跟一个叫楚馥的女明星恋爱了，据说女明星跟程行知是好友，也在程行知公司挂名。”段子航推测道，“可能有这一层关系吧。”

白术淡声评价：“白菜被猪拱了。”

段子航难免为牧云河说话：“牧财务好歹仪表堂堂，又能赚钱……”

“我说牧哥是白菜。”白术截断他。

“啊。”段子航卡了一下，后知后觉地问，“你对楚馥有意见吗？”

“没有。”白术眯了下眼，“但你不觉得事情有点巧吗？”

“是有点。”段子航略一琢磨，半刻后调侃，“可能就是缘分呢。”

“由他吧。”白术不想掺和牧云河的私事，将这事掀开，然后问，“还有什么事吗？”

“还有两个事。有个人想找你帮忙，我欠他一个人情，说你在集训营，但按照规定没有说你的身份信息，他会试着来找你。”

“找我做什么？”

“说是想推荐一个人进第三基地当教官。第三基地规矩森严，临时安插人，需要队长签字。”

白术有些兴致：“我看到了阴谋。”

“就算有阴谋，也是冲着第三基地去的。有个人替你挡着，没准更方便你行事。怎么样，你签吗？”

“他要能找到我，我就签。”白术无所谓道。

段子航低笑一声：“那就看他的权力和运气了。”

白术不置可否。

“另一个事，就是你去第三基地的事。”段子航说，“这一期的训练时间下来了，2 月 1 日。你在集训营的事怎么解决？”

“不退出。”

“嗯？”

“我请假。”白术说得轻描淡写，仿佛请假只是打个报告的事。

几分钟后，白术挂断电话。她看着远处的操场，手掌搭在后颈上，头往后一仰，顺势转了一圈，活动着脖子。

请假一天，一百积分。

她得在一周内弄到最起码六千积分。

现在她不在甲班，没人捧着积分送上门，她得想点办法才行。

时不时关注这边的时正走过来：“打完了？”

“嗯。”

白术把手机还给他。

“你跟段子航什么关系？”时正满腹怀疑，“他干吗总找你？”

“你跟墨川什么关系，干吗总找他？”白术一句话怼回去。

时正气结。

周日，难得可以喘息的时间，除了拼命三郎一样的学生，基本都会选几个小时来放松。

小树林附近一到双休日就会热闹起来，有野餐的、弹吉他的、约会的，还有不知从哪儿弄的道具，在大冬天里放自制风筝的。最近学生们的活动越来越多，周末的小树林越来越热闹。

几个学生坐在亭子里，一边吃着便当，一边聊着八卦。

“照顾野和白术这么玩，总有一天把自己玩死。操作是很离奇，关注也很高，可是一不小心积分就没了，得卷铺盖走人。”

“不这么做，哪来的关注。”

“顾野在电竞圈不就很火吗？听说节目组重金请他参加综艺直播，结果被他拒绝了。”

“顾野还算聪明的，他的积分虽然不高，但处于中上水平，再来几次挑战赛也扛得住。白术就不一样了，她一朝回到解放前，在倒数第一挂了快一周了。我估计她不敢乱私下 PK 了，不然输了一局，人就得走了。”

“别提白术了。我挑战过她，十分钟就认输了，总有种跟她 PK 是被她按着打，回想起来就后怕。我现在光是看到白术就瘆得慌。”那学生说着，还不自觉抱着双臂，打了个冷战，“怎么回事，谈一下她，我就开始冷了。你们怎么都不说话了？”

坐在他对面的一个学生，咬了一口三明治，视线怔怔地望着他身后：“你是该瘆得慌。”

“什么？”

“看你后面。”

那学生僵硬一瞬，继而缓缓转过身。

白术不知何时出现在后面，悄无声息。

白术穿着宽松的集训服，斜倚在一根木杆上，一只手放到兜里，嘴里叼着一根棒棒糖，正饶有兴致地看着他们。

她是笑着的。

可是，在场几人都忍不住瑟缩一下，感觉毛骨悚然。

“听到你们在谈我和顾野，我有点好奇，过来看看。”白术手指捏着棒棒糖的棍儿，笑眯眯的，站直身子，朝他们走过来。

你别过来！

背后议论人，被抓了个现行，几个学生都心虚到不敢说话。

走近了些，白术站定，友善地问：“你们缺积分吗？”

什么意思？

几人对视着，用眼神交流，但一个比一个蒙。

“缺。”

“谁不缺？”

“都缺。”

有几个人回答。

“哦。”白术点点头，一只手按在冰凉的石桌上，扫视了几人一眼，好整以暇地问，“我有一个赚外快的机会，不知道你们接不接。”

漫画 NO.1 的 PK 玩法有很多，各有各的趣味性，很多漫画家都以解锁 PK 玩法为乐。

能力越高，玩法越多，奖励越多。

在常见的 PK 里，除了 1vs1、NvsN 的玩法，还有 1vsN 和擂台赛。

1vsN，顾名思义就是一个人同时跟多个人 PK，在同一个 PK 房间里进行。题目都是一致的，但是对手有多少个，房主就需要画多少幅作品来应对，只要房主失败一局，对面所有对手都会获得胜利。

擂台赛是指一个人创建擂台房间，每次 PK 一个，但其他人可以排队，前者失败后下一个顶上。这跟普通的 1vs1 没什么区别，特殊之处在于对局是“速战速决”，题目要求是“画龙点睛”，一局不会超过五分钟。而且，中间没有休息的时间。

这些玩法在集训营的私下 PK 里也是可以用的。

只是，因为难度太大，一般不会有人这么玩。

但是，集训营第三周的周日，忽地有一个消息传出：有大佬匿名创办了 1vs5 房间，只要凑够了五个人，即可跟大佬进行匿名的私下 PK。

这消息传出来，不仅惊动了集训营的学生，还惊动了老师和领导。

谁这么大胆？！

郝老师在得知消息后，第一时间赶到苏老师的办公室，正巧见到苏老师盯着 1vs5 房间：“你也在看？我问过一圈了，没有人知道房主是谁。”

苏老师一脸沉重：“积分榜有滞后性，除非房主手动更新，否则不会刷新积分。”

“既然选择匿名，那他是不会更新的。只能等下周周末了。”郝老师皱了皱眉，有些难以理解，“不过我想不通，他为什么匿名？”

“可能是怕麻烦。这人要是公开 1vs5，肯定会被当猴子一样围观。”苏老师条分缕析道，“我倒是更好奇，他这么挑战，极大可能是冲着收割积分来的。图什么呢？下一周的积分榜榜首吗？”

“有可能。”郝老师忽然想到什么，“综艺录制和直播的事，加上明星效应，让集训营引起了井喷式的热度。这两天网友对积分排行关注挺高的，第一的墨川今天在热搜上挂了一天。现在学生的竞争氛围很浓，私下 PK 和挑战赛的频率提升到三四倍。”

“我看不尽然。”

苏老师摇摇头，潜意识觉得房主不一定是冲着榜首去的，但也说不清其他缘由。

二人聚在一起讨论了一番，没有讨论出什么结果。

这时，1vs5 房主再度胜出。

“又赢了。”苏老师将眼镜摘下来，捏了捏鼻梁，“三局全胜，到手一百五十积分。这才过去一个小时。”

“能从画风里看出什么吗？”郝老师凑到电脑前。

“没法看，五个作品，他能给你玩出五个风格——”话说到一半，苏老师的话戛然而止。

“什么？”郝老师疑惑，又看向屏幕，“说起来，作品的风格确实不大统一。但这是一台电脑操控的，没办法作弊。”

苏老师脸色微白，哆嗦地拿起保温杯，仰头灌了两口茶，然后摇摇头：“不可能。”

郝老师不明所以：“你在说什么？”

苏老师眼神复杂地看了郝老师一眼。

他能说，他唯一见过的可操控风格变化的，就是白术吗？

不能。

他说不出口。

他也不敢想。

缓缓吸口气，苏老师定了定神，将保温杯放下："我们再看看——"

话音未落，房间变黑了。

二人愣了几秒，互相对视着，大眼瞪小眼。

"他把房间设为私密了。"苏老师叹道。

设为私密，就不再公开显示，作品和结果只有当事人能看到。

"绝了。"郝老师顿时往椅子上一瘫，"旁观的机会都没有了。"

拿出眼镜布擦拭着眼镜，苏老师想了片刻，分析道："他对规则很了解，感觉经验丰富。"

"除非玩过很多次的老玩家，新人都不敢这么玩。"郝老师整张脸都皱了起来，手在桌面敲了敲，"问题是，这样的人在集训营里能有几个？反正我在甲班暂时没有发现目标。"

苏老师又想到了白术，他赶紧将这念头压下去，给自己洗脑道："没准集训营卧虎藏龙。"

"希望吧。"郝老师叹了口气，站起身，"我要出去透口气，这事闹得我抓心挠肝的，我估计一周都得睡不好了。"

苏老师心想：你这个没目标的都会抓心挠肝，我这个有目标但不敢想的，肯定得彻夜难眠了。

他恨不得现在就闯入白术的宿舍探个究竟。

白术真是害人不浅。

1vs5 房间转为私密，不仅终止了郝老师和苏老师的分析计划，还让半个集训营的学生都失去了八卦的途径，美好的周末里，生活都失去了乐趣。

他们只能通过交换消息大致估算房主赢了多少局、得了多少分，可很多 PK 过的学生都选择缄默。毕竟五个打一个还输得惨不忍睹，稍微在乎一点颜面的都不好意思说出口。

所以，天黑之前，学生们保守估计房主拿了六百积分，但是，真正到手的远不止这个数目。

学生们望洋兴叹。

就在这个时候，集训营又传来一则消息——又出现一位匿名大佬，创建了一个擂台赛房间。

十几个头铁的学生携手去闯，结果血本无归。他们不信邪地来了一次又一次，底儿都险些被抄了，最后捂着仅剩的几个积分在寒风里抱头哭泣。

然而，尝了教训的他们离开了，另一批头铁的学生又来了。

擂台赛的房主捞积分的速度一点都不亚于 1vs5 的房主。

晚上十点，白术离开宿舍楼，跟那几个学生碰了一面。

“满意吗？”白术看着他们笑得合不拢嘴的模样。

“满意！满意！”

他们忙不迭点头，险些笑出声。

白术找到他们，说要创建一个 1vs5 的房间时，他们还以为白术在做梦。不过，当白术承诺在赚了的积分里抽出十分之一给他们，而他们只需要动动嘴皮子在集训营里带节奏后，又忍不住心动，于是琢磨一番就答应了。

这才一天时间，白术到手一千多积分，他们每个人到手三十积分。

这不比玩私下 PK 拿分容易？

要知道现在集训营积分差距悬殊，高的可达三千，低的则只有几十。而一半以上的人，都属于两位数的范围。

“白神，接下来还继续吗？”有人问。

白术颔首：“继续。”

听到她这话，所有人眼睛都亮了。

“你放心，我们肯定把氛围弄到位，保证韭菜们……咳，保证挑战者源源不断。”

“只要您不嫌累，多少人我们都能给你怂恿过来。”

“这种动嘴皮子的事，我最在行。”

他们纷纷保证。

“谢了。”白术扬了扬眉。

“对了，”有人犹豫着问，“擂台赛的事，你听说了吗？”

“没有。”

她一天都在收割积分，没时间管别的事。

得到她的答案，问话之人便热情地跟她讲了擂台赛的事，说到激动之处，难免添油加醋，不过大致上还是还原的。

说到最后，这人担忧道：“这人现在起码收割一千积分了。如果你想拿积分第一的话，可能得跟他一争高下，要不要我们帮忙关注一下？”

“不用。”白术平静地听完，并不把这事放心上，云淡风轻地说，“我不拿积分第一。”

“那你——”

白术看了他一眼，这人没把话说下去。

“保密。”白术走之前，又叮嘱了一句。

“放心，放心！”

“如果走漏风声，你把我嘴缝上都行！”

“没什么八卦比积分重要。”

几人坚定地表态。

事实上，哪怕他们平时并不靠谱，但在积分的诱惑之下，他们也是绝对的靠谱。

机房教室里，白术和顾野坐在最后一排，低头专注于数位屏，认真程度不亚于丁四班几个最勤奋的学生。

即墨诏和江南枝在盯了他们半天后，不约而同地收回视线。

他们面面相觑。

“他们俩被鬼上身了吗？”江南枝揉了揉脸，又拍了拍，想让自己清醒一点。

“不是没可能。”即墨诏深有感触。

“我翻遍了他俩的单人 PK、组队 PK，都没见到他们有什么动态。”江南枝捧着脸百思不得其解，脑袋上顶着大大的困惑二字，发出灵魂询问，“他们俩难道纯组队练习，不干别的？”

即墨诏手里转着压感笔，手指倏地一顿，他讶然掀起眼帘：“有没有可能……”

“什么？”江南枝问。

即墨诏没说话，忽而偏过头，余光朝后方瞥去。

这一眼，冷不丁撞上白术的视线。白术不知何时停了笔，眯着眼冲他一笑，然后以手为刀，做出一个割脖子的手势，他不由得一个激灵。

“什么呀，你说啊？”江南枝见即墨诏迟迟不说话，催促了一句。

“没什么。”

即墨诏丧丧地接过话，将身子转向自己那台电脑。然而，还是感觉后背一阵寒意，他坐立难安，又搬着椅子往前挪了挪。

放过他吧。

他还是个未成年，承受不来那么多秘密。

后面一排。

白术和顾野相继搁了笔。

然后，他们默契地倾身，一左一右地靠近，缩短了他们的距离。他们在同一刻偏头，对上对方的视线，神情饶有兴致，略带打量和试探。

白术问：“你不是手断了吗，不养养？”

顾野说：“你不是闲得慌吗，发奋了？”

他们互相对视着，皆是琢磨出点味儿来。

他们俩何时这般勤奋过？

一个整日游手好闲，一个整日闲得无聊。哪怕是分开组队时，他们被努力上进的队友带动，也得百忙之中开个小差。

两个神秘房主的身份，昭然若揭。

“你多少分了？”白术打探。

“保密。”顾野眉头轻挑，“你呢？”

“保密。”白术撇了下嘴。

“公平。”顾野真诚地评价。

互相知道身份，二人一时不知说什么，忽地安静下来。

半晌后，白术眨着眼，灯光下她的瞳仁颜色淡了几分，她慢吞吞地说：“我不大喜欢被人压着。”

“比吗？”顾野嘴角轻轻勾起。

“行啊，”白术毫不犹豫，“输了的请客。”

“佛跳墙。”

“海鲜宴。”

顾野盯着白术的脸看了一秒，笑了笑，将右手递过去：“成交。”

白术伸出手，握住：“成交。”

交易达成。

下一刻，二人松开手，重新坐回电脑前，拿起压感笔开始新一轮比赛。

被疯狂收割的韭菜们瑟瑟发抖。

周五的午后，白术从食堂走出来，踱步走在校道上。

她无意识地揉着左手手腕。

这几天她拿笔的时间太长，手腕有些吃不消，从昨天晚上起，手腕就时不时胀痛。今天顾野从医务室拿了些药膏给她，可以舒缓疼痛的，但没什么效果。

她在想要不要歇一天。

走了一段路，白术倏地停下脚步，不耐烦地皱眉，回过身，朝一直尾随在后的车辆冷声道：“有病吗？”

这辆车在她身后跟了三分钟了。

这时，车辆停了，一只手肘搭在车窗窗沿，露出一截黑色外套，然后一个熟悉的脑袋探出来：“小姑娘，你怎么跟导师说话呢？”

白术盯着那刚毅成熟的大叔脸，沉默了半刻，然后抬手揉了揉耳朵，似乎什么都没听到、没看到一样，扭头就走。

车辆响起两声喇叭，然后向前行驶，跟她保持同一个速度。

“白术，你英俊帅气的导师，就这么入不了你的眼？”印龙胜手臂伸出来，指了指她，痛心疾首地说。

白术再度停下步伐，侧首，垂眼看着他：“你来这里做什么？”

“有点事。”印龙胜怕她多想，撇清道，“跟你无关。”

“你的眼神告诉我，你在打我的主意。”

“我是那样的人？”印龙胜震惊道。

白术认真地点头：“是啊。”

印龙胜一时失声。

“你不是冲着我来的。但是，你在路上遇到我时，肯定在算计我什么，不然不会尾随我三分钟。”白术道破他的心思。

“这……”印龙胜搓了搓手，用讶然掩饰那点心虚，“你挺了解我哈？”

白术一副看透了他的样子：“不然呢？”

“师徒一场，情深义重。”印龙胜语重心长地说。

白术静静地看着他鬼扯。

印龙胜被她盯得心里发毛，问：“你看我把纪远出卖了行不？”

眼眸一转，白术答应了：“行。”

印龙胜松了口气。

印龙胜是宁川大学法学院的院长，也是白术在法学院的导师。据说，印龙胜跟纪远、白青梧是旧友，所以是他主动要求成为白术导师的。

白术在校期间确实得了他的照拂，可相应地，白术也没少帮印龙胜干活。

算是互不相欠的关系。

白术坐到副驾驶座，甩上车门。

“说吧。”

“先听我的事。”

白术睇了他一眼。

印龙胜在部队待过，算半个粗人，脸皮比文化人要厚，此刻一点都不带心虚的，他从兜里掏出一张照片递给白术：“你看看。”

白术疑惑地将照片接过来。

翻到正面，白术看到一个站在废墟上的背影，微微一怔。

印龙胜兀自解释：“你知道 BW 救援队吗？”

“知道。”

“你知识面还挺广啊。”印龙胜感慨一句，被白术盯了一眼后才谈及正事，“听说 BW 救援队有一个规定——队长身份一律保密。据说照片上的背影是 BW 救援队的队长，我得到一点消息，她现在就在漫画学校。我是来找她的。”

捏着照片的手指紧了紧，白术淡声问：“所以？”

“你的鬼点子不是一向很多吗？帮我出出主意，怎么靠这张照片找到她。”印龙胜满怀希冀地看着白术。

在来之前，印龙胜一点把握都没有，但在看到白术后，他忽然觉得这事：妥了！

白术简直气笑了：我帮你出主意，用一张照片找我自己？

将照片扔给印龙胜，白术眯眼问：“你找她做什么？”

“有事相求，”印龙胜说着，见到白术探究的眼神，赶忙道，“这不能说。”

白术转移话题：“说纪远的事。”

印龙胜老神在在道：“帮我找到人再说。”

“我没办法，”白术直接道，“就一张背影照，什么信息都没有，你只能一个个比较了。”

“没办法？”

“没办法。”

“真的没有捷径吗？”印龙胜不放弃希望。

“有啊。”白术不紧不慢地说，“你把纪远拉到我面前来，我连 BW 上一任队长都能给你找出来。”

印龙胜咂摸了下，觉得这事有点困难。

“祝你成功。”白术拍了下他的肩膀，推开车门，走了下去。

印龙胜想叫住白术，但看着她的背影，悚然一惊。他赶紧将照片举起来，对着白术的背影进行对比，赫然发现……有点像。

这里是规矩森严的集训营，白术不觉得印龙胜前来找个人会闹出什么阵仗，顶多像个猥琐大叔一样拿着照片瞎晃悠，而且极有可能被保安扔出去。

结果，白术发现自己低估了印龙胜的能耐。

那天下午，她在走廊透气时，见到印龙胜和裴启升从楼下走过。裴启升对印龙胜很热情，虽然看不清表情，但通过裴启升的一举一动，还是能瞧出一点对印龙胜的尊重和恭敬，像是在接待贵客。

放学前的几分钟，各班班主任来到教室，临时发布一则消息：机房楼周末会关闭一条通道，只能允许从一侧进出，并且进出会先进行安检。

理由很敷衍：保证安全。

反正理由是给了，能否站得住脚没人关心，于是班主任跟学生们一样，皆是满头雾水。

白术长叹一口气。

走出机房楼，白术又被尾随了。

“徒儿！”印龙胜朝白术喊，喊得路人频频张望。

“没空。”

白术不想搭理他。

印龙胜将车一停，把脑袋探出来：“烧烤！”

白术眼眸一亮。

见到她这表情，印龙胜就知有戏，悄声跟她说：“坐后面，把毛毯盖上，我偷偷带你出去。”

“行。”

白术爽快地上了车。

来到后座，白术将醒目的集训服外套脱了。等到印龙胜把车开到校门附近时，她横躺在后座上，把毛毯一盖，然后在印龙胜的掩护下神不知鬼不觉地出了校门。

开了一段路，印龙胜把车一停，将手掌往后一伸。

白术刚将外套穿上，见状，抬手跟他击了一下掌。

“优秀。”

印龙胜朝她竖起大拇指。

“你也不错。”白术礼貌地回应。

印龙胜“哈哈”一笑，在附近找了一家烧烤店，把车一停，带着白术进了店。

他们俩显然不是第一次一起吃烧烤了，印龙胜负责点饮料，白术负责点烧烤，分工合作节约时间。

“你的豆奶。”印龙胜把两瓶豆奶放到白术面前，又把两瓶气泡水放到自己座位前，介绍说，“我的气泡水。”

“嗯。”

白术颔首。

印龙胜爱喝酒爱爆粗，但是，跟白术一起出来，这些恶习绝对不沾。

白术刚认识印龙胜的时候，他其实没收敛的，情绪一上来就爆粗、逮人就骂，喝完酒醉醺醺的还得白术照顾他。直到有一天，白术在他面前学着他的模样说了句脏话，这大老粗脸红了很久，然后就有意识地改了。

豆奶的瓶盖是撬开的，还插了吸管，白术拿起豆奶喝了两口，问：“你跟裴启升认识吗？”

“算吧。”印龙胜仰头喝了两口气泡水，那架势颇有一种喝酒的意味，他把气泡水一搁，抹了下嘴，说，“他们那边欠了我一点人情。”

“他们那边？”白术觉得这形容怪怪的。

烧烤端上桌，印龙胜选了白术喜欢的牛肉串递给她，他自己随便拿了一串，说：“你知道顾野吧，听说他也在集训营。”

“嗯。”

白术咬了口热乎乎的牛肉串。

漫画学校的食堂什么都有，偏偏就是没有烧烤。上次跟顾野偷跑出来时间太赶，她没吃成，现在终于可以解馋了。

满足口腹之欲真是人生一件乐事。

“这人情跟顾野有关。”印龙胜说。

白术惊讶地看向他，道：“你说说。”

“顾野走丢过，十年前，是我们找到把他送回去的。”印龙胜言简意赅，生怕多说半句，“顾野的爷爷叫顾诠，是漫画协会的会长，裴启升就在他手下做事。

所以我这次来找他帮忙，他很配合。”

“顾野……”白术忽觉线索牵扯到一起了，她来不及细细整理，直接问出最迫切的问题，“以前是叫陆野吗？”

“咳咳。”印龙胜陡然一惊，被烧烤呛了一下，他连忙喝完一整瓶气泡水才缓过来。

过后，他震惊地看向白术：“你怎么知道？”

顾野，陆野。

陆野，顾野。

所以，顾野才会脱口说出“平江街上的林记酸辣粉店”，才会在把转运珠还给她时问“那颗转运珠对你重要吗”，才会在跟别人保持距离时待她不同寻常地好……

顾野是记得她的。

可是，陆野这个形象在她脑海里早被淡化，她甚至都不记得何时认识了这样一个人，甚至记不清对方的容貌。

“他那时候在长宁市吧，我可能跟他见过，”白术语调没有一丝起伏，不甚在意道，“只有一点印象。”

“哦。这倒有可能。”印龙胜仔细想想，没有深究。

心不在焉地吃完一串烤串，白术打探道：“顾野是怎么被找到的？”

“这就不是你能知道的了。”

印龙胜虽然多数时候都不着调，但实际上挺讲原则的，不该说的绝对不会跟你说上半句。

白术心里有数，不多问。

烧烤吃到一半，二人又谈到“找 BW 队长”的事。

“我是欠了个人情，受人所托。”印龙胜说，“不然，我还真不知道 BW 队长这么年轻，还是个女的。”

白术往嘴里扔了一粒花生米，闲闲地接话：“受谁所托？”

印龙胜张口想说，但话到嘴边，他摇了摇头：“说了你也不知道。”

“行吧。”

白术心情复杂地拿起豆奶。

“我跟你说说 BW 队长？”印龙胜视线锁定在白术脸上。

白术一脸兴致缺缺：“我不想听。”

印龙胜像个聋子：“你知道图卢国的撤退行动吗？”

“嗯。”

“两年前，她带队在图卢国给民众分发医疗物资，结果遇上内乱。他们在撤退时耽搁了时间，跟革命军遇上了。她一个人，一支笔，一幅画，拦下了革命军，给己方争取撤退时间。最后她跟革命军友好协商，革命军亲自把她送出国。”

“是吗？”

“你怎么一点触动都没有？”印龙胜敲了敲桌子。

白术轻描淡写地说：“我的漫画故事比这个精彩多了。”

“这是真的！”

“你亲眼见到的？”

这谁能看到？

一句话把印龙胜问哑了。

印龙胜悻悻道：“虽然这事被传出来，肯定有夸张成分，但确实发生过。”

“哦。”

“你对 BW 队长有什么看法？”印龙胜谨慎地问，欲要从白术脸上瞧出一丝得意或骄傲。

白术淡定地夸赞：“吾辈楷模。”

印龙胜气得拍桌：让你露点破绽这么难吗？！

跟印龙胜吃完烧烤后，印龙胜以同样的方法把白术送了回去。时间充裕，白术赶上了晚课。

顾野帮她占了位置。

“哎。”

白术走过去时，顾野忽地往后一倒，拦住了她从后方经过的路。

白术站定，下意识垂眸盯着他的脸，欲要找出点熟悉的痕迹，可记忆像是被尘封一般，脑海里没一点记忆。

“傻了？”

顾野伸手在她面前晃了晃。

回过神，白术将他的手挥开，问：“怎么了？”

顾野朝她勾了勾手。

白术疑惑，倾身，离得近了些。

顾野伸手捏着她的衣领，嗅了嗅，然后松开。

“一股味儿，”顾野挑了下眉，辨认出来，“孜然的。”

白术眉梢上扬，举起左手握拳，在他面前转动了下，真诚地问：“我还能加辣，你要吗？”

“怕了。”顾野身体往前一倾，把挡住的道路让开，然后将手臂往左侧一伸，假模假样地说，“请吧。”

白术被他招猫逗狗的德行弄得心儿一团热，她指了指顾野，威胁道：“别招我啊，我还能再追你。”

“错了。”

顾野一秒收敛，把手一收，挺直腰杆，正襟危坐。

更假了。

白术拍了下他后脑勺："你好烦。"

被她拍得脑袋晃了下，顾野不言不语，依旧坐得笔直端正，一动不动，像个木头。

他这样贼招人稀罕，又格外讨嫌，白术想踹他一脚解气。

不过，她忍了。

坐回去，白术深吸口气，把放在顾野身上的注意力收回来，打开电脑打算继续 PK。

她现在积分够用了，但跟顾野有赌约在，她能挣一点是一点。

半个小时后，白术结束最新一局 PK，想歇一歇。她偏了下头，见到顾野正在翻书，再一看，电脑都黑屏了，她怔了怔，然后推了顾野一把。

"长了耳朵，听得见。"顾野抬头看过来，张口就损。

白术瞪了他一眼，问："你怎么不玩？"

"手疼，歇歇。"顾野继续翻书，吊儿郎当地说，"让你两天，照样赢你。"

"不用你让。"白术皱眉。

"不让。"顾野扫了眼白术的手腕，"没你能耐，两只手都能用。"

"老天赏饭。"白术活动了下有些酸痛的手腕，琢磨了下，做出了决定，"一起歇吧。"

顾野将书本一合，笑说："就等你这话。"

白术嘴角一抽。

他可真是太欠了。

"君子协议。"顾野友善地朝她伸出手。

"君子协议。"白术敷衍地跟他握手。

虽然以他们俩的品行都不在乎君子协议，但是他们俩都比较在乎自己的手腕。所以在意见达成一致后，他们直接关闭了各自的房间，没有再进行过一局 PK。

另一边，印龙胜在把自己的馊主意变成现实后，一大早就穿着保安制服站在机房楼的楼梯口，尽职尽责地给每个进出的学生进行安检，同时暗中收集学生的背影跟他的照片进行对比。

白术溜达到机房楼时，一眼就看到了以身高和样貌在一众保安里取胜的印龙胜。

"堂堂法学院院长。"白术走到印龙胜跟前摇头晃脑的，深深叹息。

她这样太欠揍了。

印龙胜将袖子一撸，问："你进不进？"

“不进。”白术拒绝了，说，“我看猴儿。”

“惯的你！”印龙胜摆摆手，“不进就一边去，碍眼。”

“世事无常啊。”

白术感慨地说完，走了。

印龙胜的拳头硬了。

她一天来三次，早中晚各一次，每次都来损印龙胜几句，把印龙胜气得想揍她时，她又悠然自得地离开了。

晚上九点，印龙胜收集到所有在校师生的背影，待在一间办公室里仔细对比。白术不知哪儿得来的消息，优哉游哉地找了过来。

“你来干吗？”印龙胜现在看到白术就窝火。

“给你捎一份食堂夜宵，”白术此刻像极了窝心的小棉袄，“预感你今晚要熬夜。”

“是吗？”

印龙胜心情登时好了一点，将夜宵接过来。

很快，白术一盆凉水泼过来：“而且肯定会瞎费工夫。”

印龙胜忙道：“呸呸呸，净说不吉利的话，赶紧把你的嘴闭上。”

白术没闭嘴，将一张椅子拖过来，在印龙胜身边坐下，看着电脑屏幕，问：“你打算怎么比对啊？”

“把差不多一样的挑出来，然后一个一个地问呗。”

“怎么问？”白术乜斜着他，奚落道，“你知道BW救援队吗？你认识BW队长吗？知道的怀疑你是神经病，不知道的肯定骂你搞传销。”

印龙胜将一份米饭重重放桌上：“你就不能说句好听的？”

“说不出。”白术真心实意地说。

在印龙胜发飙之前，她往桌上一趴，有点困倦地开口：“你先吃吧，我睡会儿。”

印龙胜叮嘱：“把毛毯盖上，小心着凉。”

“你帮我拿。”

“欠你的。”

嘴上虽然抱怨着，但印龙胜还是站起身，在沙发上找到一条毛毯，走过来后，两手抓着毛毯边缘抖了抖。

他看了眼侧首趴在桌面的白术，动作放得轻柔一些，将毛毯盖在了白术身上。

白术只想眯会儿，结果等她醒来，已经快十一点了。

脑袋沉甸甸的，白术眯着眼恍惚片刻，看清周围情况才想起身处何地。

她揉着眼睛坐起身，寻觅着印龙胜的身影，赫然发现印龙胜就坐在身边，手里握着鼠标，脖子向前抻靠近电脑，全神贯注地对比着图片。

“醒了？”注意到身边的动静，印龙胜看了白术一眼，催促道，“赶紧回宿舍去，别在这里碍事。”

白术困倦地问："还没对完吗？"

"快了，还差一点。"

"嗯？"

白术单手支颐，微微凑过去。

"我跟你说，我找出好几个像的，但气质都不大对。"

见白术感兴趣，印龙胜停下手中工作，把选好的照片调出来，一一跟白术分析。

白术无奈地叹了口气。

"把特批申请拿来吧。"白术淡然地说着，坐回去，把肩上的毛毯扯下来，卷成一团。

印龙胜的分析戛然而止，他动作一僵，表情惊恐地回头："什么？"

"你不是有怀疑吗？"白术反问，站起身，把毛毯扔到沙发上，然后一扬下颌，酷酷地说，"我，传说中的 BW 队长。"

"我那是……"

印龙胜说不出话了。

他眼里的震惊遮掩不住，看了看白术，又搓了搓脸，缓了好一会儿。

"真是啊？"印龙胜仍是难以置信，表情有点发蒙，"我是有点怀疑你，但纯属瞎猜。"

白术挑眉问："要不要签字了？"

"签签签！"印龙胜赶紧点头，然后起身去找文件，拿起来就一通乱翻，"我找找啊。"

白术头都大了。

印龙胜将所有文件都找遍了，都没找到特批申请。正当白术对他不抱期待时，他一拍脑门，"啊"了声，恍然般从兜里掏出几张折叠的纸，然后打开一看，确认无误："就这个！"

白术无语凝噎。

她内心麻木地接过申请，翻了两页她就觉得不对劲："身份信息呢？"

印龙胜略有尴尬，咳嗽一声，在她旁边坐下，用商量的口吻说："这个，他们还没弄好。"

好样的。

这哪里是阴谋，完全是阳谋了。

白术神情平静地问："临时弄的假身份？"

"是啊。"印龙胜搓着手指，"你放心，最迟明天，身份信息肯定完善。"

"你怎么会觉得 BW 队长会同意一个明晃晃顶着'假身份'和'搞事情'的人来自家后院闹事？"白术语调慢悠悠的，可每个字都压着力度。

印龙胜心想，那谁知道呢，于是他试探地问："你同意吗？"

静默片刻，白术扔给他一个白眼：“笔。”

印龙胜又是一阵扫荡，然后在抽屉里给她找出一支笔。

白术大笔一挥签了名，将其递给印龙胜：“我的身份记得保密。”

“知道。”

印龙胜应了一声，接过特批申请，结果一看签名，傻了眼。

Nobel。

印龙胜眼风扫过来：“诺贝尔？你逗我？”

“没逗你。”白术对他这反应见怪不怪，解释道，“队长没有名字，一律用 Nobel。你把这份申请给段子航，他会给你盖章走流程的。”

“你们内部的规定够奇怪的。”印龙胜道，“队长身份保密，是什么原因？”

白术没有隐瞒：“向外，怕被暗杀；向内，避免麻烦。”

印龙胜锁眉：“什么麻烦？”

向外的理由可以理解，毕竟树大招风，BW 在国际上做的善事多了，容易招来仇视。

向内的话，他想不明白。

“性别和年龄，总会招来偏见。”白术扭动着僵硬的脖颈，说到这儿顿了下，眸光沉了沉，“据说 BW 创始人是个年轻女性。”

要在性别和年龄上受到怎样的偏见，才会让初代选择立下这样的规矩呢？

白术没有答案。

但是，她可以想象。

印龙胜惊讶于背后的原因，他细细一想，觉得现实又残酷，难免唏嘘。

“对了，”白术想到印龙胜的承诺，“你要出卖纪远什么？”

“这个，”印龙胜将特批申请折叠起来，好好地揣到兜里，确保无误后，才缓缓道，“上个月，你妈生日那天，纪远来找我喝过酒。”

“哦。”

白术点了下头，等着印龙胜继续往下说。

然而，等了半天发现印龙胜没吭声，她忽地意识到什么。

“就这样？”

白术紧紧拧眉，视线直逼印龙胜兜里的特邀申请。

印龙胜下意识捂住兜，脸皮厚如城墙，他坚定地点头：“就这样。”

在心里骂了句脏话，白术起身就走。

印龙胜哭笑不得，在白术走至门口时，忽而想到一点，道：“他还说了一句话。”

脚步顿住，白术按捺着最后一丝耐心，回过身。

她问：“什么？”

印龙胜笑了下，语调缓慢而有力：“他说，他会注视着你。”

“如果真遇到非我不可的情况呢？”

十二岁的白术这样问。

北风呼呼地刮，雪花劈头盖脸地砸过来，纪远站得笔直，身影如同一柄利剑，立在天地间，笑容豪迈且爽朗。

“那就去吧。那时的你，必将改变一个时代。”

他这样说。

然后，他低头看着白术，眼睛漆黑明亮，眸里似燃了一团火，一字一顿地说：“我会看着你，如何敲醒这世界。”

周日上午，完成规定五局正式PK的江南枝，抱着电脑跑到白术的宿舍蹭零食吃。

自云沅走后，宿舍就白术一个人住，没有新的学生搬进来。

江南枝坐在客厅沙发上，盘着腿抱着电脑，手里拿着一包薯片，她“咔嚓咔嚓”地吃个没停。

白术出来倒水。

江南枝跟她招手：“白妹妹，我电脑里有几部电影，你要一起看吗？”

“不了，”白术接满一杯水，“我要收拾东西。”

“哈？”

江南枝茫然地眨眼，不明所以。

白术缓缓喝了半杯水，侧首看她，解释道：“有点事，得请假。”

“请多久？”

手指在杯沿轻轻一敲，白术琢磨了下，保守估计：“一个多月吧。”

江南枝被薯片呛到了。

须臾后，她拍着胸口，两眼蓄着晶莹泪花：“你不是在说笑？”

“不是。”

“等等！”江南枝赶紧调到积分排行的页面，仔细查看了一圈，脑子晕乎乎的，“可你的积分一天假都请不了啊。”

白术说：“哦，我还没来得及刷新。”

江南枝悚然一惊，感觉天灵盖有什么灌进来，让她开了窍。

她手一抖，刷新了页面。

她下意识扫了眼屏幕，见到赫然出现在榜首的Gu，手掌难以控制地战栗着。

良久，客厅里爆发出江南枝崩溃控诉的声音：“大爷的，你们俩是不是那两个把我们当韭菜割的大佬！”

这一天，很多人天刚亮就在刷集训营的积分排行。

集训营有两位大佬选择用1vs5和擂台赛的方式收割积分的事，根本就藏不住，早就通过八卦论坛传开了，导致无数人一起期待这两位大佬露出庐山真面目，一分钟都舍不得错过。

论坛有人开帖猜测。

“墨川这一周的积分都没变过，有没有可能是他？”

“简以楠也有可能，她好像很拼。有集训营的学生匿名爆料，她的目标是积分第一。”

“没想到啊，她这么有干劲。”

“听说集训营有个唯一的SS评级的，在丁四班，叫Gu，有没有可能是他？”

“没人期待一下白术吗？她的最高积分纪录还没被打破，证明她是有实力的，万一她卷土重来了呢？”

“不可能的，上次积分第一，纯粹是她走运。现在她还待在丁四班，大概率没戏。”

“我倒是觉得Gu和Echo的可能性很大，他们俩自上周六起，积分就没有变过。贴吧里不是把所有积分没变的都猜了一遍吗，猜到他们俩身上，合情合理。”

……

终于，在焦虑紧张中等待的网友把此事热度炒到第一时，积分第一和第二接连换了人。更新后的两个账号和积分，惊得网友当场失去理智。

第一名：Echo。积分：10110。

第二名：Gu。积分：10000。

第三名：墨川。积分：3225。

这翻了两番的积分差距，让吃瓜群众全体傻眼。

“这积分差距是不是有点夸张？”

“上万积分，他们俩吸了多少学生的血！”

“难怪贴吧天天有学生匿名骂他们俩割韭菜！不讲武德！何止啊，他们俩丧失人性了吧？”

“他们俩简直就是集训营的噩梦。”

“Echo和Gu是要成神啊。”

“Echo，我知道是白术。请问Gu是谁，有照片吗？”

“据爆料，Gu是你无所不能的野神，反正我不信。等录播综艺播出后，一切将真相大白。”

……

Echo和Gu的逆天积分让网友兴奋了五分钟，热搜还在刚准备的阶段，结果网友再次刷新榜单后，人又一次傻了。

第一名：Echo。积分：5110。

第二名：Gu。积分：5000。

第三名：墨川。积分：3225。

第一名和第二名忽然掉了五千积分，导致网友纷纷猜测出现了故障，要么刷新前的积分是假的，要么是刷新后的积分是假的，谁也没有去思考别的选项。直至有人在贴吧表示 Echo 和 Gu 请了五十天的假后，网友集体沉默了。

你们俩真把集训营当游戏乐园了吧？

请好假后，白术打包好行李，告别江南枝，然后拖着行李箱离开宿舍楼。

从宿舍楼到校门口，白术一路引来无数旁观和议论。

短时间内，白术和顾野的事就在集训营传开了。这下连甲班大佬都无法对他们俩坐视不理，可是，当这些人欲要了解他们俩、旁观他们俩的后续动作时，他们俩却请了五十天的假。

怎能不让人在意？

白术如同走红毯一般，在众人关注之下，离开了学校。

顾野在门口等她。

他只有一个双肩包，挂在左肩上，穿着一身休闲装，站在路灯下看手机。

听到脚步声，他回头一看，见到了白术，自然而然地拿过她的行李箱："走吧，第一名，请你吃海鲜宴。"

白术两手空空，走在他身侧："你也请假？"

"嗯。"

"为什么？"

"有点事。"极其敷衍地答了一句，顾野觑向她，"你呢？"

"也有点事。"

"回长宁市吗？"

"暂时不回。"

"行。过两天我和陆白都要离开封城，你可以去我那儿住。"

白术犹豫片刻，没有跟他说自己也不留在封城，而是应了一声。

顾野说到做到，中午请了白术吃海鲜宴，满满一大桌，白术吃得很痛快。下午，顾野把白术送回段子航家，同时也把家里密码和地址都告诉了她。

白术回到阿绫给她准备的舒适卧室，一觉睡到天黑。

晚上，白术一下楼，正好遇上刚工作回来的段子航。

"我看到你的签名了，现在正在走流程。"段子航汇报工作。

"哦。"白术踱步到茶几旁，拿起阿绫做的零嘴品尝，"假身份呢？"

"明天给你。"

"好。"

"白队，你今晚得加班开会。"段子航瞧见白术悠闲自在的模样，抬手捏了捏眉心，"你这一去，不知得多久。接下来三个月 BW 的重要动向，你得过目一遍。"

“可以。”白术在沙发上坐起来，叠着腿，随手拿起一本围棋杂志。见到封面上的即墨诏，顿了下，她轻飘飘地说，“我明晚不住你这儿。”

段子航疑惑：“那住哪儿啊？”

“有个小朋友请我去他家玩。”白术翻开两页杂志，“你后天早上去接我，到时候直接过去。”

“行。”

二人简单地交流了下工作，忽然谈到了顾老太太。

“我感觉顾野这次算瞎费工夫了。整个顾家都对顾野请我给顾老太太治病而高兴，对顾野的风评也好了不少。但是顾老太太没救了，跟被洗脑似的，一恢复清醒就念叨着顾永铭，永铭长永铭短，疼得跟亲孙子似的。”

白术托腮，问：“哪怕她能清醒是因为顾野？”

段子航颔首：“对。我每次提到顾野，她的脸就会垮，像是跟顾野有深仇大恨似的。站在顾野的角度，这位老太太还不如死了。”

“她活不长吧？”

“就算有我在，也就三五年。”

白术长吁一声：“真是长寿啊。”

段子航由衷地说：“你可真缺德。”

这一晚，白术在结束会议后，又跟段子航讨论行动方案，一直到深夜三点才睡。

白术一直没开手机。

直到第二天中午，白术睡饱后，将放置了一个月的手机充满电，开了机，才发现无数信息，其中“白阳”占据多数，乌泱泱的信息把手机都淹没了。

白阳去了一趟长宁市，现在迫切地想跟白术见面。

白术没有理会他的信息，并且，拉黑了他。

下午，白术离开段子航家，打车去了顾野那里。

她按响门铃后，是陆白开的门。

陆白：“来了。”

白术：“来了。”

两人跟说接头暗号似的，高深莫测地说完，然后陆白请白术进门。

陆白在鞋柜里找到一双崭新的拖鞋：“你的。”

那是一双粉色拖鞋，兔子耳朵，毛茸茸的，摆放在一堆男士鞋里，显得格格不入。

白术清楚地记得，上次来时，并没有这双拖鞋。

“给我买的？”白术问。

陆白僵住，停顿少顷，他抬手摸了摸耳朵，垂眸“嗯”了一声。

白术脱下鞋子，换上拖鞋，正好合脚。她跟陆白说：“谢谢。”

“不用。”

陆白把脸别过去，走进客厅。

白术跟着进客厅，目光扫视一圈， 问：“顾野呢？”

“出门了，有可能不回来。”陆白偷瞟了眼被他整理得越来越乱的客卧，“你今晚睡他卧室吧。”

“顾野回来怎么办？”白术往楼上看了一眼。

陆白非常果断地说：“睡客卧。”

客卧还是留给顾野整理吧，他搞不定。

“行吧。”

“游戏，玩吗？”陆白走到电视机前，问。

“嗯。”

自从陆白欠了白术两个人情后，陆白不敢再请教程行知，换了一个比较靠谱的。

对方建议他先跟白术保持联系，了解白术的兴趣爱好，然后通过她所喜爱的入手，或许会增加她对他的好感度。

于是，陆白就建立了一个漫画 NO.1 的账号，尝试着加白术为好友。

两天后，白术同意了他的好友申请，并且时不时跟他聊两句。

一周前，陆白得知白术很关注一款新出的单机游戏，在集训营没有机会玩，于是陆白提议等她出了集训营后一起玩，她爽快地答应了。这不，一有时间她就赶了过来。

顾野一直没回来。

没有人管他们，他们俩坐在电脑前，一直玩到半夜，中间叫了两次外卖，一次是晚餐，一次是夜宵。

就在二人全神贯注玩最后的结局时，陆白耳朵动了动，警惕道：“顾野回来了。”

“有吗？”

白术什么声音都没听到。

陆白站起身，想去收桌上的垃圾，但还是晚了一步，收到一半，门就打开了。陆白动作僵住，被顾野抓了个现行。

“又点外卖……”顾野张口就训，然而话说到一半，猛然发现白术也在，他略略一怔，“什么情况？”

“我请她来玩游戏。”陆白迅速看了眼白术，解释。

“玩到现在？”

顾野看了眼时间，深夜一点半。

陆白低下头。

“行了，早点睡吧。”顾野低头换好鞋，走进来后问，“客卧你给她收拾好了？”

“没有。”陆白嘴角紧抿着。

顾野清楚陆白的家务能力，并没有过度苛责他，再次让他早点休息，然后看向白术：“我带你去卧室。”

白术捏着游戏手柄，一动不动：“我想玩完结局。”

“要多久？”顾野收起冷面家长的表象。

“半个小时。”

“行。等你玩完。”

“我……”陆白欲言又止。

顾野警告道：“你去睡觉。”

顾野“双标”起来底气十足。

家规森严，监护人的话陆白无法拒绝，他眉眼微微耷拉着，老实去卧室睡觉了。

顾野看了眼专注于游戏的白术，没再说话，往二楼看了眼，便径直上楼。待到他洗完澡，换了身居家服下来，白术刚好打通大结局。

顾野正在用毛巾擦头发，见到白术关了电视后，问：“完了？”

“完了。”

白术答了一句，把游戏手柄放回原位。

顾野说：“你跟我来。”

二楼的布局很简单，就两个房间：一个是卧室，一个是书房。

顾野的卧室很宽敞，依旧是简约风格，黑白调，干净清爽，没有杂物。

面朝东，有一个很大的阳台，外面可见一个人工湖，水面波光粼粼，路灯所照之地，皆可见飘飞的雪，一片一片像成团的棉絮。

白术望着阳台外的夜色，这才注意到，外面下起了雪。

“新衣服，没穿过。”

在衣柜里找了一圈，顾野拿出一件T恤和一件衬衣，递到白术面前。

白术没反应过来。

顾野：“不洗澡？”

白术：“洗。”

顾野：“带衣服了吗？”

白术：“没有。”

顾野：“所以你的脑子是跟游戏一起丢了吗？”

后知后觉的白术将衣服接过来，承认道：“我确实还沉浸在游戏里。”

她玩的是恐怖游戏。

虽然她心理素质好，全程都没有惊呼、尖叫，但游戏体验爆炸，音效、画面、故事都给她带来沉浸式体验，她现在状态有点恍惚。

“你啊。”顾野的手掌揉了下她的头发，“我就在楼下，有事叫我。”

“好。”

十分钟后，顾野将混乱的客卧收拾到一半，一抬头，就见到白术走到客卧门口，抬手准备敲半敞开的门。

二人对视着。

“笃笃笃”。

白术手都抬到一半了，干脆把敲门动作展示完，敲了三下。

顾野没有反应，嗓子微微发干。

白术穿着他的衬衫站在外面，衣服很大，套在她身上跟裙子似的，衣领处没扣，露出两截精致的锁骨。衣摆之下，露出两条笔直匀称的长腿。

她没穿鞋，赤着一双小巧白皙的脚，留下了一串脚印。

刚洗了澡，她的皮肤都透着粉嫩，猫眼湿漉漉的，少了些锐利和冲击。一条毛巾搭在她脑袋上，漏出的几绺发丝正滴着水，落到白衬衫上，洇湿了布料，薄薄一层可见其下的肌肤。

她其实是有料的，只是从不打扮，穿着运动服，活像个小女生。

白术很坦然，眉头轻皱，抱怨：“没洗发水了。”

她头发和澡一起洗的。

浑身都淋湿了，才发现没洗发水，干脆洗了澡才出来。头发也没擦干，她随手揪了一条毛巾包上，等着后面洗。

顾野终于回过神，眸光闪烁了下，他视线落到白术身后，说：“我去给你拿。”

长时间没回来，顾野并不清楚是否有新的洗发水。陆白刚睡下，他没有去打扰陆白，而是去了一楼浴室，拿了一瓶陆白用到一半的。

白术在卧室里等他。

她蹲坐在沙发上，一手环着膝盖，一手玩着手机。

衣摆虽然够长，但在她这般动作下，两条长腿展露无遗，又白又细，光滑细腻，往下那一截脚踝，古怪地惹眼，吸引着他人视线停留。

见到顾野来了，她看了一眼，随手把手机扔在沙发上，跳下来。

她动作轻盈地跳下，两只脚踩在地板上。

要去浴室，白术没穿毛茸茸的棉拖鞋，赤脚走着，两条长腿一晃一晃的。顾野放好洗发水从浴室里走出来，就见到这一幕，视线蓦地往下一移，结果被白术撞了个正着。

“哎，你对我——”

白术脚尖一踮，向前倾身，凑到顾野跟前。

她的湿发散乱着，眼睛是明亮的，软乎中带有力量，呼吸喷洒过来，裹挟着沐浴露的清香。顾野鼻翼翕动，瞧她的眼神越发烫了起来，一种难以遏制的情愫在体内涌动着、叫嚣着，如针扎一般。

“嗯？”

“是不是——”白术语气有些暧昧。

再纵容她，她就无法无天了。

舌尖抵了下腮帮，顾野蓦地抓住她纤细的手臂，将人往墙上一压。待她愣怔之际，他的手抵在墙面，把她圈在他的阴影里。

手指抵着她的下颌，将她的头抬起来，顾野跟她目光交缠对视，嗓音压得低低的：“我是。”

“哦。”

白术后背靠着墙，又冷又硬，她轻皱眉头，眼里掠过一抹无措，却在逞强。

虽然她明目张胆地追求顾野，但那都是情感层面的，在实际接触中，顾野一直跟她保持距离，没有跟她有逾越的举动。

唯一一次，都是她主动的。

而且，并非现在这样，气氛说不清道不明。

顾野眼睛半眯着，缠上来的眼神很是暧昧：“你想有然后吗？”

“暂时不想。”白术如实道。

“呵。”

顾野喉咙里溢出一丝笑，倏地倾身靠近她。

他没有抽烟，身上气息清冽，像高山上的雪松，沁人心脾。同时，又裹挟着男性荷尔蒙的味道，令白术的眼皮止不住跳了下。

“虽然我很想当正人君子，但你要在我面前穿这么少，晃来晃去地挑战我意志力，那就说不准了。”顾野嗓音又轻又缓，透着微微的沙哑质感，像是某种催化剂，拥有让人缴械投降的能力。

白术原本平淡冷静的神情，终于有了一点点波动。

可是，她很快又恢复平静。

她正面直视顾野的目光，说：“也得我愿意才行。”

“愿意？”

顾野倏地笑了下。

他修长的手指拂过白术耳郭，很轻地触上去，指腹粗粝有粗糙感，触碰时很有技巧。很快，他的手指一路往下滑，掠过她嫩滑的耳垂，滑过她细长的天鹅颈，停留在她后颈暧昧轻抚，指腹像是带了电似的，留下一股酥麻。

白术眼睛微微睁大。

很纯。

轻易落入劣势。

“你一点经验都没有，”顾野声音蛊惑极了，“我有一百种方式让你愿意。”

白术有点发蒙。

“这……”她嗓音有点哑。

“这？”

顾野眉毛轻挑。

白术默然片刻，轻声问：“真的吗？”

“你想试试？”顾野手指抚过她的唇畔，更加得寸进尺了，他几乎要贴上来，“我可以——”

“下次吧！”

白术倏地打断他，从他的压迫下脱身而出，身形一闪就进了浴室。

“砰”的一下，门被甩上。

顾野手掌抵着墙面，定在原地，看着那扇紧闭的门，不知是该气还是该笑。

谁跟你下次了？！

顾野没在卧室久留，很快就走了。

白术洗好头发，将其吹得半干后，发现衬衫被打湿不少，干脆脱了扔洗衣机里，换上顾野的另一件T恤。

但是，她脑子尚有些迟钝。

耳朵好像残留着触感，她不自觉抬手去摸，烫得很。

烦躁地皱了皱眉，白术走到落地窗前，看向外面。微弱的光线漏进来，落在她的眼睛里，瞳仁里流淌着细碎的光，一闪一闪的。

雪还在下。

灯光里的夜幕，尽是白茫茫一片。

白术站了片刻，回过身，想去拿手机，却被床头柜吸引了目光。

她站定，鬼使神差地，拉开床头柜的抽屉。

里面就一样东西。

一包烟。

鬼使神差地，白术盯着那包烟瞧了片刻，旋即伸出手，将烟盒拿了起来。

烟被松开过，挑开烟盒盖，里面少了两根。她迟疑半秒，取出一根烟来，打量半晌。

她见过顾野抽烟，次数很少，他没烟瘾，每次抽都避开她。可能是怕她被烟味熏着，也可能是怕她有样学样，总之离她远远的，一靠近就会掐了。但他每次抽完身上都会带一点烟草味，不重。

外面的光线透过半扇窗户漏进来，在房间里落下一个长形的光格。

她赤脚踩在光里，脚下一抹黑影，悄悄蔓延到黑暗里。

一股火苗蹿出，舔燃了烟草，火灭，留下一点猩红。

光影里，漫出丝丝烟雾，极淡，缓慢舒展。

“咳。”

一声咳嗽后，烟雾就此消散，再无踪迹。

第二天清晨，天未亮，白术在手机振动的那刻倏然转醒。

她扫了眼手机消息，起床，换上她昨晚洗好烘干的衣服，在客厅留下一张告别的字条后，出了门。

走出居民楼的那一刻，白术被迎面而来的冷风一吹，眯起眼，紧了紧身上单薄的外套。

昨晚下了一夜的雪，积雪在路灯光照里染上一层浅黄光晕。小区身影三两，是裹着厚实的军大衣清扫雪的环卫工。

一辆黑色轿车停在路边。

段子航倚在车门旁抽烟，烟雾朦胧了他俊朗的眉眼。这时，一阵风掀起他的风衣，吹散了白烟，他抬起眼帘，瞧见了白术。

“白队！”段子航喊了一声，一手掐了烟，一手把车门拉开。

白术走过去，弯腰进车。段子航随后坐上来，关上门。车内开着暖气，温度正好。

坐在驾驶位的阿绫回过身，将一份早餐递给白术：“现在走吗？”

白术掂了掂早餐的重量，随口一答：“走。”

车辆开始行驶。

“今天是第三基地报到的最后一天，你坐火车过去，到站后会有人来接你。东西就没给你准备了，反正你也进不去，至于计划就按照我们原先的来——”段子航絮絮叨叨的。

白术想到一件事，问：“你给我报的哪个科目？”

“本期特训有九个科目，能给你报的我都报了。”段子航做贼心虚般往车门那边挪了挪，偏生说话的腔调严肃又正经，“批下来的有五个。”

“其他人？”白术偏过头，眼里已经有了杀气。

嗓子莫名发痒，段子航咳嗽一声，实诚地说：“一般人嘛，都是一到两个。这不，你不一样嘛，虽说微服私访，但毕竟是个队长……”

白术冲他一笑：“我看你是嫌这个位置坐得太稳了。”

段子航立即举起三根手指，用发誓以表忠心：“一切都是为了 BW。”

“呵。”白术冷笑。

“为了诺贝尔和平奖。”

“呵。”白术又是一声冷笑。

段子航感觉死亡气息逼近，偷偷去抓车门把手，同时思考着跳车的可能，但手扒拉的时候摸到一个文件夹，他就跟摸到救命稻草一样，想都没想就将文件夹递了过去。

“白队，这是程行知给的身份资料，您受累看一下。”段子航讪讪地说。

他递过来的文件夹差点戳到白术鼻梁。

白术冷眼剜向他。

段子航心虚，乖乖地往后缩了一点。

又给了他一记冷眼，白术接过文件夹，翻开。

然而，在看到第一页的资料时，她就怔住了。

姓名：陆野。

年龄：24。

籍贯：长宁。

……

一寸照上，还是个少年模样，寸头，眉宇溢着狠，眼神薄凉，不掺一丝情感。

跟顾野有三分像，却又完全不一样。

“白队，你有没有觉得……”段子航靠近一点，漆黑的眼里淡出一点兴致和趣味，“这个叫陆野的，特别像一个人？”

何止是像。

轿车在前面转弯，碰上一处枯枝，雪成块掉落，砸在车窗上散成一片。

白术微微侧首，视线透过车窗，见到后面那一栋居民楼伫立在青黑的天幕。

（未完待续）

《你是我的光芒 2》预计 2021 年 11 月预售！